Un partenaire inattendu

*

Une vie à reconstruire

B.J. DANIELS

Un partenaire inattendu

Traduction française de
CHARLOTTE DEMANIE

BLACK ROSE

HARLEQUIN

Collection : BLACK ROSE

Titre original :
SET UP IN THE CITY

HARPERCOLLINS FRANCE
83-85, boulevard Vincent-Auriol, 75646 PARIS CEDEX 13
Service Lectrices — Tél. : 01 45 82 47 47 - www.harlequin.fr
ISBN 978-2-2804-9600-1 — ISSN 1950-2753

Composé et édité par HarperCollins France.
Imprimé en novembre 2023 par CPI Black Print (Barcelone)
en utilisant 100% d'électricité renouvelable.
Dépôt légal : décembre 2023.

MIXTE
Papier issu de sources responsables
FSC® C159065

Pour limiter l'empreinte environnementale de ses livres, HarperCollins France s'engage à n'utiliser que du papier fabriqué à partir de bois provenant de forêts gérées durablement et de manière responsable.

Prologue

Vernon « Spark » Murphy avait hâte de quitter Lonesome. Malgré l'importante somme d'argent qu'on lui avait proposée, il n'était pas à l'aise à l'idée d'être revenu ici…

Ne jamais accepter deux jobs dans la même ville. C'était sa règle d'or, et il l'enfreignait. Pas étonnant qu'il se sente si mal. Mais il était du genre à faire son travail sans poser de questions et puis, il était trop tard, le boulot était presque terminé.

Dans l'obscurité, il se dépêcha de traverser la rue pour se mettre à l'abri dans un bâtiment abandonné qui ressemblait à celui qu'il venait de quitter. C'était un quartier bizarre. Une ancienne zone industrielle qui se situait à côté de ce qui avait été autrefois une gare de triage. Les rails avaient été enlevés et les mauvaises herbes avaient pris le dessus, donnant à cet endroit une atmosphère étrange qu'il n'appréciait pas beaucoup en cette soirée si sombre.

Comptant à voix basse, Spark attendit d'avoir atteint une distance suffisante pour se retourner et contempler le travail accompli. Il observa le bâtiment en briques de trois étages qu'il venait de laisser derrière lui. Cette tâche était différente de celles qu'il avait l'habitude d'accepter, car l'immeuble était en piteux état. Sans cesser de compter, il se rappela qu'il n'était pas payé pour se poser de questions.

La première explosion alluma le rez-de-chaussée d'un éclair orange vif. Spark leva les yeux vers le premier étage qui s'illumina d'un nouveau flash tandis que les dernières fenêtres encore intactes étaient soufflées.

Malgré ses réserves, il ne put pas s'empêcher de sourire. Il adorait son travail. Il avait toujours aimé les explosions et les flammes. Fasciné dès le plus jeune âge par le feu, il s'était brûlé de nombreuses fois, et ses multiples cicatrices témoignaient de sa dangereuse passion.

Tout le bâtiment était à présent éclairé. Spark pouvait sentir la chaleur sur son visage, entendre le crépitement, sentir le feu dévorer tout ce qui était combustible à l'intérieur de la structure. Une faible lueur brillait encore à travers les ouvertures du dernier étage.

Un mouvement attira soudain son attention. Une femme aux longs cheveux bruns venait d'apparaître à l'une des fenêtres. La figure déformée par la terreur, elle ouvrait une bouche béante par laquelle s'échappait un cri qu'il ne pouvait discerner à cette distance. Mais il la reconnut. *Il connaissait cette femme.*

Elle frappait de ses deux mains ligotées ce qu'il restait de la vitre, comme si elle voyait qu'il était de l'autre côté de la rue et qu'il pouvait…

Un éclair éclata alors au troisième étage, engloutissant tout dans une lumière aveuglante. Les deux niveaux inférieurs brûlaient déjà. Spark regarda la fenêtre où la femme se tenait quelques instants plus tôt. Elle avait disparu.

Il entendit hurler des sirènes au loin, mais il ne pouvait pas bouger. À peine parvenait-il à reprendre son souffle. Le bâtiment était vide quand il avait installé les charges, il en était certain. Sinon, il l'aurait vue. À moins que quelqu'un l'ait retenue prisonnière, cachée quelque part, et qu'elle ait ensuite réussi à se libérer pour venir se poster à la fenêtre ? Il s'appuya contre le mur et se concentra pour ne pas vomir.

Le son des sirènes se rapprochait. Il n'y avait pourtant pas d'alarme dans l'immeuble, car il vérifiait toujours ce genre de choses. Et comme cette zone industrielle abandonnée se trouvait à bonne distance de la ville, il aurait dû avoir le temps de partir... Quelqu'un avait dû donner l'alerte avant la première explosion.

Probablement s'agissait-il de la personne qui avait laissé cette femme ligotée dans le bâtiment. Ce job était censé être bref et facile. Du gâteau. Quant à l'argent... il avait vu juste. La somme qu'on lui avait proposée était bien trop importante pour qu'il soit seulement question de réduire en cendres un vieil immeuble à la périphérie de l'agglomération.

Vite ! Il se détourna rapidement des lumières clignotantes des véhicules qui apparaissaient maintenant au bout de la rue et courut se cacher derrière le bâtiment. Son camion était garé à proximité. Il n'était pas inquiet, car il prévoyait toujours une marge au cas où les choses viendraient à se compliquer. C'était une des raisons pour lesquelles il était si compétent et réputé dans son travail. Jusqu'à aujourd'hui... Il pouvait à présent sentir la mort de cette femme lui peser sur les épaules. Et s'il ne comprenait pas ce qui avait pu se passer, un fait lui parut soudain évident alors qu'il conduisait. Il avait été piégé et il ignorait pourquoi. Était-il seulement question de se débarrasser de cette femme ? Ou était-il, lui, la cible de ce plan macabre ?

La réponse importait peu car, après avoir exercé ce métier pendant des années, il savait une chose : même s'il parvenait à échapper à la police, quelqu'un de plus dangereux viendrait le trouver. Quoi qu'il en soit, sa vie ne valait plus un centime à présent...

1

Willie Colt était en train de réaliser la plus belle chevauchée de sa vie sur le dos d'un taureau pourtant réputé pour avoir malmené de nombreux cow-boys. Il n'avait plus qu'une seule mission : s'accrocher et tenir bon jusqu'à ce que le klaxon des huit secondes retentisse.

Mais au moment même où celui-ci se fit entendre, les choses se gâtèrent. Willie se rendit compte que sa main était prise dans son gréement. Suspendu par le bras sur le côté de l'animal, il se retrouva secoué comme une poupée de chiffon. Deux clowns de rodéo essayèrent de le libérer et de distraire la bête pendant qu'il était traîné sur toute la piste. Puis, tout à coup, l'animal s'immobilisa et se retourna. Ses cornes brillèrent un instant sous les lumières de l'arène alors qu'il baissait la tête et...

Willie se réveilla en sursaut au son d'une alarme. Deux infirmières entrèrent en trombe dans la chambre. L'une se précipita à son chevet, l'autre éteignit la machine qui se trouvait à côté de lui.

Tentant de s'asseoir dans son lit, il cligna des yeux. Une partie de lui était encore prisonnière du cauchemar dont il sortait, une réminiscence de son ancienne vie de cow-boy sur les circuits de rodéo.

— Adjoint Colt, il faut vous calmer, lui dit une des infirmières. Le Dr Bishop est en chemin, tout va bien.

Étendu sur un lit d'hôpital avec tout un tas d'appareils branchés sur le corps, Willie en doutait fortement. Que diable faisait-il ici ?

— Où suis-je ? Comment me suis-je...

— À l'hôpital général de Seattle.

Il essaya de calmer les battements de son cœur survolté. Quelques instants plus tôt, il se trouvait sur le dos d'un taureau furieux... Il toucha le bandage à l'arrière de son crâne et grimaça. Quoi qu'il ait pu lui arriver, ce n'était pas un animal qui l'avait attaqué.

— Depuis combien de temps suis-je ici ?

— On vous a amené ici hier après-midi.

— Comment suis-je arrivé là ?

— En ambulance, lui répondit la plus grande des deux infirmières tout en vérifiant les constantes vitales de son patient.

Il avait l'esprit confus, mais deux choses semblaient claires. Il n'avait pas été blessé par un taureau, car il avait mis un terme à sa carrière de cow-boy pour devenir l'adjoint du shérif de la petite ville de Lonesome, dans le Montana. Il pouvait d'ailleurs voir d'ici son stetson et sa veste d'uniforme posés sur la chaise à côté de son lit.

Et il se trouvait à Seattle. Que faisait-il dans cette ville et comment avait-il fini dans ce lit, ça, il l'ignorait.

— Que s'est-il passé ?

Les deux infirmières échangèrent un regard.

— Je crois que vous avez été attaqué. Agressé, pour être plus précise, lui répondit la plus aimable des deux femmes.

— Agressé ? Mais qu'est-ce que je faisais à Seattle ?

Il avait l'impression d'avoir la tête dans du coton.

— Vous escortiez un prisonnier extradé. Tout du moins, c'est ce que l'on nous a dit.

Sa collègue lui jeta un regard apitoyé et ajouta :

— Vous avez reçu un coup à la tête, c'est probablement la raison pour laquelle vous êtes confus, vous souffrez d'une commotion cérébrale. Si vous avez d'autres questions, le médecin pourra y répondre, il ne devrait plus tarder. Maintenant, essayez de rester calme.

Alors que les deux infirmières quittaient la chambre, Willie se laissa aller en arrière contre son oreiller et, grimaçant, ferma les yeux pour soulager son insoutenable mal de tête.

Petit à petit, la mémoire lui revint. Il se souvint du trajet vers Seattle depuis le commissariat de Lonesome, dans le Montana. L'infirmière avait raison. Il avait été chargé d'aller chercher un pyromane : Vernon Murphy, surnommé « Spark ». Il devait le ramener jusque dans le Montana afin qu'il soit jugé pour un incendie criminel et le meurtre d'une jeune femme qui avait trouvé la mort dans le sinistre qu'il avait déclenché.

Willie, la plus récente recrue de la police de Lonesome, avait accepté cette mission dont personne d'autre ne voulait.

— Tu peux me croire, lui avait confié l'un des autres adjoints, je suis certain qu'il ne va pas la boucler de tout le trajet, tu ferais peut-être mieux de le bâillonner. La police de Seattle a hâte de se débarrasser de lui.

Sur ces mots, tous ses collègues avaient éclaté de rire avant de lui souhaiter bonne chance. Ne sachant qui croire, Willie avait supposé qu'il ne s'agissait que d'une simple corvée. Habitant le Montana où chaque déplacement se mesure en heures plutôt qu'en kilomètres, il aimait faire de la route et parcourir de longues distances. Il se rappelait même avoir pensé qu'il ne serait pas contre un peu de compagnie.

Ce dont il était persuadé cependant, c'était qu'il détesterait Seattle. Étant né et ayant grandi à Lonesome, il appréciait les vastes espaces et fuyait la foule et la circulation.

Tout cela mis à part, il ne se remémorait pas les événements qui l'avaient amené ici, dans ce lit d'hôpital. Où avait-il pu se faire agresser ? Sa mission était pourtant simple, il devait aller récupérer le prisonnier et le conduire aussi vite que possible dans le Montana… Qu'avait-il bien pu se passer ?

2

Quand le médecin arriva, Willie avait retrouvé quelques souvenirs des quinze heures de trajet entre Lonesome et Seattle. Il avait séjourné dans un motel dans l'une des petites villes qui se trouvaient en périphérie de Seattle et s'était rendu le lendemain au commissariat dans le centre-ville. La circulation était si dense qu'il s'était senti chanceux de ne pas avoir à faire ce trajet chaque jour. À Lonesome, les embouteillages étaient rares, il n'y avait d'ailleurs pas de feux tricolores et très peu de panneaux de stop.

Il avait localisé le commissariat grâce au GPS de son SUV de patrouille. Et, après avoir signé quelques documents, il avait enfin rencontré son prisonnier. Il n'avait vu qu'une photo de Vernon « Spark » Murphy et avait été surpris en découvrant l'homme. Sur le cliché, il ressemblait à quelqu'un qui aurait vécu dans le sous-sol de la maison de sa mère, passant son temps sur des jeux vidéo toute la journée et ne sortant qu'à la nuit tombée pour allumer des incendies et s'amuser avec des explosifs. Dans la réalité, il était grand, plutôt mince et vêtu d'une tenue étonnamment chic. Ses cheveux semblaient avoir été coupés récemment et, hormis le tremblement discret de ses mains et le fait qu'il tirait nerveusement sur le col de sa chemise blanche, rien n'indiquait dans son allure et son comportement qu'il était un criminel condamné pour meurtre.

Spark était monté à l'arrière de la voiture de police comme

s'il avait commandé un Uber. En se glissant derrière le volant, Willie avait jeté un rapide coup d'œil dans son rétroviseur. Il avait croisé le regard de Spark à travers le grillage métallique qui les séparait.

« Ça va, Vernon ?

— Spark. À part les avocats et les agents de recouvrement, personne ne m'appelle Vernon.

— OK, Vernon, mettons-nous en route, nous avons un long trajet à faire. »

Le bruit du moteur couvrait les paroles du criminel.

« Qu'avez-vous dit ? lui avait demandé Willie.

— Que ce ne serait pas un long trajet. Nous n'atteindrons jamais la frontière du Montana, ils me tueront avant.

— Un tel manque de confiance en mes compétences est presque insultant, Vernon. »

L'homme avait éclaté d'un rire teinté d'amertume.

« Vous n'avez aucune idée du genre de gens à qui nous allons être confrontés. Moi non plus, d'ailleurs. Mais bientôt il sera trop tard, avait-il déclaré en secouant la tête. J'ai prévenu mon avocat de luxe qu'en m'extradant on signait mon arrêt de mort. Mais personne ne prête attention à ce que je dis. Sachez seulement que ce voyage est une condamnation pour nous deux. Ils doivent déjà être inquiets en pensant à ce que je risque de vous raconter…

— Pour être honnête, je n'ai pas de mal à croire que beaucoup de gens veulent votre mort, en effet », lui avait répondu Willie en saluant le policier qui se tenait à la sortie du garage qu'ils s'apprêtaient à quitter.

Comme on le lui avait dit, Spark était bavard… et légèrement dépressif.

« Ils sont tous dans le coup : les flics, les avocats. Tous jusqu'au dernier », avait ajouté ce dernier.

Il avait secoué la tête et tiré de nouveau sur son col avant de se débarrasser de sa veste et d'arracher sa cravate.

« Je ne comprends pas pourquoi ils vous ont envoyé me chercher, avait-il repris avant de lever les yeux vers le rétroviseur. À moins qu'ils vous aient payé grassement pour vous en charger ?

— Je ne suis pas du genre à accepter les bonus, à moins qu'ils me soient versés par le commissariat de Lonesome.

— Alors votre patron ne doit pas beaucoup tenir à vous.

— Écoutez, croyez-le ou non, mais je vais faire tout mon possible pour qu'il ne vous arrive rien, avait conclu Willie sans réussir à masquer son agacement.

— Bonne chance. Car ces gens-là... on ne les voit pas venir.

— Vous parlez de ceux qui vous ont engagé pour votre dernier boulot ? »

Spark avait détourné le regard vers la vitre, manifestement peu désireux de répondre à cette dernière question. Peut-être gardait-il cette information pour tenter de passer un accord avec la justice de Lonesome.

Après cela, les souvenirs de Willie devenaient flous. Ils avaient dû traverser plusieurs quartiers de la ville avant d'être attaqués. Où pouvait bien se trouver son véhicule, à présent ? Et surtout, où était Spark, l'homme qu'il avait été chargé d'escorter et qu'il avait promis de protéger ?

Sa tête le faisait toujours souffrir, mais il avait hâte de sortir de l'hôpital. Il devait retrouver Spark – s'il était encore en vie. Il ne cessait de repenser au fait que le criminel était intimement convaincu qu'il ne passerait pas les frontières du Montana. Il avait été bien plus clairvoyant que lui sur ce coup-là. La question était maintenant de découvrir pour quelle raison quelqu'un craignait que Spark se rende à Lonesome. L'attaque en elle-même soulevait encore de nouvelles interrogations. Ceux qui les avaient pris en embuscade connaissaient manifestement leur itinéraire et leurs horaires de voyage. Où avaient-ils pu se procurer de telles informations ?

La sonnerie de son portable retentit et, après avoir regardé de qui provenait l'appel, il décrocha en maugréant.

— Bonjour, shérif Henson.

Il n'avait jamais aimé Frank Henson, ami des deux précédents shérifs de la petite ville de Lonesome, dont le passe-temps favori était autrefois de harceler les frères Colt.

— Que se passe-t-il, adjoint ? Je viens d'apprendre que vous vous trouviez à l'hôpital et que vous aviez perdu votre prisonnier ? Comment diable une telle chose a-t-elle pu se produire ?

— Je vais bien, merci de prendre de mes nouvelles, il ne s'agit que d'une commotion cérébrale, lui répondit Willie en tentant de masquer son agacement.

Il prit une profonde inspiration avant d'ajouter plus calmement :

— Nous avons été pris en embuscade, quelqu'un de chez nous a dû parler. Mais ne vous en faites pas, je compte bien tirer tout ça au clair et régler la situation rapidement. Si Spark est encore en vie, je le retrouverai et je le ramènerai.

— Ce que vous devez surtout faire, lui répondit le shérif d'un ton moqueur, c'est revenir ici au plus vite et cesser de gaspiller l'argent des contribuables. Laissez la police locale se charger de tout ça.

— C'est peut-être la police locale qui a donné aux assaillants les informations sur notre voyage. On m'a tendu un piège, et je compte bien découvrir qui est derrière tout ça.

— Il semblerait que vous ne soyez pas en état de le faire.

— Ne vous inquiétez pas pour moi, j'ai reçu des coups de pied de taureaux bien plus forts que celui-là sur la tête.

Le shérif Henson laissa échapper un juron.

— Une fois remis, je veux que vous reveniez immédiatement ici ou vous perdrez votre poste ! La police de Seattle va se charger d'enquêter sur ce qui s'est produit. J'aurais dû me douter que la simple mission d'extradition d'un minable pyromane serait trop compliquée pour vous.

Willie s'apprêtait à protester, mais le shérif raccrocha.

Beaucoup de questions venaient à l'esprit de Willie. Pour commencer, qui voulait que ce criminel de seconde zone ne parvienne jamais à Lonesome ? Et pourquoi ? La personne qui avait engagé Spark avait-elle seulement peur que celui-ci ne parle ou s'agissait-il d'autre chose ? Spark avait mentionné avoir bénéficié d'un avocat « de luxe », comment avait-il pu s'offrir les services d'une telle personne ?

Il ne faisait aucun doute que le pyromane était terrifié à l'idée d'être extradé vers le Montana pour son procès – et il avait raison. L'embuscade qu'on leur avait tendue avait été savamment programmée et orchestrée. Mais quelqu'un les avait forcément aidés, leur donnant les informations nécessaires à la bonne exécution de leur plan. Willie allait devoir découvrir le plus vite possible qui était responsable de tout ça. Car Spark était peut-être encore vivant.

En téléphonant au commissariat, il apprit que, même si son véhicule de patrouille était endommagé, il était toujours en état de fonctionnement. Il remercia son interlocuteur puis appela l'agence Colt Frères Investigations à Lonesome.

James décrocha à la troisième sonnerie.

— J'ai besoin de ton aide, lui dit Willie sans préambule.

— Attends, je mets notre conversation sur haut-parleur, lui répondit son frère, Tommy et Davy sont là tous les deux.

Willie leur expliqua rapidement ce qui s'était passé et ce dont il se souvenait.

— Il semblerait qu'on t'ait tendu un piège, constata Davy.

— Oui, et j'ai besoin de découvrir pourquoi. Est-ce que vous pouvez chercher toutes les informations possibles sur ce Vernon « Spark » Murphy ? Je dois comprendre pour quelles raisons quelqu'un voulait l'empêcher d'être jugé.

— Tu sais qu'une femme a trouvé la mort dans cet incendie ? lui demanda Tommy.

— Oui, et je crois qu'elle est au cœur de cette affaire, lui répondit Willie. Que savons-nous d'elle ?

— Très peu de choses pour le moment, car ils n'ont toujours pas trouvé de correspondance ADN, déclara Davy. Nous ne saurons d'ailleurs peut-être jamais qui elle était ni ce qu'elle faisait là.

— Peut-être que Vernon ne savait pas qu'elle se trouvait dans le bâtiment ? Mon intuition me souffle qu'il l'ignorait, et que c'est pour cette raison qu'il a pris la fuite quand il a compris qu'il avait été piégé.

— Que comptes-tu faire ? lui demanda James.

— Trouver ceux qui nous ont tendu cette embuscade et essayer de sauver Vernon. Mais j'ai besoin de réponses. Et le shérif Henson menace de me virer si je ne rentre pas à Lonesome immédiatement après ma sortie de l'hôpital.

— Comment te sens-tu ? l'interrogea Tommy.

— Furieux.

Ses frères éclatèrent de rire.

— Je compte bien sortir aujourd'hui, quoi qu'en dise le médecin. Appelez-moi dès que vous aurez trouvé quelque chose.

Il raccrocha et passa un nouveau coup de téléphone tout en se rhabillant avec ses vêtements qu'il avait retrouvés dans le placard. Quelques minutes plus tard, il avait découvert le nom de l'avocat « de luxe » de Spark : E.L. Shafer.

— Pouvez-vous m'expliquer ce que vous êtes en train de faire ? lui demanda une voix masculine derrière lui.

— Je me prépare à partir, répondit Willie en attrapant son stetson et sa veste de shérif adjoint. Merci de m'avoir rafistolé, doc, mais je dois vraiment y aller.

— Je ne vous autorise pas à sortir, répliqua le médecin. Si vous partez d'ici...

Sans attendre la suite, Willie sortit de la pièce. L'horloge tournait – surtout pour Spark, s'il était encore en vie.

Il avait découvert que E.L. Shafer partageait un bureau dans le centre-ville de Seattle avec d'autres avocats réputés. Il avait un instant envisagé de l'appeler avant de se dire qu'il serait plus judicieux de rencontrer l'homme en tête à tête. Heureusement, le cabinet n'était qu'à quelques rues de l'hôpital.

Une fois parvenu au pied du gratte-ciel, il pénétra dans l'imposant bâtiment, demanda à l'accueil à quel étage se trouvait E.L. Shafer puis se dirigea vers l'ascenseur. Alors qu'il entrait dans la cabine et appuyait sur le bouton pour monter, il vit que le réceptionniste, nerveux, décrochait son téléphone. Probablement pour prévenir l'avocat de son arrivée imminente. À moins qu'il soit en train d'alerter la sécurité. Peut-être les deux.

En descendant au quatorzième étage, Willie remarqua que le sol était couvert d'une épaisse moquette et que les grandes baies vitrées offraient un panorama magnifique et impressionnant sur le fleuve Puget Sound.

— Bonjour, que puis-je faire pour vous ? lui demanda une secrétaire assise derrière un bureau brillant en forme de demi-lune.

— Bonjour, je voudrais voir E.L. Shafer.

La jeune femme leva les yeux vers l'horloge qui était accrochée au mur.

— Je suis désolée, mais le bureau est fermé. Vous avez rendez-vous ?

— Je sais qu'il est ici, car la personne chargée de l'accueil au rez-de-chaussée l'a prévenu de ma visite. Dites lui que je suis le policier qui était chargé d'extrader Vernon Murphy dans le Montana, mais que son client a été enlevé. Vous pouvez ajouter que j'ai failli être tué dans l'embuscade qu'on nous a tendue. Je suis le shérif adjoint Willie Colt.

La secrétaire décrocha son téléphone et passa un appel.

Quelques instants plus tard, une femme en tailleur et talons hauts apparut dans le couloir. Willie laissa échapper un gémissement. Combien de personnes allait-il devoir rencontrer avant de pouvoir parler à l'avocat de Spark. Il perdait patience. Si Spark était encore en vie, il n'avait pas de temps à perdre, et même si ce n'était plus le cas, lui-même devait découvrir l'identité de ceux qui lui avaient tendu ce piège.

Quand la femme arriva enfin devant lui, il leva les yeux vers elle. Elle était du genre à faire tourner les têtes. Caractéristiques classiques : corps superbe, jambes interminables, cheveux bruns soigneusement coiffés en un chignon strict.

— Adjoint Colt ? lui dit-elle. Je suis désolée, mais je crains que...

— Ne le prenez pas mal, mais la seule personne avec laquelle je souhaite m'entretenir est E.L. Shafer, alors dites-lui que je veux lui parler. Maintenant. C'est urgent.

La jeune femme le regarda en plissant ses beaux yeux gris.

— Je suis E.L. Shafer.

— Vous êtes l'avocate de Vernon Murphy ? lui demanda-t-il sans parvenir à masquer sa surprise.

— C'est le fait que je sois une femme qui vous étonne ?

— Non, ce n'est pas ça, répondit Willie en secouant la tête, mais plutôt le fait que ce voyou ait eu les moyens de s'offrir les services de quelqu'un de votre trempe. Et je me demande également pourquoi il vous a choisie vous et pas l'un de vos collègues ?

Soit Spark était un criminel bien plus important que ce qu'il avait laissé croire, soit quelque chose clochait dans toute cette histoire.

— J'ai bien peur que ce ne soit l'heure de la fermeture, monsieur Colt, reprit l'avocate. Mais si vous le souhaitez, vous pouvez prendre rendez-vous aux heures d'ouverture...

— À moins que vous ne souhaitiez avoir la mort de Spark sur la conscience, vous allez me parler. *Maintenant.*

Il vit la jeune femme se hérisser en entendant le ton sur lequel il venait de lui parler. Ses joues rougirent sous son impeccable maquillage, et elle se tourna lentement vers la secrétaire.

— Prenez tous mes appels. Que l'on ne me dérange pas.

Puis, sans même regarder Willie, elle ajouta en s'éloignant dans le couloir :

— Dans mon bureau.

Willie la suivit en essayant de se concentrer sur la façon dont les cheveux bruns de l'avocate s'enroulaient en un chignon parfait au-dessus de sa nuque délicate plutôt que sur ses fesses, si admirablement mises en valeur dans sa jupe qu'il était impossible de ne pas remarquer leur fermeté et leur parfaite rondeur.

Le bureau de E.L. Shafer était aussi luxueux que le reste de l'étage.

— Fermez la porte derrière vous, s'il vous plaît, lui dit-elle en s'asseyant dans le fauteuil en cuir qui se trouvait derrière son immense bureau en teck.

Willie s'exécuta puis regarda autour de lui. Ce bureau offrait une incroyable vue sur la ville. Sur le mur, derrière l'avocate, étaient accrochés de nombreux prix et diplômes. Tout dans cet espace reflétait l'opulence.

Plus convaincu que jamais que quelque chose clochait dans toute cette histoire, il secoua la tête.

— Comment Vernon « Spark » Murphy a-t-il bien pu s'offrir vos services ?

— Dois-je vraiment vous expliquer le concept du secret professionnel, monsieur l'adjoint ?

Elle était furieuse. Elle contenait sa colère, se piquant probablement d'être du genre à ne jamais s'emporter. Mais la manière dont elle pinçait les lèvres, le léger gonflement de ses narines et un tic presque indiscernable à son œil gauche la trahissait.

— Écoutez...

Il s'interrompit quelques instants avant de demander :

— Quel est votre prénom, d'ailleurs ? Que signifient les lettres E et L ?

— Eleanor, mais vous pouvez m'appeler madame Shafer.

— Reprenons d'une autre manière : comment vous êtes-vous retrouvée à devoir défendre un type comme Spark, pyromane d'une petite ville du Montana dont personne n'a jamais entendu parler ?

— Comme je vous l'ai dit, ces informations sont confidentielles.

Willie avança vers elle, posa les deux mains sur son bureau et lui lança un regard menaçant. Mais sa tentative d'intimidation fut inutile, l'avocate resta impassible.

— Allons droit au but, poursuivit-il. Si Spark avait tenté de venir vous voir lui-même, vous savez comme moi qu'il n'aurait pas réussi à passer la sécurité au rez-de-chaussée. Et même s'il avait réussi à le faire, et qu'il ait eu les moyens de vous engager, vous n'auriez pas accepté de le représenter.

Il s'interrompit et prit une profonde inspiration avant de conclure :

— Alors, dites-moi qui vous a recrutée pour le défendre, Ellie.

Le visage aux traits parfaits de l'avocate devint aussi froid et sévère qu'un bloc de marbre.

— Eleanor, corrigea-t-elle.

Willie recula en secouant la tête. Elle ne l'avait pas encore mis dehors ni fait arrêter. Mais il ne parvenait à rien avec cette reine des glaces.

— Écoutez, cette affaire est un sacré imbroglio. Vernon m'avait prévenu que jamais nous n'atteindrions le Montana. Et il avait raison. Je suppose qu'il soupçonnait que celui qui l'avait embauché pour son dernier boulot allait s'en prendre à lui. Je pense aussi qu'il a dû vous supplier de lui éviter l'extradition.

Quelque chose changea soudain dans le regard gris acier de l'avocate.

— Les hommes qui m'ont attaqué et l'ont emmené avaient déjà fait ce genre de choses auparavant, poursuivit Willie. Ce n'étaient pas des amateurs, des amis de Spark qui auraient essayé de lui éviter la prison. Est-ce que vous comprenez ce que je vous dis ? Il était terrifié à l'idée d'être renvoyé dans le Montana, car il savait que ceux qui l'avaient embauché l'élimineraient avant qu'il ait le temps d'ouvrir la bouche pour dire la moindre chose sur eux. Ceux dont il avait si peur ne voulaient pas qu'il revienne. Ils ont organisé un coup monté. Ils connaissaient notre itinéraire et ont choisi l'heure et le lieu pour nous attaquer. Ce qui signifie que quelqu'un leur a donné ces informations. Un membre des forces de l'ordre ou quelqu'un de votre cabinet.

Il croisa le regard de l'avocate et le soutint.

— Alors, conclut-il, je vous le demande une dernière fois. Qui vous a embauchée ?

3

Dès sa rencontre avec l'adjoint du shérif Willie Colt, vêtu de son chapeau, de ses bottes et de son jean moulant de cow-boy, Eleanor comprit que celui-ci allait lui causer des ennuis. Elle regretta de ne pas s'être fiée à son intuition et de ne pas avoir laissé la sécurité se charger de lui.

Par la fenêtre, elle voyait maintenant le ciel s'assombrir et la promesse de la fin de cette longue journée arriver. Si son associé, Phillip McNamara, ne lui avait pas demandé de l'attendre pour lui parler, elle serait déjà partie.

— Excusez-moi, mais vous n'êtes quand même pas en train de m'accuser d'avoir piégé mon propre client, monsieur Colt ?

Il lui répondit par un sourire qui devait faire fondre bon nombre de femmes.

— Vous l'avez un peu cherché, répliqua-t-il avec malice. Peut-être que ça vous a permis de vous offrir une nouvelle paire de Jimmy Choo.

— Je porte des Louboutin.

Il éclata de rire et la tension qui régnait dans la pièce sembla baisser d'un cran. Elle avait bien failli demander aux vigiles de le jeter dehors, mais son instinct lui avait dit qu'elle le reverrait vite. Et il y avait une autre raison pour laquelle elle ne l'avait pas encore fait renvoyer. Depuis le départ, quelque chose la tracassait au sujet de Vernon Murphy. Et ce cow-boy venait confirmer ses doutes.

Elle se laissa aller en arrière dans son fauteuil, croisa les jambes devant elle et le questionna :

— Est-ce que votre charme fonctionne bien dans le Montana ?

— La plupart du temps, oui, lui répondit-il en tirant une chaise pour s'asseoir en face d'elle. Écoutez, apparemment il y a des gens qui veulent empêcher Vernon de témoigner. Comme ils n'ont pas pu l'atteindre quand il était en prison, ils ont patiemment attendu son transfèrement. Ils ont soigneusement préparé leur coup et à présent ils l'ont avec eux. Vernon m'avait prévenu que ça allait se produire alors que nous prenions la route.

— Vous êtes en train de dire que vous avez perdu M. Murphy ? demanda Eleanor.

Willie enleva son chapeau et tourna la tête pour que l'avocate puisse voir le bandage à l'arrière de son crâne.

— Ils ont essayé de me tuer. Je dois les retrouver au plus vite... Peut-être n'ont-ils pas encore éliminé Spark. Ou peut-être qu'il est déjà mort, je n'en sais rien. Mais, quoi qu'il en soit, je dois partir à sa recherche et j'ai besoin de votre aide.

Elle ouvrit la bouche pour lui rappeler une nouvelle fois qu'elle était tenue au secret professionnel, mais il reprit la parole avant qu'elle ait le temps de parler.

— Vous allez m'aider parce que je sens que vous êtes quelqu'un d'intelligent, reprit-il. Vous avez maintenant compris que ceux qui s'en sont pris à Spark ne s'arrêteront pas avant d'avoir tout réglé dans les moindres détails. Et vous êtes, vous aussi, un détail de cette histoire, car ces gens pensent que Spark vous en a trop dit sur eux.

— Je n'aime pas ce que vous insinuez, monsieur le shérif adjoint.

— Comme je vous l'ai dit, vous êtes intelligente, continua-t-il en ignorant la remarque. Si vous n'aviez pas compris la situation, à présent vous êtes au courant. Les personnes qui l'ont enlevé pensent probablement la même chose que moi, c'est-à-dire qu'il vous a tout raconté. Et cela fait de vous une cible. Pour être plus clair, vous êtes fichue.

— Vous avez une façon merveilleusement brutale de présenter les choses.

— Et ce n'est que le début. Ce que j'essaye de vous dire, c'est que vous êtes en danger. Et j'ai besoin que vous m'aidiez avant qu'ils s'en prennent à vous. Parce que, pour être tout à fait honnête, une fois morte vous ne me serez plus d'aucune utilité.

Eleanor laissa échapper un soupir.

— Je suis désolée, monsieur Colt, votre temps est écoulé. Mais puisque nous avons décidé d'être francs l'un envers l'autre, préférez-vous partir de votre plein gré ou être traîné dehors par les agents de sécurité ?

Willie Colt secoua la tête en souriant et replaça son chapeau sur son épaisse chevelure noire.

— Quelle honte, conclut-il d'un ton ironique en se levant de sa chaise. Avec ou sans votre aide, je vais retrouver votre client et les hommes qui l'ont enlevé qui sont probablement en ce moment même en train de le torturer ou de le tuer. Je me demande combien de temps passera avant qu'ils s'en prennent à vous, mais je doute fort que vous ayez déjà eu affaire à ce genre de types. Alors, si finalement vous avez envie de rester en vie...

Il sortit une carte de visite de sa poche et, se penchant de nouveau sur le bureau, attrapa un stylo. Décidée à ne pas se laisser intimider, Eleanor ne recula pas et le regarda écrire ce qui devait être son numéro de téléphone puis lui lancer la carte.

— Appelez-moi, je pourrai peut-être vous rejoindre avant eux. Sinon, ils vous tortureront jusqu'à ce que vous leur révéliez tout ce que vous savez avant de vous éliminer. Mais de vous à moi, je détesterais voir ce chemisier blanc et ce tailleur si élégant couverts de sang, surtout sur une femme tirée à quatre épingles comme vous.

Sur ces mots, il tourna les talons et quitta la pièce, laissant la porte ouverte derrière lui.

Eleanor resta immobile quelques instants, surprise de constater qu'elle bouillonnait intérieurement. Elle n'aimait pas être insultée. Ce genre de comportements la rendait furieuse. Tirée à quatre épingles, elle ? Elle prit une profonde inspiration et essaya de se calmer. Ce type pensait-il vraiment pouvoir entrer ainsi dans son bureau pour l'offenser et l'effrayer de la sorte ?

Une sonnerie retentit, et un message apparut sur l'écran de son ordinateur. Sa secrétaire lui rappelait la réunion qui avait lieu à l'étage. Elle jeta un coup d'œil à l'heure, se leva et s'empara de la carte de l'adjoint du shérif en secouant la tête. Il travaillait dans une ville semble-t-il nommée Lonesome, dans le Montana. Elle n'avait jamais entendu parler de cet endroit. Elle reçut un nouveau message. Il s'agissait cette fois de Phillip McNamara. Il devait être inquiet, car lui aussi avait jugé nécessaire de lui rappeler leur entretien.

Tenant toujours la carte du cow-boy dans sa main, Eleanor la fourra dans la poche de sa veste et prit la direction de l'ascenseur.

Sur le chemin du commissariat principal de la ville, Willie passa s'acheter quelque chose à manger et une boîte d'analgésiques pour soigner son mal de tête. Il souffrait tant qu'il commençait à se demander s'il avait bien fait de quitter l'hôpital.

Après avoir pris trois cachets, il sentit la douleur s'atténuer. Il portait à présent un regard plus critique sur l'affaire. L'officier de police de Seattle, Brian Kemp, avait arrêté Spark qui roulait avec un feu arrière détérioré et avait été surpris d'apprendre, en contrôlant son identité, que cet homme était recherché dans tout le pays pour incendie criminel et meurtre.

Mais quand Willie, une fois au poste, demanda à rencontrer Kemp, on l'envoya voir le chef de la police, Ted Landry. Celui-ci était grand, avait un visage de bouledogue, et était assis derrière un large bureau en métal qui occupait toute la pièce.

— Je suis tombé dans un piège, lui lança Willie en avançant vers lui, et je voudrais bien savoir qui me l'a tendu !

Landry parut un instant surpris puis lui répondit d'une voix irritée :

— Qu'insinuez-vous ? Que mes gars ont joué un rôle là-dedans ?

— Je n'insinue rien du tout, on m'a tendu un piège. Et les hommes qui m'ont attaqué et qui ont enlevé mon prisonnier savaient exactement où et quand ils pouvaient nous tendre une embuscade.

— Eh bien, ce n'est pas chez nous qu'ils ont obtenu ces informations, dit le chef.

— Je leur demanderai quand je les retrouverai, répondit Willie.

— Je ne sais pas pour qui vous vous prenez, cow-boy, mais sachez que vous n'avez aucune autorité ici. Vous êtes très loin de votre juridiction. J'ai demandé qu'on répare votre véhicule en urgence pour que vous puissiez rentrer dans le Montana le plus vite possible.

— Pourquoi est-il si important que je parte rapidement ?

— Comme je l'ai déjà dit à votre patron, c'est nous qui allons reprendre cette affaire, lui dit l'homme en fronçant les sourcils.

— J'ai vu comment vous avez géré les choses jusqu'à présent, répliqua Willie, conscient qu'il était en train de dépasser les limites.

Mais il était furieux, sa tête le faisait atrocement souffrir, et il avait l'impression que personne n'allait rechercher

Spark et encore moins prendre la peine de traquer ceux qui l'avaient enlevé.

— Récupérez votre voiture quand elle sera prête et rentrez chez vous, conclut Landry en se levant, l'air menaçant. Sinon, je vous fais arrêter pour avoir interféré dans les affaires de la police. Est-ce que je me suis bien fait comprendre, monsieur le shérif adjoint ?

— Parfaitement, lui répondit Willie avant de sortir du bureau.

Apparemment tout le monde ici voulait qu'il rentre dans le Montana, y compris son propre patron.

Quand Eleanor pénétra dans la salle de réunion, quatre associés étaient déjà présents. En la voyant entrer, ils se levèrent et la saluèrent avant de quitter la pièce. Quoi qu'il se soit déroulé, ils ne semblaient pas satisfaits. Phillip McNamara non plus… Elle venait d'être menacée par un cow-boy du Montana, qu'allait-il encore bien pouvoir se passer aujourd'hui ?

Elle était associée principale dans ce cabinet pourtant quasiment masculin. Et même si ses parents étaient les fondateurs de la société et qu'ils avaient toujours pensé que leur fille en deviendrait un jour la directrice, sa proposition de recruter davantage d'avocates avait été rejetée. Quant à McNamara, bien qu'il ait dernièrement évoqué la possibilité d'un partenariat de cogestion, leur relation était tendue pour le moment, et le sujet n'était plus à l'ordre du jour. Ce qui la rendait légèrement anxieuse… Pour quelle raison voulait-il la voir maintenant ?

Il lui fit signe d'approcher. Cet homme était de sept ans son aîné et ses tempes grisonnantes ajoutaient à son charme naturel. Depuis qu'il lui avait avoué avoir des sentiments pour elle, et qu'elle lui avait répondu qu'elle ne ressentait pas la même chose à son égard, il était devenu plus distant. Alors qu'elle prenait place en face de lui, elle se rendit compte qu'il prenait soin d'éviter son regard.

— Je voulais seulement vous tenir au courant au sujet de l'un de nos clients, lui dit-il en baissant les yeux sur son carnet.

Elle lut le nom qui y était inscrit : Vernon Murphy.

— Il y a un problème avec son extradition ? lui demanda-t-elle, faisant comme si elle n'était pas au courant.

— Non, non, vous avez fait un excellent travail, lui dit-il, tout est en ordre, mais malheureusement… il s'est échappé.

Cette version ne ressemblait pas à celle que venait de lui raconter Willie Colt, se dit-elle en continuant de jouer la surprise.

— Je doute fortement qu'il vous contacte, mais s'il le fait, mettez-nous immédiatement au courant, nous nous chargerons du reste. Il ne vous a pas contactée, si ?

Eleanor secoua la tête en pensant à la carte du shérif adjoint qui se trouvait dans sa poche.

— Eh bien, surtout, prévenez-moi s'il le fait. Hormis cela, tout va bien ?

Pendant un instant, elle envisagea de lui parler de la visite du cow-boy, mais elle y renonça.

— Très bien.

— Vous avez l'air fatiguée, vous devriez rentrer chez vous.

Eleanor ne répondit pas et se leva de sa chaise en se demandant pourquoi ils n'avaient pas eu cette discussion au téléphone. Alors qu'elle quittait la pièce, un des associés refit son apparition et disparut dans le bureau de McNamara. En jetant un rapide coup d'œil derrière elle, elle aperçut les deux hommes s'engager dans une conversation qui semblait intense. De quoi parlaient-ils ? De Vernon Murphy ? Du flic qui avait perdu son prisonnier ou de tout autre chose ?

De retour à son étage, elle vit que Christie, sa secrétaire, était en train de mettre son manteau. Elle fut surprise qu'elle ne soit pas déjà partie.

— Vernon Murphy est en ligne, lui dit celle-ci, il dit qu'il doit vous parler. C'est urgent.

La première réflexion d'Eleanor fut que le shérif adjoint avait été vraiment pessimiste sur l'avenir de son client puisque celui-ci était en état de l'appeler.

— Je vais prendre la communication, Christie, vous pouvez rentrer chez vous.

Une fois la secrétaire partie, Eleanor retourna dans son bureau, s'assit dans son fauteuil et décrocha son téléphone.

— Monsieur Murphy, que puis-je pour vous ?

Elle pensa au fait que McNamara lui avait demandé de l'informer immédiatement si elle avait la moindre nouvelle de son client.

— Monsieur Murphy ? répéta-t-elle.

En guise de réponse, elle ne perçut qu'un gémissement. Les battements de son cœur s'accélérèrent tandis que son interlocuteur ajoutait dans un murmure :

— Ils viennent vous chercher. Ils pensent que je vous ai parlé. Partez avant qu'ils...

Un cri horrible retentit à l'autre bout du fil, et la communication fut brusquement coupée.

Eleanor entendit alors les portes de l'ascenseur s'ouvrir et des pas lourds avancer vers son bureau.

4

Les mains tremblantes, Eleanor raccrocha le téléphone et se leva. Son premier réflexe fut de se dissimuler. Mais dans cet immeuble aussi transparent qu'un aquarium, il n'y avait aucune cachette. La fuite était-elle une meilleure option ? L'escalier se trouvait à l'extrémité du couloir, le moyen le plus rapide de quitter les lieux était donc l'ascenseur...

Les pas semblaient se diriger vers son bureau. Le son résonnait dans le silence, lui rappelant qu'elle était seule à l'étage. Peut-être que McNamara ou l'un de ses associés était encore dans les locaux ? Du bout des doigts, elle effleura la carte de visite du shérif adjoint dans sa poche. Il était trop tard pour lui téléphoner.

Un homme apparut soudain dans l'embrasure de sa porte. Retenant un cri, elle sentit le soulagement l'envahir en reconnaissant Willie Colt. Jamais elle n'aurait imaginé ressentir une telle joie en le voyant.

— Que se passe-t-il ? lui demanda-t-il en la fixant de ses yeux bleus.

Il avança vers elle sans attendre sa réponse, lui posa la main sur l'épaule et la fit se rasseoir dans son fauteuil qu'il fit tourner jusqu'à ce qu'elle se trouve face à lui.

— Allez-y, dites-moi tout !

La gorge sèche, Eleanor déglutit avec peine.

— Ellie ?

Elle ne le reprit pas. Elle savait que sa peur était visible. Ce cow-boy savait qu'elle allait avoir des problèmes avant qu'elle-même en prenne conscience. Était-ce pour cette raison qu'il était revenu ?

— Que faites-vous ici ? demanda-t-elle.

— J'ai compris que si Spark était encore en vie, il allait vous contacter, lui répondit Willie en plissant les yeux comme s'il cherchait à lire en elle. Vous avez eu de ses nouvelles, n'est-ce pas ?

S'il y avait bien une chose qu'elle avait apprise pendant son enfance, c'était de se fier à son instinct. Et cette règle avait fait d'elle une excellente professionnelle qui réfléchit rapidement. Elle décida donc de suivre son intuition.

— M. Murphy vient de m'appeler, dit-elle en se remémorant la peur et la douleur qu'elle avait perçues dans la voix de son client, à l'autre bout du fil.

— Répétez-moi exactement ce qu'il vous a dit, lui demanda le shérif adjoint en plongeant une nouvelle fois le regard dans celui de l'avocate.

Elle prit un instant avant de lui répondre. Sa décision pourrait détruire sa carrière, ruiner sa vie ou... la sauver.

— Il m'a dit que ses ravisseurs allaient venir me chercher et il m'a recommandé de fuir. Mais il n'a pas fini sa phrase et je l'ai entendu hurler avant que l'appel se termine.

Willie acquiesça. Tout cela expliquait la terreur qu'il avait lue sur le visage d'Eleanor en arrivant dans son bureau. Sa peur était justifiée. Il ôta son chapeau et se passa une main dans les cheveux en regardant la ville scintillante qui s'étalait sous leurs yeux. N'était-ce pas tout ce qu'il avait redouté ? Ceux qui avaient enlevé Spark voulaient découvrir ce que celui-ci savait, mais également ce qu'il avait pu dire à d'autres.

Il reporta son attention sur l'avocate. Elle n'était plus aussi pâle. Il percevait chez cette femme une véritable force, ce qui était une bonne chose, car elle allait en avoir besoin – surtout si elle ne suivait pas ses conseils à la lettre.

— Nous devons sortir d'ici.

Il n'aimait pas toutes ces baies vitrées et aimait encore moins l'idée d'être piégé au quatorzième étage de ce building.

— Vous devez venir avec moi.

Pour quelle raison lui ferait-elle confiance alors qu'elle le connaissait depuis peu ? Il s'attendait à ce qu'elle proteste tout en sachant qu'il n'hésiterait pas à la balancer par-dessus son épaule pour l'emmener de force si elle résistait.

Mais elle ne réfléchit qu'un bref instant avant de se lever et d'ouvrir le tiroir de son bureau pour en sortir son sac à main. Elle jeta ensuite un coup d'œil à son téléphone fixe comme si elle envisageait de passer un appel. À la police ? À son patron ? Puis elle sembla changer d'avis et se dirigea vers un placard pour prendre un long manteau. Une fois encore, elle parut hésiter.

— Si cela peut vous aider, lui dit-il, je ferai tout ce qui est en mon pouvoir pour garantir votre sécurité. Vous avez ma parole.

Elle enfila son vêtement puis braqua les yeux sur Willie avant de passer devant lui, droite comme un i.

— Je parie que c'est aussi ce que vous avez dit à Vernon Murphy.

Willie maugréa intérieurement et la suivit alors qu'elle prenait la direction de l'ascenseur.

— Nous allons devoir prendre l'escalier. Avez-vous d'autres chaussures ? lui demanda-t-il en fixant ses escarpins.

Elle lui jeta un regard comme pour lui intimer de ne pas la sous-estimer et avança vers l'escalier. Tout en l'observant descendre les marches, il se dit qu'il allait devoir la surveiller de près. Même si elle était terrifiée, elle n'allait peut-être pas lui accorder sa confiance et lui obéir aussi aisément. D'une manière ou d'une autre, il allait donc probablement devoir lui prouver que rester avec lui était dans son intérêt.

Même son professionnalisme avait été mis à mal dernièrement… À Lonesome, il lui aurait été très facile d'assurer la protection de l'avocate. Mais dans cette ville, dans cet environnement inconnu et plutôt hostile qui jouait avec ses nerfs et sa patience, il n'était plus si sûr de lui. L'enlèvement de Spark prouvait d'ailleurs fort bien combien ses compétences étaient limitées dans cette grande cité.

Ils arrivèrent au rez-de-chaussée. D'un rapide coup d'œil, Willie vit que l'accueil était vide mais, en observant l'ascenseur, il constata qu'il venait de s'arrêter au quatorzième étage, celui du bureau d'Ellie.

— Vous attendiez quelqu'un ? lui demanda-t-il.

— Non, lui répondit-elle en suivant son regard.

Lui prenant le bras, il l'attira alors vers la sortie.

— Restez près de moi, lui ordonna-t-il tandis qu'ils s'en allaient tous les deux dans l'obscurité de la rue.

Une fois dehors, l'air de la nuit qui portait vers eux les embruns du Puget Sound enveloppa Eleanor. Qu'était-elle en train de faire ? s'interrogea-t-elle. Elle commençait à se poser des questions. Pourquoi n'avait-elle pas prévenu son patron ? Peut-être que McNamara était encore là. Il saurait probablement comment gérer la situation. D'ailleurs, ne lui avait-il pas demandé de l'appeler si elle avait des nouvelles de Vernon Murphy ?

Lui tenant toujours fermement le bras, le shérif adjoint la conduisait maintenant dans la mauvaise direction. Elle devait aller récupérer sa voiture au parking. Certes, elle avait paniqué après avoir reçu le coup de téléphone de Vernon alors que tout le monde semblait avoir quitté le cabinet… Du reste, elle n'avait vu aucun des membres du personnel de sécurité dans le hall quand Willie Colt et elle étaient sortis... Où étaient-ils passés ?

Un klaxon retentit dans le flux régulier de la circulation. Elle sursauta et s'arrêta brusquement de marcher. Plusieurs personnes les dépassèrent sur le trottoir très encombré. Mais au lieu de lâcher son bras, l'adjoint se tourna face à elle et s'immobilisa lui aussi, à quelques centimètres seulement de son visage. Elle le vit regarder derrière elle, par-dessus son épaule.

— Je sais ce que vous avez en tête, lui dit-il.

— Impossible.

— Vous ne pouvez pas retourner chez vous, lui souffla-t-il. Vous ne pouvez pas non plus aller chercher votre voiture. Ils nous surveillent probablement à cet instant.

Ce cow-boy lui faisait peur. Peut-être était-ce d'ailleurs exactement ce qu'il voulait. Elle n'avait aucune raison de lui faire confiance, elle n'avait même aucun moyen de vérifier que ce qu'il racontait à propos de Vernon Murphy était vrai. Pourquoi n'avait-elle pas appelé McNamara après avoir reçu ce fichu coup de téléphone ? Ou la police ? Le souvenir du cri de douleur de son client et l'idée de ce que ses ravisseurs pouvaient être capables de faire la paniquèrent...

— Je dois aller voir la police, dit-elle soudain, déterminée à reprendre le contrôle de la situation.

Mais Willie Colt secoua la tête et l'attira loin du flot de piétons avant de se rapprocher d'elle une nouvelle fois pour lui murmurer :

— Je suis déjà allé voir la police. Ils ne vous aideront pas plus que moi. Et d'ailleurs, je ne crois pas qu'ils recherchent si activement Spark et ses ravisseurs, malgré ce qu'ils disent. Je suis votre meilleure chance de rester en vie. Je sais que vous ne le croyez pas pour le moment, mais il se trouve que c'est la vérité.

Depuis qu'elle était avocate, Eleanor savait que la police

de Seattle était surchargée de travail, qu'elle manquait de personnel, et que les agents étaient sous-payés. Mais devait-elle vraiment suivre ce cow-boy ?

— Venez, lui dit-il en resserrant la prise sur son bras. Croyez-moi, vous ne voulez pas vous retrouver seule maintenant. Ceux qui vous ont engagée pour défendre Vernon viennent de vous jeter dans la fosse aux lions.

Elle croisa les yeux bleus de Willie. Pouvait-elle lui faire confiance ? Avait-elle seulement le choix ?

— Allons boire un verre, conclut-il en l'attirant vers un pub bondé.

Un verre était bien la dernière chose dont Eleanor avait envie, mais elle était suffisamment intelligente pour avoir compris que Willie Colt voulait surtout quitter la rue. Elle regarda autour d'elle pour voir à quoi pouvaient ressembler ceux qui la pourchassaient – ou même s'ils se trouvaient là –, mais personne dans la foule ne semblait se soucier d'eux.

Quand Willie Colt referma la porte du bar derrière eux, elle eut une pensée terrible. Et si celui qui souhaitait sa mort était déguisé en… shérif adjoint ?

5

Une fois dans le pub bruyant, Willie trouva une table au fond. De là, il pouvait surveiller l'entrée de l'établissement et la porte arrière près des toilettes. Quand la serveuse vint prendre leur commande, il demanda une bière et Eleanor une boisson qu'il ne connaissait pas. Elle paraissait nerveuse, comme prête à s'enfuir. En se penchant vers elle pour lui parler, il sentit les effluves de son parfum.

— Celui qui vous a engagée pour représenter Spark a mis votre vie en danger. Nous sommes dans le même bateau, vous et moi. Sauf que, moi, ils ont déjà essayé de me tuer.

Un homme de grande taille entra par la porte du fond. Sa tenue un peu trop soignée et son air agité mobilisèrent l'attention de Willie. Il regardait autour de lui comme s'il cherchait quelqu'un. Pendant qu'il tournait la tête dans leur direction, Willie ôta son chapeau et, se penchant rapidement vers Ellie, lui glissa une main derrière la nuque et l'attira vers lui pour l'embrasser. Mais alors que leur baiser commençait à devenir plus intense, elle se dégagea et leva la main droite. Il n'eut que le temps de lui attraper le bras avant qu'elle le gifle.

Il regarda dans la direction de l'homme, mais celui-ci était parti.

— Comment avez-vous pu… ?

— Un homme est entré par-derrière, il nous cherchait, lui répondit-il en lui lâchant le bras.

Elle écarquilla les yeux et lança un regard inquiet vers l'issue de secours. Constatant qu'il n'y avait plus personne, elle reporta son attention vers Willie et le regarda en plissant les yeux.

— Il était là, dit-il. Un homme grand, les cheveux courts, les yeux plutôt rapprochés, trop bien habillé.

Il s'interrompit et haussa les épaules avant d'ajouter :

— J'ai suivi mon instinct. Mais pour un premier baiser, ce n'était pas si mal, n'est-ce pas ?

Elle fronça les sourcils, et il s'excusa :

— Désolé, j'essayais seulement de détendre un peu l'atmosphère.

— Je ne crois pas un mot de ce que vous me racontez, lui répondit-elle en attrapant son sac à main.

Comme la serveuse arrivait avec leur commande, Willie posa une main sur le bras d'Eleanor.

— Ellie, buvez d'abord votre verre, puis nous déciderons de la meilleure chose à faire.

— Je m'appelle Eleanor, le reprit-elle sèchement.

Mais il perçut qu'elle hésitait tandis qu'il glissait devant elle la boisson colorée qu'elle avait demandée.

— Je sais que vous êtes effrayée, je le suis également, lui dit-il d'un ton tranquille, mais dites-moi juste une chose : qui vous a demandé de vous occuper du cas de Spark au cabinet, est-ce quelqu'un en qui vous avez confiance ?

En la voyant fermer les yeux, gris comme le ciel de Seattle, avant de prendre une gorgée, il eut la réponse.

— Il y a d'autres avocats dans votre société, n'est-ce pas ? l'interrogea-t-il. Ne pensez-vous pas que c'est parce que vous êtes une femme qu'on vous a confié ce dossier ?

Quand elle ouvrit les paupières, son regard s'était assombri. La colère se lisait sur ses lèvres pincées.

— Ce n'est qu'une simple hypothèse, lui expliqua-t-il sans cesser d'observer les entrées et les sorties des clients par les deux portes du pub. Mais vous n'avez rien vu d'étrange dans cette affaire ? Rien ne vous a mis la puce à l'oreille ? Je suppose que celui qui a contacté votre cabinet pour défendre Vernon Murphy a dû payer bien plus que pour la simple extradition d'un pyromane, même accusé d'homicide. À moins qu'un de vos collègues le connaisse, lui ou Spark.

— Vous ne pensez tout de même pas que la ville de Seattle tout entière est mêlée à cette histoire ? lui lança-t-elle. Vous vous rendez compte que vous êtes un peu paranoïaque ?

Il la regarda siroter une nouvelle gorgée de sa boisson et remarqua qu'elle semblait moins confiante. Se demandait-elle, elle aussi, pour quelles raisons elle avait été choisie pour s'occuper de cette affaire en particulier ?

En voyant son air contrarié et inquiet, Willie pensa qu'elle venait peut-être de comprendre que son patron l'avait tout simplement jetée… dans la gueule du loup.

En prenant une longue rasade de sa bière, Willie se souvint qu'il n'avait rien avalé depuis qu'il était sorti de l'hôpital.

— Vous avez faim ? l'interrogea-t-il.

Eleanor le regarda comme s'il l'avait invitée à un rendez-vous galant. Ou pire encore. Il appela la serveuse d'un geste de la main et lui commanda une assiette de hors-d'œuvre et une autre bière. De son côté, Eleanor n'avait pas terminé son cocktail et semblait très désireuse de quitter les lieux. Mais l'homme qui était entré quelques instants plus tôt les attendait peut-être dehors, et Willie pensait qu'il était plus prudent de patienter.

— Avez-vous la possibilité de loger dans un endroit que personne de votre entourage ne connaît ? lui demanda-t-il.

— Je travaille avec des avocats, ces gens-là peuvent retrouver qui ils veulent.

— Dans ce cas, que devrions-nous faire, selon vous ?

— Nous ?

— Oh ! ne vous inquiétez pas, je ne vais pas vous forcer à faire quoi que ce soit contre votre volonté, assura-t-il. Et je ne compte pas vous embrasser de nouveau, à moins d'y être obligé.

— Eh bien, je vous remercie.

Il crut voir un très léger sourire se dessiner sur les lèvres de l'avocate.

— Il n'empêche que je suis toujours votre meilleure chance de rester en vie.

Elle lui répondit par une grimace et reprit une gorgée de son cocktail. En constatant combien sa bouche était jolie, Willie se remémora leur baiser et sortit son téléphone pour tenter de penser à autre chose.

— Mes trois frères se trouvent à Lonesome et enquêtent également sur cette affaire.

— Vos frères sont tous shérifs adjoints ? lui demanda-t-elle.

— Non, ils sont détectives privés, ils travaillent pour l'agence Colt Frères Investigations. C'est notre père qui l'a fondée après avoir quitté le monde du rodéo. Nous avons tous plus ou moins suivi ses pas.

Elle le regarda un instant avant de finir son verre. Quand elle le reposa sur la table, elle parut surprise de constater qu'un deuxième cocktail avait été apporté. Probablement grâce à l'alcool, elle semblait à présent plus détendue et, après avoir bu quelques gorgées, elle leva les yeux vers Willie avec curiosité.

— Alors, vous êtes un cow-boy de rodéo.

— Un *bull rider*, pour être plus précis. Je montais sur des taureaux oui, mais j'ai tout arrêté pour rejoindre le département de police du shérif. En fait, je recherche l'assassin de mon père. C'est une longue histoire.

— Et, à présent, vos frères et vous-mêmes êtes à la poursuite de ceux qui ont enlevé Vernon ?

Willie ne put pas s'empêcher de remarquer le ton sceptique

qu'elle employait et se demanda si c'était le genre d'attitudes qu'adoptaient tous les avocats.

— Vous pouvez vérifier sur votre téléphone si vous ne me croyez pas. Colt Frères Investigations. Ou seulement Colt Investigations quand il n'y avait que mon père.

Eleanor reposa son verre et sortit son smartphone de son sac à main. Willie balaya le pub du regard. L'homme qui semblait les rechercher avait disparu, mais cela ne signifiait pas pour autant que personne d'autre parmi les clients présents ne pouvait représenter un danger pour Ellie ou pour lui-même.

Quand les hors-d'œuvre arrivèrent, elle rangea son téléphone.

— La mort de votre père a été déclarée accidentelle.

— Le shérif de l'époque était un escroc, et mon père travaillait sur une affaire que celui-ci voulait laisser dans l'ombre, lui répondit Willie en haussant les épaules. Mon instinct m'a toujours soufflé que sa mort n'avait rien d'un accident.

Eleanor se surprit à observer le shérif adjoint avec attention. Il paraissait plus intéressant que ce qu'elle en avait pensé au premier abord. Elle, qui était fille unique, avait toujours rêvé d'avoir des frères et sœurs. Elle enviait la relation de loyauté et de complicité qui semblait lier Willie Colt à ses trois frères. Elle se rendit compte qu'elle commençait à se détendre. L'alcool y était pour quelque chose, mais leur baiser aussi l'avait légèrement déstabilisée. Elle était également heureuse de se trouver dans un lieu public, en sécurité parmi tous ces gens. Pourtant, même si ce cow-boy paraissait convaincant, elle ne pouvait pas encore lui accorder une confiance totale.

Comme elle n'avait avalé qu'un seul yaourt de toute la journée, elle grignota quelques amuse-bouches en se demandant ce qui était plausible dans toute cette histoire. Elle savait que l'unique motif pour lequel elle était toujours assise ici, avec Willie Colt, était l'appel qu'elle avait reçu de la part de Vernon Murphy. Elle repensa aux différentes conversations qu'elle avait pu avoir avec son client jusqu'à présent. Le shérif adjoint avait raison sur ce point. Vernon l'avait en effet suppliée de ne pas laisser Washington l'extrader vers le Montana. Mais il n'était pas le premier de ses clients à ne pas vouloir retourner dans l'État où il avait commis le crime dont il était accusé. Elle savait que Willie Colt attendait d'elle qu'elle lui livre des informations précieuses. Mais le fait qu'elle se trouve ici avec lui faisait déjà naître en elle un profond sentiment de trahison vis-à-vis de son cabinet. Sans parler de l'éventuelle violation du serment de confidentialité qui unissait les clients à leurs avocats.

— Je vais aux toilettes, dit-elle soudain en se levant brusquement de table.

Elle espéra qu'il n'allait pas l'en empêcher ou proposer de l'accompagner et ajouta :

— Je n'en aurai pas pour longtemps.

Alors qu'elle allait s'éloigner, il lui attrapa le poignet. Elle se retourna et lui jeta un des regards qu'elle avait l'habitude de lancer aux témoins appelés à la barre.

— Vous ne me faites pas confiance ? demanda-t-elle.

— Moi si, probablement plus que vous, lui répondit-il en passant un pouce rugueux sur la peau tendre du poignet de l'avocate.

Quelque chose dans les yeux de Willie Colt parut soudain dangereux à Eleanor. Les battements de son cœur s'accélérèrent de façon presque douloureuse. Alors qu'elle sentait une subite chaleur se diffuser dans tout son corps, il relâcha son emprise.

— Soyez prudente.

Willie la regarda s'éloigner. Peut-être se rendait-elle réellement aux toilettes. Peut-être allait-elle revenir. Mais il en doutait. Eleanor était une femme difficile à cerner. Il se rendit soudain compte que si elle disparaissait, il ne pourrait rien faire. À cette pensée, il laissa échapper un juron, car il était convaincu qu'elle n'avait aucune idée des ennuis dans lesquels elle s'était fourrée en acceptant de s'occuper du cas de Spark.

Son téléphone vibra dans sa poche. Il le sortit et constata avec joie qu'il s'agissait de l'appel qu'il attendait.

— J'ai essayé de t'appeler plus tôt, mais ton téléphone semblait éteint, lui dit son frère James. J'ai de nouvelles informations. Spark travaillait comme dynamiteur pour une société minière dans le Montana. Quand il a accepté ce poste à Lonesome, il bossait comme expert en explosifs dans le Dakota du Nord. Ce qui est intéressant, c'est que le siège de l'entreprise se trouve à Washington, pas loin de là où tu te trouves.

Sentant l'inquiétude grandir en lui, Willie regarda la porte du couloir qui menait aux toilettes et celle du fond du pub.

— En effet, c'est intéressant.

— Attends, il y a mieux. La femme qui est morte dans l'explosion qu'il a déclenchée s'appelait Zoey Bertrand. Elle avait vingt-huit ans et était l'ancienne réceptionniste de Cascade Extraction Corp., à Gig Harbor, Washington. C'est la société pour laquelle travaille justement Spark. Il y a donc de fortes chances pour qu'il l'ait connue.

— Merci, lui répondit Willie en se levant. Je dois filer, je te rappelle.

Il raccrocha et se dirigea vers la porte du fond de l'établissement.

Après être passée aux toilettes, Eleanor sentit le doute la submerger tandis qu'elle se lavait les mains. En tant qu'avocate, elle n'avait pas à se demander si son client était coupable ou non. Elle ne pouvait que s'appuyer sur le rapport de police et les restrictions de la loi.

Quelle preuve avait-elle que ce shérif adjoint, Willie Colt, disait bien la vérité ? Son insigne suffisait-il à garantir la véracité de ses propos ? Ou était-ce sa démarche de cow-boy qui la troublait ? Peut-être ferait-elle mieux d'appeler McNamara...

Elle se sécha les mains, sortit son smartphone, mais changea subitement d'avis. Elle se sentait confuse, et ces deux cocktails n'arrangeaient rien, surtout sur un estomac vide. Quelque chose en elle lui soufflait que ce cow-boy était dangereux. De toute évidence, il agissait comme un électron libre et suivait ses propres règles. Ne ferait-elle pas mieux de partir d'ici et de trouver un endroit sûr pour tenter d'y voir plus clair sur toute cette affaire ? Elle pouvait se rendre chez des amis, là-bas, elle serait hors de danger. Cela n'était-il pas plus judicieux ?

Alors qu'elle allait sortir des toilettes, la porte s'ouvrit brusquement et elle recula d'un pas, persuadée de voir surgir le shérif adjoint. Deux jeunes femmes, manifestement ivres, entrèrent en riant et allèrent aux toilettes. Une file d'attente s'était formée dans le couloir, avec d'autres filles hilares portant toutes des T-shirts à l'effigie d'une future mariée. Eleanor sourit en se remémorant les soirées passées avec ses amies pour leurs enterrements de vie de jeunes filles. Son indépendance de citadine et sa détermination l'avaient poussée à suivre sa propre voie, et elle avait toujours eu l'habitude de régler les choses par elle-même – quoi qu'en dise ce fichu cow-boy.

Elle avança dans le couloir, longea les toilettes des hommes et se dirigea vers l'issue située à l'arrière du pub. Une fois dans la petite ruelle obscure, un sentiment d'incertitude s'empara d'elle. Immobile sur les marches en bois de l'établissement, elle goûta le silence qui contrastait avec le vacarme de l'intérieur.

La porte s'ouvrit brusquement, et quelqu'un sortit en la bousculant. Elle lutta pour rester droite sur ses talons et se retourna en jurant, persuadée qu'il s'agissait de Willie Colt.

Mais en découvrant avec surprise le grand homme qui se tenait dans l'embrasure, elle retint son souffle. Il correspondait à la description que le shérif adjoint lui avait faite de l'individu qui, soi-disant, les recherchait dans le pub. Elle se figea, incapable de faire le moindre mouvement, et le regarda enfiler calmement une paire de gants noirs. Pendant quelques secondes, elle pensa qu'il n'en avait pas après elle. Le cow-boy avait seulement voulu l'effrayer, probablement dans l'espoir d'obtenir un nouveau baiser.

Elle se retourna lentement, prête à prendre ses jambes à son cou. Mais l'homme descendit rapidement les marches et l'attrapa par le bras. Alors qu'il sortait une seringue de sa poche, elle sentit les battements de son cœur s'accélérer. Elle n'avait aucun moyen de s'enfuir ni de se défendre. Et même si elle pouvait crier, elle doutait fort que qui que ce soit puisse l'entendre. Elle tenta malgré tout de se dégager, mais l'individu resserra son emprise et l'attira contre lui, manifestement décidé à lui faire une injection.

Willie se fraya un chemin parmi les jeunes filles qui patientaient dans le couloir, passa la tête par la porte des toilettes et appela Eleanor. N'obtenant aucune réponse, il entra et jeta un œil sous les portes des toilettes, mais ne vit aucune trace de talons Louboutin. Il balança quelques jurons et se dirigea avec empressement vers l'issue du fond.

Il savait qu'elle allait s'enfuir… Pourquoi ne lui faisait-elle pas confiance ? Et surtout, pourquoi s'était-il laissé berner par les beaux yeux gris d'Eleanor ? C'était probablement la sensation de la bouche de cette femme sur la sienne qui lui avait fait croire qu'il pouvait lui faire confiance quand elle avait prétexté se rendre aux toilettes. S'attendant à ce qu'elle ait disparu depuis longtemps, il ouvrit la porte et ce qu'il découvrit alors lui glaça le sang. Un homme de grande taille se débattait avec l'avocate. Eleanor avait ôté l'une de ses chaussures et se servait du talon comme d'une arme tandis que son assaillant la menaçait d'une seringue en jurant.

— Police, plus un geste ! s'écria Willie en pointant son pistolet.

Les mots étaient à peine sortis de sa bouche que l'agresseur d'Eleanor laissa échapper un cri de douleur. Il se retourna, entraînant l'avocate avec lui avant de la pousser violemment vers Willie. Elle tomba sur lui puis s'écroula par terre, l'empêchant ainsi de tirer sur l'homme qui s'enfuit en courant dans la ruelle.

Il crevait d'envie de le poursuivre, mais Eleanor avait besoin de lui. Elle était allongée sur le sol, la seringue à ses côtés. Et si cet individu lui avait injecté un produit mortel ?

Rangeant son arme dans son holster, Willie s'accroupit près d'elle.

— Il a réussi à vous piquer ?

Elle secoua la tête.

— Vous en êtes certaine ?

— Oui, acquiesça-t-elle en prenant appui sur un bras pour se redresser.

Une fois debout, elle sortit un mouchoir de son sac à main pour essuyer le sang qui se trouvait sur le talon de l'escarpin avec lequel elle avait blessé l'homme à l'œil.

Même si elle semblait déterminée à ne pas monter sa peur, Willie vit que les lèvres d'Eleanor tremblaient.

Il avait envie de la secouer. Ou lui hurler dessus et lui dire combien elle était stupide d'avoir envisagé de partir sans lui. Mais en la regardant essayer tant bien que mal de remettre sa chaussure en gardant son équilibre, il s'en sentit incapable. C'était inutile, de toute façon.

— Vous avez un autre mouchoir ? lui demanda-t-il.

Tandis qu'elle fouillait dans son sac, il remarqua que, hormis une trace de larme et un peu de mascara qui avait coulé sur sa joue, rien ne transparaissait de sa récente agression, et elle se comportait avec le professionnalisme qui incombait à son métier.

Il se baissa pour ramasser soigneusement la seringue en pensant que, malgré son envie d'étrangler Eleanor pour avoir tenté de s'enfuir seule, il était fier d'elle.

— Vous êtes vraiment sûre qu'il ne vous a pas piquée ? lui demanda-t-il une nouvelle fois.

Elle lui lança un regard exaspéré avant de secouer la tête de nouveau.

— Il y a probablement peu de chances pour que nous retrouvions des empreintes puisqu'il portait des gants, mais nous allons malgré tout tenter le coup, dit-il.

— Je croyais que vous ne faisiez pas confiance à la police locale ?

— En effet. Mais peut-être connaissez-vous des flics en qui vous avez confiance ?

6

Eleanor prit quelques instants pour réfléchir.

— J'en connais peut-être un, oui.

Elle s'était attendue à ce que Willie Colt la sermonne, qu'il lui répète combien la situation dans laquelle elle se trouvait était inquiétante et à quel point se comporter comme elle le faisait était imprudent. Mais il semblait avoir compris que ce qu'elle venait de traverser suffisait à lui faire prendre conscience de la dangerosité de toute cette affaire.

— Nous devons partir d'ici au plus vite, déclara-t-il en regardant dans la direction qu'avait prise l'homme pour s'enfuir. La prochaine fois, il ne sera pas seul. Je ne pense pas qu'il s'attendait à ce que vous vous défendiez de la sorte. Cependant… nous ne pouvons pas prendre votre voiture, et je ne peux pas encore récupérer mon SUV de patrouille.

Eleanor sortit son téléphone.

— Que faites-vous ? lui demanda-t-il.

— J'appelle un Uber, lui répondit-elle sans quitter des yeux l'écran de ton smartphone. Ah ! Un chauffeur peut nous retrouver dans trois minutes. Il passe nous prendre à l'autre bout du quartier, là où le trafic est moins dense à cette heure-ci.

— Un Uber, répéta-t-il d'un ton surpris.

À son expression, Eleanor comprit qu'il ne devait pas connaître ce service. Il était fort probable qu'il n'en ait jamais eu besoin. À moins que ce genre de choses n'existe pas à Lonesome. Cette ville possédait-elle même des feux de circulation ?

Ils descendirent rapidement la rue jusqu'à parvenir au point de rendez-vous où une voiture les attendait déjà.

— E.L. Shafer ? interrogea le conducteur en les voyant arriver.

Eleanor acquiesça, et ils montèrent tous les deux à l'arrière de la berline. Quand le chauffeur démarra, Willie se pencha vers l'avocate.

— Où allons-nous ? lui demanda-t-il à voix basse.

— J'ai dû inscrire une adresse donc, pour le moment, nous nous dirigeons vers l'aéroport. De là-bas, nous pourrons prendre un taxi ou un autre Uber. L'idée générale est bien de tout mettre en œuvre pour éviter d'être suivis, n'est-ce pas ?

— Tout à fait, approuva-t-il avant de jeter un regard derrière eux.

Eleanor essaya de se détendre. Elle était en sécurité. Pour l'instant. En se laissant aller en arrière contre son siège, elle tenta de calmer les battements saccadés de son cœur. Jamais encore elle n'avait vécu quelque chose comme ce qui venait de se produire dans la ruelle. Elle s'était souvent interrogée sur la réaction qu'elle aurait si elle se faisait un jour agresser. C'était le genre de choses que les citadines envisageaient parfois.

— Qu'y a-t-il dans la seringue, selon vous ?

Elle savait que le shérif adjoint l'avait rangée dans sa poche et elle se demandait s'il espérait vraiment pouvoir récupérer des empreintes. À moins qu'il craigne qu'elle n'ait été piquée et qu'il veuille que les médecins examinent le contenu pour trouver un antidote.

— Je pense qu'il s'agit d'un produit qui avait pour but de vous rendre plus docile. Quoi qu'il en soit, je doute fort que cela aurait suffi à vous dompter.

Au souvenir de son talon s'enfonçant dans l'œil gauche de son agresseur, Eleanor frissonna et détourna le regard.

Tandis qu'ils roulaient en silence, elle tenta de se remémorer tout ce qui avait pu se passer depuis qu'on lui avait délégué le dossier Vernon Murphy. Compte tenu de ce qui venait de se dérouler dans la ruelle, il paraissait indéniable que son client et le shérif adjoint n'étaient pas les seuls à être des cibles dans cette affaire. Elle réfléchit à nouveau à ce qu'elle pouvait confier à Willie Colt. Car il avait raison sur un point : sa vie semblait en danger.

— Vernon ne m'a pas dit qui était son employeur.

Le cow-boy parut surpris par la soudaineté de cette déclaration.

— Il tentait probablement de vous protéger. Malheureusement, la personne qui l'a embauché pour détruire cet immeuble pense probablement qu'il vous a tout révélé.

Eleanor repensa à son client. Il était très nerveux, et son attitude lui semblait justifiée à présent.

— Qui a enlevé Vernon, selon vous ? demanda-t-elle à Willie.

— Quelqu'un qui veut absolument empêcher son procès.

— Si ce sont ses employeurs, pourquoi le torturent-ils ?

— Ils se demandent peut-être s'il a eu un contact avec la femme qui se trouvait dans le bâtiment, répondit Willie après avoir pris quelques secondes pour réfléchir. Peut-être lui a-t-elle fait passer un message, s'il l'a vue. Je ne sais pas. Mais, apparemment, ils ne s'attendaient pas à ce qu'il s'enfuie. De mon côté, je me demande quelle raison l'a poussé à le faire. La seule hypothèse serait qu'il ait vu cette femme et qu'il l'ait reconnue. Le shérif a été informé de sa présence dans le bâtiment avant qu'il explose. Quant à Vernon, il a tenté de s'enfuir. La personne qui a orchestré tout cela ne sait pas à qui il a parlé et ce qu'il a dit.

Il soupira et jeta un nouveau regard vers l'arrière.

— Sommes-nous suivis ? lui demanda Eleanor.

— Il y a des chances, oui, mais comment le savoir avec une telle circulation ? lui répondit-il en se retournant. Ce que je ne m'explique pas, c'est pour quelle raison Spark n'a pas révélé à la police le nom de celui qui l'a embauché.

— Vous m'avez demandé tout à l'heure si je connaissais un policier digne de confiance. Vernon m'a dit qu'il s'était fié à l'un des policiers, mais qu'il avait sans doute fait une erreur.

Elle vit à l'expression de surprise qu'afficha Willie Colt qu'il s'agissait d'une information précieuse.

— Il vous a donné le nom de cet agent ?

— Alex Mattson.

— Alors nous devons trouver cet Alex Mattson. Malheureusement, s'il n'est pas de mèche avec les flics corrompus, il est peut-être déjà mort car, à l'heure qu'il est, Vernon a dû finir par parler à ses tortionnaires.

Eleanor sortit son téléphone et, après avoir effectué quelques recherches sur Internet, déclara :

— Mattson vit à West Seattle.

Elle jeta un regard interrogatif à Willie et haussa les sourcils.

— Vous ne m'avez pas bien entendu, Ellie, Mattson travaille peut-être pour les méchants dans cette histoire.

— Et s'il ne travaillait pas pour eux et qu'il était toujours vivant ? Je l'ai déjà rencontré, vous savez. J'ai eu l'impression qu'il était honnête.

— Quelle est l'adresse ?

Eleanor la donna au chauffeur et, en voyant celui-ci modifier leur itinéraire, elle ressentit une forte poussée d'adrénaline et se demanda si ce qu'ils s'apprêtaient à faire était judicieux.

— Y a-t-il autre chose que vous voudriez me confier ? l'interrogea le shérif adjoint en se rapprochant d'elle.

— Vernon a vu la femme, lui révéla-t-elle sans le regarder. Il m'a dit qu'elle était apparue à la fenêtre. Mais il m'a juré que le bâtiment était vide quand il a installé ses charges, il vérifie toujours.

Elle s'interrompit un instant pour s'éclaircir la voix puis reprit :

— Il m'a dit qu'elle avait les poignets liés et qu'elle frappait sur la vitre, la bouche grande ouverte comme si elle criait. Il a pensé qu'elle devait être emprisonnée quelque part dans l'immeuble, mais qu'elle n'avait pas pu s'enfuir.

Willie laissa échapper une série de jurons.

— On a retrouvé un antivol de vélo brûlé attaché à sa cheville, dit-il.

Eleanor sentit la nausée l'envahir à cette pensée et regarda les voitures qui les suivaient. Ils étaient peut-être en train de mener leurs ennemis directement chez Alex Mattson. Elle espérait que ce n'était pas le cas, sinon elle serait responsable de le leur avoir livré.

— Vous ne croyez pas que l'on devrait appeler l'agent Mattson, il n'est peut-être pas chez lui.

— Vous avez probablement raison.

Eleanor lui donna le numéro qu'elle avait trouvé sur Internet, et Willie passa l'appel. Une part d'elle-même ne pouvait pas s'empêcher de souhaiter qu'il ne décroche pas…

— Alex Mattson ? déclara Willie. Bonjour, je suis le shérif adjoint de la ville de Lonesome, dans le Montana. J'ai été chargé d'extrader Vernon Murphy, j'aimerais vous poser quelques questions.

Il plaça le téléphone entre eux afin qu'Eleanor puisse entendre la conversation.

— Je ne connais pas de Vernon, leur répondit l'agent. Comment dites-vous qu'il s'appelle ? Murphy ?

Il marqua une pause avant de s'exclamer :

— Ce n'est pas le bon moment !

Puis il raccrocha brusquement.

Willie regarda Eleanor tandis que le chauffeur leur annonçait qu'ils étaient arrivés à destination.

Eleanor se sentait pétrie de culpabilité depuis que Willie Colt était entré dans son bureau. Mais elle se rappela soudain que des gens souhaitaient l'enlever et probablement la torturer, et que c'était ce même Willie qui l'avait sauvée quelques instants plus tôt. Et certainement pas son patron...

Le policier vivait dans un petit bungalow dont la cour avant était minuscule, mais parfaitement entretenue. Willie avait demandé au chauffeur Uber de les déposer quelques maisons plus loin, mais ils ne semblaient pas avoir été suivis.

— C'est votre première course en Uber ? l'interrogea Ellie alors qu'il tentait de donner de l'argent au chauffeur. J'ai un compte, tout est déjà réglé, y compris le pourboire, ne vous inquiétez pas, il nous attendra pour le retour.

— Il n'y a pas ce genre de service à Lonesome, lui expliqua Willie pour se justifier.

— Bienvenue au XXIe, lui répondit-elle.

Elle ouvrit sa portière pour sortir, mais il la retint.

Comme il l'avait soupçonné, elle s'était rapidement remise de l'accident qui s'était produit dans l'allée. Du moins, en apparence. D'expérience, il savait que ce genre de choses ne s'oubliait pas facilement. Le traumatisme referait probablement surface au beau milieu de la nuit, au moment où elle s'y attendrait le moins. Et il ne pouvait pas anticiper où ils se trouveraient à ce moment-là. Ni s'ils seraient encore ensemble. Peut-être allait-elle demander au chauffeur de la ramener chez elle dès qu'il serait sorti de la voiture ?

— Vous avez prouvé que vous n'aviez aucun mal à vous déplacer avec vos talons hauts et votre jupe moulante, lui dit-il, je suppose donc que si les choses tournaient mal avec Mattson vous seriez de retour dans ce taxi bien plus vite que moi... Pourtant, je préférerais que vous restiez à m'attendre ici. Laissez-moi gérer ça et, si les choses s'enveniment, dites au chauffeur de partir le plus vite possible. Mais n'allez pas chez vous, surtout pas.

— C'est votre plan ? Si Alex Mattson est un flic corrompu et qu'il voit un autre policier arriver chez lui à cette heure de la nuit... comment croyez-vous qu'il va réagir ? Mais si vous êtes avec une avocate...

— Si vous imaginez une seule seconde que vous allez m'accompagner, vous rêvez.

Il aperçut des phares briller et vit soudain une voiture sortir du garage des Mattson et venir dans leur direction.

Un instant plus tard, le véhicule passa en trombe devant eux.

— Changement de plan, déclara Willie.

Sur ces mots, il dégaina son badge pour le montrer au chauffeur avant de lui demander de bien vouloir suivre la voiture. À n'en pas douter, c'était Alex Mattson en personne qui la conduisait.

7

Eleanor détestait n'avoir aucun contrôle sur la situation. À l'occasion d'un voyage entre amis à Hawaï, elle avait essayé de faire du surf et s'était retrouvée chahutée par une vague qui ne voulait pas la laisser s'échapper. Tournant et culbutant sur elle-même, elle avait pensé se noyer avant que la mer finisse par la recracher sur la plage. Elle s'était alors juré de tout faire pour ne plus jamais se sentir aussi impuissante.

Et pourtant... Assise dans cette voiture qui filait à toute vitesse, voilà qu'elle ressentait la même chose que ce jour où elle avait été prisonnière de l'océan.

Willie Colt, penché vers l'avant, donnait des instructions au chauffeur et le complimentait sur la façon dont il parvenait à suivre l'autre véhicule malgré la circulation. De rue en rue, ils fonçaient à toute allure dans la nuit, les lumières se brouillant sur leur passage.

Eleanor avait beaucoup de mal à croire ce qui était en train de se dérouler. Cela ne ressemblait pas à sa vie. Depuis toujours, chacune de ses pensées et chacune de ses heures étaient consacrées au travail. Elle avait voulu rendre ses parents fiers d'elle – eux aussi avaient été de brillants avocats – et, pour voir bientôt son nom apparaître de nouveau sur les titres de la société, elle avait œuvré jour et nuit, d'arrache-pied, avec un second objectif en tête : changer ce monde réservé aux hommes. Alors qu'elle s'accrochait à la banquette arrière du taxi qui poursuivait la filature, elle avait presque l'impression de pouvoir entendre son père et sa mère la sermonner.

— Comment t'es-tu retrouvée dans une situation si dangereuse et absurde ? Comment as-tu pu suivre ce cow-boy ? Ne t'avons-nous pas appris à toujours respecter la hiérarchie ? Tu aurais dû prévenir Phillip. Il a promis de veiller sur toi.

— Tout va bien ? lui demanda Willie.

Elle ne savait pas depuis combien de temps il l'observait. Chassant les voix de ses parents de son esprit, elle hocha la tête avant que leur taxi, bifurquant brusquement sur la gauche, la projette contre la portière.

— Arrêtez-vous ici, ordonna Willie tandis que la voiture d'Alex Mattson se garait quelques mètres devant eux dans une allée résidentielle.

Puis, se tournant vers elle, il ajouta :

— Donnez-moi votre numéro de téléphone. Je vous enverrai l'adresse par SMS dès que je la connaîtrai. Nous devons découvrir qui habite ici.

Il lui tendit son téléphone, et elle y enregistra ses coordonnées.

— Je crois que Terry, notre chauffeur, mérite un gros pourboire, renchérit-il avec un sourire avant d'ouvrir sa portière. Ellie, je compte sur vous, vous ne bougez pas d'ici.

Quand il fut sorti du taxi, le chauffeur se retourna vers elle avec un air interrogateur.

— C'est vraiment un flic ? lui demanda-t-il d'un ton nerveux.

— Croyez-le ou non, il est vraiment shérif adjoint, oui. Il semblerait que ce soit leur manière de fonctionner dans le Montana.

— Ceci explique le chapeau, conclut le chauffeur en regardant Willie disparaître dans l'obscurité en direction de la maison devant laquelle s'était garé Alex Mattson.

La sonnerie de son téléphone retentit et la fit sursauter. En consultant l'écran, elle vit qu'il s'agissait de McNamara. Elle sentit les battements de son cœur s'accélérer en se demandant si elle devait répondre. Le chauffeur lui lança un nouveau regard interrogateur alors que son mobile continuait de sonner.

— C'est mon patron, expliqua-t-elle. Je me demande pour quelle raison il m'appelle à une heure aussi tardive.

Pourquoi Phillip cherchait-il à la joindre ? Avait-il reçu des nouvelles de Vernon ? Eleanor doutait fort qu'il l'appelle pour lui en faire le résumé. Elle prit une profonde inspiration puis essaya de se détendre. Où était passé ce maudit cow-boy ? Et qu'était-elle censée faire s'il ne revenait pas ?

Cette pensée ne fit qu'augmenter son anxiété. Car il n'y avait qu'une seule raison pour laquelle Willie Colt risquait de ne pas revenir...

8

La voiture d'Alex Mattson était stationnée devant le garage du 34478, Seabrook Lane. La maison était immense et se trouvait dans une allée de résidences luxueuses qui surplombaient le lac Union. Des lumières étaient allumées derrière les rideaux de ce qui devait être le salon, pensa Willie. Une autre lampe éclairait une pièce à l'étage.

Il écrivit l'adresse exacte de l'habitation à Ellie par texto puis regarda l'heure. Il était tard, et Mattson avait dû réveiller la personne qui vivait ici...

Eleanor ne mit pas longtemps à découvrir qui était le propriétaire des lieux et elle répondit rapidement. Il s'agissait d'un certain Jonathan Asher. Ce nom ne disait rien à Willie qui envoya un nouveau SMS :

Qui est-ce ?

Puis, sans attendre le texto d'Eleanor, il s'approcha prudemment de la maison. Les pieds sur une plate-bande, il fit de son mieux pour ne pas écraser les fleurs et essaya de regarder par un interstice entre les rideaux. L'architecture intérieure de l'habitation semblait avoir privilégié les espaces ouverts, et il pouvait donc voir du salon jusqu'à la cuisine et la porte de derrière. Deux hommes se tenaient debout autour de l'îlot central.

Willie devina que l'individu légèrement chauve et bedonnant était Mattson. Il paraissait nerveux, parlait vite et agitait les mains. Quelque chose l'avait manifestement contrarié. Était-ce le coup de téléphone de Willie qui l'avait mis dans cet état ?

Le deuxième homme, plus âgé et plus distingué, avait les cheveux blancs. Après avoir rempli un verre d'un liquide sombre, il le tendit à Mattson qui le vida d'un trait.

À cette distance, Willie ne pouvait rien saisir de leur conversation. Il allait devoir essayer de se rapprocher de la cuisine mais, pour cela, il fallait passer devant la porte. Et Jonathan Asher avait peut-être un chien ou un système de sécurité… Avant qu'il puisse décider de ce qu'il allait faire, il vit Mattson reposer brusquement son verre sur le comptoir. Jonathan Asher fouilla alors dans sa poche et en sortit une liasse de billets qu'il tendit au policier. Mattson les lui jeta au visage et se retourna pour sortir.

Willie eut à peine le temps de se cacher avant que le policier surgisse de la maison en prenant la direction de son véhicule. Planqué dans un buisson, Willie attendit que l'homme soit parti pour reporter son attention vers l'habitation. Comme il l'avait suspecté, Asher était déjà au téléphone. Et c'était lui, à présent, qui paraissait très agité.

Willie traversa le jardin puis marcha jusqu'au Uber qui n'avait pas bougé. S'il ne comprenait pas ce qui liait ces deux hommes à Spark, il lui semblait toutefois clair que le pyromane devenu tueur était une sorte de catalyseur qui avait déclenché quelque chose de bien plus important que son propre crime. En attendant de découvrir le fin mot de toute cette histoire, une chose paraissait certaine : Ellie et lui n'étaient pas les seuls en danger.

Eleanor ressentit une vague de soulagement en voyant Willie sortir de l'obscurité. Elle se rendit compte qu'elle avait retenu son souffle et laissa sa respiration reprendre un rythme normal. Il ouvrit la portière arrière et se glissa à l'intérieur du véhicule, entraînant avec lui un peu de l'air frais de la nuit.

— Nous devons trouver un motel, dit-il au chauffeur. Un endroit isolé et peu cher.

Le chauffeur démarra et s'engagea sur la route.

Willie, comme un magicien, se tourna alors vers Eleanor et lui tendit une rose rouge.

— Le motel, ce ne sera que pour une nuit, le temps que je réfléchisse à ce que nous allons faire ensuite, lui expliqua-t-il.

Nous ? Eleanor regarda la fleur et sentit les larmes lui monter aux yeux. À cette heure-ci, elle aurait dû être dans son grand lit en train de travailler. Passer une nuit dans un hôtel miteux était bien la dernière chose dont elle avait envie. Même avec ce séduisant cow-boy.

Cependant, les souvenirs de l'appel de Vernon et de cet horrible homme qui l'avait agressée dans la ruelle la terrifiaient.

— Je vais rappeler Mattson, annonça Willie en sortant son téléphone. Je crois qu'il est dépassé par les événements et je veux être certain qu'il a bien compris qu'il était en mauvaise posture. Peut-être que si nous parvenons à le faire parler...

Il se pencha vers elle pour qu'elle puisse entendre la conversation, et elle remarqua l'odeur masculine et la chaleur du corps de Willie, tandis que leurs épaules se touchaient.

La sonnerie cessa. Alex Mattson n'avait pas répondu. La messagerie se déclencha.

« Ici le shérif adjoint Willie Colt. Je ne vous ai pas trouvé chez vous ce soir. Quoi que Vernon Spark ait pu vous dire, vous serez tué si vous n'êtes pas prudent. Et il semble que Jonathan Asher ne vous sera pas d'une grande aide. Sachez que vous pourriez bien être le prochain sur la liste. Rappelez-moi quand vous serez décidé à parler. J'espère que vous n'attendrez pas trop longtemps. »

Alors que Willie allait ranger son téléphone, celui-ci sonna.

— C'est Mattson, dit-il à Eleanor avant de décrocher.

— Comment avez-vous obtenu mon numéro ? lui demanda l'homme à l'autre bout du fil.

— J'ai besoin de savoir ce que Spark vous a révélé et à qui vous l'avez dit. Je vous soupçonne d'être celui qui a informé ses ravisseurs.

— Je ne sais pas de quoi vous parlez.

— Je sais que Spark s'est confié à vous. Mais quel est le rôle de Jonathan Asher dans cette histoire ?

Quelques secondes passèrent avant que Mattson réponde.

— Qui ?

— L'homme à qui vous venez de rendre visite. Vous semblez avoir eu tous les deux une conversation plutôt houleuse.

— Vous m'avez suivi ? demanda Mattson après quelques secondes de silence.

— Je suis également policier, vous vous rappelez ? Je vais découvrir ce qui se passe, faites-moi confiance. Mais j'espère pouvoir le faire avant que les cadavres commencent à pleuvoir. Je détesterais que vous en fassiez partie.

— Est-ce que vous êtes en train de me menacer ?

— Bien sûr que non ! Je suppose que de nombreuses personnes vous menacent déjà. Non, croyez-le ou non, je vous offre seulement mon aide. Alors, avant qu'il soit trop tard pour vous, et pour lui, pourquoi ne me raconteriez-vous pas ce que vous a dit Spark ?

Mattson laissa échapper un rire nerveux.

— Ne me rappelez jamais ou je vous ferai arrêter, répondit-il avant de raccrocher.

— Et s'il va raconter à la police que vous l'avez menacé ? demanda Eleanor à Willie en se tournant vers lui.

Le shérif adjoint haussa les épaules et rangea son téléphone.

— Je dois découvrir de quel côté de la loi se situe ce type. Et s'il ne me dénonce pas aux autorités, ce que je crois, alors cela signifie qu'il est du mauvais côté.

Eleanor l'observa un instant puis ferma les yeux. Elle avait la sensation d'avoir perdu le contrôle de sa vie. Le seul moyen de mettre un frein à tout cela était de s'appuyer sur des faits.

— Jonathan Asher est à la retraite, dit-elle à Willie en sortant son téléphone de sa poche. Ce type a manifestement fait fortune dans l'immobilier et divers investissements financiers.

Elle essaya d'ignorer la proximité de Willie et la délicieuse odeur de la rose qu'il lui avait offerte, et entreprit de faire quelques recherches Internet sur son smartphone.

— Pouvez-vous regarder s'il a investi dans une société minière appelée Cascade Extraction Corp., localisée à Gig Harbor ?

— Cela risque de prendre plus de temps que ce trajet en Uber, mais je suis certaine de pouvoir le découvrir, lui répondit-elle en rangeant son téléphone dans sa poche. Son regard se reporta sur la fleur et elle se demanda s'il l'avait cueillie dans le jardin de quelqu'un.

— Allez-vous finir par me raconter ce qui s'est passé là-bas ?

Il se retourna vers elle. Même dans la faible lueur du tableau de bord, elle ne pouvait ignorer le bleu des yeux de Willie et la longueur de ses cils. Sa barbe de quelques jours lui donnait l'air dangereux, comme s'il était chargé d'une mission mortelle. C'était manifestement un homme impossible à arrêter tant qu'il n'avait pas obtenu ce qu'il voulait. Elle mesura soudain combien il était différent de tous ceux qu'elle avait connus et comme elle était sensible à son côté cow-boy et diamant brut.

Alors qu'elle pensait qu'il ne comptait pas lui répondre, il finit par lui expliquer :

— Je n'ai pas pu entendre leur conversation, mais quelque chose a énervé Mattson. Asher essayait de le calmer, mais je ne crois pas qu'il ait réussi. Il a essayé de lui donner de l'argent, mais Mattson le lui a jeté au visage. Qu'est-ce que tout cela peut bien avoir comme lien avec Spark, je n'en ai pas la moindre idée...

— Mais vous pensez qu'il y en a un.

— Spark s'est confié à Mattson. Puis il a été enlevé. Après

mon coup de fil, Mattson a filé voir Asher alors qu'il était déjà tard dans la nuit, il semblait de toute évidence très contrarié.

— Quel est le rôle de cette société minière ?

— C'est mon frère James qui m'en a parlé. Spark a travaillé comme expert en explosif pour cette entreprise, et la femme qui a été tuée y était également employée.

— Je ne vois pas l'incendie criminel comme une étape cruciale dans la carrière de Spark.

— Je suppose que quelqu'un lui a proposé un autre boulot bien mieux rémunéré que celui qui consiste à faire exploser des pierres, lui répondit-il.

— C'est la première fois que Vernon est arrêté pour avoir déclenché un incendie criminel, répliqua-t-elle.

— Il a peut-être eu de la chance ou alors il est très doué dans son domaine. C'est d'ailleurs probablement pour cette raison qu'il a compris qu'il avait été piégé et qu'il a pris la fuite quand il a vu la femme à la fenêtre.

— Si Vernon a révélé le nom de celui qui l'a embauché et que Mattson n'est pas allé voir son patron... dit-elle en fronçant les sourcils.

— Il a peut-être considéré le chantage comme une activité plus lucrative. Mais, si c'est le cas, c'est un business très dangereux, j'espère pour lui qu'il sait ce qu'il fait.

Il marqua une pause et haussa les épaules avant d'ajouter :

— Ou alors il est allé voir Asher, car il a entendu dire que je cherchais ceux qui ont enlevé Spark et ceux qui l'ont commandité.

Son sourire, malgré l'obscurité, déstabilisa le fragile équilibre émotionnel d'Eleanor. Elle ne pouvait s'empêcher de trouver cet homme extrêmement séduisant, surtout après tout ce qu'elle avait traversé aujourd'hui. Il lui avait sauvé la vie...

— Mon patron m'a appelée pendant que vous étiez parti... cueillir des fleurs, lui dit-elle.

— C'est habituel qu'il vous appelle si tard le soir ?

— Pas du tout. Je n'ai pas répondu, et il n'a pas laissé de message. J'aurais dû prendre l'appel.

— Non, si vous l'aviez fait, votre téléphone aurait été localisé, et il aurait su où vous vous trouviez. C'était intelligent de ne pas prendre cet appel.

Malgré ses propos, elle voyait bien que lui aussi aurait aimé savoir ce que son patron pouvait lui vouloir à cette heure, et qu'il soupçonnait également que cela devait avoir un lien avec Vernon.

— Peut-être qu'il s'attend à ce que vous receviez des nouvelles de Spark.

— Pouvez-vous l'appeler par son vrai nom ? s'emporta-t-elle.

— Vous préférez Vernon ?

— C'est comme ça qu'il s'appelle.

— D'accord, acquiesça-t-il sans la quitter des yeux.

Elle se pencha en avant et donna au chauffeur l'adresse d'un hôtel à Seattle. Du coin de l'œil, elle vit le shérif adjoint lever un sourcil. Mais, heureusement pour lui, il ne fit aucun commentaire. Elle se sentait épuisée, sale et n'avait pas la moindre envie de passer la nuit dans un motel miteux. Elle avait donc décidé de prendre les choses en main.

9

Le détective privé James Colt avait l'impression d'être tombé dans un véritable labyrinthe. Il regarda une nouvelle fois l'écran de son ordinateur. Depuis l'appel de Willie, il avait étudié la multitude de filiales, de divisions et de sous-exploitations qui appartenaient à la compagnie Cascade Extraction Corp. La partie minière de la société avait été impliquée dans de nombreuses poursuites judiciaires et avait payé des milliers de dollars d'amende pour des accidents environnementaux survenus sur ses sites. L'État du Montana était encore engagé dans plusieurs procès contre Cascade Extraction Corp. qui, en se retirant, avait laissé un véritable chaos derrière elle. Ce n'était pas nouveau pour le Montana que l'on surnommait « l'État trésor ». Depuis toujours, des entreprises corrompues débarquaient, ravageaient la terre et repartaient comme si de rien n'était. Et cette compagnie ne semblait pas déroger à la règle.

— Tu n'es pas fatigué ?

James se retourna vers sa femme. Magnifique dans l'épanouissement de sa grossesse, elle se tenait dans l'embrasure de la porte. Se rendant soudain compte de l'heure tardive, il referma son ordinateur et se leva pour la rejoindre. Il n'arrivait toujours pas à réaliser que Lorelei Wilkins avait accepté de l'épouser, lui l'ancien champion de rodéo reconverti en détective privé.

— Nous devrions aller nous coucher, lui dit-il avant de l'embrasser.

— C'est ce que je pense aussi, lui répondit-elle. Sur quoi travailles-tu qui est si captivant ?

— J'effectue des recherches pour Willie.

Lori fronça les sourcils.

— Je pensais qu'il était parti à Washington chercher un pyromane.

— En effet mais, malheureusement, ils ont été attaqués pendant le transfèrement et le criminel a été enlevé. À présent, Willie semble déterminé à retrouver les ravisseurs et son prisonnier.

— Il n'a pas été blessé ?

— Une commotion cérébrale, mais tu sais combien il est têtu. Le médecin veut le garder une nuit en observation.

— Il est à l'hôpital ? lui demanda-t-elle d'une voix inquiète alors qu'ils arrivaient devant leur chambre à coucher.

— Peut-être, lui répondit James en soupirant. Mais je ne pense pas. À cette heure, il a probablement déjà dû trouver un moyen de sortir.

— Oh ! vous, les frères Colt… conclut-elle, et James ne put que constater combien ce refrain lui était familier.

Willie ne savait pas quoi faire avec cette avocate. Il ne voulait pas la kidnapper mais, d'un autre côté, il n'avait aucun moyen de la retenir. La chose la plus intelligente aurait été de la convaincre d'aller rendre visite à des amis dans un autre État, le temps qu'il puisse comprendre ce qui se passait. La difficulté allait bien sûr être de la persuader, bien que ce qui s'était produit dans la ruelle, derrière le pub, l'ait bouleversée. Mais si elle acceptait de quitter la ville, il devait admettre qu'elle risquait de lui manquer. Elle avait été d'un grand soutien jusqu'à présent. Il ne connaissait pas

Seattle et n'avait pas les mêmes ressources que s'il était chez lui puisque la police locale ne semblait pas vouloir l'aider.

Le conducteur du taxi, Terry, les déposa dans le centre-ville devant un hôtel qui paraissait plutôt luxueux. Willie jeta un regard à Eleanor.

— Vous ne pourrez pas vous servir de votre carte bancaire.

— Ne vous tracassez pas, lui répondit-elle avec un soupir avant d'ouvrir sa portière, je n'utiliserai pas ma carte bancaire et j'ai donné à notre chauffeur un gros pourboire.

Son portable sonna alors qu'ils entraient dans le hall. Eleanor se dirigea vers la réception, et Willie remarqua que tout le personnel semblait la connaître. Il essaya de ne pas s'inquiéter du fait que son patron aussi devait connaître cet endroit et décrocha. Le commissariat local l'informait qu'il pouvait récupérer son SUV après avoir payé les frais de remorquage. Il raccrocha en laissant échapper un juron.

— Quelque chose ne va pas ? lui demanda Eleanor.

— Non, tout va bien, lui répondit-il en secouant la tête. Vous avez bien demandé une seule chambre, n'est-ce pas ?

— Vous ne me faites toujours pas confiance ?

— Je pourrais vous poser la même question, rétorqua-t-il en rencontrant le regard d'Eleanor.

Elle semblait aussi fatiguée que lui. Mais cela n'atténuait pas la lueur de détermination rebelle qui brillait toujours dans ses yeux gris. Elle lui rappelait un loup qu'il avait croisé il y a quelques années. L'animal n'avait pas bougé du sentier, et c'est Willie qui, après quelques instants de réflexion, avait fini par s'éloigner. S'il avait commis quelques erreurs au cours de sa vie, il n'était pas stupide. Laisser cette bête prendre le dessus était, il le savait, la meilleure des options. Mais cela ne lui semblait pas aussi facile à faire en ce qui concernait cette avocate entêtée.

Elle ignorait à quel genre d'individus elle avait affaire. Lui le savait. Et il n'y avait aucun moyen de sortir du sentier pour apaiser les choses, elles étaient allées trop loin. Willie était à leur poursuite, mais eux étaient sur leurs traces. L'appel de Spark l'avait confirmé.

— J'ai réservé une suite avec deux chambres communicantes. Je pense que vous allez être content, lui dit-elle avant de tourner les talons pour se diriger vers les ascenseurs.

En constatant qu'elle tenait toujours à la main la rose qu'il avait cueillie pour elle dans le jardin de Jonathan Asher, il ne put pas s'empêcher de sourire.

Eleanor regarda le cow-boy s'installer dans la suite qu'elle leur avait réservée au seizième étage de l'hôtel. Alors qu'il se dirigeait vers le balcon, il laissa échapper un petit sifflement. La vue sur le Puget Sound avec les lumières des derniers ferries qui scintillaient sur l'eau sombre ressemblait à une photographie tirée d'une brochure.

— Impressionnant ! lui dit-il en se tournant vers elle.

— Peut-être, concéda-t-elle en riant.

Il lui sourit. Avec le ciel nocturne derrière lui, Eleanor eut l'impression que les yeux de Willie étincelaient. Elle sentit qu'il la jaugeait alors qu'il retirait son stetson pour se passer une main dans les cheveux. Elle devait l'admettre : cet homme était magnifique. Ce qui l'attirait le plus chez lui, c'était son côté sauvage. Il aurait certainement été plus à l'aise dans une tente au beau milieu d'une forêt que dans cet endroit luxueux. Elle avait remarqué le regard farouche du cow-boy dès qu'il était entré dans son bureau. Et si son instinct lui avait immédiatement soufflé de se méfier, voilà qu'elle se trouvait à présent seule avec lui dans une chambre d'hôtel.

Elle qui avait déjà affronté de nombreux criminels sans jamais sourciller, baissa soudain les yeux face à l'intensité du regard de Willie.

— Votre chambre est par ici, lui indiqua-t-elle en pointant son doigt vers la droite avant de déposer les deux clés sur le comptoir. Je vais fermer ma porte, n'y voyez rien de personnel, mais je voudrais prendre un bain chaud et je n'ai pas envie d'être interrompue.

Elle fit semblant de ne pas voir son haussement de sourcils et ajouta en se dirigeant vers sa chambre :

— Vous pouvez nous commander de quoi dîner au room service ?

— Que souhaitez-vous ? lui demanda-t-il.

— Surprenez-moi.

Elle n'eut pas besoin de se retourner pour savoir qu'il souriait.

— Profitez de votre bain.

Alors qu'elle allait fermer derrière elle, elle vit qu'il s'était avancé jusqu'à la grande baie vitrée et qu'il regardait de nouveau les lumières de la ville et les eaux sombres du fleuve.

Elle vit son front se plisser dans le reflet avant qu'il décroche le téléphone pour appeler le service de chambre. Se demandant ce qu'il allait bien pouvoir leur commander, elle verrouilla la porte et sourit en pensant que le cours de sa vie semblait lui avoir échappé depuis que cet homme y était entré.

Jetant son sac à main au sol, elle enleva son manteau puis regarda son mobile et vit qu'elle avait reçu un SMS de Phillip McNamara.

Je suis inquiet pour toi. Appelle-moi.

Après avoir appelé le service de chambre, Willie avait ôté ses bottes, s'était débarrassé de son holster et s'était allongé sur le canapé pour téléphoner à son frère James et le mettre au courant de ce qu'il avait découvert. À présent, il avait allumé la télévision, mais ne trouvait rien au sujet de Spark, ou plutôt de Vernon. Inquiet à l'idée que celui-ci puisse être déjà mort, il éteignit et se demanda soudain ce qu'il faisait encore à Seattle. Retrouver Vernon et ses ravisseurs n'était pas son boulot. Le plus intelligent pour lui serait de rentrer à Lonesome, comme son patron le lui avait ordonné. Mais comment le pourrait-il ? Il jeta un coup d'œil vers la porte fermée qui menait à la chambre voisine et imagina Eleanor dans un bain moussant. Il repoussa vite cette image. Même s'il se sentait coupable, il était conscient que ce n'était pas à lui de la protéger. Ce n'était pas lui qui l'avait entraînée dans cette affaire, son patron s'en était chargé.

Pourtant, il n'arrivait pas à se convaincre de la laisser se débrouiller seule. L'homme dans la ruelle avait prévu de la droguer puis de l'enlever. De toute évidence, les ravisseurs voulaient savoir ce que Vernon lui avait confié.

Un coup frappé à la porte le tira de ses pensées. Il ramassa son arme, la glissa dans son dos puis alla ouvrir. C'était le service d'étage.

— Je vais m'en occuper, dit-il au jeune employé en lui donnant quelques billets.

Quand il poussa le chariot chargé de nourriture jusqu'au centre de la pièce, il vit Eleanor sortir de la chambre voisine, uniquement vêtue d'un grand peignoir moelleux.

Même dans cette tenue, elle semblait intouchable.

— Vous avez apprécié votre bain ? lui demanda-t-il en s'apercevant qu'elle avait le rose aux joues.

Elle détourna le regard en guise de réponse et resserra la ceinture de sa robe de chambre.

— J'espère que vous avez faim, poursuivit-il en remarquant que les cheveux humides d'Eleanor étaient encore coiffés en un chignon strict.

Lui arrivait-il parfois de les détacher ? Manifestement pas en sa présence, constata-t-il avec regret.

Alors qu'elle le rejoignait à table, il souleva les couvercles des plats d'un geste gracieux, et elle se mit à rire en apercevant ce qu'il avait commandé : deux beaux hamburgers, des frites et deux bières.

— Si vous me dites que seule la laitue vous intéresse, tout est fini entre nous, plaisanta-t-il.

— Je suis connue pour être une grande amatrice de viande, lui répondit-elle avec un sourire.

— Bien joué, dit-il en lui tendant une assiette. Mieux vaut ne jamais dire à un habitant du Montana qu'on ne consomme pas de bœuf.

Ils mangèrent tous les deux en silence, savourant manifestement leur repas.

— J'avais imaginé que les gens d'ici ne se nourrissaient que de saumon, dit-il finalement.

— Quel est le problème avec le saumon ? lui demanda-t-elle en relevant les yeux vers lui.

— Rien du tout. Mais je préfère la truite arc-en-ciel que je pêche dans le ruisseau en bas de chez moi. Je l'aime frite avec des pommes de terre, des oignons, des fèves et du pain maison.

Il fit claquer ses lèvres d'une manière plutôt comique, et elle éclata de rire.

— Vous semblez aimer la friture.

— Oh ! il m'arrive de temps à autre de manger ma truite avec du coleslaw.

— Qui prépare tous ces bons petits plats ? demanda Eleanor en secouant la tête. Ne me dites pas que c'est vous qui êtes aux fourneaux.

— Si ce que vous voulez savoir c'est si je partage ma cuisine, eh bien, ce n'est pas le cas ! Je ne suis jamais resté suffisamment longtemps avec une femme pour en arriver à ce stade.

— Je vous ai posé des questions à propos de votre cuisine, pas de votre vie amoureuse.

— Désolé, lui répondit-il avec un sourire, en haussant les épaules. Quand je suis chez moi, je cuisine sur un réchaud qui se trouve à l'extérieur d'une tente, dans les bois. Après les circuits de rodéo, j'en ai eu assez de la restauration rapide.

Il baissa les yeux sur ce qu'il restait de frites et il en traîna une dans le ketchup avant de la manger.

— Mais maintenant que vous êtes shérif adjoint, vous êtes devenu sédentaire, non ?

— Et vous ? lui demanda-t-il avant d'avaler une nouvelle frite. Qui cuisine pour vous ?

Elle sourit, consciente de ce que sa question cachait.

— De mon côté aussi, il n'y a personne dans ma cuisine, lui confia-t-elle en riant. Même pas moi. Je vis dans un endroit où je peux commander tout ce que je veux à n'importe quelle heure de la journée ou de la nuit.

— Et moi, je vis dans une ville dont les trottoirs se vident tous les soirs à 20 heures, le samedi soir à 22 heures, et où le dimanche, après la messe, la plupart des habitants vont manger du poulet frit au restaurant local. C'est la spécialité.

— Frit, bien sûr, remarqua-t-elle en riant.

Ils finirent leurs plats, puis Willie repoussa son assiette et releva les yeux vers Eleanor.

— Vous pourriez aimer le Montana, vous savez. Vous pourriez même aimer la truite. Je suppose que vous n'avez jamais mangé d'élan ou de chevreuil ?

Elle secoua la tête.

— J'ai essayé le buffle, c'était pas mal, mais je crois que je préfère le bœuf.

Il sourit mais, en croisant les yeux de Willie, Eleanor vit son regard s'obscurcir.

— Ellie, vous devez quitter la ville au plus vite, dit-il. Vous n'êtes pas en sécurité ici. Je vous préviendrai quand tout sera terminé.

— Je croyais que c'était justement ce que le shérif de la ville vous avait demandé de faire.

— Je suis sérieux, Eleanor.

L'entendre l'appeler par son véritable prénom lui procura une étrange sensation. Elle voyait qu'il ne plaisantait pas. Il tentait de lui faire comprendre combien la situation était dangereuse, et que tout allait empirer.

— Vous pourriez vous rendre à Lonesome. Mes frères et leurs compagnes pourraient s'assurer que vous êtes...

— Je ne partirai pas d'ici, conclut-elle en se levant de table. Merci pour le dîner, mais je n'ai pas besoin d'un baby-sitter. Je ne veux pas vous gêner non plus, donc sentez-vous libre de partir et de reprendre vos activités sans vous soucier de moi.

Brisant la complicité qui venait de naître en eux pendant leur dîner, elle resserra son peignoir, se dirigea vers sa chambre et se retourna un instant pour le saluer.

— Bonne nuit, Willie, lui dit-elle avant de quitter la pièce.

Le cœur battant à tout rompre, elle ferma la porte à double tour derrière elle. Elle en ignorait la raison, mais elle avait envie de pleurer. Probablement était-elle épuisée par cette journée si longue, par la peur qu'elle avait ressentie et la sensation qu'elle avait eue de ne plus être aux commandes de sa propre vie. Pendant quelques instants, le temps d'un agréable dîner, elle avait oublié qu'elle était en danger et que ce shérif adjoint n'était là que pour mettre la main sur un criminel qu'il devait extrader. Bientôt, il quitterait Seattle pour retrouver sa vie, dans l'environnement sauvage du Montana.

Tout en débarrassant la table, Willie laissa échapper quelques jurons. Il déposa les assiettes et les plats sur le chariot et le poussa jusque dans le couloir. À nouveau dans la suite, il retourna voir la ville qui resplendissait dans la nuit. Il se sentait comme un poisson hors de l'eau. Et, pour ne rien arranger, il avait entraîné Eleanor avec lui dans cette folie.

Peu importait qu'elle soit mouillée jusqu'au cou dans cette affaire avant même de le rencontrer, il était possible qu'elle ne soit pas en sécurité avec lui. Il se rendit dans sa chambre et laissa sa porte entrouverte pour l'entendre si elle décidait de quitter la suite pendant la nuit.

Pendant qu'il prenait sa douche, il s'efforça de ne pas penser à elle ni à la vision qu'il avait eue en l'imaginant dans son bain moussant. Il enleva le bandage qu'il avait derrière la tête, se lava les cheveux puis sortit de la douche et se mit au lit. Il doutait de parvenir à s'endormir, même dans ce lit aussi confortable que devait l'être un nuage. Laissant les draps ouverts, il s'allongea, dans cette chambre du seizième étage en regardant les lumières de la ville se refléter sur le fleuve. Il n'y avait pas la moindre étoile ici. Les grands espaces, l'odeur des pins et l'eau claire des ruisseaux lui manquaient, sans compter le magnifique spectacle que la galaxie lui offrait, presque chaque soir et depuis toujours, au-dessus de la cime des arbres.

Il repensa à tout ce qui s'était passé depuis qu'il était arrivé à Seattle. Il repensa à Vernon, à Eleanor et au peu de choses qu'il avait apprises sur elle. Il essaya un instant de trouver un sens à tout cela, mais en vain. C'était trop tôt.

Il dut s'assoupir car, quand il ouvrit les yeux, le jour s'était levé. Il enfila ses vêtements en songeant qu'il aurait aimé se changer, mais ses affaires étaient dans son SUV.

La veille, il avait sorti la seringue de la poche de sa veste. Pourtant, bien qu'il compte demander qu'on l'analyse, il doutait fort que l'on retrouve des empreintes significatives ou que la police locale accepte de l'aider.

Il se dit ensuite qu'Eleanor devait être partie depuis longtemps. Même après son agression au pub, il supposait que son caractère indépendant avait dû la pousser à reprendre le cours de sa vie sans lui. C'est pourquoi il ne put pas s'empêcher d'être surpris lorsqu'il la vit sortir de sa chambre, vêtue d'un nouveau tailleur, d'une chemise blanche et de talons hauts.

— J'ai mes habitudes, lui dit-elle en constatant qu'il la regardait avec étonnement. Ne vous inquiétez pas, je ne me suis pas servie de ma carte bancaire. Attendez.

Elle retourna dans sa chambre et en ressortit quelques secondes plus tard avec un grand sac qu'elle lui tendit.

Il le prit et jeta un œil à l'intérieur avec méfiance.

— Vous m'avez acheté des vêtements ?

— J'ai pensé que vous n'aviez peut-être pas apporté grand-chose vu que vous n'aviez pas prévu de rester...

— Ellie...

— Pas la peine d'en faire toute une histoire.

Il la regarda un instant sans parler puis lui demanda :

— Merci, mais comment connaissiez-vous ma taille ?

— J'ai deviné ! Essayez-les, et nous verrons bien si cela vous va.

Il ne put pas s'empêcher d'être touché par cette attention.

— D'ordinaire, je laisse plutôt les femmes me déshabiller, plaisanta-t-il. Vous êtes la première que je laisse m'habiller.

En voyant le rouge lui monter aux joues, il rit tandis qu'elle retournait dans sa chambre.

En se réveillant ce matin-là, Eleanor avait dû admettre que ce cow-boy et la tournure qu'avaient prise les événements la mettaient dans une situation inédite. Elle était tellement hors de sa zone de confort qu'elle avait même envisagé de partir avant que Willie se réveille lui aussi. Mais à tort ou à raison, elle se sentait en sécurité avec lui. Jamais encore elle n'avait rencontré un homme pareil. Il y avait quelque chose de brut en lui, quelque chose dans la ligne virile de sa mâchoire, dans la peau rugueuse de ses mains, dans sa façon de parler et dans le style de vie qu'il semblait mener dans le Montana, qui la bouleversait. Il ne ressemblait à aucun des hommes avec lesquels elle avait grandi, avec lesquels elle avait eu des relations amoureuses. Il n'avait aucun point commun avec son père.

Le fait qu'il l'appelle Ellie n'aurait pas dû lui plaire autant. S'il s'était agi de quelqu'un d'autre... Elle comprit soudain qu'elle ne le considérait plus comme un shérif adjoint ou un simple cow-boy. Non, il était maintenant devenu Willie, ce qui confirma qu'elle commençait à jouer avec le feu, à tous niveaux.

— Tu as le compas dans l'œil, dit-il, la tutoyant pour la première fois.

Elle se tourna et le découvrit dans l'embrasure de la porte de sa chambre dans sa nouvelle tenue. Un seul regard lui suffit pour constater que les vêtements qu'elle lui avait achetés lui allaient parfaitement.

— Merci, ajouta-t-il, l'air embarrassé. Mais il est hors de question que je te laisse m'acheter des vêtements ou payer pour une chambre d'hôtel de luxe, même si je dois reconnaître que le lit était un véritable paradis.

— Il est aussi hors de question que je te laisse me protéger comme si j'étais sans défense.

— Tu n'es pas sans défense, lui répondit-il en soutenant son regard. Mais tant que tu es en danger, je ne peux pas te laisser prouver ton indépendance.

Comme il vit qu'elle était sur le point de répliquer, il ajouta rapidement :

— Nous devons aller chercher mon SUV de patrouille, déposer la seringue au commissariat et te mettre dans un avion pour une destination sûre. C'est toi qui choisis, mais j'ai pensé qu'avec les membres de ma famille… Il faut que ce soit un endroit que personne ne connaît. Surtout pas ton patron et ses associés.

Eleanor le regarda avec calme, comme si elle attendait de voir s'il avait autre chose à dire.

— Je pensais m'être bien fait comprendre hier soir. Je n'irai nulle part.

Il ouvrit la bouche pour protester, mais elle ajouta en levant une main en l'air :

— Tu as besoin de mon aide, même si tu ne t'en rends

pas compte. Comme tu l'as dit, tu ne connais pas Seattle. Et puisque je ne peux pas retourner à mon bureau ni dans mon appartement, je préfère t'aider à chercher ces hommes plutôt que de les laisser me trouver ailleurs.

Elle plongea son regard dans celui du cow-boy avant de conclure :

— Tu es manifestement ma seule et dernière option.

— Tu m'en vois très touché, plaisanta-t-il.

Elle ramassa son imperméable et son sac à main.

— Mon patron m'a envoyé un message, hier soir. Il insiste pour que je le rappelle. Que dois-je faire, selon toi ? Je pense que tu as raison en ce qui le concerne, il m'a probablement jetée dans la fosse aux lions.

Tandis que Willie était sur le point de protester et de lui rappeler combien il était dangereux pour elle de rester à Seattle, le regard qu'elle lui avait lancé l'avait coupé dans son élan. Il avait alors compris que toutes ses tentatives pour la faire changer d'avis seraient vaines.

Elle avait raison. Ils avaient besoin l'un de l'autre. Ils formaient un couple étrange... S'il n'était pas venu à Seattle pour l'extradition de Vernon, jamais leurs routes ne se seraient croisées. Et même si cela avait été le cas, n'ayant rien en commun, ils ne se seraient probablement pas accordé le moindre regard. Pourtant, ils étaient maintenant obligés de travailler ensemble pour se tirer de cette situation.

— Achetons un téléphone jetable, lui dit-il, et voyons ce que ton patron veut te dire.

— Et s'il me demande où je me trouve ?

— Tu n'auras qu'à lui dire que tu as dû t'absenter pour une urgence familiale. Un parent malade ou...

— Il sait que mes parents sont décédés. Ce sont eux qui ont créé le cabinet dont il est maintenant le patron.

— Je suis désolé, lui répondit Willie en percevant de l'amertume dans la voix d'Eleanor.

— Phillip McNamara était le protégé de mon père.

— Nous achèterons un téléphone après être passés à la fourrière, déclara Willie, décidant de changer de sujet.

— Tu n'as pas peur que l'on nous suive ?

— Tant qu'ils ne nous coincent pas dans une sombre ruelle...

— Compris, acquiesça-t-elle avec un léger sourire en coin.

— Si tu es déterminée à aller jusqu'au bout, il faut vraiment qu'on reste ensemble pour...

— Se protéger l'un l'autre, termina-t-elle. C'est ce que tu allais dire, n'est-ce pas ?

Ce n'était pas ce qu'il s'apprêtait à dire, non. Il songea au fait qu'elle avait pensé se servir du talon de sa chaussure pour se défendre. C'était une combattante, cela ne faisait aucun doute. Mais, la prochaine fois, leurs assaillants ne seraient peut-être pas seulement armés de seringues...

— Bien sûr, lui répondit-il en réprimant son envie de lui proposer une nouvelle fois de prendre l'avion pour s'enfuir loin d'ici.

Ils appelèrent un Uber pour se rendre à la fourrière et, après avoir récupéré son SUV, Willie les conduisit jusqu'au commissariat pour déposer la seringue. Sur la route, ils observèrent tous les deux avec la plus grande vigilance les véhicules qui se trouvaient derrière eux. Mais le trafic était si dense dans cette ville animée qu'il paraissait impossible de déterminer s'ils étaient suivis ou non.

Après avoir acheté un téléphone dans un magasin à l'extérieur du centre-ville, Willie regarda tout autour de lui sur le parking, mais personne ne semblait leur accorder la moindre attention. Il inspecta le châssis de son véhicule, mais ne trouva pas de dispositif de repérage. Ni aucune trace d'explosifs.

En s'installant au volant, il repensa à Vernon et à ses ravisseurs. À cette heure, ils devaient avoir réussi à lui extorquer toutes les informations qu'ils désiraient. Vernon avait-il innocenté son avocate ? Ses agresseurs le croyaient-ils ? Était-il encore en vie ?

Avant de démarrer, il tendit le téléphone prépayé à Ellie.

— Appelle ton patron. Voyons un peu ce qu'il te veut.

Eleanor sentit le stress la gagner à la seule idée de devoir parler avec Phillip McNamara. Elle se souvint de l'époque où celui-ci participait à leurs dîners familiaux. Jeune, intelligent et très avide de ce que son père avait à offrir, Phillip était très nerveux en ce temps-là. Après avoir repris le cabinet, il avait vite changé. Où était-ce elle qui avait changé en découvrant qu'il cherchait bien plus que la direction de la société ? Il lui avait promis qu'elle était sur la bonne voie pour devenir sa principale associée quand il partirait en retraite ou codirectrice avant cela, mais elle avait rapidement compris que cette proposition était assortie de quelques conditions. McNamara voulait qu'elle-même fasse partie de l'accord. Aussi, lorsqu'il avait saisi que cela n'arriverait pas, il avait cessé de faire semblant de respecter ses engagements.

Aujourd'hui, elle se demandait pour quelle raison elle était restée travailler dans ce cabinet. Certes, cette entreprise avait une valeur affective pour elle. Mais peut-être le fait de lui confier le dossier Vernon Murphy était-il le moyen pour McNamara de se débarrasser d'elle ? Se doutait-il que cette affaire allait se compliquer à ce point ? Connaissait-il les personnes qui avaient engagé Vernon, ces gens qui avaient maintenant le pouvoir de détruire la carrière d'Eleanor et qui peut-être même désiraient... la tuer ? À cette idée, elle sentit sa nervosité se changer en colère.

La gorge sèche, elle composa le numéro du cabinet et demanda à la secrétaire de lui passer son patron.

— De la part d'E.L. Shafer, s'il vous plaît, précisa-t-elle.

Cet appel téléphonique allait être décisif, pensa-t-elle.

Était-elle prête à affronter la vérité ? Consciente qu'elle ne pouvait plus faire marche arrière, elle regarda Willie. Comme les légères secousses sismiques qui faisaient parfois trembler la ville, il l'avait déstabilisée et avait fragilisé le sol sur lequel elle avait construit toute sa vie.

À présent, alors qu'elle attendait de parler avec McNamara, elle redoutait d'être sur le point de détruire totalement cette même vie. Quand son patron se manifesta enfin à l'autre bout du fil, Willie se rapprocha d'elle pour entendre la conversation.

— Eleanor, où étais-tu passée ? Ta secrétaire prétend ne pas avoir reçu de tes nouvelles ! N'as-tu pas reçu mon message ?

Elle prit une profonde inspiration pour se calmer. Le fait que Willie soit si près d'elle ne l'aidait pas à se détendre. Elle essaya de se remettre dans la peau de l'avocate confiante et réfléchie qu'elle était avant de le rencontrer.

Il lui avait suffi d'entendre le ton de la voix de Phillip McNamara pour savoir qu'il était seul dans son bureau. Jamais il ne parlait ainsi en présence de ses associés ou des stagiaires. Cela signifiait-il qu'il avait baissé sa garde ? Elle décida de se fier à son instinct et de suivre sa propre route malgré les recommandations de Willie.

— Que se passe-t-il, Phil ?

Silence. Elle ne l'avait plus appelé par son prénom depuis le jour où elle lui avait avoué ne pas partager les mêmes sentiments à son égard.

— À toi de me le dire, Eleanor.

Elle sentit son estomac se nouer avant qu'une vague de colère l'envahisse.

— Vernon Murphy m'a appelée hier soir avant que je quitte mon bureau.

— Je croyais t'avoir dit de me prévenir s'il te donnait la moindre nouvelle ? lui répondit McNamara en laissant échapper un soupir d'exaspération.

Elle percevait le souffle de Willie sur sa peau. Même si

elle ne suivait pas le plan qu'ils avaient élaboré ensemble, il n'essayait pas de l'arrêter.

— J'étais contrariée, continua-t-elle. Je me suis rendue dans ce pub que tu apprécies, tu sais, celui où tu m'as proposé de devenir ton associée si j'acceptais, bien sûr, d'entamer une relation amoureuse avec toi.

— Eleanor...

— Eh bien, figure-toi qu'en quittant ce pub j'ai été agressée par un homme qui semblait déterminé à m'enlever.

— Tu vas bien ? lui demanda-t-il d'un ton où ne transparaissait pas la moindre nuance d'inquiétude.

— Pourquoi m'as-tu confié l'affaire Vernon Murphy, Phil ?

La question était directe, mais il l'évita.

— Je te rappelle que nous ne parlons pas des affaires de nos clients au téléphone. Pourquoi ne viens-tu pas me voir dans mon bureau ?

Il ne pouvait ignorer qu'elle ne se trouvait pas dans l'immeuble.

— Ce n'est pas possible pour l'instant. Mais je suppose que la raison pour laquelle tu m'as attribué ce dossier n'est pas secrète, n'est-ce pas ?

— Je vais devoir te rappeler, lui répondit McNamara d'un ton nerveux.

— Avant que tu raccroches, je veux que tu saches que j'ai dû emprunter un téléphone pour t'appeler puisque j'ai perdu mon smartphone hier soir quand je me suis fait attaquer. Au cas où tu le croiserais, sache que j'ai blessé mon agresseur à l'œil gauche.

— Eleanor... dit-il d'un ton chargé d'impatience. Tu ne penses quand même pas que j'ai quelque chose à voir avec...

— Dans quoi m'as-tu embarquée, Phil ?

Quand il lui répondit, sa voix était tendue. Elle pouvait l'imaginer, à l'autre bout du fil, serrant les dents, sa main libre tapotant nerveusement son grand bureau en acajou.

— Je doute fort que cette agression ait le moindre lien avec l'affaire, Eleanor. Jamais je ne te mettrais dans une telle position. Mais c'est le genre de choses qui peut arriver quand on est avocat. Je pensais que tu en étais consciente.

— As-tu oublié que j'ai été élevée par deux avocats, ceux-là mêmes qui t'ont permis d'être assis dans ce fauteuil devant cette incroyable vue de la ville ?

— J'entends à ta voix combien tu es bouleversée. Je le suis également. Mais si tu es toujours intéressée par la direction de ce cabinet, nous devons nous rencontrer pour en parler comme deux êtres humains sensés et raisonnables.

— Tu pourrais me dire si tu connaissais ou non l'heure à laquelle Vernon allait être extradé et son itinéraire ? lui demanda-t-elle avant de revoir comme un flash son agresseur dans la ruelle. Je vais être honnête avec toi, Phil. Profite de la vue de cet incroyable bureau car, si j'ai raison, tu n'y auras plus accès quand j'aurai bouclé cette affaire.

Sur ces mots, elle raccrocha. Le téléphone serré dans la main, elle essaya de reprendre un rythme de respiration normal. Elle sentit les doigts de Willie tenter de desserrer son emprise, puis son regard planer doucement sur elle, tandis qu'elle recouvrait ses esprits.

— Tu avais raison, lui dit-elle finalement. Il n'a pas hésité à me jeter en pâture.

Elle tremblait intérieurement. Pas de peur, mais de fureur.

— J'étais sincère quand je lui ai dit qu'il allait perdre son poste.

— Tu as raison, règle le compte de cet enfoiré une bonne fois pour toutes.

— J'aime votre façon de penser, shérif adjoint Willie Colt, lui répondit-elle avec un sourire malicieux.

10

Willie regarda Ellie du coin de l'œil tandis qu'il conduisait. Il se doutait que lorsqu'elle prendrait conscience de ce qu'elle avait fait, la colère retomberait, laissant place aux larmes. Il n'était pas particulièrement à l'aise avec les pleurs. Il n'était pas particulièrement à l'aise avec les femmes non plus, surtout quand il y avait le moindre problème. Et ce qui se profilait à l'horizon était bien un problème. Car même s'il pensait qu'elle venait probablement d'anéantir sa carrière, ce qui le préoccupait davantage était de réussir à la garder en vie. Il jeta un bref coup d'œil dans son rétroviseur. Pourquoi y avait-il déjà tant de trafic à cette heure matinale ? Son téléphone se mit à sonner, et il prit la décision de quitter l'artère principale pour se retrouver rapidement dans un quartier où il semblait possible de stationner. S'engageant sur une des voies latérales, il s'arrêta au milieu de la rue et répondit enfin à l'appel.

— Allo ? dit-il d'un ton agacé.

— Tout va bien ? lui demanda Tommy, son frère.

— Oui, désolé, c'est seulement que tout ici me rend dingue, la circulation, la foule, l'absence de parkings... et ces brutes qui sont à nos trousses.

— Une nouvelle journée de boulot, répliqua Tommy en laissant échapper un soupir. Dis-moi, j'ai découvert quelque chose qui pourrait peut-être t'aider. J'ai retrouvé la famille de Zoey Bertrand et, ce faisant, j'ai découvert qu'elle avait une liaison avec le directeur de Cascade Extraction Corp. Il semblerait que celui-ci ait un chalet de plus de mille mètres carrés, ici, dans le Montana, et une résidence encore plus grande à Vashon Island. Il s'appelle Lowell Carter.

— Est-ce que les membres de sa famille savent si leur relation avait tourné au vinaigre ?

— Ils disent que lorsque Zoey est revenue chez eux la dernière fois, elle semblait très contrariée. Elle leur avait expliqué qu'il se passait des choses au travail dont elle ne pouvait pas leur parler. Ils savaient qu'elle fréquentait Lowell et l'avait mise en garde à cause de leur grande différence d'âge. Lowell a une soixante d'années, il est marié, et Zoey avait vingt-huit ans. La voyant si bouleversée, ils ont tous pensé qu'elle était peut-être en train de reprendre ses esprits et que leur histoire touchait à sa fin.

— Tu penses que tout cela pourrait expliquer sa mort ?

— Les membres de sa famille pensent que cela a forcément quelque chose à voir avec l'entreprise. Peut-être a-t-elle découvert quelque chose et a-t-elle été tuée avant de pouvoir en parler à quiconque. Mais ils n'ont aucune idée de ce dont il pourrait s'agir.

— Dans tous les cas, cela pourrait justifier le fait que Lowell voulait se débarrasser d'elle. A-t-on une idée de l'endroit où il se trouve en ce moment ?

— Je me suis rendu à son chalet, à Bitterroot Valley, et j'ai pu discuter avec le gardien de la propriété qui se trouvait sur place. Mais la seule chose que j'ai apprise, c'est que Lowell n'était pas là.

— Alors, il est peut-être dans les parages, dit Willie. Bon, maintenant nous savons qu'il existe un véritable lien entre la compagnie minière, son propriétaire et Zoey Bertrand. C'est un bon début.

— Et j'ai une bonne nouvelle à t'annoncer, ajouta Tommy, Bella et moi attendons un enfant !

— Félicitations, lui répondit Willie, c'est merveilleux ! Voilà qui égaye ma journée !

— Fais bien attention à toi, oncle Willie, nous allons avoir besoin de ton aide, car ce sont des jumeaux !

Willie éclata de rire et répéta à son frère combien il était heureux pour Bella et lui avant de raccrocher.

Se tournant vers Eleanor, il lui expliqua les raisons de sa joie :

— Mon frère, Tommy, et sa femme vont avoir des jumeaux.

— Toutes mes félicitations, lui répondit-elle, l'air soudain préoccupé.

— Tout va bien ? lui demanda Willie en abandonnant son sourire. Nous allons résoudre cette affaire, Ellie, et si tu as raison en ce qui concerne ton patron, il tombera, je te le promets.

Elle acquiesça doucement.

— La femme que Vernon a vue apparaître à la fenêtre avant l'explosion ? commença-t-il à lui raconter. Elle avait une liaison avec le propriétaire de la compagnie minière, Lowell Carter.

Après lui avoir répété ce que son frère lui avait confié, il lui sembla avoir réussi à remonter un peu le moral d'Eleanor.

— Quand pourrons-nous interroger cet homme ? conclut Ellie en se redressant sur son siège, l'air de nouveau déterminée et combative.

L'avocate à la beauté classique et à l'attitude chic et guindée était de retour, prête à conquérir le monde.

— Dès que tu m'auras dit comment nous rendre à Gig Harbor et, surtout, comment sortir d'ici !

— Il n'y a pas de GPS dans ton véhicule ?

— Pas un qui fonctionne correctement, non.

— Très bien, déclara-t-elle, alors je t'y emmène.

Le siège social de la compagnie minière était un bâtiment indéfinissable qui se situait en périphérie de Gig Harbor, entouré de pins et de vieux équipements usagés. Devant l'édifice, le petit parking était vide et, même si Willie s'en doutait puisque personne ne lui avait répondu lorsqu'il avait tenté d'appeler le standard de l'entreprise, il ne put pas s'empêcher d'être déçu.

Une fois garé, il descendit et se dirigea vers la porte d'entrée et, comme il s'y attendait, trouva celle-ci verrouillée. Regardant par l'une des fenêtres sales et poussiéreuses, il vit que l'intérieur était désert. Personne ne semblait être venu ici depuis un certain temps.

— Pure perte de temps, dit-il à Eleanor qui le rejoignait.

— Pas nécessairement, lui répondit-elle en ouvrant la boîte aux lettres en métal à côté de la porte.

Après avoir trié le courrier pendant quelques minutes, mettant de côté les publicités et autres dépliants, elle lui tendit ce qui paraissait être une offre d'extension de garantie pour une voiture. Willie examina le document et fronça les sourcils en découvrant le nom de Lowell Carter et une adresse qui devait être celle de son domicile à Vashon Island.

— Bon travail, dit-il alors qu'ils retournaient vers le SUV. Maintenant, comment faire pour se rendre à Vashon Island ?

— En prenant le ferry, lui répondit-elle.

— Quoi ?

Il repensa au ferry qu'il avait vu la nuit précédente depuis la baie vitrée de leur luxueuse chambre d'hôtel.

— Nous allons devoir prendre le bateau ? Il n'y a pas d'autres possibilités ?

Elle éclata de rire comme si ce qu'il venait de dire était une irrésistible plaisanterie.

— Tu possèdes un hélicoptère ? Ou tu préfères nager, peut-être ?

Elle sortit son smartphone et fit quelques recherches sur Internet avant d'ajouter :

— Le trajet de ferry le plus rapide pour nous rendre sur

cette île est celui qui part de Fauntleroy Cove. L'embarcadère ne se trouve qu'à une vingtaine de minutes d'ici, mais si nous voulons éviter l'heure de pointe, il serait judicieux de prendre celui de 19 h 28.

— Mais il fera nuit.

— Les ferries sont éclairés, dit-elle en rangeant son téléphone avant de se tourner vers lui en fronçant les sourcils. Tu as quelque chose contre ce moyen de transport ?

— Je n'ai jamais pris de ferry et n'ai pas une grande expérience des bateaux en général depuis que je suis tombé d'un canoé et que j'ai failli me noyer à l'âge de cinq ans.

— Mais tu sais nager à présent, n'est-ce pas ? lui demanda-t-elle en le regardant comme s'il était un extraterrestre.

Ne lui laissant pas le temps de répondre, elle ajouta :

— Oh ! pour l'amour du ciel, tu n'auras qu'à porter un gilet de sauvetage, et s'il y a le moindre problème, je te sauverai.

— C'est gentil, répliqua-t-il en riant, mais je doute que tu puisses nager avec une jupe pareille.

— Dit l'homme qui porte un stetson et des bottes de cow-boy ? Tu sais, tu serais fort étonné de la rapidité avec laquelle je peux sortir de cette jupe.

— Voilà quelque chose que j'aimerais bien voir, conclut-il avant de démarrer.

Une fois qu'ils furent arrivés à la gare fluviale, Eleanor suggéra à Willie de laisser le SUV sur place et de prendre une traversée en tant que piétons.

— Si l'on en croit cette adresse, Lowell Carter ne vit pas très loin de l'endroit où nous accosterons. Nous serons plus difficiles à suivre à pied.

Willie acquiesça, et elle crut voir briller quelque chose dans son regard qui ressemblait à du respect. Se rappelant que ces mêmes yeux étaient responsables de la situation dans laquelle elle se trouvait à présent, elle détourna le regard.

— Montons sur le pont, lui dit-elle quand ils eurent embarqué. C'est une nuit magnifique.

En constatant son hésitation à la suivre, elle ajouta :

— Il sera plus facile pour moi de te secourir depuis là-haut.

Il sourit et lui emboîta le pas. La vérité était qu'Eleanor avait besoin de se rafraîchir les idées. McNamara lui avait envoyé un message quelques instants plus tôt qui disait :

> Tu n'as aucune idée de ce dans quoi tu t'impliques. Reviens au plus vite.

Et il avait raison. Elle ignorait tout de cette affaire.

Le repoussant hors de ses pensées, elle essaya de se concentrer sur ce qu'ils avaient découvert.

Lowell Carter avait une liaison avec une jeune femme qui travaillait pour lui. Leur relation était, selon la famille de celle-ci, tumultueuse. Cela justifiait-il qu'il ait voulu l'éliminer en la faisant périr dans l'explosion d'un bâtiment ? Explosion réalisée par un expert qui travaillait également pour lui et qui répondait au nom de Vernon Murphy. Celui-ci avait été arrêté, enlevé et était peut-être mort à cette heure.

Si Willie avait raison, celui qui était derrière tout ça craignait que Vernon ait parlé à l'agent de police Alex Mattson et à elle-même, puisqu'elle était son avocate.

Alors que le ferry quittait la côte, elle serra ses bras autour d'elle et regarda l'eau sombre filer sous eux. Quelques personnes se trouvaient sur le pont, mais la plupart étaient restées à l'intérieur.

Willie s'était rapproché d'elle, comme pour la protéger du vent. Ou peut-être était-ce seulement pour être à ses côtés en cas de problème. Elle pouvait sentir la chaleur du corps du cow-boy qui se pressait contre elle. Ils étaient si près l'un de l'autre qu'ils auraient pu s'embrasser. Lui était-il arrivé, à lui aussi, de repenser à ce baiser qu'ils avaient échangé au pub ? Ou celui-ci n'était-il réellement qu'une ruse rapidement oubliée ? Elle croisa le regard de Willie et déglutit. Il n'avait pas oublié. Elle retint son souffle tandis qu'il repoussait une mèche de ses cheveux loin de ses yeux. Son chignon s'était défait avec la brise et alors qu'elle allait se recoiffer, il posa une main sur la sienne et secoua la tête. Puis il attira Eleanor vers lui, et elle sentit la fermeté du corps du cow-boy contre elle. Fermant les paupières, elle se concentra sur la sensation des doigts de Willie qui glissaient dans ses cheveux, sur sa peau nue, au creux de son cou. La douceur et la dextérité des grandes mains calleuses de Willie Colt la surprirent. Il semblait être un homme aux multiples talents.

Elle se rendit soudain compte qu'elle craignait de bouger, de peur que tout cela ne cesse. C'était si bon de le sentir derrière elle, de sentir que quelqu'un la soutenait. C'était trop bon. Elle s'écarta, troquant le confort de leur proximité pour le froid et l'humidité de la nuit. Elle pouvait entendre le bruit du moteur du bateau, le clapotis des vagues qui venaient se briser sur la coque, le sang qui battait à ses tempes.

— Le trajet en bateau ne te stresse pas ? lui demanda-t-elle, surprise de constater combien sa gorge était serrée.

Il secoua la tête et la regarda un long moment avant de détourner les yeux vers Vashon Island dont les lumières devenaient de plus en plus brillantes.

— Je m'inquiète plus de ta sécurité, dit-il enfin d'une voix si basse que ses mots semblèrent s'échapper dans le vent.

N'ayant rien à répondre, elle scruta à l'intérieur pour tenter de voir si certains passagers avaient des visages familiers. Un tueur se cachait-il parmi eux ? Aucun visage ne lui disait quoi que ce soit, l'homme qui l'avait agressée la veille ne se trouvait pas là. Cependant, même si personne n'avait l'air dangereux, elle savait qu'elle pouvait se tromper. Elle espérait que débouler ici pour rencontrer Lowell Carter n'était pas une erreur. Willie avait été pensif pendant le trajet. Était-ce à cause de sa peur de l'eau ? Ou était-il préoccupé par leur sécurité sur l'île ?

Alors qu'ils s'apprêtaient à descendre du ferry, Willie posa une main dans le bas du dos d'Eleanor. Ils avaient convenu de laisser passer tout le monde avant eux, et il ne restait plus à présent sur l'embarcadère que quelques personnes qui semblaient faire partie d'un voyage organisé.

Sur l'île, les rues étaient toujours animées, des gens se pressaient de rentrer chez eux. Willie rasait les murs le long du trottoir, comme s'il s'attendait à être attaqué à tout moment.

Eleanor prit une profonde inspiration. Elle avait l'impression que ses défenses ne la protégeaient plus. Et l'affaire Vernon Murphy n'était pas la seule responsable de ce changement. Détestant le fait de se sentir à présent si vulnérable, elle jeta un regard à l'adjoint Willie Colt. Être aussi impuissante lui était presque douloureux.

Willie semblait voir clair en elle, comme s'il l'avait mise à nu la première fois qu'il était entré dans son bureau. Ce cow-boy était le premier homme à la comprendre. Et aucun de ceux qu'elle avait pu fréquenter auparavant n'avait été capable de dire ce qu'il ressentait, réalisa-t-elle tandis qu'ils arpentaient les rues résidentielles de Vashon Island dans l'obscurité. Elle se demanda soudain pourquoi l'univers avait choisi de placer cet homme sur son chemin, alors qu'il n'avait qu'une hâte : quitter Seattle. Sa mission achevée, il partirait.

S'ils s'en sortaient tous les deux vivants, se rappela-t-elle avant que Willie la saisisse par le bras pour l'attirer dans l'ombre, sous une large haie. Ce baiser était donc encore frais dans son esprit...

— Reste ici, lui murmura-t-il avant de disparaître.

11

Willie longea la haie en restant dans l'ombre jusqu'à parvenir à un endroit où il pouvait quitter le trottoir sans être vu. Il attendit un moment, mais hormis le son de son cœur qui martelait sa poitrine, tout était silencieux autour de lui. Au bout de quelques instants, il se dit que son instinct l'avait trompé : personne ne les avait suivis.

À ce moment, il perçut des bruits de pas derrière lui, quelqu'un se déplaçait rapidement. Il sortit son arme. Les phares d'une voiture apparurent en haut de la rue. Incapable de déterminer d'où pouvait provenir le danger, il s'accroupit.

Le conducteur du véhicule freina et s'arrêta en dérapant à quelques mètres seulement de lui. Une vitre s'abaissa, et il entendit une voix féminine crier :

— Monte dans cette voiture ! Tout de suite !

Pendant un instant, il crut que la femme l'avait vu, et qu'elle s'adressait à lui, mais une silhouette se détacha, traînant les pieds, passa devant la cachette de Willie et se dirigea vers la voiture.

— Je t'avais prévenu que c'était moi qui viendrais te chercher...

Willie laissa échapper un soupir de soulagement. Il ne s'agissait que d'un adolescent qui se faisait réprimander pour ne pas être rentré à l'heure chez lui. Il entra dans le véhicule et celui-ci démarra en trombe. Willie resta caché encore quelques instants, le temps que les battements de son cœur reprennent un rythme normal.

Sur le trottoir d'en face, il aperçut un individu qui sortait d'une haie. L'inconnu scruta autour de lui puis remonta la rue. Willie attendit qu'il disparaisse avant d'aller retrouver Eleanor. Celle-ci se montra en le voyant arriver.

— Fausse alerte ! lui dit-il en retirant une feuille de ses cheveux.

Le regard qu'elle lui lança signifiait qu'elle aussi avait remarqué l'homme et qu'elle savait comme lui qu'ils avaient été suivis. Sans l'altercation entre l'adolescent et sa mère, ils ne l'auraient probablement jamais découvert.

Eleanor se sentait stupide d'avoir pensé que Willie voulait l'embrasser alors que leur vie était en danger. Voir surgir cet homme de l'obscurité l'avait ramenée à la réalité, la peur qu'elle avait ressentie lui avait coupé le souffle et, restant immobile, elle avait prié en silence pour que Willie revienne au plus vite. Lorsque l'individu avait rebroussé chemin, elle avait recommencé à respirer normalement et, en apercevant Willie arriver, elle n'avait eu qu'une envie : se jeter dans ses bras. Mais même si elle avait réussi à se maîtriser, elle se doutait qu'il avait compris qu'elle était terrorisée. Car ce cow-boy comprenait tout.

Ils patientèrent quelques instants dans l'ombre, mais l'homme qu'ils avaient vu avait disparu. Tout en remontant la rue jusqu'à l'adresse de Lowell Carter, ils ressentirent l'ambiance nocturne de l'île, le ferry était reparti, les gens rentraient chez eux, de la musique résonnait au loin, et une odeur de barbecue flottait dans l'air.

La maison était impressionnante et presque trois fois plus grande que celle de Jonathan Asher. Une haute clôture en fer forgé entourait toute la propriété jusqu'à un imposant portail où était installée une caméra de sécurité.

En jetant un discret coup d'œil à Willie, Eleanor vit qu'il réfléchissait lui aussi à la façon dont ils allaient pouvoir pénétrer dans l'enceinte sans risquer d'être repérés. La solution se présenta à eux comme un cadeau du hasard lorsqu'une voiture s'arrêta devant la grille qui s'ouvrit pour la laisser passer. Willie l'empêcha de se refermer, et ils se glissèrent tous les deux à l'intérieur. Plutôt que d'emprunter le chemin sinueux qui menait à la résidence, Willie prit la main d'Eleanor pour traverser la pelouse avec elle.

Un autre véhicule arrivait à l'entrée.

— On dirait qu'ils organisent une fête, dit Willie alors qu'ils avançaient vers la maison.

Un voiturier s'approcha du dernier véhicule qui stationnait maintenant devant le perron.

— En effet, approuva-t-elle.

Un homme et une femme en tenue de soirée sortirent de la voiture et se dirigèrent vers les marches du perron.

— Je me demande ce qu'ils célèbrent...

De là où ils se trouvaient, la résidence paraissait entièrement vitrée. De l'intérieur, on devait voir jusqu'aux lumières du continent, de l'autre côté du Puget Sound.

— Viens, allons leur demander, lui répondit Willie, on ne risque pas grand-chose à part être mis dehors.

Ils se sourirent comme s'ils étaient des conspirateurs puis montèrent les quelques marches, et Willie appuya sur la sonnette.

Une femme en uniforme leur ouvrit et écarquilla les yeux en découvrant le cow-boy qui se trouvait devant elle.

— Nous désirons voir M. Carter, déclara Willie en avançant d'un pas, forçant la domestique à reculer. Dites-lui qu'il vaudrait mieux pour lui qu'il accepte de nous parler.

— Puis-je savoir à qui...

— Willie Colt, l'adjoint du shérif de Lonesome dans le

Montana. Il comprendra, lui répondit Willie en lui adressant un clin d'œil.

— Attendez ici, rétorqua la femme sur un ton autoritaire.

Eleanor avait appris à connaître Willie et s'attendait à ce qu'il réplique. Elle n'avait aucune envie d'appeler un de ses amis avocats pour les sortir d'affaires si la situation tournait mal. Mais un homme âgé à l'allure distinguée apparut et, une expression mécontente sur le visage, avança vers eux.

— Vous n'êtes pas un homme facile à trouver, lui lança Willie avant même que Lowell ait le temps d'ouvrir la bouche. Il faut qu'on parle.

Il montra son insigne, même si cela était inutile, car il se doutait que Lowell savait qui il était et n'ignorait pas qu'il n'avait pas la moindre autorité à Seattle, et encore moins sur cette île.

— Je crains que le moment ne soit pas opportun, lui répondit Carter sans même prendre la peine de jeter un œil à son badge. Nous recevons quelques amis ce soir.

— Nous ne sommes pas venus vous rendre visite, répliqua Willie. Nous voulons seulement vous parler de Zoey Bertrand.

Carter fronça les sourcils, comme s'il cherchait à se souvenir de ce nom.

— Allons, Lowell, poursuivit Willie, ce n'est pas en jouant les idiots que vous avez réussi à obtenir tout ça.

Il fit un geste de la main pour montrer la maison et le terrain avant d'ajouter :

— Ce que je veux savoir aujourd'hui, c'est la raison pour laquelle on a enlevé mon prisonnier, Vernon Murphy. Et quand je trouverai les responsables et que je ferai tomber cet immense château de cartes, j'ai le sentiment que c'est vous qui vous trouverez en dessous. Alors, si vous n'avez rien à cacher, pourquoi ne me dites-vous pas qui a engagé Vernon pour se débarrasser de... ce qui vous gênait ? Si ce n'est pas vous, bien sûr.

L'homme esquissa un sourire.

— Monsieur l'adjoint, il doit y avoir une erreur puisque, comme vous le savez, cet endroit ne relève pas de votre juridiction. Il me suffirait de dire au chef de la police locale que vous êtes en train de me harceler pour que...

— Je pourrais aussi parler de Zoey Bertrand à votre femme, déclara Willie. Mais je ne voudrais pas gâcher votre fête, d'autant plus que tous vos amis les plus proches doivent être là... Alors peut-être pourriez-vous malgré tout nous accorder quelques minutes de votre précieux temps ?

— Vous n'êtes tout de même pas en train de me menacer, monsieur l'adjoint ?

— Je peux peut-être vous aider, intervint Eleanor. Je suis E.L. Shaffer, avocate, je crois aussi qu'il serait dans votre intérêt de nous parler, monsieur Carter.

Le regard de Lowell se posa sur elle comme s'il ne l'avait pas remarquée avant. Il écarquilla les yeux et afficha un air étonné.

— Je connais votre cabinet.

Eleanor acquiesça, cachant sa surprise mieux que ne le faisait Willie.

— L'adjoint Colt, ici présent, a fait le trajet depuis le Montana pour extrader M. Murphy, mais ils ont été attaqués, et ce dernier a été enlevé. M. Colt est déterminé à découvrir qui a payé Vernon Murphy pour commettre l'acte qui a entraîné la mort d'une jeune femme qui travaillait pour vous. Je suis certaine que nous pourrons éclaircir cette affaire rapidement, surtout si c'est vous qui avez engagé mon cabinet pour représenter Vernon Murphy.

Lowell Carter hésita un instant puis, voyant venir de nouveaux invités, glissa à Willie et Eleanor :

— Suivez-moi dans mon bureau, voulez-vous.

Et, tournant les talons, il prit la direction opposée, les éloignant des bruits de la fête et du couple qui arrivait.

Willie lança un regard interrogateur à Eleanor. Mais celle-ci se contenta de hausser les épaules et suivit Carter dans le couloir qui menait à son bureau. Il les fit entrer puis referma la porte derrière eux.

— Mettons les choses au clair, commença-t-il en allant s'asseoir derrière son grand bureau et en leur faisant signe de prendre place dans les fauteuils club en face de lui. Je n'étais même pas au courant que Vernon Murphy travaillait pour le compte de ma société. Je l'ai découvert quand j'ai reçu l'appel du shérif de Lonesome qui m'a annoncé que l'un de mes bâtiments avait été détruit, et qu'une femme avait trouvé la mort sur les lieux.

Lowell Carter s'éclaircit la voix et détourna le regard un instant avant de poursuivre.

— Quand j'ai appris qui était cette femme...

Semblant incapable d'en dire davantage, il secoua la tête.

— Et vous ne vous êtes pas demandé ce qu'elle faisait là-bas ? l'interrogea Willie. Ni pour quelle raison l'un de vos employés a voulu faire exploser ce bâtiment ?

— Bien sûr que si, je ne suis pas un imbécile, répondit-il en prenant un ton hautain. Ce n'est certainement pas moi qui l'ai engagé pour réduire en cendres l'un de mes bâtiments et encore moins...

Sa voix se brisa, et il se mordit la lèvre quelques secondes avant de finir :

— Pour tuer Zoey. Écoutez, j'étais amoureux d'elle, j'avais prévu de divorcer et de l'épouser, expliqua-t-il avant de se tourner vers Eleanor. Et ce n'est pas moi qui vous ai engagée pour défendre Vernon Murphy non plus. En ce qui me concerne, ce type peut brûler en enfer... Quant à ma femme...

Une nouvelle fois, Lowell prit quelques secondes pour retrouver le contrôle de lui-même.

— Elle sait tout, à présent, au sujet de Zoey et de mon intention de divorcer.

— Et cela ne lui pose pas de problème ? demanda Willie, sans réussir à cacher son incrédulité. C'est ce que vous célébrez ce soir ? Tout est pardonné maintenant puisque Zoey Bertrand est morte ?

— Ce ne sont pas vos affaires, monsieur l'adjoint, répondit Lowell avec indignation, mais je crois qu'Angeline est toujours déterminée à divorcer. J'essaye d'arranger les choses, mais je ne suis pas certain que nous puissions surmonter tout cela...

Dans le passé, Eleanor avait pensé qu'il lui suffisait de poser un seul regard sur le visage de ses clients pour savoir s'ils étaient coupables ou non. Elle ne croyait plus à cette théorie aujourd'hui. Lowell Carter était très convaincant, mais il y avait malgré cela de fortes chances pour qu'il ait voulu se débarrasser de sa maîtresse. Celle-ci avait peut-être découvert quelque chose dans le cadre de leur travail qu'il aurait préféré garder secret ou peut-être s'était-il simplement lassé d'elle. Car les divorces avaient souvent tendance à coûter cher, et cet homme avait manifestement beaucoup à perdre.

— Quand votre femme a-t-elle appris votre liaison et votre intention de la quitter ? l'interrogea Eleanor.

— Quand j'ai été informé de l'explosion et de la mort de Zoey, répondit-il. Je n'ai pas été capable de le lui cacher après l'appel, je lui ai tout avoué.

— Et si elle ne vous pardonne pas ? demanda Willie.

— Alors, elle divorcera, prendra la moitié de mes biens, tous nos amis, ma réputation et ma dignité avec elle. Je mérite de perdre tout ce que j'ai construit, c'est ma punition pour être tombé amoureux d'une femme plus jeune que notre fille.

— Vous parlez comme si vous regrettiez de vous être fait prendre, remarqua Willie. Pas comme quelqu'un qui est rongé par le remords.

Lowell Carter semblait maintenant au bord des larmes.

— J'aimais Zoey. J'aurais fait n'importe quoi pour être avec elle. J'ai cru comprendre que la police avait plusieurs suspects dans sa ligne de mire dont l'un de ses anciens petits amis.

— Dans quelle mesure votre femme est-elle impliquée dans votre exploitation minière ? lui demanda soudain Eleanor.

— Elle ne l'est pas du tout, répondit Carter, l'air surpris par la question. Angeline s'occupe de notre maison, de nos enfants, et c'est la meilleure des hôtesses. Mais elle ne s'intéresse pas aux affaires.

— Vous êtes certain qu'elle ne se doutait pas de votre liaison ?

— Certain. Elle était heureuse de notre arrangement, elle avait ses responsabilités et moi les miennes. Elle a très mal pris la nouvelle. Jamais je n'ai voulu lui faire de mal. Maintenant que Zoey n'est plus là, j'ai presque tout perdu, je ne veux pas la perdre elle aussi.

— Alors, vous ignorez vraiment qui sont ceux qui ont engagé Vernon Murphy pour faire exploser votre immeuble et tuer votre petite amie ? interrogea Willie.

Lowell secoua la tête.

— Jonathan Asher aurait-il des raisons de vouloir détruire votre vie ?

— Jonathan ? répéta Lowell en haussant les sourcils. Je ne vois pas quelles pourraient être ses motivations, il a investi dans plusieurs de mes entreprises.

— Que se passera-t-il pour ses investissements si votre femme va jusqu'au bout de sa procédure ? demanda Eleanor.

— Je n'y ai pas vraiment pensé. Si nous divorçons, je suppose qu'Angeline se débarrassera de l'exploitation minière, qu'elle la liquidera pour se débarrasser d'elle et de moi. Dans ce cas de figure, Jonathan pourrait être en mesure de la racheter, s'il est intéressé.

— Sauf la partie qui vous appartiendra encore, fit remarquer Willie.

— Je n'aurai pas les moyens de racheter la part d'Angeline,

alors il sera facile pour celui qui en sera propriétaire de faire pression sur moi et de l'obtenir à moindre coût.

— C'est peut-être ce que quelqu'un a en tête, dit Eleanor. Qui d'autre aurait pu être affecté d'une quelconque manière si vous aviez quitté votre femme pour Zoey ?

Lowell prit quelques instants pour réfléchir, puis répondit en secouant la tête :

— Pourquoi quelqu'un se donnerait-il tant de mal pour me détruire ?

— Vous avez dit que votre femme allait demander le divorce, puis-je vous demander quel avocat va la représenter ?

Une nouvelle fois, Lowell parut surpris.

— Je pensais que vous le saviez, c'est Phillip McNamara, le directeur associé de votre cabinet. Ma femme l'a contacté après avoir appris ma liaison.

La porte du bureau s'ouvrit soudain et une jeune femme qui avait le même regard que Lowell avança.

— Désolée de vous interrompre, mais mère vous cherche.

— Dis-lui que j'arrive dans une minute, répondit Carter qui se leva de son siège immédiatement. J'ai bien peur de vous avoir dit tout ce que je savais sur cette affaire.

— Une dernière chose, dit Willie en se levant également. Avez-vous des gardes du corps ? Et est-ce que l'un d'entre eux a récemment eu un accident à l'œil gauche ?

— Le fait que l'homme qui m'a agressée travaille pour lui ne prouve pas forcément que Lowell Carter soit impliqué, dit Eleanor à Willie tandis qu'ils quittaient la propriété. Il m'a semblé sincère.

— Ce type a avoué avoir eu une liaison, lui répondit Willie, tu ne crois pas qu'il a pu mentir, tricher et peut-être même tuer pour arriver où il est aujourd'hui ?

— Je dis seulement que sur ce sujet, je le crois, répéta-t-elle d'un ton déterminé.

— Moi pas, répliqua Willie d'un ton ironique. Je veux parler à sa femme, j'ai le sentiment que c'est elle qui a organisé la fête de ce soir et je me demande pour quelle raison elle a pu avoir envie de célébrer quoi que ce soit alors qu'elle vient de découvrir que son mari la trompait, et qu'il avait l'intention de la quitter.

— Pour prouver au monde entier qu'elle pourra survivre au divorce. Si elle ne le faisait pas, tous ses amis chuchoteraient dans son dos.

— Tu ne penses pas que les commérages sont inévitables sur ce genre de sujets ?

Eleanor haussa les épaules. Ils étaient arrivés devant le portail qui s'ouvrit pour les laisser sortir.

— Ça dépend de ce qu'elle leur dira ce soir, ils se doutent déjà tous qu'il doit la supplier à genoux, à moins qu'il ait réussi à garder tout cela caché. Mais une femme sait toujours quand...

Quelque chose dans la façon dont elle avait prononcé ces derniers mots le fit se retourner vers elle alors qu'ils venaient d'atteindre la rue.

— Ce sujet t'est familier ?

Elle lui lança un bref regard, mais resta silencieuse et continua à avancer.

Il y avait à présent moins de circulation dans ce quartier huppé, et Willie se demanda si tous les automobilistes croisés plus tôt se rendaient à la fête des Carter. Personne ne traînait plus dans les parages, mais cela ne signifiait pas pour autant qu'ils n'étaient pas suivis.

— Tu fais tout ça pour Vernon ? questionna-t-elle.

— Tu veux dire, est-ce que je pense pouvoir le sauver ? interrogea-t-il avant de secouer la tête. Non, pour tout te dire, je pense qu'il est déjà mort.

— Alors, pourquoi te donnes-tu tout ce mal ?

Elle s'était arrêtée pour lui poser cette dernière question, et la lumière des lampadaires de la rue permit à Willie de regarder les traits d'Eleanor tandis qu'elle le fixait. Ce soir, elle n'était plus l'avocate au caractère bien trempé. Il émanait d'elle une douceur qu'il trouva aussi attirante que bouleversante.

— Parce que je suis en colère et que je veux que justice soit rendue... Et je veux aussi m'assurer que tu seras en sécurité quand je quitterai Seattle.

Il ne voulait pas admettre que la protéger était maintenant devenu plus important à ses yeux que son besoin de justice. E.L. Shafer le troublait, et il n'aimait pas cette sensation de perte d'équilibre. Plus vite il aurait terminé ses affaires ici et pourrait retourner dans le Montana, mieux ce serait. Il préférait poser ses bottes sur un terrain stable et solide.

Elle se remit à marcher, comme pour éviter le regard de Willie.

— Est-ce que tout cela a un sens pour toi ? demanda-t-il. Que penses-tu du fait qu'Angeline ait engagé ton patron pour la représenter ?

— Je trouve ça suspect.

— Moi aussi, d'autant plus que c'est lui qui t'a confié le dossier de Vernon Murphy. Même s'il ignorait que Vernon travaillait pour l'exploitation minière de Carter, il devait savoir que l'immeuble qui a été détruit appartenait au mari de sa cliente, et que la femme qui a été tuée dans l'explosion était sa maîtresse. Je soupçonne ton patron d'être plongé jusqu'au cou dans cette affaire. Tu as eu de ses nouvelles ?

Alors qu'Eleanor prenait quelques secondes de trop pour répondre, il laissa échapper un juron et s'arrêta.

— Mais pourquoi me caches-tu des choses ?

— Il m'a envoyé un SMS pour me dire que je ne savais pas dans quoi je mettais les pieds et que je devais revenir au plus vite au bureau, lui répondit-elle en levant les yeux. Et il a raison, je ne sais pas dans quoi j'ai mis les pieds.

Sa voix se brisa. Il l'avait déjà vue en colère et effrayée. Mais elle semblait à présent plus fragile que jamais.

— Je suis désolé.

C'est tout ce qu'il trouva à dire. Du coin de l'œil, il aperçut les lumières du ferry qui avait accosté, et quelques personnes qui en descendaient. Même s'il ne repéra pas d'homme portant un bandage sur un œil, il savait qu'ils n'étaient pas en sécurité. Alors comment pouvait-il promettre à Eleanor qu'il allait résoudre cette affaire et qu'il pouvait la protéger ? Cependant, s'il ne pouvait pas le lui garantir, il comprit qu'il serait prêt à tout pour empêcher qu'il lui arrive quoi que ce soit. Il s'était attaché à elle… ce qui les rendait tous les deux plus vulnérables.

La brise nocturne avait fait tomber quelques mèches de son chignon. Elle essaya de se recoiffer avec agacement, comme si ses cheveux étaient une nouvelle preuve de sa perte de contrôle. Il se demanda si cette coiffure stricte était une armure, comme son chemisier boutonné jusqu'au cou, et le regard qu'elle lançait au monde avec ses yeux du même gris que ceux d'un loup. Un regard qui disait : ne vous approchez pas trop près. Il se doutait qu'il ne devait pas être le premier homme qu'elle tenait à distance.

Pourtant, à cet instant précis, il savait que s'il avançait vers elle, elle ne protesterait pas. La question était de savoir ce qui se passerait une fois qu'il l'aurait prise dans ses bras et qu'il aurait le corps d'Eleanor pressé contre le sien… Laisserait-il l'idée de l'embrasser se concrétiser une nouvelle fois ?

Il jura en silence. En la voyant si fragile en cette nuit étouffante, éclairée par les lumières scintillantes qui se reflétaient sur l'eau sombre, en percevant les discrets effluves du parfum de l'avocate, il se sentait aussi perdu qu'elle semblait l'être.

Alors, il se rappela qu'il s'était promis de ne pas s'engager sur cette voie. Il ne le pouvait pas car, s'il le faisait, il n'y aurait plus de retour possible.

12

De retour sur le continent, ils venaient de s'installer dans le SUV de Willie quand ce dernier reçut un appel de son frère.

— Je te mets sur haut-parleur, lui dit Tommy. James et Davy sont avec moi.

Willie jeta un regard à Eleanor. Comprenant que ses frères avaient dû découvrir quelque chose d'important, il appuya lui aussi sur la touche haut-parleur.

— Je vous écoute.

— J'ai parlé avec la sœur de Zoey, lui expliqua Tommy. Il paraît qu'avant d'avoir une liaison avec Lowell Carter elle a été en couple avec un opérateur de machinerie lourde, âgé de trente-quatre ans et nommé Kevin Yates. D'après sa sœur, leur relation était intermittente, à cause du tempérament de Kevin. Zoey a dû appeler la police à deux reprises quand elle a commencé à fréquenter Lowell et elle a fini par obtenir une ordonnance restrictive contre KY, comme le surnomment ses amis.

— Et en quoi tout ceci est-il intéressant pour notre affaire ?

— Eh bien, j'ai effectué quelques recherches sur ce type, et devine quoi ? lui répondit Davy. Il a travaillé pour la même compagnie que Zoey et Vernon, celle qui se situe près de Lonesome. Et à la même époque.

— Ce qui laisse à supposer qu'ils se connaissaient, conclut Willie en regardant Eleanor, les sourcils froncés. Et que lorsque Vernon a vu apparaître la jeune femme à la fenêtre, il l'a probablement reconnue. Même s'il ignorait les raisons réelles pour lesquelles il avait été embauché, il a dû les saisir à cet instant-là.

— Je sais que l'idée de faire tomber le propriétaire d'une société minière qui a quitté le Montana en saccageant tout derrière elle doit t'être plutôt agréable, mais sois prudent, tu es peut-être en train de faire fausse route, déclara James. Ce type, Kevin Yates, est un véritable agresseur sexuel, il a même des antécédents d'actes de violence. Il a menacé Zoey et il connaissait Vernon ou avait entendu parler de ce qu'il faisait. Ce KY a peut-être tout manigancé.

— Où se trouve-t-il en ce moment ? demanda Willie.

— C'est le problème, il n'est pas dans le coin, répondit Davy. Il travaille dans une mine à Ellensburg, pas loin de là où tu te trouves. En faisant quelques recherches, j'ai découvert qu'il existait là-bas un bar où les mineurs ont l'habitude de se retrouver et qui s'appelle The Shaft.

— Tout à fait le genre d'endroits que j'aime… déclara Willie avant de jeter un œil à Eleanor qui hocha la tête. OK, nous allons lui rendre une petite visite.

— Nous ? demanda James.

Willie croisa le regard d'Ellie.

— Ma… collègue et moi, conclut-il avant de raccrocher et de se tourner vers Eleanor. Il va falloir qu'on te trouve une tenue pour aller dans ce bar.

— Je te demande pardon ?

— Fais-moi confiance, lui dit-il en se disant qu'il avait hâte de la voir essayer un jean moulant. Je crois qu'il est temps d'aller faire un peu de shopping.

Avant qu'elle ait le temps de protester, il démarra et le téléphone d'Ellie se mit à sonner. Elle lut le SMS qu'elle venait de recevoir puis leva les yeux vers Willie.

— C'est de nouveau Phillip McNamara. Il insiste pour me voir en personne.

Le lendemain, Eleanor rejoignit McNamara qui patientait assis à la terrasse déserte d'un bistrot. Le vent portait le parfum de la pluie, et les nuages sombres qui obscurcissaient le ciel annonçaient un orage pour la fin de la journée.

En s'approchant de Phillip, elle vit qu'il n'avait pas touché à sa tasse de café et qu'il fixait son smartphone comme s'il attendait un appel. Pensait-il qu'elle ne viendrait pas à leur rendez-vous ? De l'autre main, il tapotait le bord de la table nerveusement. Lorsqu'il la vit, il sembla soudain se détendre et reposa son téléphone. Il lui adressa un étrange sourire, comme s'il posait pour une photo. Un sourire sans chaleur, et elle s'imagina tout à coup qu'il comptait peut-être la licencier. Pouvait-il faire une telle chose ? Le père d'Eleanor lui avait donné le contrôle de l'entreprise. Ses parents l'appréciaient tant qu'ils lui avaient accordé toute leur confiance. Phillip pouvait donc faire tout ce qu'il voulait.

Se demandant soudain si elle n'était pas en train de commettre une erreur – même si elle avait dû convaincre Willie du bien-fondé de son idée –, elle ralentit et toucha du bout des doigts son téléphone dans sa poche. Willie écouterait et regarderait tout. Si les choses tournaient mal, il avait promis de la sortir de là, elle savait pertinemment qu'il n'était pas loin.

Gardant une expression neutre, elle se dirigea donc vers la table de McNamara. Celui-ci cessa de sourire quand elle s'assit en face de lui. Elle repoussa une mèche de ses cheveux qui virevoltait au vent et resta immobile et silencieuse.

— Qu'est-ce que tu fabriques, Eleanor ? lui dit-il d'un ton exaspéré avant de se radoucir en la voyant se raidir. J'étais très inquiet, tu sais que je tiens toujours beaucoup à toi.

— Et c'est pour ça que tu m'as confié l'affaire Vernon Murphy ?

— Je n'avais aucune idée de ce qui allait se passer, répliqua-t-il avant de jeter un œil vers le bar. Veux-tu quelque chose à…

— Non. Qui a engagé le cabinet dans cette histoire ?

Il croisa le regard d'Eleanor, mais resta muet.

— Qui protèges-tu ? insista-t-elle.

— Confidentialité client-avocat.

Elle secoua la tête et fit mine de se lever.

— Où vas-tu ? Rassieds-toi, s'il te plaît, ajouta-t-il rapidement.

— Dis-moi ce qui se passe ou je m'en vais, lui répondit-elle sans se rasseoir.

— Tu ne vas pas gâcher ta carrière et ton avenir pour quelque chose d'aussi insignifiant, si ?

Eleanor resta silencieuse et, dix secondes plus tard, quitta la table.

— Angeline Carter voulait mon meilleur avocat ! Et c'était toi.

Elle revint vers Philip en fronçant les sourcils.

— Je sais qu'elle t'a contacté pour son divorce mais…

Elle vit qu'il était surpris d'apprendre qu'elle était déjà au courant et se rassit en face de lui.

— Pourquoi voulait-elle engager le même cabinet pour représenter celui qui a tué la maîtresse de son mari ? À moins qu'elle ait engagé Vernon pour se débarrasser de Zoey Bertrand et qu'elle veuille s'assurer qu'il garde le silence ?

— Je ne sais pas d'où tu tiens tes informations, mais c'est tout le contraire, lui répondit Phillip en secouant la tête. Effrayée à l'idée que son mari puisse être celui qui avait organisé tout cela et qu'elle soit la prochaine victime, Angeline voulait découvrir qui avait engagé Vernon Murphy.

— C'est ridicule, pouffa Eleanor. Pourquoi Carter aurait-il voulu tuer sa petite amie ?

— Parce que les choses avaient tourné au vinaigre entre eux, et qu'elle était devenue une menace pour lui.

— Et comment sa femme est-elle au courant ? demanda Eleanor.

Phillip regarda ailleurs pendant quelques instants, manifestement mal à l'aise à l'idée de briser le secret professionnel.

— Elle m'a dit qu'elle ne savait pas qui était la femme qu'il fréquentait, et qu'ils avaient déjà traversé ce genre d'épreuves. Mais, cette fois, la liaison s'était mal terminée. Elle avait entendu son mari au téléphone. Apparemment, Zoey Bertrand était au courant de certaines choses qu'il avait faites dans l'une de ses mines et qui auraient pu entraîner sa fermeture et le conduire en prison.

Sceptique, Eleanor secoua la tête.

— Angeline Carter pense que son mari s'est débarrassé de sa maîtresse et que si elle demande le divorce, il l'éliminera elle aussi, reprit Phillip. Elle dit qu'elle l'a échappé belle plusieurs fois après m'avoir contacté.

— Mais pourquoi voudrait-il la tuer ?

— Pour l'argent. Lowell et Angeline ont une assurance-vie de 10 000 000 de dollars. Lowell ne lui avait pas caché qu'il voulait épouser Zoey, il avait même acheté une bague à sa maîtresse, en émeraude avec des diamants, très coûteuse et qui n'a pas été retrouvée sur elle. Il est possible que Vernon Murphy l'ait prise puisque tout le monde pense qu'il savait pertinemment qu'elle était prisonnière dans le bâtiment qu'il a fait sauter.

Eleanor repensa à ce que Vernon lui avait dit quand il avait vu la jeune femme qui, les poignets attachés, tapait sur la vitre en hurlant. Les propos de Vernon lui semblaient plus crédibles que ce que lui racontait Phillip.

— Supposons un instant que tout cela soit vrai. Qui a eu l'idée de me confier cette affaire ?

McNamara soutint le regard d'Eleanor pendant un instant, gêné, avant de lui répondre :

— Comme je te l'ai dit, Angeline voulait le meilleur avocat

du cabinet, alors je suppose que c'était mon idée. Je voulais aussi quelqu'un en qui on puisse avoir confiance.

— Confiance pour quoi ?

— Pour me dire ce que Vernon allait raconter. Tu as toujours été si... professionnelle. J'ai supposé que tu viendrais me voir si tu rencontrais un problème avec cette affaire. Avant que tu croises le chemin de ce flic. J'ai demandé à la sécurité de vérifier les vidéos de surveillance des bureaux, pourquoi as-tu suivi ce type ?

Eleanor décida d'ignorer la question.

— Les hommes qui ont attaqué le shérif adjoint Colt et son prisonnier n'étaient pas des amis de Vernon. Ils voulaient obtenir quelque chose de lui. Est-ce que tu sais ce dont il s'agit ?

— Comment pourrais-je le savoir ? Peut-être la bague ? Selon Angeline, elle vaut une petite fortune. Il ne t'a rien dit à ce sujet ?

Elle secoua la tête et attendit qu'il poursuive.

— Tu ne crois tout de même pas que j'ai quoi que ce soit à voir avec l'enlèvement de Vernon ? lui demanda-t-il enfin en écarquillant les yeux.

— Quelqu'un les a informés de la date et du lieu de son extradition...

— Qu'est-ce que tu insinues ?

— Que tu en sais bien plus que ce que tu veux me faire croire. Dis-moi, pourquoi m'as-tu réellement confié cette affaire, Phillip ?

— Bon sang, Eleanor ! répondit-il en baissant la voix et en se penchant vers elle, bien qu'ils soient tous les deux seuls dans le froid. Je pensais qu'il t'avouerait tout. Quand je t'ai chargée de ce dossier, je t'ai demandé de me tenir au courant de la moindre évolution. La seule chose qui m'inquiétait était que Lowell Carter soit impliqué puisque je représentais sa femme.

— Attends une seconde, tu veux dire qu'Angeline Carter

t'a engagé avant que Vernon fasse exploser le bâtiment à Lonesome, tuant ainsi la maîtresse de son mari ?

— Non, elle ne m'avait pas engagé. Mais elle savait déjà que Lowell avait une nouvelle liaison et elle sentait que les choses étaient différentes cette fois. Elle voulait se renseigner sur ses options. Quand la jeune femme a été tuée, et que Vernon s'est fait arrêter, elle a voulu savoir si c'était son mari qui l'avait embauché pour faire le sale boulot...

Phillip marqua une pause puis lui demanda :

— Vernon Murphy t'a-t-il dit qui l'avait engagé, oui ou non ?

— Non.

Elle vit passer sur le visage de Philip une expression de déception puis de méfiance.

— Tu es bien certaine qu'il ne t'a jamais parlé de cette bague ? questionna-t-il.

Eleanor se leva de nouveau pour lui répondre :

— Je voudrais tellement croire que tu ignorais la dangerosité de cette affaire quand tu me l'as confiée. Ou que ce n'est pas toi qui as renseigné les hommes qui ont enlevé Vernon. Mais est-ce que je peux vraiment te faire confiance ?

— As-tu besoin de me le demander ?

Quand Eleanor croisa de nouveau le regard de Phillip, elle y vit tant de regrets que son cœur se serra. Il l'avait aimée, mais ce sentiment n'était pas réciproque. Et, maintenant, elle n'était plus sûre de pouvoir lui faire confiance. Elle ne croyait plus personne, hormis Willie Colt.

— J'espère que maintenant que nous avons eu cette discussion, tu vas revenir travailler.

Phillip avait pris un ton impatient, comme si elle se comportait comme une enfant. Mais sa vie était-elle encore en danger ? Willie avait tenté de l'envoyer au loin pour la mettre à l'abri, et elle se demandait à présent si elle n'aurait pas mieux fait de l'écouter. Une pensée lui vint soudain.

Restait-elle avec lui car elle était toujours effrayée ou parce qu'elle commençait à apprécier sa compagnie ?

Le rugissement d'un moteur de voiture et le crissement de pneus sur la chaussée la firent se retourner à temps pour voir un SUV noir avancer à toute vitesse sur eux. Alors qu'il passait en trombe, elle aperçut un homme masqué, à moitié sorti du véhicule par la fenêtre et tenant à la main une arme pointée dans leur direction.

Incapable de faire le moindre mouvement, Eleanor se figea tandis que le bruit des tirs emplissait l'air autour d'elle. Un verre se brisa sur la table voisine, et le SUV fila à toute allure.

Dans les secondes qui suivirent, la voiture prit un virage et disparut. Eleanor ne savait pas si elle avait été touchée par une des balles. Dans un silence presque aussi assourdissant que la fusillade, elle entendit Willie qui se précipitait vers elle en jurant. Elle baissa les yeux, s'attendant à découvrir des plaies béantes sur son corps. Il y avait du sang, mais il s'agissait seulement d'éclaboussures et, dans un éclair de lucidité, elle comprit que ce n'était pas le sien. Elle se retourna lentement et vit alors Phillip McNamara effondré sur leur table. La blessure qu'il avait à la tête avait formé une large tache sur la nappe.

13

Assise dans un coin du restaurant avec l'un des policiers arrivés sur les lieux, Eleanor reprenait avec peine ses esprits. Elle avait déjà fait sa déposition et avait suivi les conseils de Willie qui lui avait recommandé d'être la plus brève possible. Elle déjeunait avec son patron qui était aussi son associé et elle n'avait aucune idée de la raison pour laquelle on les avait attaqués. Elle était restée calme, avait parlé clairement et avait réussi à dissimuler son trouble. Ses nombreuses années d'entraînement avaient porté leurs fruits. Mais chaque fois qu'elle fermait les yeux, tout lui revenait en mémoire. L'homme qui avait une cagoule noire, son arme passée par la fenêtre ouverte du SUV, un fusil semi-automatique… Tout s'était déroulé si vite.

Voilà ce qu'elle avait dit à l'agent. Dehors, à travers la vitre brisée du restaurant et la pluie battante, elle voyait que Willie s'entretenait avec le chef de la police. Elle pouvait deviner, à leur expression et à leur comportement, que l'adjoint se faisait sermonner. Sa mission à Seattle semblait être arrivée à son terme. Elle avait du mal à imaginer son départ. Allait-il vraiment la laisser, conscient qu'elle pouvait être encore en danger ? Ces balles lui étaient-elles adressées ? Était-elle la réelle cible de cette attaque et Phillip un dommage collatéral ? Ou son patron était-il l'homme à abattre ?

Willie termina sa conversation puis se dirigea vers le

restaurant. En le voyant s'approcher, Eleanor essaya de déchiffrer son expression, mais il était doué pour cacher ses émotions. Leurs regards se croisèrent à travers la pluie, et il lui fit un clin d'œil avant d'ouvrir la porte d'entrée. Elle sentit une vague de soulagement l'envahir. Elle n'avait aucune idée de ce que lui avait dit le chef de la police, mais elle savait que Willie n'était pas le genre d'hommes à baisser les bras. Elle se répéta encore une fois combien elle devait être prudente, et qu'il valait mieux ne pas s'attacher à cet homme qui ne resterait pas à Seattle. Rien ne pourrait le retenir dans cette grande ville, pas même elle. Cette pensée lui rappela sa dernière vision de Phillip, affalé sur la table, mort. Les larmes lui montèrent aux yeux.

Willie retira sa veste, la posa sur le dossier d'une chaise et vint se glisser sur la banquette aux côtés d'Eleanor. Sans prononcer le moindre mot, il lui passa un bras autour des épaules, l'attira contre lui et commença à lui caresser le dos. Encore crispée et nerveuse, elle finit par lâcher prise après quelques instants et se détendit.

Au bout d'un moment, elle se dégagea. Être dans les bras de Willie lui procurait un sentiment de sécurité qui ne reflétait pas la réalité, elle le savait.

— Le chef de la police…

— Ne t'inquiète pas pour lui.

— Ce n'est pas pour lui que je m'inquiète, mais pour toi.

— Je vais très bien, merci, lui répondit-il en riant. Et toi, tu tiens le coup ?

— Tu crois que…

— Que tu étais la cible ? Je ne sais pas. Peut-être que vous l'étiez tous les deux. J'ai réussi à atteindre le tireur, il sera plus facile à retrouver avec une blessure.

— Tu as tiré, toi aussi ? lui demanda Eleanor en le dévisageant. Et c'est pour cette raison que le chef t'a fait des reproches ? Parce que tu n'as aucune autorité ici ?

— Il m'a menacé de me mettre en prison si je n'ai pas quitté la ville ce soir, avant le coucher de soleil, lui répondit-il en hochant la tête.

— Que vas-tu faire ? le questionna-t-elle en sentant son cœur se serrer.

— Sortir de ce restaurant pour commencer, allez, suis-moi.

Il se leva de table, attrapa sa veste et lui tendit la sienne avant de se diriger vers la porte. Puis ils marchèrent tous les deux jusqu'à son SUV qui était garé à quelques rues. Une fois qu'ils furent installés à l'intérieur, il se tourna vers elle et lui demanda :

— Que veux-tu faire à présent, Eleanor ?

Elle se fit soudain la réflexion qu'il ne l'appelait Eleanor que lorsqu'il avait peur.

Willie aurait compris si Eleanor avait voulu sauter dans le prochain avion pour s'envoler le plus loin possible, le temps que l'affaire soit résolue. Il connaissait ce sentiment. Elle leva les yeux vers lui, et il regarda le visage de cette femme sur lequel il avait vu passer tant d'émotions – l'effroi, la crainte, le chagrin et, à présent, la colère.

— Je veux attraper cette bande de...

Sa voix se brisa.

— N'essaye pas de m'éloigner une nouvelle fois, reprit-elle. Je veux aller jusqu'au bout, quoi qu'il en coûte.

Sa détermination ne le surprit pas. Elle était solide. Malgré cela, aucune des deux options ne lui plaisait.

— Tu es certaine ?

Elle acquiesça et se mordit la lèvre un instant.

— Si tu as raison et que c'est quelqu'un de la police locale qui a renseigné ceux qui ont enlevé Vernon, alors on ne peut pas leur faire confiance pour arrêter ces gens.

— Tu es sûre que ce n'est pas ton patron qui a donné ces

informations ? demanda-t-il. Cela expliquerait qu'on ait voulu l'éliminer.

Willie écouta Eleanor lui raconter son entretien avec Phillip McNamara et fut surpris de la manière dont elle avait réussi à obtenir qu'il lui confie tant de choses. La bague manquante était une nouvelle information importante. Tout comme le fait qu'Angeline Carter accuse son mari d'avoir orchestré l'assassinat de Zoey Bertrand, et qu'au lieu de vouloir se réconcilier avec sa femme il ait tenté de se débarrasser d'elle également. Probablement pour toucher l'argent de leur assurance-vie. Même s'il ne portait pas McNamara dans son cœur, il se demandait si celui-ci n'ignorait pas le danger que représentait cette affaire en la confiant à Eleanor.

— Qu'est-ce que l'on fait, maintenant ? questionna-t-elle.

— Nous allons tout d'abord appeler Colt Frères Investigations, lui répondit-il en sortant son téléphone de sa poche.

La pluie s'était calmée et les gouttes coulaient lentement sur le pare-brise, comme des larmes. Dehors, le ciel était comme une incroyable palette de nuances de gris. Ce fut James qui décrocha. Willie lui expliqua les derniers événements et l'ultimatum que le chef de la police lui avait lancé.

— On dirait que tu as épuisé ton droit de visite à Seattle.

— En effet, mais je ne peux pas encore partir.

— Willie, je n'aime pas du tout ce qui est en train de se passer.

— Moi non plus, et c'est pour ça que j'ai besoin de toi. Il faudrait que tu ailles jeter un œil aux finances de Lowell Carter. Sa femme, Angeline, semble croire qu'il s'est débarrassé de sa petite amie pour retrouver une bague très chère qu'il lui avait offerte. Elle pense aussi qu'il veut l'éliminer, elle. Il serait question d'une assurance-vie de 10 000 000 de dollars…

James laissa échapper un petit sifflement.

— Une belle somme d'argent s'il est à court de liquidités.

— J'ai besoin d'en savoir plus sur cette bague de fiançailles.

Le patron d'Eleanor a dit qu'on ne l'avait pas retrouvée sur le corps. Et je ne me rappelle pas avoir lu quoi que ce soit à ce sujet dans le rapport de police. Si elle existe, quelqu'un l'a prise. Peut-être que cela pourrait expliquer l'enlèvement de Vernon…

— C'est un peu exagéré, tu ne trouves pas ?

— Je trouve aussi, mais nous ne pouvons écarter cette hypothèse.

— Est-ce que je vais devoir venir pour te sortir de prison ?

Willie pouvait percevoir l'inquiétude dans la voix de son frère, mais il savait que ce n'était pas son éventuelle incarcération qui en était la cause. Il pouvait se faire tuer, et ils le savaient tous les deux.

— C'est possible, lui répondit-il avant de regarder Eleanor. Et, si c'est le cas, tu dois me promettre d'assurer de la sécurité de l'avocate E.L. Shafer.

Il sourit à Eleanor et lui fit un clin d'œil.

— Je te remercie, je sais que je peux compter sur toi.

— Sois prudent, conclut James.

— Comme toujours.

Willie raccrocha et considéra Eleanor un instant. Il regrettait d'avoir à lui poser cette question, mais le temps lui manquait.

— Tu es toujours d'accord pour aller discuter avec KY, l'ex de Zoey Bertrand ? J'aimerais en savoir plus sur cette jeune femme… Mais avant cela, nous allons devoir te trouver de vrais vêtements pour l'occasion.

— J'ai hâte de voir ce que tu considères comme de « vrais vêtements », lui répondit-elle en haussant les sourcils.

Eleanor observa son reflet dans le miroir. Elle se sentait comme la souris des villes qui devient campagnarde dans le conte pour enfants que sa nounou lui racontait. Willie l'avait emmenée faire des courses et l'avait envoyée en cabine d'essayage en lui disant qu'il se chargerait de lui apporter ce dont elle avait besoin.

— Tu ne veux pas connaître ma taille ? lui avait-elle demandé.

— Fais-moi confiance, avait-il répondu avec un sourire. Voyons si je suis aussi doué pour t'habiller que tu l'as été avec moi.

Elle lui faisait confiance. À présent, en regardant la tenue qu'il avait choisie pour elle dans le miroir, elle devait admettre qu'il était plutôt compétent. Le jean lui allait comme un gant, et elle qui n'avait jamais eu de bottes de cow-boy de sa vie trouvait que celles-ci étaient confortables. La chemise qu'il avait sélectionnée pour elle, à carreaux gris et blanc, était assortie à la couleur de ses iris, et ce n'était pas un hasard, elle le savait.

Quand elle sortit, elle vit les yeux de Willie s'agrandir et, semblant à court de mots, il leva son pouce en l'air.

— Mais tes cheveux..., dit-il finalement.

Elle resta immobile tandis qu'il s'approchait d'elle pour ôter le chouchou dont elle s'était servie pour réaliser un chignon désordonné. En sentant les doigts de Willie passer dans sa chevelure, un frisson lui parcourut l'échine et elle dut se mordre la lèvre pour ne pas laisser échapper un petit soupir de plaisir. Cet homme avait des mains merveilleuses. Il lui ramena sa longue chevelure en une queue-de-cheval sur le côté et recula d'un pas pour la contempler. Son sourire lui révéla tout ce qu'elle avait besoin de savoir.

Willie lui lança une veste en jean et paya les achats.

— Tu es prête ?

Tandis qu'ils roulaient en direction des montagnes d'Ellensburg, ils discutèrent de tout ce qu'ils avaient appris sur l'affaire et convinrent qu'il restait beaucoup de zones d'ombre à éclaircir. Ils ignoraient toujours qui avait engagé Vernon, qui l'avait enlevé et pourquoi.

— J'espère que la rencontre avec KY nous permettra d'y

voir plus clair, déclara Willie avant de jeter à Eleanor un regard inquiet. L'endroit où nous nous rendons, Ellie... ce sera peut-être difficile.

— Ne t'en fais pas, lui répondit-elle avec un sourire. Même sans mon nouveau costume, je m'en sortirai.

Le Shaft se situait dans un bâtiment à la structure métallique dans une zone industrielle en périphérie de la ville. Une demi-douzaine de pick-up étaient garés tout autour. Eleanor avait réussi à trouver une photo de Kevin Yates sur Facebook. Sur la plupart des clichés, KY apparaissait en train de boire de l'alcool dans des bistrots. Et d'après les informations glanées sur ce même site, Zoey n'était pas sa première relation amoureuse.

Willie poussa la porte et pénétra dans le bar. Une odeur de bière éventée planait dans l'air, et l'on pouvait entendre dans le fond le claquement de boules de billard. Très vite, leurs yeux s'habituèrent à l'obscurité, et Willie guida Eleanor jusqu'à une table dans un coin avant d'aller passer commande au comptoir. Une femme maigre à la voix rauque lui demanda ce qu'il voulait.

— Deux bières, lui répondit-il en lui tendant un billet de vingt.

Alors qu'elle préparait leurs boissons, Willie repéra un groupe d'hommes et reconnut KY au centre. Il semblait le plus bruyant de tous.

— Pouvez-vous dire à KY que nous sommes installés là-bas et que nous aimerions lui offrir un verre ? demanda-t-il à la serveuse quand elle revint avec sa commande.

Puis il prit les deux bières et retourna s'asseoir avec Eleanor. Elle s'était mise à l'aise et, adossée au mur, avait posé ses pieds bottés sur une chaise vide. Elle paraissait très différente dans cette nouvelle tenue. Même son attitude ne semblait plus la même. Elle avait l'air plus forte, plus confiante, plus déterminée qu'elle ne l'était avec son tailleur et ses talons. Elle avait laissé deux boutons de sa chemise ouverts, dévoilant sa gorge et une partie de sa peau légèrement recouverte de taches de rousseur. Quand il croisa le regard d'Eleanor, Willie comprit qu'elle aussi avait repéré Kevin.

Il vit la serveuse passer le message au jeune homme, et celui-ci observa dans leur direction. Willie leva alors son verre et sourit. KY le dévisagea en fronçant les sourcils puis posa les yeux sur Eleanor. Il prit une longue gorgée de sa bière, dit quelque chose à ses amis et les quitta pour s'approcher d'Eleanor et Willie.

Tirant une chaise pour qu'il puisse s'asseoir, Willie lui annonça :

— Je vous présente Ellie, que voulez-vous boire ?

— Je veux bien une autre bière, lui répondit KY, et il s'installa à leur table en souriant à Ellie.

Le groupe d'hommes que Kevin avait délaissé les observait attentivement, la serveuse également. Willie lui fit signe de leur apporter une autre bière.

— Nous avons des amis en commun, commença Eleanor en reposant ses pieds au sol et en se penchant vers lui.

— C'est vrai ? dit KY en saisissant la nouvelle bière que la serveuse venait de lui servir.

— Vous avez travaillé dans une mine dans le Montana, n'est-ce pas ?

— Comment le savez-vous ?

— Vernon Murphy. Il m'a dit que si je passais dans le coin, je devais venir vous voir.

— Spark ?

KY semblait surpris mais pas désolé. Il jeta à Eleanor un regard plutôt lubrique.

— Comment connaissez-vous Spark ?

Willie décida de faire avancer les choses. Il posa son badge

— Ou ivre.

Il reporta son attention sur Eleanor.

— Vous êtes flic, vous aussi ?

— Avocate, lui répondit-elle en secouant la tête.

— C'est vrai ? dit-il en riant. Ça tombe bien, je vais peut-être avoir besoin de vous.

Willie remarqua que les amis de KY ne les observaient plus. Eleanor et lui n'avaient rien d'extraordinaire, il avait vu plusieurs cow-boys dans le bar. Il était déjà venu à Ellensburg quand il faisait du rodéo, plus jeune.

Eleanor s'agita sur son siège et fit tomber son sac à main. KY se pencha pour l'aider à le rattraper et faillit chuter de sa chaise. Il se retint en s'agrippant au bord de la table, les verres et les canettes de bière vacillèrent.

Willie laissa échapper un soupir. S'ils voulaient obtenir quelque chose de ce type, il valait mieux ne pas perdre de temps.

— Tu n'as vraiment pas trouvé le moyen de te débarrasser de Zoey et Vernon, et de rembourser Lowell ; le tout en même temps ? lui demanda-t-il quand Eleanor et KY eurent fini de ramasser le contenu du sac tombé au sol.

Du coin de l'œil, il vit Eleanor se remettre du rouge à lèvres avec application tandis que KY la dévisageait avec des yeux d'ivrogne.

— Cela ferait de moi quelqu'un de sacrément intelligent, vous ne trouvez pas ? lui répondit-il en reportant enfin son regard vers Willie. Et vous ne croyez pas que j'ai ce genre de compétences, monsieur l'adjoint, n'est-ce pas ?

— Alors, dans ce cas, qui est derrière tout ça ?

KY secoua la tête.

— Vous avez raison sur un point. Si je retrouve cette personne... J'aimais cette femme. Ce qu'ils lui ont fait..., dit-il avant de se lever. Merci pour le verre.

Il adressa un nouveau sourire à Eleanor et ajouta :

— Vous devriez revenir un de ces jours, sans le flic.

Puis il les salua d'un geste de la main et tourna les talons en titubant.

Willie posa un pourboire sur la table et se leva également.

— Partons d'ici avant qu'il dise à ses amis que je suis flic et que tu es avocate.

Une fois dans le SUV, Willie dirigea son regard vers Eleanor.

— Tu as été incroyable dans ce bar. Je suis désolé de t'avoir embarquée dans une telle situation.

Elle secoua la tête en sortant son téléphone de sa poche.

— C'était mon choix, je savais comment ça se passerait.

Il démarra le véhicule et partit du parking.

— Que penses-tu de KY ?

— Il peut l'avoir fait. Il connaît toutes les personnes impliquées dans cette affaire, lui répondit-elle en faisant défiler des informations sur son mobile. Il est aussi un peu trop fier de lui. Si c'est lui, il finira par s'en vanter auprès de quelqu'un. Mais, pour être honnête, je ne le pense pas suffisamment intelligent pour avoir planifié tout ça seul.

— Quelqu'un pourrait l'avoir poussé à le faire, ou même l'avoir payé pour ça, déclara Willie en se demandant ce qu'elle regardait sur son smartphone. Dans tous les cas, s'il est coupable et qu'il n'a pas agi seul, je parie qu'il va rapidement contacter son complice pour lui raconter notre visite.

— Il ne risque pas d'appeler qui que ce soit pendant un moment, lui répondit-elle en lui montrant l'appareil qu'elle tenait à la main. Je lui ai pris son téléphone quand j'ai fait tomber mon sac à main. Il était dans sa poche arrière de jean, il ne s'en est même pas rendu compte.

— Tu n'es pas croyable, déclara Willie en secouant la tête. Et tu as réussi à le déverrouiller ?

— C'est un vieux modèle, et il ne l'a même pas protégé par un mot de passe. Probablement pour ne pas avoir trop de difficulté à s'en servir quand il est ivre. Mais je ne sais pas si cela va nous être d'une grande aide. Je ne reconnais qu'un seul nom dans son répertoire.

Elle s'interrompit et lui adressa un sourire avant d'ajouter :

— Lowell Carter.

— Si je n'étais pas en train de conduire, lui répondit Willie en lui rendant son sourire, je t'embrasserais.

Eleanor savait qu'il plaisantait, mais ces mots étaient comme un rayon de soleil, réconfortants, régénérants. Quant au regard qu'il lui lança, il lui fit l'effet d'un missile qui la toucha en son centre, provoquant instantanément une montée de sa température corporelle de plusieurs degrés. Elle se détourna pour contempler la nuit qui les enveloppait et se rappela une nouvelle fois de ne pas s'attacher à cet homme. Une fois leur folle chevauchée terminée, le cow-boy repartirait au galop dans le soleil couchant pour rejoindre sa lointaine contrée. De son côté, elle n'avait aucune idée de ce qu'elle ferait. Elle décida de profiter de ce long trajet pour faire un point sur la situation. Son patron était mort. Ce souvenir lui revint en mémoire avec la violence de quelque chose qu'elle ne parvenait pas à accepter. Elle éprouvait des sentiments contradictoires à son sujet. C'était lui qui l'avait embarquée dans cette affaire, cependant peut-être ignorait-il vraiment le danger… Mais quand elle avait refusé ses avances, il lui avait rendu la vie impossible au cabinet. Aussi, peut-être lui avait-il confié le dossier de Vernon Murphy pour la punir de l'avoir rejeté. Et si tout ce qu'il lui avait dit au café avant la fusillade n'était qu'un tissu de mensonges, et que ces balles lui étaient adressées ? Prenant tout à coup conscience de son état de fatigue après cette longue journée si riche en émotions, elle ferma les yeux. Elle pensa soudain qu'ils ne découvriraient peut-être jamais la vérité…

Elle se réveilla en sentant la main de Willie sur son épaule.

— Hé, Cendrillon, nous sommes de retour du bal ! lui dit-il.

Elle lutta pour sortir du sommeil, toujours en prise avec ce qu'elle savait maintenant être un rêve. Elle se redressa, et celui-ci s'éloigna comme la brume sur le Puget Sound. Tout ce dont elle se souvenait, c'était que Willie était dans son rêve – et qu'elle était nue. Ce qui était pour le moins troublant.

— Où sommes-nous ?

Cela ne ressemblait pas à Seattle. La seule chose qu'elle pouvait distinguer dans l'obscurité était une forêt de pins et une petite lumière extérieure qui éclairait une maison en rondins.

— Willie ?

14

Le ton de la voix d'Eleanor lui indiqua que tout n'allait pas tarder à voler en éclat. Willie avait roulé plutôt rapidement, dépassant la limitation de vitesse à de nombreuses reprises depuis qu'ils avaient quitté Ellensburg. Les mots qu'ils avaient prononcés en sortant du bar ne cessaient de lui revenir en tête.

— Si je n'étais pas en train de conduire, je t'embrasserais.

C'était la vérité. Il avait eu cette irrésistible envie. Il avait même eu envie de bien plus, s'était-il dit en la regardant, surpris qu'elle se soit endormie.

À cet instant, il ressentait un tel mélange d'émotions, dont la plupart lui étaient étrangères, qu'il était bouleversé et tout à fait perdu. Ainsi, terrifié à l'idée qu'il puisse arriver quelque chose à cette femme intelligente, ingénieuse et incroyable, il avait changé ses plans. Il avait fait demi-tour et s'était dirigé vers le seul endroit où il savait qu'elle serait en sécurité.

— Nous sommes à Lonesome, lui répondit-il.

— Qu'est-ce que...

Elle était maintenant tout à fait réveillée.

— Suis-moi, je voudrais te présenter mon frère, James, et sa femme, Lori.

Alors qu'il allait ouvrir sa portière, elle lui attrapa le bras.

— Que se passe-t-il ? lui demanda-t-elle, les yeux gris flamboyant de colère.

Il soupira et détourna le regard vers l'extérieur avant de lui répondre.

— Le chef de la police de Seattle, ainsi que mon patron ici, m'a clairement fait comprendre que si je n'étais pas ce soir de retour à Lonesome, je serais viré et incarcéré.

— Alors, tu abandonnes ?

— Malheureusement, répliqua-t-il avec un sourire, je ne suis pas du genre à baisser les bras.

— Alors, pourquoi...

Il ne lui laissa pas le temps de finir sa phrase, lui prit le menton et la força à le regarder dans les yeux.

— J'ai compris qu'à cause de moi, tu allais finir par te faire tuer. Une idée qui m'a toujours été insupportable, même avant que je commence à me soucier réellement de toi.

— Alors tu m'as kidnappée ?

— Disons plutôt que je t'ai placée sous surveillance rapprochée pour la nuit.

Eleanor éclata de rire.

— Tu n'as absolument pas le droit de faire ça.

— Tu n'as qu'à me poursuivre en justice, répliqua-t-il en lui lâchant le visage pour ouvrir sa portière.

— Je te préviens, tu vas devoir me sortir de ce véhicule par la force.

Il se retourna vers elle et lui adressa un sourire chargé de sous-entendus.

— Si je dois le faire, je promets de tenter de ne pas y prendre de plaisir.

Elle laissa échapper un juron et bondit hors du véhicule.

— Tu ne peux pas me retenir ici !

Willie sortit et la regarda par-dessus le toit de la voiture. Le feu qu'il voyait brûler au fond des yeux d'Ellie le bouleversait tout autant que la courbe de ses hanches dans le jean qu'il lui avait offert. Cette femme allait finir par le rendre fou, pensa-t-il.

— Viens rencontrer ma famille, lui dit-il d'une voix douce.

Ce soir, au moins, nous sommes en sécurité. Nous verrons demain matin ce que nous déciderons de faire.

Il leva le regard vers la maison. James était sorti et se tenait sous la lumière du porche.

— Combien de frères as-tu ? lui demanda-t-elle, manifestement surprise de leur ressemblance.

— Trois, à ma connaissance, lui répondit-il en plaisantant. Apparemment, les femmes appréciaient mon père, et les gens aiment dire que ses fils ont la même aura.

Elle leva les yeux au ciel et le suivit jusqu'à la maison. Mais même si elle semblait plus calme, Willie ne se faisait pas d'illusions : il avait vu l'éclair de fureur passer dans le regard d'Eleanor et savait qu'elle ne lui pardonnerait peut-être jamais son geste. Une prise de conscience qui l'inquiétait bien plus que ce qu'il voulait admettre.

15

— Tu vas probablement avoir besoin d'aide pour les enlever.

Depuis le couloir, Willie pouvait voir Eleanor assise sur le bord de son lit. À son expression, il avait compris qu'elle était en train d'essayer d'ôter ses bottes. Elle affichait cet air frustré et furieux qu'il avait déjà remarqué à maintes reprises. E.L. Shafer n'aimait pas échouer. Il la soupçonnait aussi d'être toujours très en colère contre lui. Il entra dans la chambre d'amis et referma la porte derrière lui. Après s'être accroupi devant elle, il remonta le bas de son jean sur ses mollets. Ensuite, enroulant les mains autour de son pied encore chaussé, il enleva une botte puis la seconde. Les posant l'une à côté de l'autre, il évita de croiser le regard d'Eleanor.

Elle avait mis de côté sa rancœur quand il lui avait présenté James et Lori, mais à présent qu'ils s'étaient recouchés et qu'eux-mêmes se retrouvaient seuls dans la chambre d'amis, il sentait la rage d'Eleanor toujours aussi vive. Il avait cependant eu l'impression qu'elle appréciait Lori et son frère, même si celui-ci semblait encore pareillement inquiet que lorsqu'il l'avait appelé pour le prévenir de leur arrivée.

— Tu crois vraiment que c'est une bonne idée ? lui avait-il demandé.

— Je ne peux pas la laisser seule à Seattle, c'est trop dangereux.

Willie avait ensuite répondu à la question que James n'avait pas eu besoin de lui poser.

— Elle m'a beaucoup aidé à me repérer dans cette immense ville et dans l'avancée de l'enquête.

Son frère était resté silencieux.

— Si tu veux tout savoir, eh bien, oui, je tiens à elle.

Plus tôt dans la soirée, Lori s'était excusée auprès d'eux de n'avoir qu'une seule chambre d'amis.

— Ils se débrouilleront, avait conclu James en prenant la main de Lori. Allez, bonne nuit, à demain matin.

À présent, Willie sentait le regard d'Eleanor posé sur lui. Lentement, il remonta la tête. Les yeux gris de la jeune femme brillaient comme s'ils étaient éclairés d'une lumière intérieure. Il ne l'avait encore jamais vue pleurer, pas même après son agression dans la ruelle ou lorsqu'elle avait vu son patron mourir devant elle. Il pouvait observer beaucoup de choses passer sur le visage d'Eleanor à cet instant, des émotions qu'elle avait dû garder en elle depuis qu'ils s'étaient rencontrés. Il se doutait qu'on lui avait appris dès le plus jeune âge à conserver le contrôle d'elle-même. C'était comme si, depuis des années, elle se servait de sa tenue d'avocate guindée, tailleur et hauts talons, comme d'une amure pour se protéger, et qu'à ce moment précis elle était nue face à lui pour la première fois.

Il s'approcha d'elle et l'attira vers lui en s'attendant à ce qu'elle le gifle ou le repousse, mais elle ne fit rien de cela et tomba dans ses bras. Pressant le visage contre l'épaule de Willie, elle se laissa enfin aller et éclata en violents sanglots, comme en proie à une crise de nerfs. Il ferma les yeux et, tout en la berçant doucement, s'autorisa également à affronter la tempête émotionnelle qui l'avait envahi. Il tenait plus que tout à cette femme, et cela le terrorisait. Il avait l'impression que son cœur allait exploser. Le parfum, le sourire, le rire, le souffle d'Eleanor sur sa joue... Jamais il n'avait éprouvé ce genre de sentiments et jamais il ne s'était senti aussi vivant. Si seulement il pouvait la garder encore dans ses bras quelques minutes...

Mais elle se dégagea et essuya ses larmes d'un revers de manche avant de lever les yeux vers lui. Leurs regards se croisèrent, et il retint sa respiration alors qu'elle s'approchait lentement de lui pour venir poser les lèvres sur les siennes.

Lorsque leurs bouches se touchèrent, Willie fit un pas en arrière. Leurs regards se cherchèrent pendant un bref instant, puis il l'embrassa de nouveau, cette fois avec passion. Elle entrouvrit les lèvres comme si elle s'offrait à lui, s'abandonnant aux sentiments qu'elle avait ressentis dès qu'il était entré dans son bureau. Avec cet homme, tout n'était qu'une question de lâcher prise. Eleanor avait passé sa vie à suivre des règles. Tout dans son existence avait toujours été très ordonné, car c'était ce qu'exigeait le monde de la justice. Jamais elle n'avait envisagé de sortir du droit chemin, de changer de cap. Jusqu'à ce jour où le shérif adjoint Willie Colt avait fait irruption dans son quotidien. Il avait fait tomber des barrières qu'elle ignorait avoir construites. Il lui avait fait remettre toute sa vie en question, ses habitudes, ses relations amoureuses. Elle avait toujours choisi des hommes qui lui ressemblaient, des avocats bien sous tous rapports qui n'avaient rien de sauvage. Des personnalités très éloignées de celle de Willie Colt.

Il posa les mains sur les fesses d'Ellie et approfondit leur baiser. Elle sentit ses mamelons durcir quand il commença à déboutonner sa chemise. À chaque bouton-pression qui s'ouvrait, un éclair la traversait. Bientôt une série de frissons la parcourut des pieds à la tête. Elle brûlait d'envie de sentir la chaleur des grandes mains de Willie, leur course sur sa peau, et de caresser son corps puissant et dur. Elle n'avait encore jamais ressenti un tel désir pour quiconque. Entrouvrant la chemise d'Ellie, Willie baissa un des balconnets et prit un téton dans la bouche. Elle laissa échapper un soupir de plaisir alors qu'il en effleurait le bout avec la langue avant de dégrafer entièrement son soutien-gorge et de la débarrasser de son haut. Cédant à la furieuse envie de sentir la peau de Willie contre la sienne, elle lui ôta à son tour sa chemise et se pressa contre lui, serrant ses seins pleins et doux contre le torse ferme et chaud du cow-boy. Elle l'entendit gémir et, son désir grandissant encore, elle s'attaqua à la boucle de la ceinture puis aux boutons du jean de Willie tandis que, de son côté, il lui enlevait son pantalon et sa culotte avec la même urgence.

Une fois tous les deux nus, il l'attrapa et la jeta presque sur le lit. Elle laissa échapper un petit rire avant qu'il revienne poser les lèvres sur les siennes. Il promena les mains tout le long du corps d'Ellie, la touchant à des endroits qui la faisaient frissonner de plus en plus intensément. Elle pensa qu'elle allait craquer avant même que le cow-boy lui entrouvre les cuisses délicatement. Comme il la caressait habilement, elle laissa tomber la tête en arrière et poussa un cri de désir. Sentant qu'elle approchait du zénith, elle éprouva du soulagement en le voyant remonter vers elle. Reposant la bouche sur celle d'Ellie, il la pénétra alors, la comblant pleinement, l'emmenant vers d'inimaginables sommets avant la libération finale. Il s'effondra ensuite à ses côtés et l'attira dans ses bras tandis qu'ils tentaient tous les deux de reprendre leur respiration. Son corps était si vivant, sa chair si sensible à l'air qui les entourait... La peau de Willie, elle, était comme un feu toujours ardent. Lorsqu'elle croisa le regard du cow-boy, elle vit son propre émerveillement se refléter dans le sien. La brise fraîche qui entrait dans la pièce par la fenêtre ouverte apportait le parfum de la nuit et des pins. Il n'y avait pas de mots pour décrire ce qu'ils venaient de partager, pensa-t-elle, et elle se pelotonna contre Willie avant de sombrer dans le meilleur sommeil de son existence.

Elle se réveilla alors que la chambre d'amis était baignée de soleil, en se demandant si ce qu'elle avait vécu la veille n'avait pas été qu'un rêve. Puis elle se tourna et croisa les yeux bleus de Willie avant qu'il l'enlace une nouvelle fois.

16

Un peu plus tard dans la matinée, Willie rejoignit James dans la cuisine. Celui-ci n'eut manifestement besoin que d'un seul regard pour deviner que son frère n'avait pas passé la nuit sur le canapé.

— J'espère que tu sais ce que tu fais, lui dit-il en secouant la tête.

— Parce que, toi, tu savais ce que tu faisais avec Lori, peut-être ? rétorqua Willie en s'asseyant à la table en face de James.

— Tu t'es toujours promis de ne jamais tomber amoureux.

— Qui te dit que je suis amoureux ?

James éclata de rire.

— Tu es fichu et tu ne t'en rends même pas compte.

— Jamais je n'avais encore rencontré quelqu'un comme Ellie...

Willie repensa à la nuit qu'il avait passée et ne trouva pas les mots pour exprimer ce qu'il avait ressenti. Mais il n'était pas certain d'en avoir envie, ces instants étaient trop intimes, trop personnels, trop intenses, trop... nouveaux.

— L'amour rend les gens stupides, alors dans ton cas... déclara James en ricanant.

— Qui est stupide ? demanda Lori en entrant dans la cuisine.

Elle embrassa son mari avant de venir serrer son beau-frère dans ses bras.

— Ne l'écoute pas, lui dit-elle avec un sourire. Je vais faire des pancakes et du bacon grillé, James, as-tu seulement proposé une tasse de café à ton frère ?

— Nous étions trop absorbés par notre discussion.

— Faites comme si je n'étais pas là, déclara Lori en lui tendant une tasse de café.

Willie la remercia avant de demander à son frère :

— Alors, dis-moi, qu'as-tu découvert sur les finances de Lowell Carter ?

James semblait aussi heureux que Willie de changer de sujet et il lui répondit avec le sourire :

— Il doit faire face à de nombreuses amendes à cause des dégâts qu'il a laissés derrière lui chaque fois qu'il a abandonné des exploitations minières dans différents États. Beaucoup de ses investisseurs se sont retirés, y compris Jonathan Asher.

— Asher n'est plus en affaires avec lui ?

— Je ne crois pas. Mais les autres investisseurs ne semblent pas, eux non plus, satisfaits de la situation. À cette heure, Cascade Extraction Corp. est fermée et, d'après ce que j'ai compris, il n'y a plus aucune rentrée d'argent, du moins en provenance de l'exploitation. D'ailleurs, le bâtiment situé en périphérie de Lonesome n'est pas le seul de la société à avoir été incendié ces deux dernières années, et l'assurance a chaque fois versé des indemnités.

— Peut-être qu'Angeline Carter a raison, et que son mari essaye véritablement de se débarrasser d'elle pour toucher l'assurance-vie, déclara Willie tandis qu'Eleanor les rejoignait dans la cuisine.

Il leva les yeux vers elle, et elle rougit avant de détourner le regard. Il ne put pas s'empêcher de repenser à eux deux emmêlés entre les draps, ce matin encore. Jamais il ne s'était retrouvé dans pareil état. C'était comme s'il flottait. La douche froide qu'il avait prise n'avait guère contribué à le faire redescendre sur terre et, même s'il ne s'était jamais senti aussi heureux, il entrevoyait la peur s'immiscer en lui face à toutes ces nouvelles sensations.

Lori tendit une tasse de café à Ellie et déclina son offre de l'aider à préparer le petit déjeuner.

— Installe-toi avec les hommes, James m'a dit que tu avais été d'une grande aide pour Willie à Seattle, donc je suis certaine que ce qu'il a découvert va beaucoup t'intéresser.

Willie vit qu'elle était touchée par l'hospitalité de James et de sa femme, mais aussi par le fait de jouer un rôle important dans cette enquête.

— Alors, à quel point Carter est-il ruiné ? demanda Willie à son frère.

— Aussi ruiné qu'on peut l'être en faisant fortune avec l'argent des autres, répliqua James.

— Tu crois qu'il a pu être assez désespéré pour embaucher Vernon afin de faire exploser son propre bâtiment, tuer sa fiancée et récupérer cette bague ?

Avant que James ait le temps de répondre, Eleanor déclara :

— Vernon n'a pas récupéré la bague. Je ne pense même pas qu'il connaissait son existence. Il m'a raconté le choc qu'il a ressenti en voyant Zoey à la fenêtre, et je le crois. Il était terrifié. Il savait qu'il avait été piégé afin d'être tenu responsable de la mort de la jeune femme. Alors il a pris la fuite. Il n'a été qu'un pion dans cette affaire.

Les deux hommes la regardèrent un long moment, puis Willie acquiesça lentement avant de demander :

— Mais alors, où se trouve cette bague ?

— Chez un prêteur sur gages, peut-être ? plaisanta James.

— Pas si elle vaut autant qu'Angeline Carter l'a dit à son avocat, intervint Eleanor. Mais elle peut aussi avoir menti à mon patron...

— Apparemment, si on retrouve ce bijou, on trouvera le meurtrier, conclut James.

— Si cette bague existe réellement, dit Eleanor. Quelqu'un l'a-t-il déjà vue ?

James passa un rapide coup de téléphone à la sœur de Zoey Bertrand pour lui parler de la mystérieuse bague. Quand il raccrocha, il confirma que celle-ci existait bien.

— Le bijou est une grosse émeraude entourée de diamants. Apparemment, Zoey avait peur de la perdre et ne la portait pas au travail. Sa sœur prétend l'avoir cherchée dans son appartement après sa mort, mais celle-ci ne s'y trouvait pas. Elle pense, elle aussi, qu'elle devait la porter le jour de sa mort.

— Si elle l'avait laissée chez elle, la police aurait dû la retrouver quand ils ont enquêté sur son meurtre, non ? demanda Eleanor.

Willie acquiesça.

— Dans ce cas, qui peut bien avoir cette fichue bague ?

Alors que la conversation des deux frères s'orientait vers le ranch et l'agence Colt Frères Investigations, Eleanor se dirigea vers Lori, cette fois bien décidée à l'aider.

— Merci de nous avoir recueillis chez vous au beau milieu de la nuit, lui dit-elle.

— Notre maison est et sera toujours ouverte aux membres de la famille, lui répondit Lori en souriant.

— Mais je ne suis pas...

— Pas encore, la coupa Lori dans un rire. Mais j'ai vu la façon dont mon beau-frère vous regarde et je peux vous dire qu'il n'a jamais porté un tel regard sur une femme. Pour tout vous dire, il avait juré de ne jamais tomber amoureux, prétextant que c'était encore plus dangereux que d'être shérif adjoint ou détective privé.

Eleanor voulut répliquer qu'il n'était pas forcément question d'amour, mais elle ne se trouvait pas de réelle excuse pour expliquer la facilité avec laquelle elle était tombée dans les bras de Willie, la veille. Le désir qu'elle avait ressenti pour lui était absolument inédit.

— Je connais Willie depuis toujours. Et je ne l'ai jamais vu comme ça. J'aime le voir si... heureux. Vous rayonnez également, ajouta Lori avec un nouveau sourire.

Eleanor ne savait pas quoi dire. Lori lui tendit alors un grand plat rempli de pancakes et de bacon, et la suivit jusqu'à la table en portant les assiettes ainsi que les couverts.

La conversation s'orienta vers les frasques des frères Colt dans leur jeunesse. Profitant de ce moment chaleureux ainsi que de son délicieux petit déjeuner, Eleanor se laissa distraire avec plaisir. Elle écouta Lori lui raconter de quelle manière James et elle étaient tombés amoureux avant que celle-ci leur annonce qu'ils attendaient un nouvel enfant.

Eleanor félicita le couple et aida à débarrasser la table. Tout en remplissant le lave-vaisselle, elle remercia encore Lori.

— Vous serez toujours la bienvenue ici, lui répondit celle-ci en lui prenant la main. Prenez soin de vous et de Willie. Je sais qu'il risquerait sa vie pour vous.

— C'est bien ce qui m'inquiète, dit Eleanor.

— Faites seulement attention à son cœur, conclut Lori en serrant la main d'Eleanor plus fort. S'il vous plaît, ne le lui brisez pas.

— J'avais oublié combien cet endroit m'apaise et me ressource, confia Willie à Eleanor.

Il l'avait emmenée dehors, sous le porche, alors qu'un soleil éclatant illuminait le ciel d'un bleu azur. Dans l'air flottait le parfum de la forêt et de l'eau du ruisseau tout proche. Les oiseaux chantaient dans les arbres environnants. Il n'y avait plus ni bruits de circulation, ni klaxons, ni sirènes. Seul le murmure de la brise qui caressait la cime des pins.

— Ça se voit, lui répondit-elle. Cet endroit te fait du bien, autant que ta famille.

Elle se sentait également plus légère ici, en sécurité, comme isolée du monde extérieur. Seattle et les problèmes semblaient être à des millions de kilomètres.

— Puisque je suis ici, je vais devoir aller voir mon patron, lui expliqua Willie en soupirant. Tu veux bien me suivre avec mon pick-up jusqu'au commissariat ?

Il dut voir l'air confus d'Eleanor, car il précisa presque aussitôt :

— Je suis sûr que je vais devoir rendre mon insigne et mon véhicule de fonction. Soit parce que j'ai perdu la trace de Vernon et que je ne suis pas rentré après cela, soit parce que le shérif ne va pas aimer le fait que je compte retourner à Seattle pour finir ce que j'ai commencé. Je vais démissionner, mais tu dois savoir qu'il est possible que ce soit le shérif Henson qui ait renseigné ceux qui ont enlevé Vernon...

Il s'interrompit un instant et conclut en haussant les épaules :

— Je ne sais plus qui croire.

— Alors, tu vas avoir besoin d'un chauffeur, lui répondit Eleanor en plongeant le regard dans celui de Willie.

— Tu sais que j'aimerais que tu restes ici... Avec ma famille, tu serais vraiment en sécurité, lui dit-il, son stetson à la main.

Et avant qu'elle puisse protester, il ajouta :

— Mais si j'ai appris quelque chose sur toi, c'est que tu es une femme indépendante, dotée d'un esprit brillant et d'un sacré bon instinct. Ce que je respecte. Alors c'est à toi de décider de ce que tu veux faire ensuite.

Eleanor était prête à argumenter. Mais en entendant les derniers mots de Willie, elle ne trouva pas grand-chose à dire.

— Merci, dit-elle finalement en avançant pour lui prendre le visage entre les mains.

En repensant à leurs ébats, un frémissement de désir la parcourut de la tête aux pieds, et elle embrassa Willie.

— Je ne peux pas te laisser partir seul. Nous sommes dans le même bateau, toi et moi.

Il acquiesça, même s'il semblait regretter qu'elle ne choisisse pas l'autre option.

— Tu sais conduire une voiture avec une boîte de vitesses manuelle ? lui demanda-t-il en lui tendant un trousseau de clés.

— Je vais apprendre, lui répondit-elle avec un sourire.

— Sinon, je peux demander à mon frère de…

— Je vais me débrouiller, conclut-elle en secouant la tête.

Willie sourit en croisant le regard d'Eleanor.

— Ça, je n'en doute pas. Suis-moi, mais pas trop près, ajouta-t-il en riant.

Elle n'avait rien vu de la maison de James et Lori, lors de leur arrivée en pleine nuit, la veille. Alors qu'elle suivait Willie qui était dans son SUV en faisant de nombreux à-coups et arrêts, elle aperçut les pics montagneux et les ruisseaux au cours limpides.

La forêt s'ouvrit bientôt sur une route à deux voies. Ils s'engagèrent sur la plus rapide et, quelques minutes plus tard, elle vit apparaître une ville. Bienvenue à Lonesome, indiquait le panneau. Elle avait l'impression d'évoluer dans un western. La localité était pittoresque avec ses bâtiments en briques et en bois qui ressemblaient à un décor de plateau de cinéma.

Willie se gara sur le parking du commissariat et, après quelques tentatives infructueuses, Eleanor réussit à venir stationner à côté de lui. Lorsqu'elle éteignit le moteur du pick-up, elle eut le sentiment de maîtriser à présent la conduite avec un levier de vitesses. Ce qui la fit sourire. Car jamais elle n'aurait besoin d'une telle compétence en ville.

Elle eut soudain l'impression que tout ce qu'elle vivait n'était qu'un rêve. Et à l'idée de devoir bientôt se réveiller, elle sentit l'abattement l'envahir. Elle ne voulait pas, au passage, perdre Willie Colt. Le souvenir de leur nuit passée ensemble lui procura un mélange de plaisir et de douleur. Lori semblait trouver que cette aventure sauvage pourrait durer. Mais l'unique chose à laquelle Eleanor pouvait penser était l'union impossible d'une souris des villes et d'une souris des champs.

Elle devait éviter de songer à l'avenir. Tout ce dont elle était certaine, c'est que l'adjoint du shérif, Willie Colt, avait bouleversé son existence en l'espace de quelques jours seulement. Était-il si surprenant que toute son ancienne vie lui paraisse floue depuis qu'il était entré dans son bureau ?

Elle repensait à Seattle et à son travail – si elle en avait encore un – et se demandait quel associé allait reprendre la gestion du cabinet quand son téléphone se mit à sonner. Pas le mobile prépayé dont elle s'était servie pour appeler Philip, mais son smartphone personnel. Persuadée qu'il s'agissait de Willie qui avait disparu à l'intérieur du commissariat depuis un moment déjà, elle le sortit de son sac, mais ne reconnut pas le numéro qui s'affichait sur l'écran. Était-il possible que ce soit Vernon ?

Elle jeta un regard vers le commissariat – Willie était toujours invisible – puis décrocha.

— Allo ?

17

Les bras croisés sur son ventre proéminent, le shérif Henson se laissa aller en arrière sur sa chaise et examina Willie. Vu l'expression qu'il affichait, la situation ne semblait pas sur le point de s'arranger.

— Je savais que ça n'allait pas marcher, dit-il en secouant la tête. Ça fait des années que vous vous comportez, toi et tes frères, comme une meute de loups. Mais tu as une sacrée bonne étoile car, cette fois, c'est la maire elle-même qui m'a demandé de te laisser une chance.

— Je ne savais pas que Beth avait fait une telle chose, dit Willie, touché de ce geste.

La maire, Elizabeth Conrad, était allée à l'école avec le père de Willie. Tous les deux avaient été amis et peut-être même davantage...

— Il faudra que je la remercie.

— Il est un peu tard pour ça, ricana le shérif, car je ne peux pas garder dans la police un homme qui ne suit pas mes ordres. Je suis sûr que tu me comprends sur ce point.

— Je suis revenu dès que j'ai pu.

Frank Henson lui jeta un regard de travers.

— Tu as causé un tas de problèmes là-bas. J'ai reçu un appel du chef de la police...

— Ils ne font rien pour retrouver Vernon Murphy !

— Je suis sûr que ce n'est pas une priorité pour eux,

répliqua Henson. Ils doivent gérer la sécurité d'une ville entière, ce pyromane à deux sous est probablement le cadet de leurs soucis.

— Il a tué une femme.

— Ce n'est peut-être qu'un meurtre au second degré puisqu'il ignorait qu'elle se trouvait dans l'immeuble. Il serait temps d'admettre que tu as tout raté et que tu es responsable de tout ce bazar.

— C'est pour cette raison que je dois y retourner, je dois...

— Tu n'iras nulle part, le coupa le shérif.

— ... retrouver ces gens pour les traduire en justice, poursuivit Willie.

Henson bascula en avant et se leva brusquement.

— Tu n'as pas entendu ce que je viens de te dire ? Ta place au sein de la police ne tient plus qu'à un fil, Willie. Je voulais te virer, mais la maire...

Il s'interrompit quelques secondes et soupira en secouant la tête avant de conclure :

— Si tu retournes à Seattle, je te licencie.

Willie acquiesça et sortit son insigne et son arme pour les déposer sur le bureau du shérif.

— Dans ce cas, je ferais mieux de démissionner...

Il n'avait choisi de faire ce métier que parce qu'il espérait pouvoir en apprendre plus sur l'étrange façon dont son père avait trouvé la mort. Il ne s'attendait pas à aimer ce travail ni à ce que celui-ci lui convienne si bien...

— Je ne voulais pas que les choses se passent ainsi, poursuivit-il en retirant sa veste pour la poser sur le dossier de sa chaise, mais je dois aller au bout de cette affaire.

— Tu vas te retrouver en prison ou te faire tuer ! lui lança Henson alors que Willie sortait du bureau. Je ne pense pas que les flics de Seattle vont tolérer longtemps tes frasques de cow-boy solitaire !

— J'ai besoin de vous voir, dit Angeline Carter à Eleanor. J'ai appelé votre cabinet, ce sont eux qui m'ont donné votre numéro. Je n'arrive pas à croire ce qui est arrivé à Phillip, je ne sais pas quoi faire...

Sa voix se brisa et elle ajouta :

— Je suis terrifiée à l'idée d'être la prochaine sur la liste.

— Où êtes-vous ?

— Dans notre maison à Vashon Island.

— Et où se trouve votre mari ?

— Ça, je l'ignore, répondit Angeline avant d'éclater en sanglots. Pour quelle raison aurait-il voulu tuer mon avocat ?

— Angeline, nous ne savons pas si c'est votre mari qui...

— Je crois qu'il a déjà tenté de m'éliminer à plusieurs reprises. Deux prétendus accidents de voiture... Les deux fois, mes freins ne fonctionnaient plus. Et maintenant Lowell se comporte avec moi de façon très étrange. Je pense qu'il fait une dépression. J'ai appelé la police, mais ils disent qu'ils ne peuvent rien faire tant qu'il n'a pas enfreint la loi. Je leur ai répondu que tuer Phillip McNamara était un crime mais...

Eleanor vit Willie sortir du commissariat et remarqua immédiatement qu'il ne portait plus sa veste ni son arme.

— Pourquoi votre mari aurait-il voulu tuer votre avocat ?

— Il m'a accusé d'avoir une liaison avec Phillip, de vouloir lui voler son argent et de détruire sa réputation... Tout cela est si bouleversant... Il n'arrête pas de me parler de cette bague qu'il a offerte à sa maîtresse comme si c'était moi qui l'avais.

— Et vous l'avez ?

Angeline laissa échapper un petit rire.

— Comment le pourrais-je ?

Eleanor envisagea soudain plusieurs hypothèses.

— Pourquoi pensez-vous qu'il soit si important pour lui de la retrouver ?

— Parce qu'elle vaut très cher, selon lui.

— Elle n'était pas assurée ? S'il ne s'intéresse qu'à l'argent...

— Je ne sais pas. Mais il n'a pas dû penser à le faire avant de l'offrir à cette femme…

Eleanor perçut l'amertume dans les paroles de son interlocutrice.

— Quel idiot ! Offrir une telle chose à quelqu'un d'aussi irresponsable. Elle l'a probablement perdue. Ou vendue.

— Pourquoi dites-vous cela ? lui demanda Eleanor en changeant de place dans le pick-up pour laisser Willie s'installer au volant.

— La police m'a dit que la bague n'avait pas été retrouvée sur le corps de cette femme.

— Peut-être que celui qui l'a ligotée avant de l'abandonner là-bas l'a prise. Dans ce cas, c'est la personne qui a engagé Vernon qui l'a.

Willie la regarda en haussant un sourcil, mais Eleanor continua :

— Mais si c'était le cas, madame Carter, et que cette personne était votre mari, alors il ne paraît pas logique qu'il vous pose des questions sur ce bijou.

Angeline laissa échapper un soupir.

— Phillip vantait toujours votre intelligence, dit-elle avec une note d'admiration dans la voix avant d'éclater en sanglots. Mais je vous le répète, Lowell ne semble plus avoir toute sa tête en ce moment. Il m'a dit vouloir sauver ce qu'il reste de notre mariage et je l'ai cru. Je lui ai pardonné, et maintenant…

— Avez-vous envisagé de demander une ordonnance restrictive, madame Carter ?

— Je vous en prie, appelez-moi Angeline. *Madame* Carter me fait penser à la mère de Lowell, qu'elle soit bénie.

Elle se moucha et renifla un instant.

— Je ne peux pas continuer à me bercer d'illusions, je dois divorcer le plus vite possible, conclut-elle. Mais avec la mort de Phillip…

— Je vais me renseigner sur la personne qui va reprendre votre dossier, lui proposa Eleanor.

— C'est la raison de mon appel, il m'a dit que c'était vous.

Eleanor sentit son sang se figer dans ses veines.

— Qui vous a dit que c'était moi ?

— Phillip. Il m'avait dit que s'il lui arrivait quoi que ce soit, vous deviez prendre la relève. Il a toujours dit que vous étiez la meilleure avocate du cabinet. Il ne vous avait pas parlé de moi ?

Willie écouta Eleanor promettre à Angeline Carter de la retrouver à la première heure le lendemain matin à son bureau puis, quand elle eut raccroché, il se tourna vers elle.

— De quoi s'agit-il ?

— Apparemment, Phillip McNamara voulait que ce soit moi qui reprenne le dossier de divorce de Mme Carter s'il lui arrivait quelque chose.

— Il se doutait donc bien de la dangerosité de cette affaire.

Eleanor ne répondit pas, et Willie comprit qu'elle n'avait pas envie d'approfondir ce point-là. Se sentait-elle responsable de la mort de son patron ?

— Tu ne peux pas te reprocher ce qui lui est arrivé, tu sais, lui dit-il.

— Comment sais-tu que je me sens coupable ? lui demanda-t-elle.

Il lui sourit. Ces derniers jours, il était devenu si proche d'elle qu'il avait l'impression de la connaître mieux qu'elle ne se connaissait elle-même. Il ressentait cependant l'envie d'en savoir plus, de tout découvrir à son sujet. Cette femme l'intriguait tant que cela l'effrayait. Il ne s'agissait plus seulement d'assurer sa sécurité. Willie ne pouvait pas supporter l'idée de devoir quitter Seattle... de quitter Eleanor. Mais il ne voyait pas comment tout cela pouvait se terminer autrement.

Elle croisa le regard de Willie, mais détourna rapidement

les yeux, comme si elle avait deviné la bataille affective qui se déroulait derrière son sourire.

— Angeline pense qu'elle doit divorcer le plus vite possible, expliqua-t-elle. Elle croit que Lowell fait une dépression, elle est terrifiée et n'a aucune idée de l'endroit où il peut se trouver. Elle semble penser qu'il est responsable de l'assassinat de Phillip, qu'il a tenté à plusieurs reprises de l'éliminer, elle aussi, et enfin que c'est lui qui a embauché Vernon pour tuer sa maîtresse.

— Je suis désolé, répondit Willie en secouant la tête, mais pourquoi ton patron aurait-il voulu que tu reprennes ce dossier ? Avait-il déjà des raisons de croire que sa vie était en danger ?

— Je ne sais pas. Il n'est cependant pas rare qu'un avocat choisisse un de ses collègues pour reprendre ses affaires dans le cas où il ne pourrait plus travailler.

Elle laissa passer quelques secondes puis lui demanda :

— Et toi ? Vas-tu enfin me raconter ce qui s'est passé avec le shérif ?

— Je retourne à Seattle en tant que civil. Mon insigne serait inutile là-bas, de toute façon, expliqua-t-il en glissant une main sous son siège pour attraper un petit paquet qui contenait une arme.

Il la fourra dans l'étui qu'il portait à la hanche puis sortit une boîte de munitions.

— Tu veux vraiment représenter Angeline Carter, Ellie ? lui demanda-t-il.

— Tu as bien dit que tu voulais lui parler, non ? Je crois qu'elle en sait bien plus que ce qu'elle prétend, mais je pense aussi qu'elle a peur. Et je la comprends. Je dois retourner à Seattle pour la représenter.

— Et si c'était parce qu'il était son avocat, justement, que Phillip s'est fait tuer ?

— Nous voulons tous les deux boucler cette affaire, n'est-ce pas ? lui demanda-t-elle en plongeant le regard dans celui de Willie.

— Pas au prix de ta vie, non.

— Pour une raison que j'ignore, Phillip voulait que je m'occupe d'elle, répondit-elle. En vertu du secret professionnel, il ne pouvait rien révéler, ni à moi ni à la police. Mais si je deviens son avocate, je peux essayer de la convaincre d'aller dire à la police tout ce qu'elle sait et de leur fournir les preuves qu'elle a peut-être en sa possession.

Willie se demanda si McNamara avait suivi le même raisonnement. Avait-il tenté de persuader Angeline d'aller voir les autorités ? Était-ce pour cela qu'il avait été tué ?

— Je n'aime pas ça, dit-il à Eleanor. Comme tu le dis, Angeline pourrait se cacher derrière le secret professionnel. Et te révéler de nouvelles informations qui te mettraient encore plus en danger...

— Nous avons besoin de réponses, Willie, rétorqua Eleanor d'un ton déterminé.

Willie retrouvait l'avocate courageuse et dure à cuire qu'il avait rencontrée quelques jours plus tôt.

— Je dois le faire, conclut-elle. Si Angeline a des preuves qui permettent d'incriminer Lowell, je la convaincrai de les remettre à la police.

Willie ne doutait pas de sa capacité de persuasion. Mais l'imaginer être la cible de criminels le bouleversait. Il était toutefois intimement convaincu qu'il ne servirait à rien d'essayer de l'en dissuader.

L'unique chose qu'il pouvait faire était de remettre la main sur Lowell le plus vite possible, et il avait le pressentiment que Jonathan Asher savait peut-être où le trouver. Ou Alex Mattson... Un lien existait entre ces trois hommes, Willie devait seulement l'identifier afin de pouvoir l'utiliser à son avantage.

Ils arrivèrent à Seattle en fin d'après-midi. Eleanor demanda à Willie de la conduire à son appartement. Il était resté silencieux la plupart du trajet, et elle aussi s'était perdue dans ses réflexions. Elle avait l'impression qu'ils tournaient en rond et n'avançaient pas. Phillip était mort, Vernon également, probablement, et elle ne pouvait pas s'empêcher de penser qu'elle devrait l'être, elle aussi.

— Je sais que tu penses que ce n'est pas une bonne idée de rentrer chez moi et d'aller au cabinet demain pour rencontrer Angeline, mais je ne pourrai pas me cacher éternellement, dit-elle à Willie en ouvrant la porte de son appartement.

— Tu trouves que c'est ce que nous avons fait ? lui demanda-t-il en la suivant à l'intérieur.

— Tu as compris ce que je voulais dire.

— Écoute, Ellie, je sais que tout cela a été difficile pour toi, lui dit-il doucement, mais je ne peux pas dire que je regrette notre rencontre.

Elle s'approcha de lui et l'embrassa puis recula d'un pas pour plonger le regard dans le sien.

— Je ne le regrette pas non plus.

Si elle ne pouvait pas prédire l'avenir, elle ne pouvait pas non plus continuer ainsi, en ignorant si elle allait vivre ou mourir, attendant que quelque chose se produise. Ce n'était pas seulement le fait de ne pas pouvoir contrôler le cours de son existence et d'être complètement sortie de sa zone de confort... Non, c'était la peur que ce satané cow-boy ne décède. Elle devait tout faire pour reprendre les rênes de sa vie, et être avocate était quelque chose qu'elle savait faire, et qu'elle faisait même bien. Travailler avec la justice lui procurait un sentiment de sécurité. Elle avait besoin de toutes ces règles et de toutes ces lois – contrairement à Willie. Mais, surtout, elle avait besoin de son métier pour combler l'immense vide qu'il allait laisser dans son existence. La seule pensée de devoir lui dire adieu et de ne peut-être jamais le revoir...

Il l'attira contre lui et l'embrassa, cette fois avec une telle passion qu'elle se sentit vaciller. Lorsqu'ils se séparèrent, il hocha la tête, comme s'il pouvait discerner le désarroi intérieur d'Ellie.

— J'ai besoin que tu me promettes que tu ne mettras pas un pied hors de cet appartement avant mon retour.

Son ton ne laissait pas de place à la discussion, et elle acquiesça, même si elle ne comprenait pas vraiment où il voulait en venir. Plus tôt, alors qu'ils étaient à la station-service, elle l'avait vu passer un coup de téléphone, mais il ne lui avait pas expliqué la nature de cet appel.

Il inspecta rapidement chacune des pièces de l'appartement de haut standing qui surplombait toute la ville. L'endroit était exactement comme elle l'avait laissé. Elle ne pouvait pas imaginer que quelqu'un ait pu se faufiler sous le nez des vigiles qui assuraient continuellement la sécurité de l'immeuble au rez-de-chaussée.

Elle regarda Willie vérifier ensuite une par une toutes les lampes avant d'examiner la hotte et la salle de bains. Puis elle le vit prendre quelques instants pour admirer le panorama qui s'offrait à lui depuis cet endroit luxueux. Elle savait qu'il avait vécu sur la route, passé des nuits dans sa remorque à chevaux sur des champs de foire de rodéo. Elle n'avait pas besoin qu'on lui rappelle combien leurs parcours étaient différents. Sans Vernon Murphy, jamais leurs chemins ne se seraient croisés, constata-t-elle en se dirigeant vers sa chambre pour aller se doucher et changer de vêtements.

Elle venait de s'asseoir sur le bord de son lit pour retirer ses bottes quand Willie apparut dans l'embrasure de la porte.

— Tu veux de l'aide ? lui demanda-t-il en s'agenouillant devant elle.

Elle savait qu'elle pouvait maintenant les ôter elle-même, mais n'avait rien contre le fait de sentir les mains de Willie se poser sur elle et de profiter d'un instant avec lui. Quand il leva le regard vers elle, elle vit la convoitise brûler dans les yeux bleus de Willie. Il fit courir les doigts sur la jambe d'Ellie, sous son jean, le long de son mollet. Une vague de désir brutale et violente la submergea. Willie afficha une expression qui ressemblait presque à de la douleur... Mais son téléphone se mit à sonner. Il laissa échapper un juron et se releva.

Eleanor le regarda s'éloigner en réprimant son irrésistible envie de le rappeler. Puis elle eut soudain peur de ne jamais le revoir en l'entendant dire à son interlocuteur :

— Je suis en chemin.

Willie se retourna pour contempler Eleanor qui était toujours assise sur son lit. Il lui fallut faire preuve d'une grande détermination pour ne pas la rejoindre, la prendre dans ses bras et lui faire l'amour – car son instinct lui soufflait que ce serait peut-être leur dernière occasion. Cette pensée l'ébranla profondément.

Il savait à quel point rencontrer Lowell était dangereux. Mais c'était pour Ellie qu'il s'inquiétait le plus... Cependant, il ne pouvait pas la protéger davantage et il voulait aller au bout de cette affaire afin de laisser tout cela derrière eux. Car il avait le pressentiment que Lowell Carter était la clé de toute cette histoire. Il s'immobilisa sur le pas de la porte. Il envisagea un instant de lui dire qui il avait eu au téléphone et ce qu'il comptait faire. Mais elle lui semblait déjà si inquiète qu'il s'abstint.

— Je n'aime pas du tout l'idée de te laisser seule ici, lui dit-il finalement.

— Ça va aller, ne t'en fais pas. Appelle-moi dès que tu peux.

— J'avais une arme cachée dans ma boîte à gants, je l'ai glissée dans ton sac, n'hésite pas à t'en servir.

Elle regarda dans son sac, posé sur le sol, et il put voir à son expression qu'elle ne se sentait pas capable de se servir de cette arme.

Il espéra qu'elle se trompait, au cas où elle aurait besoin d'ouvrir le feu.

— Eleanor, je...

Il se rendit soudain compte qu'il s'apprêtait à lui dire qu'il l'aimait. Il avait les mots sur le bout de sa langue. Cette femme avait volé son cœur. Cependant, il ignorait pour quelle raison, il ne put pas prononcer ces mots. Ce n'était pas le moment. Cela ne le serait peut-être jamais.

— Sois prudente.

Il détestait la quitter. Mais ce qu'il avait perçu dans la voix de Lowell Carter lui indiquait qu'il n'était plus loin de découvrir la vérité. Alors qu'il marchait vers l'ascenseur, il repensa à leur conversation téléphonique, tentant d'en comprendre les insinuations.

« Il faut que je vous parle, lui avait dit Lowell d'une voix teintée par la peur.

— Je vous écoute.

— Pas au téléphone, vous devez venir me voir. »

Willie avait alors cru entendre une corne de brume.

« Pourquoi ferais-je une chose pareille ?

— Je sais qui a tué Zoey », avait dit Lowell, la voix brisée.

Après lui avoir donné l'adresse où le rejoindre, il avait ajouté :

« Vous êtes la seule personne en qui j'ai confiance. S'il vous plaît. Faites vite. Vous êtes mon dernier espoir. »

Willie traversa le hall et sortit dans la rue sombre. Il sentit de l'humidité dans la brise tandis qu'il se dirigeait vers son véhicule. L'odeur du Puget Sound et les parfums de cette ville commençaient à lui être douloureusement familiers, car ils lui rappelaient Eleanor. Il repoussa cette réflexion, monta dans son pick-up, entra l'adresse dans le GPS de son mobile et se mit en route vers l'endroit où

Lowell lui avait donné rendez-vous, dans le quartier des entrepôts, le long du quai.

Sur le trajet, il ne cessait de repenser au ton que Carter avait adopté pendant leur conversation téléphonique. Anxieux et tendu, comme si quelqu'un braquait une arme contre sa tempe.

18

Willie se gara devant l'un des entrepôts et patienta, le temps que ses yeux s'habituent à l'obscurité. Une corne de brume retentit au loin. Dehors, tout semblait immobile. Il ouvrit sa portière et respira l'air chargé des odeurs du fleuve. Même s'il avait déjà une arme, il ne voulait prendre aucun risque et se saisit du fusil de chasse qui se trouvait derrière son siège. Il n'avait aucune idée de ce qui l'attendait. Lowell Carter lui avait paru effrayé au téléphone. Il en avait déduit qu'il devait se cacher ou qu'il avait lui aussi été enlevé et qu'il servait peut-être d'appât pour l'attirer dans un piège.

Après avoir refermé sa portière le plus doucement possible, il partit vers le seul bâtiment qui était éclairé par une faible lumière. Comme il s'y attendait, la porte n'était pas verrouillée… Il la poussa et celle-ci s'ouvrit avec un grincement, dévoilant un immense espace vide. Pour quelle raison Lowell avait-il voulu le retrouver ici ? se demanda-t-il. Il changea son fusil de main et avança pour tenter de discerner quelque chose. Un bureau semblait se trouver au deuxième étage, de la lumière filtrait à travers les volets.

Laissant la porte se refermer derrière lui, il progressa vers l'escalier sans quitter le bureau des yeux, ses pas résonant dans le silence profond. Il s'immobilisa avant de poser le pied sur la première marche et écouta. Aucun son ne lui parvenait de la pièce éclairée. Lowell était-il seul ? Willie ne voyait pas la moindre ombre bouger là-haut.

Il jeta un coup d'œil autour de lui et, constatant qu'il n'y avait guère d'endroits où se cacher pour examiner les lieux discrètement, il commença à monter les marches de l'escalier, ses bottes retentissant sur chaque marche métallique. Tous ses sens étaient en alerte, lui soufflant que ce qu'il était en train de faire n'était pas une bonne idée.

Le shérif Henson l'avait qualifié de cow-boy solitaire, se souvint-il. C'était en partie vrai, mais seulement parce qu'il n'avait personne à appeler en cas d'urgence. Il ne faisait pas confiance aux policiers de Seattle ni aux associés de Lowell. Eleanor était l'unique personne fiable dans son entourage, mais elle était en sécurité dans son appartement. Il n'avait pas voulu l'emmener, car il se doutait déjà que l'on cherchait probablement à l'attirer dans un piège.

Il était maintenant presque en haut de l'escalier. Il ne pouvait pas voir dans le bureau, mais entendait un bruit à l'intérieur, comme si quelqu'un se déplaçait. Laissant échapper un juron, il posa sa main sur la poignée en pensant que si cet endroit explosait, au moins il saurait que Vernon Murphy était dans le coup.

Eleanor était perdue dans ses réflexions. Elle ne pouvait pas s'empêcher de se remémorer ce coup de téléphone que Willie avait passé. Où s'était-il rendu ? Qui allait-il retrouver ? Elle se doutait que s'il s'était tu, c'était pour ne pas l'inquiéter. Mais son intuition lui soufflait qu'il était en danger. Elle avait vu le dernier regard qu'il lui avait lancé avant de partir. Pendant un instant, elle avait même cru qu'il allait lui dire... Elle déglutit avec peine, la gorge soudain sèche. Était-il sur le point de lui dire qu'il l'aimait ? Ou voulait-il seulement lui dire adieu ? Les battements de son cœur s'accélérèrent. Craignait-il de ne pas revenir ? Elle se leva du lit, terrifiée à l'idée qu'il puisse arriver quelque chose à Willie, et qu'il ne franchisse plus jamais le pas de cette porte. Elle parcourut des yeux son appartement, comprenant qu'elle était peut-être la prochaine cible dans cette affaire. C'était ce que Willie croyait, lui aussi. Et c'était pour cette raison qu'il était parti ce soir, pour tenter de mettre un terme à toute cette histoire.

Elle se dirigea vers son sac à main et en sortit le pistolet. Surprise par son poids, elle l'observa un instant. Elle n'avait jamais tiré, ses parents refusaient d'avoir des armes chez eux. Ils étaient des gens civilisés qui se servaient de la justice pour livrer leurs batailles. Tous les deux auraient été horrifiés de la voir tenir un revolver chargé.

Elle le rangea rapidement dans son sac, frissonnant au souvenir de la fusillade qui avait coûté la vie à son patron. Alors qu'elle était en train de se dire qu'elle ne serait jamais capable d'appuyer sur la gâchette, son téléphone se mit à sonner.

Persuadée qu'il s'agissait de Willie, elle décrocha sans se donner la peine de regarder l'écran.

— Dis-moi que tu vas bien, lui dit-elle de but en blanc.

— Bien sûr que je vais bien, rétorqua sèchement une voix féminine.

— Ah, c'est vous madame Carter, répondit Eleanor sans cacher sa déception.

Si elle avait su que c'était Angeline, jamais elle n'aurait pris cet appel.

— Il s'est passé quelque chose ?

— Je dois vous voir ce soir, lui expliqua Angeline. Cela ne peut pas attendre demain matin, je suis à Seattle. Je peux passer vous prendre à votre appartement dans… disons une vingtaine de minutes, cela vous irait ?

— Non, lui répondit Eleanor en tentant de rester calme. Je suis désolée, je vous verrai demain matin à mon bureau, comme c'était prévu. Ce n'est pas possible ce soir, je suis... occupée.

— Ma vie est en danger ! s'écria Angeline Carter.

La mienne aussi, pensa Ellie.

— Prenez une chambre d'hôtel, vous y serez en sécurité. Je vous verrai demain matin à la première heure.

Sur ces mots, elle raccrocha et se rendit dans la salle de bains pour se faire couler un bain. C'était la seule chose qui pouvait la calmer. À l'exception de Willie Colt, se dit-elle en sentant sa nervosité augmenter d'un cran. *Sois prudent*, implora-t-elle intérieurement. *Et reviens-moi.*

Transpirant malgré le froid qui régnait dans l'entrepôt, Willie retint son souffle et tourna la poignée. Il lui fallut un instant pour se rendre compte que rien n'avait explosé. Cependant, la porte n'était qu'entrebâillée, quelque chose la bloquait. Il poussa un grand coup avec son épaule, ouvrit lentement et découvrit alors qu'un corps gisait sur le sol.

Lowell Carter était étendu par terre, les pieds contre la porte, les chevilles et les poignets attachés par du ruban adhésif. Une large bande le bâillonnait. Dès qu'il aperçut le shérif adjoint, il se mit à gémir bruyamment, comme s'il essayait de lui dire quelque chose. C'est alors que Willie vit que des explosifs étaient scotchés sur le torse de l'homme.

Son sang ne fit qu'un tour dans ses veines, et il se précipita sur Lowell pour arracher le scotch de sa bouche puis il sortit son canif pour tenter de détacher les charges.

Soudain Carter lui cria :

— Nous n'avons pas le temps ! Tout le bâtiment va exploser, fuyez !

Willie croisa le regard terrifié de Lowell Carter puis la lueur rouge de la minuterie où défilaient les secondes restantes et il fit la seule chose qu'il devait faire.

Prenant ses jambes à son cou, il descendit l'escalier sans

se retourner. Il venait d'arriver au rez-de-chaussée et courait vers la sortie quand la première explosion retentit derrière lui. Un souffle puissant et chaud le frappa dans le dos et le mit à genoux. Conscient que ce n'était que le début, il se releva en tremblant, se précipita vers la porte, l'ouvrit et s'élança dans l'obscurité. S'il parvenait à atteindre l'autre côté de l'entrepôt voisin, près du Puget Sound…

Le monde derrière lui explosa alors en une énorme boule de feu, et le souffle le propulsa loin de la jetée. Il se retrouva brutalement plongé dans l'eau et l'air s'échappa de ses poumons tandis qu'il sombrait, attiré vers le fond.

19

Après avoir pris un long bain, qui ne contribua cependant pas à calmer son inquiétude, Eleanor s'habilla, se prépara une tasse de café puis commença à faire les cent pas. Willie avait promis qu'il lui téléphonerait. Mais il ne l'avait pas fait. Elle vérifia de nouveau l'heure. Cela faisait maintenant deux heures qu'il était parti. N'aurait-elle pas déjà dû avoir de ses nouvelles ? Elle se décida. Si elle ne recevait pas de signe de vie de sa part dans les prochaines minutes, elle avertirait la police. Elle ne parvenait pas à se débarrasser de l'impression qu'il était en danger et elle pensait que c'était le mieux qu'elle puisse faire.

Quelques instants plus tard, elle s'empara de son smartphone pour passer l'appel quand quelqu'un frappa à la porte. Willie ! Voilà pourquoi il ne l'avait pas contactée. Il était en chemin. Son cœur s'emballa tandis qu'elle se précipitait pour lui ouvrir... Mais elle se figea soudain et fronça les sourcils. Des vigiles assuraient la sécurité de l'immeuble vingt-quatre heures sur vingt-quatre dans le hall. Personne ne pouvait passer sans tromper leur surveillance... À moins que le garde ait reconnu Willie ?

De nouveaux coups retentirent. Eleanor se rapprocha de la porte, regarda par le judas et sursauta. Un agent de police en uniforme se tenait sur son paillasson. Il frappa encore.

— Qui est-ce ? demanda-t-elle, la voix tremblante.

— Je viens vous parler de Willie Colt, lui répondit l'homme. Je suis désolé de vous annoncer qu'il a eu un accident.

Le cœur d'Eleanor manqua un battement. Elle savait que quelque chose clochait. Elle l'avait senti au plus profond d'elle-même.

— C'est lui qui m'a donné votre adresse et qui m'a demandé de...

Elle ouvrit la porte brusquement.

— Comment va-t-il ?

L'agent de police avait à peu près le même âge qu'elle, des cheveux bruns coupés très court et des yeux marron aux reflets anxieux.

— Il est à l'hôpital, il m'a demandé de venir vous chercher.

Si Willie était à l'hôpital, ce qui lui était arrivé était forcément grave.

— Que s'est-il passé ?

— Nous ferions mieux de nous dépêcher, je vous expliquerai tout ça en chemin, lui répondit l'agent. Je suis garé devant votre immeuble.

— Laissez-moi prendre mon manteau.

Eleanor rentra dans son appartement pour aller chercher sa veste et son sac puis sortit et verrouilla la porte derrière elle. Son cœur tambourinait violemment dans sa poitrine, et elle formula une prière silencieuse. Willie devait se remettre. Ils avaient encore tant de choses à se dire, tant de zones d'ombre à éclaircir...

Le policier l'accompagna dans le couloir puis monta avec elle dans l'ascenseur et appuya une première fois sur le bouton du rez-de-chaussée avant de recommencer son geste à peine quelques secondes plus tard. Il semblait être de nature impatiente. L'état de Willie était-il si grave que chaque minute importait ? À cette pensée, les yeux d'Eleanor se remplirent de larmes. Elle s'empressa de les essuyer d'un revers de manche, elle devait être forte. Pour Willie.

L'ascenseur se mit en marche, et elle se reposa contre la paroi, fermant les paupières pour prier avec plus de conviction encore. Mais en entendant l'agent qui s'agitait à ses côtés, elle rouvrit les yeux et remarqua quelque chose : il ne portait pas de badge sur son uniforme.

Willie ne pouvait plus respirer. Il ouvrit les yeux sur une obscurité froide et humide. Il était en train de se noyer. De nouveau. Mais, cette fois, aucun de ses frères n'était présent pour le sauver. Il se sentait désorienté, il avait mal. Mais la véritable douleur était de comprendre qu'il ne reverrait probablement plus jamais Eleanor. En relevant le visage, il aperçut de la lumière et commença à nager frénétiquement vers la surface. Sa poitrine implorait une bouffée d'oxygène, son corps et son âme pour vivre un seul jour de plus.

Il émergea soudain, haletant, les poumons brûlants, le cœur battant à tout rompre. Il devait rejoindre Eleanor. Il nagea jusqu'au bord et se hissa sur le quai malgré la souffrance physique. Tout en essayant de reprendre un rythme de respiration normal, il tenta de comprendre ce qui s'était passé. Le ciel au-dessus de sa tête était noir de fumée, l'entrepôt était en ruines. Les sirènes retentissaient au loin.

Il vit que son fusil de chasse était à l'endroit où il l'avait laissé tomber avant d'être jeté à l'eau, il alla le ramasser puis se dirigea, en titubant, vers son pick-up garé quelques bâtiments plus loin. Il ne pensait qu'à Eleanor. Sortant son téléphone de sa poche, il le secoua puis essaya de le faire fonctionner, mais en vain. La colère et la frustration l'envahirent, estompant la douleur, il s'installa au volant et démarra. En comprenant qu'il avait été piégé depuis le jour où il avait mis les pieds à Seattle, il sentit sa fureur monter encore d'un cran. Tentant d'assembler toutes les pièces du puzzle, son esprit, même embrouillé, réalisa soudain l'évidence.

L'explosion dans l'entrepôt portait la signature de Spark.

Ce qui signifiait que cet individu l'avait berné et Lowell probablement aussi. Mais il n'arrivait pas à croire que Vernon ait pu agir seul. Il se remémora le petit homme effrayé qu'il était allé récupérer au commissariat de Seattle. Il ne jouait pas la comédie, Willie en était certain. Il savait que quelqu'un allait venir le chercher, quelqu'un qui le terrifiait. Alors, qui tirait les ficelles dans cette affaire ?

Tandis qu'il se dirigeait vers le centre-ville, Willie eut soudain un mauvais pressentiment. Eleanor était en danger depuis le début. Il se rassura en se disant qu'elle était trop intelligente pour quitter son appartement, mais cela ne signifiait pas pour autant qu'elle soit hors d'atteinte.

Il avait mis une arme dans son sac à main, mais aurait-elle le cran de s'en servir ? La seule idée qu'elle puisse avoir des ennuis le fit souffrir plus encore que ce qu'il avait ressenti en étant projeté dans le Puget Sound. Il connaissait la douleur physique, il l'avait endurée de nombreuses fois. C'est ce qui arrivait lorsque l'on montait des taureaux sauvages pour les rodéos. Mais ce qu'il percevait à présent, dans son cœur, était incomparable. Il ne pensait pas pouvoir le supporter. C'était d'ailleurs pour cette raison qu'il s'était toujours juré de ne jamais tomber amoureux.

Alors que la pluie commençait à s'abattre, il aperçut enfin l'immeuble d'Eleanor.

Le cœur battant, Eleanor sentit la nausée l'envahir.

— Excusez-moi, mais je n'ai pas bien entendu votre nom, monsieur l'agent.

— Ah oui, on dirait que j'ai oublié de mettre mon badge avant de prendre le service, lui répondit-il en fronçant les sourcils. Ma femme n'était pas là ce matin, quand je suis parti. C'est elle qui s'assure que je sois toujours présentable, même si je ne cesse de lui répéter que je suis un adulte et que je peux me passer de son aide.

Il éclata d'un rire qui semblait plus nerveux et fabriqué que naturel et conclut :

— Si elle avait été là, une telle chose ne serait jamais arrivée.

Au cours de sa carrière, Eleanor avait eu affaire à de nombreux clients. Certains menteurs étaient plus doués que d'autres. Mais tous parlaient trop, comblant les silences par ce qui pouvait leur venir à l'esprit.

Lorsque l'ascenseur atteignit le rez-de-chaussée, le policier descendit et retint la porte pour qu'Eleanor passe. Elle n'avait pas le choix. Si elle refusait d'avancer, l'homme reviendrait à l'intérieur. Et cette cabine étroite était bien le dernier endroit où elle avait envie de se retrouver avec ce type. Elle sortit donc, laissant le battant se refermer derrière elle, mais elle ne se dirigea pas vers la porte de l'immeuble. Le hall était désert, et elle s'étonna de l'absence du vigile. Par les grandes baies vitrées, on pouvait voir la pluie tomber dans l'obscurité. Le poids du pistolet dans son sac à main la rassura. Elle savait cependant que, même si elle trouvait le courage nécessaire pour tirer sur un représentant de la loi, elle ne serait pas assez rapide.

— Vous ne m'avez toujours pas dit votre nom, dit-elle en croisant le regard de l'agent.

En baissant les yeux, elle vit qu'il avait posé une main sur l'arme rangée dans son holster. Elle envisagea une seconde de partir en courant, mais elle savait également qu'il la rattraperait avant qu'elle atteigne la porte.

— Je suis l'agent Mattson, lui répondit-il. Nous devons nous dépêcher, madame Shafer, nous perdons un temps précieux.

Alex Mattson, le policier auquel Vernon regrettait de s'être confié... Eleanor se souvint que Willie le soupçonnait d'être plongé jusqu'au cou dans cette histoire. Elle avait maintenant toutes les raisons de croire qu'il avait vu juste. Du coin de l'œil, elle constata que Mattson détachait son arme de son étui.

La gorge soudain sèche, elle déglutit et sentit son corps

s'affaiblir sous l'effet de la peur. Même si elle tentait de s'enfuir, ses jambes ne la soutiendraient pas. Elle avait suivi un homme qui lui mentait et ne comptait pas l'emmener auprès de Willie. Si elle montait dans sa voiture, Dieu seul savait où il la conduirait. Quelque part où il pourrait la tuer ? Elle se tourna pour regarder vers l'escalier qui menait au parking souterrain, priant pour que son corps accepte de se mettre en mouvement. Elle sentit l'adrénaline se répandre dans son sang avant que l'agent dégaine, et elle ne put faire que quelques pas avant qu'il la saisisse par le bras pour la forcer à pivoter vers lui. Elle perçut alors le canon dur et froid de l'arme de Mattson se presser contre son flanc.

— Nous allons nous diriger calmement vers ma voiture, lui souffla-t-il. S'il vous plaît, ne rendez pas les choses plus compliquées qu'elles ne le sont déjà.

Il ne ressemblait pas à un tueur de sang-froid. Elle avait même l'impression qu'il n'avait pas envie de faire ce qu'il était en train de faire. Elle ne doutait cependant pas de ses capacités, car il devait avoir peur de celui qui l'avait envoyé ici.

— Willie Colt ne m'attend pas à l'hôpital, n'est-ce pas ? demanda-t-elle, surprise du ton calme de sa voix alors qu'elle avançait vers la sortie de l'immeuble. A-t-il seulement eu un accident ?

Une fois dehors, elle vit la voiture de patrouille de l'agent Mattson garée de travers à quelques mètres.

— Nous allons simplement nous rendre au commissariat, mon patron voudrait vous parler de Vernon Murphy. Il a quelques questions à vous poser et il savait que vous ne viendriez pas sans y être forcée.

— Vous n'êtes pas un bon menteur, Alex. Je suis au courant de vos relations avec Jonathan et Lowell Carter, lui dit-elle.

Elle vit la surprise passer sur le visage de Mattson et poursuivit :

— Je sais également que Vernon Murphy s'est confié à

vous lorsqu'il était en prison en attendant son extradition. Il pensait pouvoir vous faire confiance, c'est sans doute votre uniforme qui l'a trompé.

— Vous ne me connaissez pas, rétorqua Mattson en s'emportant. Vous pensez que ça me plaît ? Je ne voulais rien avoir à faire avec tout ça !

Ils avancèrent tant bien que mal sur le trottoir, sous la pluie battante. Eleanor tourna le visage vers le ciel tout en posant la main sur son sac. Consciente qu'en montant dans cette voiture elle signerait son arrêt de mort, elle entreprit d'ouvrir lentement la fermeture Eclair pour saisir l'arme.

— Je sais que vous avez investi dans l'exploitation minière de Lowell, ajouta-t-elle en marchant le plus lentement possible, comme si elle tenait à peine debout.

— J'y ai mis toutes mes économies, expliqua-t-il d'une voix vibrant de colère. Et maintenant, je vais tout perdre, à moins que...

À moins que ? Ces derniers mots restèrent suspendus dans les airs alors qu'il la tirait plus brusquement vers son véhicule. Il agrippa Eleanor plus fort, et pressa le canon de son arme plus durement contre le flanc de la jeune femme.

— À moins que vous ne fassiez quelque chose pour eux, c'est ça ?

Alex Mattson avait passé un pacte avec le diable.

— Laissez-moi deviner : ils vous ont demandé de me tuer ? ajouta-t-elle d'une voix qui se brisa soudain. Vous ont-ils aussi demandé d'éliminer Willie ?

— Non, Vernon... commença-t-il avant de se reprendre. Taisez-vous, je vous en prie. Je n'ai pas le choix.

Nous avons tous le choix, pensa-t-elle avant de sentir une vague de désespoir l'envahir. Elle eut tout à coup envie de baisser les bras. Elle avait essayé d'empêcher l'inévitable, mais si Willie était mort... Elle frissonna à cette idée, sachant comment Vernon s'occupait de ce genre de choses. Tandis que des sanglots montaient dans sa gorge, elle perçut une douleur immense lui serrer le cœur. Le chagrin la submergea, laissant presque immédiatement place à une rage folle. Mattson était stupide de croire qu'elle allait se laisser faire. Elle allait se battre jusqu'à la mort – comme avait dû le faire Willie, elle en était certaine.

Elle se jeta alors sur Wattson et le prit par surprise. Ce mouvement le força à lui libérer le bras, il trébucha, et elle tenta d'attraper son revolver. Ils luttèrent un moment avant que la force et l'expérience du policier l'emportent. Laissant échapper une série de jurons, il la poussa jusqu'à la voiture. Il ne lui tenait plus le bras, mais elle pouvait sentir le canon de son arme braqué sur elle. Elle plongea à ce moment-là une main dans son sac et saisit la crosse du pistolet que lui avait donné Willie. Elle allait devoir tirer sur cet homme, pensa-t-elle en reculant d'un pas, heurtant le côté du véhicule.

Mattson avança, son revolver pointé sur elle. La main tremblante, elle sortit son arme.

Le rugissement d'un moteur les fit soudain tous les deux sursauter. Ils se retournèrent et virent qu'un pick-up était apparu à l'angle de la rue et fonçait maintenant droit sur eux. Eleanor trouva alors le courage d'appuyer sur la gâchette.

20

En voyant le policier, sa voiture de patrouille et Eleanor devant son immeuble, Willie eut l'impression que son cœur s'arrêtait. Il n'avait jamais rencontré l'agent Alex Mattson, mais il comprit que c'était lui quand ce dernier se retourna dans sa direction, son revolver de service à la main. Willie appuya sur la pédale d'accélérateur, et le flic tira. Le pare-brise vola en éclat, et la première balle de Mattson vint se loger dans le siège côté passager. Willie maintint le pied enfoncé sur la pédale et, alors qu'il se rapprochait, vit qu'Eleanor tenait elle aussi un pistolet. L'agent tira de nouveau et, cette fois, la deuxième balle atteignit Willie à l'épaule, le forçant à donner un coup de volant. Le pick-up dérapa sur la droite et accrocha les voitures garées le long du trottoir. Luttant pour garder le contrôle du véhicule, Willie fut obligé de relâcher la pédale d'accélérateur.

Il n'était plus qu'à quelques mètres de Mattson quand ce dernier recommença à lui tirer dessus. C'est à cet instant que Willie vit Eleanor appuyer sur la gâchette. Mattson sembla avoir été touché, car il laissa échapper un cri de douleur. Il trébucha, mais ne s'effondra pas. Pendant un moment, il baissa son arme puis il se retourna et visa Eleanor. Willie dirigea alors sa voiture droit devant lui et entendit le bruit de l'impact tandis qu'il renversait le policier.

Il freina ensuite brusquement tandis que le pick-up dérapait vers Eleanor dont les yeux étaient aussi écarquillés que ceux d'un cerf pris dans les phares.

Eleanor savait qu'elle était en état de choc. Elle fixait la vapeur qui s'échappait du capot du véhicule situé à seulement quelques centimètres de là où elle se trouvait. Elle avait vu Mattson tomber mais, à présent, il n'y avait plus aucun signe de lui. Sous la pluie battante et derrière ce qu'il restait du pare-brise, elle ne pouvait pas distinguer Willie. Elle avait l'impression d'être dans le brouillard, de flotter au-dessus de la scène. Elle entendit la portière du pick-up s'ouvrir dans un grincement. Willie chuta puis se releva et se précipita vers elle. Elle le regarda avec horreur. Il avait été touché, et sa chemise était imbibée de sang.

— Tu vas t'en sortir, lui dit-il d'une voix tendue en avançant vers elle. C'est fini.

Elle serrait toujours son arme et tremblait de tous ses membres. Il s'approcha d'elle et lui prit tout doucement le pistolet des mains.

— Tout va bien maintenant.

Il tituba. D'une main ensanglantée, il s'agrippa à la voiture de police, mais glissa et s'effondra sur le béton. Eleanor se baissa à ses côtés et sortit son téléphone pour appeler les secours. Elle bougeait comme un robot et agissait par automatisme, comme si elle n'était pas elle-même, tout en pressant son manteau sur la blessure de Willie pour tenter de stopper le saignement.

Elle s'entendit dire :

— Tu vas t'en sortir, c'est fini, tout va bien maintenant.

Mais elle ne faisait que répéter les paroles de Willie, les mots étaient vides de sens. Bientôt, elle perçut le hurlement des sirènes qui se rapprochaient. Ce ne fut qu'en croisant les yeux bleus de Willie lorsqu'il fut soulevé sur la civière et chargé dans l'ambulance qu'elle se mit à pleurer. Debout sous l'averse, elle regarda le véhicule s'éloigner.

— Il va falloir nous expliquer ce qui s'est passé ici, lui dit un policier en lui touchant le bras pour attirer son attention. Madame ?

D'un revers de main, elle essuya ses larmes qui, se mêlant aux gouttes de pluie, ruisselaient sur son visage.

— Madame E.L. Shafer, je suis avocate ici, à Seattle.

Willie se réveilla à l'hôpital avec une impression de déjà-vu. Il cligna des paupières pendant un instant, se demanda s'il n'avait pas rêvé tout ce qui s'était passé depuis qu'il était allé chercher Vernon Murphy à Seattle. Mais lorsque ses yeux se furent habitués à la lumière, il vit ses frères avancer vers lui. Puis il entendit James décrocher le téléphone et réclamer que l'on prévienne le médecin que Willie Colt avait repris connaissance à la suite de son opération.

— Opération ?

Willie avait la bouche aussi sèche que s'il avait mangé de la poussière.

— Tu as pris une balle, mec, lui répondit Davy. Tu ne t'en souviens pas ?

— Ellie ? questionna Willie dans un souffle.

Tommy lui tendit un verre d'eau qu'il but d'un trait, puis il les regarda tous et sentit la peur grandir en lui. Il ne se souvenait pas qu'Eleanor ait été touchée, mais il ne savait pas vraiment si sa mémoire était fiable. Il essaya une nouvelle fois.

— Ellie ? demanda-t-il, le cœur battant.

— Elle va bien, lui répondit James alors que Willie essayait de se redresser. Reste calme, tu la verras bientôt. Elle a passé un certain temps avec la police, mais elle a fini par être relâchée. Il semblerait qu'elle ait un bon avocat. Elle ne voulait pas te laisser, mais nous l'avons renvoyée chez elle pour qu'elle puisse se changer et se reposer.

Willie se remémora soudain toute cette pluie, tout ce sang. Était-il le seul blessé ? Eleanor semblait dans un état second quand il lui avait pris son arme des mains… C'était lui qui l'avait entraînée dans cette histoire. Jamais il ne pourrait se le pardonner. S'il n'était pas entré dans son bureau ce jour-là…

— En parlant de flics, je peux te dire qu'ils sont impatients de te parler, lui dit James. Ils attendent ton réveil dans le hall.

Constatant que Willie ne semblait pas prêt à s'entretenir avec eux, il ajouta :

— Mais ils peuvent attendre encore un peu.

Willie acquiesça. Que la police veuille l'entendre ne le surprenait pas, mais l'unique personne qu'il désirait voir pour le moment était Eleanor. Après ce qu'elle avait vécu, il avait besoin de vérifier qu'elle allait bien. Il pensa à son retour chez elle, seule, alors que Vernon était toujours en liberté.

— Spark est toujours… commença-t-il à dire en essayant une nouvelle fois de se relever.

— Non, Vernon Murphy n'est plus une menace, lui répondit Tommy en secouant la tête. Un deuxième corps a été retrouvé dans les débris de l'entrepôt qui a explosé. Il s'agit apparemment de lui. Il semblerait qu'il n'ait pas réussi à sortir à temps ou qu'il se soit fait piéger. Dans les deux cas, il n'est plus de ce monde à cette heure.

Willie se rallongea dans son lit. Vernon était mort ? Lowell était mort. Était-il possible que ce cauchemar soit enfin terminé ? Qu'Eleanor n'ait plus rien à craindre ?

La porte de la chambre s'ouvrit, le médecin entra et chassa les frères de Willie. Après l'avoir examiné, il lui demanda :

— Êtes-vous prêt à parler avec les forces de l'ordre ? Ils sont très impatients de vous interroger.

Willie acquiesça, et le médecin fit venir les policiers. Le chef Landry apparut, accompagné d'un autre agent plus jeune. Les deux hommes semblaient vouloir lui passer les menottes. Willie avait espéré qu'ils attendraient sa sortie de l'hôpital.

— Vous êtes un homme dangereux, lui dit le chef d'une voix grave. Grâce à vous, nous avons ramassé des corps toute la journée. Car non seulement vous n'avez aucune légitimité à exercer dans cette juridiction, mais j'ai appris que vous n'étiez même plus shérif adjoint dans le Montana. Vous êtes dans un sacré pétrin, cow-boy.

— Vous voulez savoir ce qui s'est passé ou vous êtes seulement venu ici pour me faire la morale ?

Landry sembla se hérisser pendant un instant avant de faire signe à son collègue de filmer leur entrevue. Willie commença alors à leur raconter les faits, prenant soin de bien faire figurer dans sa déclaration ses soupçons à l'égard du département de police, même si Landry ne cessait de l'interrompre.

Il termina en précisant qu'il avait été attiré dans cet entrepôt et qu'il y avait découvert Lowell Carter piégé avec des explosifs attachés sur lui, et une minuterie sur le point de se déclencher.

— Et vous avez réussi à vous enfuir, constata le chef, l'air méfiant. Comment expliquez-vous cela ?

— Je sais être rapide quand c'est nécessaire, lui répondit Willie. Je devais rejoindre Eleanor Shafer, car il y avait de très fortes chances pour qu'elle soit en danger, elle aussi. Si ce n'était pas Lowell Carter qui tirait les ficelles, quels suspects avions-nous encore ? Vernon Murphy, Jonathan Asher et Alex Mattson. Je savais donc que l'un d'entre eux allait s'en prendre à Ellie.

— Vernon est mort et Mattson aussi. Vous suggérez que ce Jonathan Asher a quelque chose à voir là-dedans ? demanda Landry.

— Je sais qu'il a investi dans la société de Lowell Carter et qu'il était impliqué d'une manière ou d'une autre dans cette affaire avec Alex Mattson. Quelqu'un donnait des ordres à Vernon Murphy.

— Qu'est-ce qui vous fait penser une telle chose ?

— Il n'avait aucun intérêt à tuer son patron ni à envoyer un flic tuer son avocate. Asher risquait de perdre beaucoup d'argent si Angeline et Lowell divorçaient. Se débarrasser de la maîtresse de Carter, Zoey Bertrand, aurait pu être la première étape pour s'assurer que cette séparation officielle n'aboutisse pas. Mais je suis arrivé à Seattle pour emmener Vernon afin qu'il soit jugé dans le Montana. Et si j'ai raison, et que c'est bien Asher qui avait employé Vernon, il ne pouvait pas se permettre que celui-ci témoigne. Avez-vous interrogé Jonathan Asher ?

L'expression qu'il vit s'afficher sur le visage du chef de la police suffit à lui donner la réponse.

— Il semblerait qu'il ait quitté le pays, déclara finalement Landry dans un souffle.

— Ça paraît logique, acquiesça Willie. Asher a fait enlever Vernon et l'a convaincu de garder le silence, et de continuer à travailler pour lui. Lowell a dû le comprendre, et Asher s'est donc débarrassé de lui, et en a apparemment profité pour éliminer Vernon également.

— Supposons que vous ayez raison, quel est le lien avec l'assassinat de l'avocat Philip McNamara ?

— Je pense que McNamara n'était pas la cible de cette fusillade, répondit Willie en sentant son estomac se serrer. Je crois que c'est l'avocate E.L. Shafer qui était visée.

Le chef Landry secoua la tête, l'air dubitatif.

— Pour quelle raison ? Seulement parce qu'elle représentait Vernon Murphy ? Cela ne me semble pas suffisant.

— Non, expliqua Willie. J'ai d'abord pensé qu'elle était en danger, car celui qui avait embauché Vernon allait s'inquiéter de ce qu'il allait confier à son avocate. Mais je crois que c'est à cause de moi qu'elle était en danger. Je l'ai entraînée dans cette affaire, et c'est ma faute si elle a failli y laisser sa peau.

Il avait compris, le soir où elle avait été agressée dans

la ruelle, que son assaillant ne souhaitait pas la tuer, mais seulement la droguer afin de découvrir ce que Vernon lui avait révélé.

— Ce n'est que lorsqu'elle a commencé à m'aider que sa vie a été mise en danger.

Le chef fit signe à son collègue d'interrompre l'enregistrement puis il dit d'une voix solennelle à Willie :

— Je vous avais dit que vous ne pouviez pas faire cavalier seul dans cette affaire.

Et il commença à lui lire ses droits.

— Dès que vous pourrez sortir d'ici, vous serez incarcéré.

Et, sur ces mots, les deux hommes quittèrent la chambre.

Avant que ses frères soient autorisés à revenir, deux agents fédéraux entrèrent et, en les voyant, Willie laissa échapper un gémissement.

Il répéta tout ce qu'il venait de dire au chef de la police en commençant par ce qui s'était passé à son arrivée à Seattle jusqu'au grand final devant l'immeuble d'Eleanor.

— La simple rumeur d'un éventuel divorce a inquiété les investisseurs de Lowell Carter. Dès le départ, je n'étais pas sûr de pouvoir faire confiance aux autorités locales. Je ne sais toujours pas qui a renseigné les hommes qui m'ont attaqué et ont enlevé Vernon.

— Vous pensez que vous avez été piégé ?

— Absolument, répliqua Willie. Retrouvez Jonathan Asher et vous trouverez le responsable de toute cette affaire. Le chef Landry m'a dit qu'il avait quitté le pays.

— Il semblerait en effet, répondit l'un des deux agents. Nous avons pris la déposition de Mme Shafer, elle dit que vous lui avez sauvé la vie, c'est vrai ?

— Elle se trompe. J'ai mis sa vie en danger, et elle a bien failli y rester. C'est elle qui a sauvé la mienne.

21

Eleanor enfila sa veste de tailleur, redressa le col de son chemisier puis regarda son reflet dans le miroir. En apparence, rien ne différenciait cette journée de travail de toutes les autres. Si l'on oubliait les événements de la semaine passée.

Elle était toujours avocate dans le cabinet que ses parents avaient fondé, mais c'était elle, maintenant, qui le dirigeait. À sa grande surprise, elle avait découvert que la majorité des associés principaux n'appréciaient pas la façon dont Phillip McNamara manageait la société. Ils avaient même prévu de l'évincer. Certains de ces avocats avaient été recrutés par les parents d'Eleanor eux-mêmes et, fidèles à cet esprit de famille, ils avaient voté pour qu'elle succède à Phillip. L'annonce de cette nouvelle avait été un choc pour elle. Elle qui avait toujours rêvé de revoir son nom à la tête de l'entreprise et qui s'était tant battue pour faire évoluer le cabinet pouvait à présent prendre des décisions sans être perpétuellement rembarrée par Phillip. Elle allait désormais pouvoir embaucher des avocates. Elle allait pouvoir réaliser son rêve et transformer cette société.

Mais alors, pourquoi n'était-elle pas plus heureuse de la situation ? Certes, tout cela était la conséquence de la mort affreuse de Phillip, mais il y avait autre chose… Elle ressentait une douleur au plus profond d'elle-même. Willie Colt. Il avait débarqué dans sa vie, avait tout changé puis était reparti en laissant derrière lui un vide qu'elle s'était efforcée d'ignorer. Ses frères l'avaient ramené chez lui pour le soigner. Elle avait voulu l'accompagner, mais la situation délicate dans laquelle se trouvait le cabinet l'avait forcée à rester à Seattle.

Et puis Willie n'avait pas semblé réellement tenir à ce qu'elle vienne. Il paraissait au contraire heureux de quitter Seattle, comme s'il était pressé d'oublier toute cette histoire –, elle y compris.

— C'est mieux ainsi, avait-il dit le jour de sa sortie d'hôpital. Ta vie est ici, et la mienne dans le Montana.

Elle l'avait vu déglutir avec peine et avait même cru discerner une lueur de tristesse dans les yeux bleus du cow-boy.

— Je regrette tant de choses.

Eleanor n'avait rien trouvé à lui répondre. En ce qui la concernait, elle ne regrettait absolument rien. Elle avait seulement le cœur brisé.

Elle jeta un dernier regard dans le miroir. Elle avait à présent d'importantes responsabilités. Elle avait travaillé si dur et depuis si longtemps pour obtenir ce poste qu'elle ne doutait pas de ses capacités. Elle avait vu ses parents occuper ces fonctions de direction pendant toute sa vie et, au fond, rien n'avait vraiment changé. Hormis le fait qu'elle n'était plus la femme que le shérif adjoint Willie Colt avait rencontrée. Tout ce qu'elle avait traversé ces derniers temps l'avait rendue plus forte. Le fait de l'aimer également.

Avant de s'éloigner du miroir, elle ouvrit le premier bouton de son chemisier, grâce à lui, elle n'était plus aussi guindée.

— Quoi de neuf ? demanda James à Willie en lui rendant visite. J'ai entendu dire que le shérif Henson était venu te voir ?

— Oui, après avoir appris que je me présentais contre lui pour être le prochain shérif, il est venu me proposer de reprendre mon ancien poste.

— Tu te présentes aux élections pour devenir le nouveau shérif ? le questionna James en écarquillant les yeux.

— On dirait bien, répondit Willie en lui adressant un clin d'œil et un sourire machiavélique.

James était heureux de retrouver son frère. Il leur avait beaucoup manqué, et il était bon de le savoir revenu à Lonesome, même s'il n'était pas vraiment lui-même. En effet, Willie était différent depuis son retour dans le Montana. Il semblait avoir perdu quelque chose à Seattle, et tous, à part lui, avaient compris qu'il s'agissait de son cœur. James n'ignorait pas combien ce genre de choses pouvait faire souffrir… Et il craignait que Willie ne se remette jamais véritablement de ce qu'il avait vécu dans cette grande ville.

Dans un premier temps, Eleanor avait appelé tous les jours pour prendre des nouvelles de Willie. Puis une fois par semaine. Ses coups de téléphone s'étaient ensuite espacés davantage puisque… Willie n'y répondait plus. James l'avait malgré tout tenue au courant de l'évolution de l'état de santé de son frère, prétendant tous les deux que c'était l'unique raison de ses appels.

— Maintenant que ta blessure est totalement guérie, je crois que tu devrais l'appeler, dit James à Willie, conscient qu'il était inutile de préciser de qui il parlait.

Le sourire de Willie disparut totalement, et James regretta immédiatement d'avoir réveillé le passé.

— Merci pour le conseil, petit frère.

— Tu ne peux pas continuer à faire comme si rien ne s'était passé là-bas.

— Ne t'en fais pas pour moi, j'ai assez de cicatrices pour m'en souvenir.

— Je parle plutôt de cicatrices invisibles, Willie.

En voyant son frère se lever, James comprit que ses paroles étaient inutiles.

— J'ai reçu un appel d'une fourrière en périphérie de

Missoula, j'ai peut-être retrouvé le pick-up de papa. Je sais que c'est probablement inutile mais…

— Tu es certain de vouloir voir cette vieille carcasse ? lui demanda James.

Willie semblait si perdu qu'il s'était jeté corps et âme dans l'enquête sur la mort de leur père. Aucun des frères Colt n'avait cru à la théorie de l'accident mais, à cause du travail bâclé du shérif de l'époque, Otis Osterman, ils n'avaient jamais pu le prouver.

— S'il y a la moindre chance que des preuves aient été négligées…

James redoutait que Willie aille au-devant d'une nouvelle déception. Il était si reconnaissant de l'évolution de son état, il n'avait pas envie de le voir replonger dans les tourments dans lesquels il avait sombré pendant de longues semaines après son retour de Seattle.

— Willie, ça fait presque dix ans, quel genre de preuves pourrait-on bien retrouver ?

— J'ai un peu de temps libre avant de remporter ces élections, lui répondit son frère en haussant les épaules. Et rien d'autre à faire.

— J'admire ta détermination, mais tu ne pourras probablement pas battre le shérif Henson, répliqua James en riant. Et tu sais que tu es le bienvenu pour travailler avec nous à l'agence, nous avons de plus en plus de missions.

— Merci, lui répondit Willie en secouant la tête, mais si je ne remporte pas ce duel, je ne suis pas encore certain de ce que je veux faire après. Dans tous les cas, ne t'en fais pas pour moi.

Il donna une tape affectueuse sur l'épaule de son frère avant de se diriger vers la porte.

— Je t'appelle si je découvre quoi que ce soit sur la voiture.

James ne pouvait pas s'empêcher de s'inquiéter pour son frère aîné. Certes Willie était guéri, comme l'avait confirmé le médecin, mais James avait vu naître un grand changement en lui. Eleanor avait proposé de lui rendre visite à Lonesome, mais James ne l'avait jamais encouragée. Car il savait que c'était la dernière chose que Willie voulait.

Quand celui-ci avait été en état de pouvoir discuter, il avait cherché à éclaircir quelques zones d'ombre.

« Où en êtes-vous, Eleanor et toi ? lui avait-il demandé.

— Nulle part. »

Willie s'était renfermé sur lui-même comme il le faisait depuis toujours quand on abordait avec lui un sujet dont il ne souhaitait pas parler.

« Elle s'inquiète pour toi, tu sais. »

Son frère n'avait pas réagi.

« Il s'est passé quelque chose entre vous deux ?

— J'ai failli la faire tuer, voilà ce qui s'est passé ! s'était alors emporté Willie. J'étais si déterminé à résoudre cette maudite affaire que… Je n'aurais jamais dû aller là-bas, je n'aurais jamais dû… »

Il avait détourné le regard.

James savait combien les hommes de la famille Colt pouvaient être têtus.

« Tu as compris qu'elle était amoureuse de toi ?

— Elle m'oubliera. »

James avait laissé échapper un petit rire.

« Peut-être, mais toi ?

— J'ai besoin de me reposer, lui avait alors rétorqué son frère en lui tournant le dos. Ferme la porte derrière toi. »

James était alors sorti et ne lui avait plus jamais reparlé d'Eleanor. Mais il ne pouvait pas s'empêcher de se sentir triste à leur sujet. Il se souvenait très bien de l'époque où il était tombé amoureux de Lori, et combien cela avait été douloureux avant qu'il trouve le courage de lui ouvrir son cœur et de la laisser entrer dans son existence.

Cependant, peut-être n'y avait-il réellement plus d'espoir

pour Eleanor et Willie. Son frère ne risquait pas d'aller habiter à Seattle et, selon lui, Eleanor était devenue responsable du cabinet d'avocats que ses parents avaient fondé. Sa vie était donc dans cette grande ville. Quant à Willie Colt, il n'était pas et ne serait jamais un citadin.

Eleanor parcourut des yeux son nouveau bureau en sentant naître en elle une pointe de nostalgie. Certes, la vue sur Seattle, le Puget Sound et même le mont Rainier, était admirable, et elle comprenait à présent pourquoi Phillip tenait tant à cet endroit. Mais son bureau précédent lui manquait. Elle ignorait toujours à quel point son ancien patron avait été impliqué dans l'affaire Vernon Murphy. Suffisamment, en tout cas, pour qu'il se soit fait tuer. À moins que ces balles ne lui aient été destinées ? Elle ne le saurait probablement jamais. Willie détenait peut-être cette information, mais il ne semblait pas prêt à lui en faire part puisqu'il n'acceptait pas de répondre à ses coups de téléphone.

Repoussant cette pensée, elle prit un instant pour réfléchir au réaménagement qu'elle avait fait faire dans cet endroit. Plus rien ici ne lui rappelait Phillip, pourtant elle avait l'impression qu'il était encore là, tout comme ses parents qu'elle avait l'impression d'avoir à ses côtés depuis la fin de ses études de droit. La direction de ce cabinet était ce dont ils avaient toujours rêvé pour elle. Elle savait qu'ils auraient été ravis de voir ce qu'elle était devenue à présent. Mais en admirant le fleuve, elle ne put pas s'empêcher de recommencer à penser à Willie. Elle avait parlé à son frère, James, plus tôt dans la journée.

« Je suis désolée, Eleanor, lui avait-il dit, Willie n'est pas là, il est parti voir s'il pouvait trouver de nouvelles preuves sur le pick-up de notre père que nous avons retrouvé dans une fourrière à Missoula.

— Ça lui ressemble bien, avait-elle répondu en essayant

de masquer sa déception. On ne peut pas dire qu'il manque de détermination.

— Comment vas-tu ? Tu apprécies tes nouvelles fonctions au sein du cabinet ?

— Je suis très occupée, je ne savais pas réellement en quoi consistait ce poste. Gérer les relations entre les avocats n'est pas toujours évident sans parler d'essayer de contenter nos associés. Tout le monde ici semble penser que j'ai la réponse à tous les problèmes.

— Je suis persuadé que tu fais du bon boulot. »

Eleanor avait prétexté une réunion pour raccrocher. Discuter avec James était trop douloureux pour elle. Elle ne cessait de se rappeler cette nuit magique qu'elle avait passée avec Willie chez Lori et lui, dans leur incroyable maison sur la propriété des Colt. Lovée contre Willie, cette nuit-là, elle s'était sentie à sa place à Lonesome, à sa place dans les bras de ce beau cow-boy. Maudissant les larmes qui lui montaient aux yeux à la seule pensée de ce moment, elle retourna vers son bureau. Les intentions de Willie étaient claires. La fin de sa mission à Seattle signifiait la fin de leur histoire. Mais qui avaient-ils donc été l'un pour l'autre ? Des amants ? Des amis ? Des collègues ?

Elle avait espéré que la douleur s'atténuerait avec le temps. Ses proches l'avaient encouragée à sortir et à accepter des rendez-vous galants, mais elle n'en avait pas la moindre envie. Elle savait qu'il n'existait personne comme Willie Colt. Et il était tout ce qu'elle désirait.

Elle reçut un message. Ses associés l'attendaient en salle de conférences.

22

La fourrière était immense. Des rangées et des rangées de voitures alignées les unes à côté des autres se succédaient jusqu'à l'entrée. Willie avait eu beaucoup de mal à retrouver le pick-up que son père conduisait la nuit de sa mort. Mais, poussant ses recherches à toutes les décharges qui se situaient dans un périmètre d'une cinquantaine de kilomètres autour de Lonesome, son obstination avait fini par payer.

« Vous êtes certain que les plaques correspondent ? avait-il questionné le vieil homme qui l'avait rappelé pour lui dire que le véhicule était dans sa fourrière.

— Oui. Le pick-up a été percuté par un train, c'est ça ?

— C'est ça, avait confirmé Willie en se demandant dans quel état devait se trouver le pick-up.

— C'est une Ford 2010 bleu et blanc à double cabine ?

— C'est bien ça, oui, avait-il répondu en ayant du mal à croire qu'il avait enfin retrouvé la voiture de son père. J'arrive tout de suite. »

En raccrochant, il s'était répété de ne pas se faire trop d'illusions. Cela faisait dix ans que son père était mort, et le pick-up était là-bas depuis cette époque, à l'extérieur, exposé à toutes les intempéries. S'il restait d'éventuelles preuves à l'intérieur, elles avaient dû disparaître depuis bien longtemps.

Et pourtant, Willie ressentait un besoin impérieux d'aller voir ce pick-up. Bien qu'il sache que ce ne serait pas facile de se retrouver face à la camionnette de son père alors que ce dernier était dedans quand le train l'avait percutée. Mais c'était quelque chose qu'il devait faire. Il n'avait jamais cru que le shérif Otis Osterman avait mené une véritable enquête. Il le soupçonnait d'ailleurs d'avoir dissimulé des preuves. Le shérif n'avait jamais aimé la famille Colt, et plus particulièrement leur père, Del. Otis était convaincu que celui-ci était ivre le soir de sa mort, et que c'était pour cette raison qu'il avait stationné sur la voie ferrée tandis que le train arrivait. Willie et ses frères n'y avaient jamais cru, même si Otis avait juré avoir vu Del se disputer avec une femme à la sortie d'un bar, peu de temps avant la collision.

Del buvait de temps en temps quelques doigts de liqueur de mûres, mais sa consommation d'alcool s'arrêtait là. Pourtant, le rapport du médecin légiste indiquait que Del avait bu ce soir-là. Pas au-dessus de la limite légale cependant, même si Otis avait aussi assuré qu'une bouteille de whisky vide avait été retrouvée dans le pick-up.

Trop de questions sur cette nuit tragique restaient sans réponses. Leur père savait pertinemment combien ce passage à niveau était dangereux. Il avait toujours mis ses fils en garde concernant cet endroit. Et où se rendait-il, à cette heure de la nuit ?

Willie ne pouvait pas s'empêcher d'espérer trouver certaines de ces réponses sur la vieille carcasse du véhicule alors qu'il arrivait à la sortie de la petite ville de Missoula, devant la grille de la fourrière.

En voyant approcher Willie, un individu maigre et abîmé par le temps, qui devait avoir dans les soixante-dix ans, émergea de la cabane qui devait lui servir de bureau. Il portait une salopette bleu délavé sur une chemise rouge à carreaux et des bottes en caoutchouc.

— Vous êtes Clyde Stanley ? lui demanda Willie.

Repoussant sa casquette crasseuse sur ses cheveux gris,

Clyde opina du chef et lui indiqua la direction du sud. Sans prononcer le moindre mot, le vieil homme avança. Willie le suivit au travers de ce cimetière de véhicules abandonnés. Le vent faisait chanter les squelettes en métal brisés, soulevant la poussière et faisant voltiger les mauvaises herbes parmi les rangées.

Le pick-up se trouvait sur le flanc d'une colline, entre une vieille Cadillac aux ailerons et au pare-chocs défoncés et une camionnette dont le moteur avait disparu. Le reconnaissant immédiatement, Willie se figea. Il retint la bile qu'il sentait remonter dans sa gorge. Il avait déjà vu des voitures percutées par des trains, mais aucune ne transportait son père. Il prit une grande inspiration et expira.

— Je vais me débrouiller, merci, dit-il à Clyde Stanley avant de constater que celui-ci était déjà reparti pour son bureau, le laissant seul.

Il approcha doucement, et le vent sembla alors se lever, faisant tourbillonner la terre sèche autour de lui. Il tenta de contrôler ses émotions, essayant de s'appuyer sur son expérience et sa force. Ce n'était pas la première fois qu'il se cachait derrière son rôle de cow-boy. Leur père leur avait appris dès leur plus jeune âge, à ses frères et lui, à prendre sur eux. Willie se rappelait son premier rodéo. Il ne devait pas avoir tellement plus de deux ans et avait tenté de grimper sur le dos d'un mouton. Il était tombé et s'était fait piétiner par la bête, se retrouvant face contre terre dans la poussière.

Humilié et en larmes, il était allé voir son père. Del l'avait examiné et constatant qu'il n'était pas blessé, lui avait dit de ne pas pleurer.

« Si tu veux faire ce métier, tu vas devoir apprendre à te comporter comme un vrai cow-boy. Plus tard, tu pourras panser tes plaies mais, dans l'arène, tu dois garder la tête haute. Montre-leur qui tu es. Un Colt. »

Jamais il n'avait oublié ces conseils qui lui avaient permis de traverser les plus dures épreuves. Cependant, aucune d'entre elles n'avait été aussi difficile que ce qu'il avait vécu à Seattle. Le seul fait de penser à Eleanor suffisait à lui serrer le cœur. La douleur qu'il ressentait était même pire que de découvrir l'endroit où son père avait trouvé la mort, constata-t-il en avançant vers le pick-up.

Le train avait manifestement heurté l'avant de la Ford, chassant le moteur presque de l'autre côté. Il avait également écrasé le côté conducteur, déformant la portière métallique et déplaçant le volant jusque devant le siège du côté passager. Toutefois, plutôt que de pousser le pick-up sur les rails, le train semblait l'avoir fait basculer sur le côté. De ce fait, le côté passager n'avait donc pas été aussi gravement endommagé. Willie essaya d'ouvrir la portière, mais celle-ci était bloquée. Celle de la cabine arrière, elle, céda en laissant échapper un grincement qui lui fit froid dans le dos.

Son père ne transportait jamais grand-chose sur la banquette arrière qui paraissait encore presque neuve. Willie jeta un coup d'œil par-dessus le siège du côté passager pour examiner ce qui avait pu tomber sur le plancher. Dans le rapport de police, il avait lu que divers objets avaient été retrouvés dans le pick-up. Des outils, un revolver, un fusil de chasse, quelques papiers et la fameuse bouteille de whisky vide.

À présent, tout ce qu'il pouvait voir, c'était de la terre, probablement apportée ici par le vent, qui formait de petits tas sur le plancher. Du coin de l'œil, il aperçut le tissu taché du siège avant. Sentant sa gorge se serrer, il recula et fixa un instant le sol. Celui-ci était recouvert de débris de verre, certains recouverts de taches sombres qu'il savait être du sang. Qu'avait-il espéré retrouver après tout ce temps ? se demanda-t-il en se laissant aller contre le dossier pour prendre une profonde inspiration. Il n'y avait pas de réponses ici. Jamais il ne connaîtrait le motif pour lequel son père s'était trouvé sur cette route ce soir-là. Ni pour quelle raison il s'était arrêté sur cette maudite voie ferrée. Et encore moins ce qu'il avait en tête à cet instant-là.

Peut-être avait-il trop bu, après tout ? Peut-être que l'enquête sur laquelle il travaillait l'avait trop bouleversé ? Malheureusement, Willie comprenait à présent que ses frères et lui ne sauraient jamais ce qui s'était passé.

Il allait descendre du pick-up quand il aperçut un éclat doré accroché au bord de la portière, du côté passager. Il le regarda fixement en se demandant s'il n'était pas en proie à une hallucination. C'était une breloque en forme de fer à cheval. Il se baissa pour la ramasser et vit qu'une fine chaîne en or y était attachée. Il sortit son canif et dégagea doucement le bijou. Certaines parties avaient été ternies par le temps et les intempéries. Le tenant dans le creux de sa main, il se rendit compte qu'il s'agissait d'un collier de petite fille.

Il fronça les sourcils. Qu'est-ce que cet objet faisait dans la voiture de son père ? Il passa son pouce sur le pendentif accroché à la chaînette et vit qu'un nom était gravé à l'intérieur du fer à cheval.

DELRAE.

23

Sur la route du retour, Willie appela ses frères et leur donna rendez-vous au bureau de l'agence. Quand il y arriva, les trois hommes l'attendaient, et il put voir à leur expression que tous espéraient qu'il avait découvert quelque chose. Il détestait l'idée de les décevoir. Mais peut-être que l'un d'entre eux pourrait expliquer la présence de ce bijou de petite fille dans la voiture de leur père…

Il sortit le collier de sa poche et le posa sur le bureau entre eux.

— Qu'est-ce que c'est ? demanda James en le prenant pour l'examiner sous la lumière. Est-ce que c'est un…

Il fronça les sourcils en observant le prénom gravé sur le bijou.

— DelRae, c'est un prénom féminin, lui répondit Willie, j'ai trouvé ce collier dans le pick-up de papa.

James passa le collier à Tommy qui l'étudia un instant avant de le donner à Davy.

— Je ne comprends pas, dit celui-ci.

— Moi non plus, déclara Willie. Mais avouez quand même que c'est une étrange coïncidence, le nom de papa est Del Ransom Colt.

— Pas DelRae, fit remarquer Tommy.

— Mais ça y ressemble, insista Willie. Et si Otis Osterman

disait la vérité, et que papa s'était vraiment disputé avec une femme à la sortie du bar cette nuit-là ?

— Ce collier est enfantin, il ne ressemble pas à un bijou de femme adulte, objecta Davy en reposant la chaîne sur le bureau.

— Comme celui qu'un parent pourrait offrir à son enfant, déclara Willie.

— Attends, dit James, où veux-tu en venir ?

— Et s'il nous avait caché l'existence d'une femme et d'un... enfant ?

— Ralentis un peu, veux-tu. Tentons de ne pas tirer de conclusions hâtives suite à la découverte de ce bijou terni, ajouta James. Même si je dois reconnaître que... ce nom, DelRae, est surprenant. Surtout la façon dont il est écrit.

— C'est un prénom suffisamment inhabituel pour que...

Tommy s'était approché de l'ordinateur et tapait sur les touches du clavier.

— Si seulement nous avions un nom de famille...

— Comment pourrions-nous retrouver cette DelRae ? demanda Davy. Si elle existe ?

— Et est-on vraiment certains de le vouloir ? indiqua James, disant tout haut ce qu'ils pensaient tous tout bas.

— Elle est peut-être la réponse à tout ce qui s'est passé cette nuit-là, sur la voie ferrée, déclara Willie.

Son téléphone portable se mit à sonner, mais il ne prit pas la peine de regarder l'écran. Ne trouvant pas la force de parler à Eleanor, il avait refusé tous ses appels. Il n'arrivait pas à se pardonner le fait de l'avoir entraînée dans un tel danger. Aussi, même si mettre fin ainsi à leur histoire était douloureux, il s'était dit et répété que c'était le mieux pour elle. La vie d'Eleanor était à Seattle, la sienne à Lonesome, qu'y avait-il à ajouter ?

Son téléphone recommença à sonner. Il ne connaissait pas le numéro. Il pouvait sentir planer sur lui les regards chargés de reproches de ses frères. Tous devaient croire qu'il s'agissait d'Eleanor.

Il répondit. Une voix féminine lui dit alors que c'était le bureau du FBI qui cherchait à le joindre et lui demanda de patienter un instant avant de le mettre en ligne avec son interlocuteur.

— C'est le FBI, expliqua-t-il à ses frères.

Ces derniers jours, Eleanor avait enchaîné les réunions. Elle était épuisée, mais heureuse de pouvoir enfin se consacrer à son travail. Elle venait de s'installer à son bureau quand son assistante l'appela.

— Mme Carter est là pour vous, lui dit-elle.

Eleanor laissa échapper un soupir.

— Mais elle n'avait pas de rendez-vous, si ?

Depuis quelque temps, elle se sentait angoissée, et tout ce qui la faisait penser à Willie la contrariait encore davantage.

— Le chef de la police, le shérif Landry, est présent également. Il insiste sur le fait que ça ne peut pas attendre.

— Très bien, lui répondit Eleanor en se retenant de gémir, faites patienter Mme Carter, je vais d'abord recevoir le shérif.

Eleanor supposa que celui-ci était venu pour lui donner des nouvelles de Jonathan Asher. La raison pour laquelle il souhaitait partager ces informations restait mystérieuse... Willie avait toujours soupçonné cet individu d'en savoir bien plus sur l'affaire Vernon Murphy que ce qu'il voulait bien reconnaître, c'est pourquoi, en voyant le petit homme trapu entrer dans son bureau, elle sentit la nervosité l'envahir.

La première pensée de Willie fut que la police fédérale avait retrouvé Jonathan Asher. Il écouta avec la plus grande attention ce que l'agent avait à lui dire, le remercia de l'avoir tenu au courant puis raccrocha. En relevant les yeux, il remarqua que ses frères étaient suspendus à ses lèvres.

— Le corps de Jonathan Asher a été retrouvé. Le FBI pense qu'il s'agit d'un homicide, leur expliqua-t-il avant de leur révéler l'information la plus importante : il semblerait que la dernière fois où il a été vu vivant est la nuit où Alex Mattson lui a rendu visite.

— Que veux-tu dire ? lui demanda James.

— Qu'il y a de très fortes chances que ce ne soit pas lui qui soit à l'origine de tous ces meurtres puisqu'il était déjà mort, lui répondit Willie, tandis que son esprit s'emballait. Quelqu'un a tenté de faire croire qu'il avait fait ses valises et qu'il avait quitté le pays alors qu'il n'était déjà plus de ce monde... Ce qui signifie que je me suis trompé et que...

Il sortit son téléphone et s'empressa d'appeler Eleanor.

— J'ai peur d'avoir une journée très chargée, shérif Landry, dit Eleanor quand il entra dans son bureau.

Espérant que ce qu'il avait à lui dire ne serait pas long, elle ne lui proposa pas de s'asseoir. Mais il prit malgré tout une chaise et, une fois confortablement installé, leva les yeux vers elle, et parla enfin.

— Jolie vue !

Comprenant que cet entretien n'allait pas se dérouler aussi rapidement qu'elle le souhaitait, Eleanor se laissa aller en arrière dans son fauteuil.

— Que puis-je faire pour vous ?

— J'ai pensé que vous aimeriez savoir que les résultats d'analyse ADN concernant le corps qui a été retrouvé dans l'entrepôt après l'explosion sont arrivés, commença-t-il de sa voix rocailleuse, et qu'il s'avère que, contrairement à ce que nous pensions, ce cadavre n'est pas celui de Vernon Murphy. Ce qui signifie donc que celui-ci est toujours en vie.

La surprise d'Eleanor laissa rapidement place à de l'inquiétude.

— Je suppose que vous le recherchez donc aussi activement que Jonathan Asher ? lui demanda-t-elle alors.

— Le tueur est toujours en liberté et, en réfléchissant à ce propos, j'ai pensé que comme vous étiez l'avocate de Vernon Murphy, vous aviez dû partager avec lui un grand nombre de secrets. Et je me suis demandé à qui toute cette histoire profitait...

Il parcourut une nouvelle fois le bureau d'Eleanor des yeux, admirant la vue saisissante qui s'offrait à eux.

— Regardez-vous dans cet incroyable bureau ! Les choses ont plutôt bien tourné pour vous, n'est-ce pas ?

Eleanor ne pouvait le contredire. Au moins sur un point, la mort de Phillip lui avait été profitable. Elle regarda son bureau en soupirant. C'était tout ce qu'elle avait toujours rêvé d'avoir. Pourtant, cet accomplissement manquait de saveur pour elle, aujourd'hui. Son père n'avait jamais caché son envie de la voir se débrouiller seule. Il avait voulu qu'elle gravisse les échelons de l'entreprise un à un jusqu'à devenir associée, puis cogérante du cabinet. Son père et elle avaient choisi de faire confiance à Phillip, ce qui s'était avéré être une erreur.

Son portable sonna, la tirant de ses pensées. En regardant l'écran, elle fut surprise de constater qu'il s'agissait de Willie Colt. Immédiatement, les battements de son cœur s'accélérèrent. Quelle pouvait être la raison de son appel ? Quelque chose de grave s'était-il passé ? Il lui avait clairement fait comprendre qu'ils n'avaient plus rien à se dire l'un et l'autre alors... pourquoi lui téléphonait-il après tout ce temps ?

Elle leva les yeux vers le chef de la police.

— Avons-nous fini, shérif Landry ?

— Portez-vous toujours une arme, madame Shafer ? lui demanda-t-il.

Tentant de masquer son agacement, Eleanor ne prit pas l'appel et répondit au shérif :

— Non, je n'ai pas d'arme.

Elle pensait ne plus jamais en avoir. La police lui avait saisi celle que Willie lui avait laissée et dont elle s'était servie pour tirer sur l'officier Alex Mattson. Mais ce n'était pas à cause de cette blessure que celui-ci avait trouvé la mort. Selon le médecin légiste, il avait succombé des suites d'un traumatisme dû à la collision avec le pick-up.

Landry acquiesça en l'observant avec attention. Le département de police avait encaissé un vrai coup dur avec cette histoire, et Eleanor se doutait que le chef n'était pas près de s'en remettre.

— Vous ne semblez pas très inquiète à l'idée que Vernon Murphy puisse être encore vivant, dit-il enfin. Pourquoi ?

— Je n'ai aucune raison de l'être.

Tandis qu'il haussait les sourcils, un sourire se dessina sur lèvres.

— Vous vous êtes donc rapprochée de Vernon, constata-t-il en souriant de plus belle. Mais je me demande une chose : si vous connaissez ses secrets, connaît-il les vôtres ? Êtes-vous sûre que Vernon ne souhaite pas votre mort, madame Shafer ?

Eleanor avait représenté Vernon Murphy comme s'il s'agissait de n'importe quel client. Comme celui-ci refusait d'être extradé, il l'avait suppliée de trouver un moyen pour qu'il puisse rester en prison à Washington. Mais elle en avait été incapable. Lui en voulait-il pour cela ?

Elle s'éclaircit la voix et se leva.

— Chef Landry, j'ai beaucoup de travail. Alors, à moins que vous ne soyez venu m'arrêter…

Il lui jeta un regard noir, comme s'il pensait pouvoir l'intimider. Il n'était pas le premier à essayer. Enfin, il détourna les yeux et se leva lentement de sa chaise.

— Dans ce cas, je ne vais pas vous retenir…

En le voyant sortir de son bureau et marcher dans le couloir jusqu'à l'ascenseur, elle se demanda s'il avait tenté de lui faire peur. Elle se doutait qu'il devait être furieux contre Willie et elle qui avaient fait passer la police de Seattle pour une bande d'incapables.

La matinée était pluvieuse. En regardant les dernières gouttes après l'orage glisser sur les vitres, elle sentit l'ennui l'envahir. Elle avait accompli son rêve. Mais même les rêves changeaient, pensa-t-elle en retournant s'asseoir à son bureau pour joindre Willie. Malheureusement, elle tomba sur la boîte vocale. Se demandant si l'appel de Willie n'avait pas été accidentel, elle décida de ne pas laisser de message.

Puis elle se rendit compte qu'elle avait oublié Angeline Carter et s'empressa de contacter son assistante.

— Je ne voulais pas vous interrompre pendant votre entretien, lui dit celle-ci, mais Mme Carter a dit qu'elle ne pouvait pas attendre et qu'elle repasserait vous voir plus tard.

Maintenant que Phillip n'était plus là, Angeline allait probablement souhaiter confier son entreprise à un autre cabinet, et ce devait être la raison de sa visite, se dit Eleanor en tâchant de se remettre au travail. Mais Willie occupait toutes ses pensées. Et s'il avait voulu lui dire quelque chose d'important ? Ces derniers mois, elle avait tenté de le joindre à tant de reprises, lui avait laissé tant de messages, qu'elle se sentait humiliée. Ses multiples essais pour renouer le contact lui avaient donné le sentiment d'être pathétique. Aussi décida-t-elle de ne pas l'appeler une deuxième fois.

Willie décrocha son téléphone sans prendre la peine de regarder qui était l'interlocuteur.

— Ellie ?

Il n'avait plus entendu le son de sa voix depuis des semaines. Il pensait même ne plus jamais l'entendre.

— Non, c'est James, tu es à l'aéroport ?

— Je viens d'y arriver, j'espère qu'elle me rappellera avant que j'embarque.

— Elle a probablement déjà dû tenter de le faire, mais on capte mal dans le canyon.

Willie espérait que son frère avait raison, mais il aurait compris qu'Ellie ne veuille plus jamais lui parler. Depuis qu'il avait appris que le corps de Jonathan Asher avait été retrouvé, il était impatient de la joindre. Il avait en vain essayé d'assembler les pièces du puzzle… Si ce n'était pas Jonathan Asher, ni Lowell Carter, ni Vernon Murphy, ni Alex Mattson, alors qui diable était derrière toute cette affaire ?

— Si Eleanor appelle ici, je lui dirai que tu es en route pour venir la voir, le rassura James.

Il remercia son frère qui avait parlé plus souvent à Eleanor que lui ces derniers mois. Conscient que leur histoire ne pourrait jamais fonctionner, il avait préféré rester silencieux. Ni Eleanor ni lui ne pourrait changer d'environnement. Elle était une vraie citadine, et lui un homme de la campagne. Même en trouvant Lonesome pittoresque, elle finirait par haïr cette petite ville. Quant à lui, jamais il ne pourrait s'adapter à Seattle, à tous ces gens et à ces embouteillages. Malheureux, ils finiraient par s'en vouloir. Rien ne semblait pouvoir tuer l'amour aussi rapidement.

Il avait vu ses frères tomber amoureux et manquer de perdre les femmes qu'ils aimaient. Déterminé à ne jamais ressentir pareille douleur, il s'était promis de ne pas se faire prendre au piège de l'amour. L'amour… Il laissa échapper un juron. Il ignorait si Eleanor éprouvait les mêmes sentiments que lui. Heureusement qu'il n'avait pas mis son âme à nue devant elle. Et si elle avait été horrifiée par sa déclaration ? Ou pire, si elle avait ri avant de l'abandonner ? Il n'avait rien de commun avec les hommes qu'elle avait l'habitude de fréquenter, il le savait. Un cow-boy incapable de s'adapter à sa vie était bien la dernière chose dont elle avait besoin. Il avait failli effacer le numéro de téléphone d'Eleanor. Mais il se félicitait aujourd'hui de ne pas l'avoir fait. Alors que l'embarquement de son vol commençait, il tenta de la joindre à son bureau encore une fois.

L'assistante d'Eleanor l'informa que Willie Colt était en ligne, et qu'il s'agissait d'une affaire urgente. Décidant de cesser de faire semblant de ne plus jamais vouloir entendre le son de sa voix, elle prit l'appel.

— Oui ? dit-elle en essayant de garder un ton formel.

— Ellie, lui dit-il, ce n'était pas Asher.

— Quoi ?

— Je suis sur le point d'embarquer sur un vol pour Seattle, je n'ai pas le temps de tout t'expliquer en détail, mais Jonathan Asher a été tué avant l'explosion de l'entrepôt, avant que Lowell et Vernon meurent. Il semblerait que lui aussi soit une victime dans cette histoire.

Au seul son de la voix de Willie, Eleanor sentit germer en elle un mélange de regret et de désir. Elle était tombée amoureuse de ce cow-boy. Les larmes lui montèrent aux yeux. Il appelait pour parler de l'enquête. Évidemment, ça n'avait rien de personnel... L'unique chose qui l'importait était l'avancée de cette affaire.

— Vernon, dit-elle alors d'un ton froid et distant. L'ADN. Ce n'était pas le sien.

— Je suis en route, lui dit-il comme s'il était déjà au courant ou comme s'il ne l'écoutait pas. Si tu n'es plus à ton bureau, je te rejoindrai à ton appartement. Mais, Ellie ?

— Oui ?

Elle retint son souffle en souhaitant qu'il prononce les mots qu'elle attendait tant ou quoi que ce soit qui concerne leur histoire.

— Je dois y aller ou je vais manquer mon vol. Sois prudente.

Sur ces mots, il raccrocha, et elle demeura assise, le téléphone à la main. Les larmes qui lui avaient inondé les yeux se mirent à couler sur son visage, et elle les essuya d'un revers de main. Elle regretta d'avoir laissé l'espoir refaire surface en elle. Comment avait-elle pu imaginer une seconde qu'il allait lui dire qu'il l'aimait après être resté silencieux pendant les derniers mois ? Qu'est-ce qui ne tournait pas rond chez elle ?

Elle raccrocha lentement le combiné du téléphone. Il l'avait prise au dépourvu. Elle avait cru qu'il appelait pour parler de leur relation. Mais il ne s'agissait bien sûr que de l'affaire. Et maintenant, il était en chemin pour Seattle ? Willie venait lui rendre visite. Comment allait-elle faire, se demanda-t-elle en sentant son cœur s'emballer à la seule idée de le revoir. Son exaltation se mêlait à sa peur. Car si Jonathan Asher n'était pas celui qui avait orchestré toute cette histoire, qui était derrière tout ça ? Vernon ? Ils ne l'avaient pas cru assez intelligent, mais peut-être s'étaient-ils trompés ? Elle frémit. Avait-il des raisons de lui en vouloir ? Pouvait-il s'en prendre à elle ?

Elle tenta de se concentrer sur son travail, se perdant dans la paperasse juridique comme elle l'avait fait pendant tant d'années. Ce n'est que lorsque son assistante lui annonça qu'elle rentrait chez elle qu'elle se rendit compte de l'heure qu'il était. Elle regarda dehors. La pluie semblait s'être arrêtée, mais le ciel était encore d'un gris menaçant.

Elle avait envisagé de retrouver Willie ici, dans son bureau, pour garder une certaine distance, mais l'attente lui paraissait maintenant insupportable. Elle se leva donc, s'empara de son manteau et de son sac, se dirigea vers la porte avant d'opérer un demi-tour pour aller décrocher le téléphone qui se trouvait sur sa table et appeler le rez-de-chaussée.

C'est Herb, son agent de sécurité préféré, qui répondit.

— M. Colt devait venir me voir, mais je quitte le bureau, je descends chercher ma voiture au parking, si vous le voyez, pouvez-vous lui dire de me retrouver chez moi ?

Herb lui dit qu'elle pouvait compter sur lui. Eleanor pensa que le vol depuis le Montana était court, et que Willie avait déjà dû atterrir. Elle préférait ne pas penser à ce qui pourrait se passer lorsqu'ils se retrouveraient tous les deux dans son appartement. Ou pire encore, à ce qui pourrait ne pas se passer.

En prenant l'ascenseur pour descendre au sous-sol, elle faillit changer d'avis. Mais il n'y avait pas de lieu idéal pour revoir Willie, tout avait été bousculé depuis qu'il était entré dans sa vie, et chaque endroit, y compris son cœur, gardait les traces de son passage. La cabine d'ascenseur frémit et ralentit à l'approche du parking. Quelque chose cliqueta, et Eleanor sentit un frisson d'angoisse la parcourir. Le chef de la police avait réussi à l'effrayer en lui parlant de Vernon. Landry aurait été ravi de le savoir, pensa-t-elle en se ressaisissant.

Elle se demandait d'ailleurs s'il n'était pas venu la voir uniquement pour lui faire peur. Il en voulait à Willie Colt, cela était évident. Le département de police avait subi trop de pressions après l'annonce de l'implication d'Alex Mattson dans ce dossier. De plus, le fait que ce soit Willie qui ait résolu l'affaire, et pas les forces de l'ordre de cette grande ville, n'avait rien arrangé. Sans oublier que le FBI s'en était mêlé, et qu'elle-même avait déclaré qu'elle représenterait Willie si la police de Seattle décidait de le poursuivre en justice. Mais, finalement, aucune charge n'avait été retenue contre eux deux.

L'ascenseur s'immobilisa. Et quand la porte s'ouvrit, le son de celle-ci résonna dans le large espace presque désert du parking souterrain. Eleanor vit une ombre passer devant elle sur le sol en béton et, pendant un instant, elle pensa bêtement qu'il pouvait s'agir de Willie. Était-il déjà arrivé de l'aéroport ?

Mais ce ne fut pas Willie qui apparut face à elle dans l'embrasure. Eleanor fut si surprise de découvrir l'identité de cette personne qu'elle manqua de réactivité. Elle n'avait plus de pistolet dans son sac à main, mais elle avait toujours son spray au poivre – un cadeau que Willie lui avait offert avant son départ.

Malheureusement, elle n'eut pas le temps de s'en servir et,

une arme braquée sur le visage, elle fut poussée en arrière, au fond de l'ascenseur.

— Montons sur le toit, il paraît que la vue de là-haut est à couper le souffle.

24

Alors que l'ascenseur montait vers les hauteurs de l'immeuble, Eleanor tentait de retrouver un rythme de respiration normal. Elle sentait son cœur marteler violemment sa poitrine tandis qu'elle se demandait ce qui se passait. Elle avait déjà traversé tant d'épreuves. Cela ne pouvait pas se terminer ainsi, pas avec Willie qui était en chemin pour la rejoindre… La seule idée de peut-être ne jamais le revoir…

Elle s'appuya contre la paroi de l'ascenseur pour ne pas défaillir et releva les yeux vers le canon de l'arme braquée sur elle puis vers la femme qui la tenait.

— Madame Carter, qu'est-ce que vous…

— Pour l'amour du ciel, s'emporta Angeline Carter. Vous ne pensez pas que nous nous connaissons à présent suffisamment bien pour nous appeler par nos prénoms ?

— Je ne comprends pas ce qui se passe, répondit Eleanor, la gorge sèche.

— C'est très simple, nous montons sur le toit de votre immeuble d'où vous allez sauter.

Eleanor sentit un frisson lui parcourir l'échine, Angeline Carter semblait tout à fait sérieuse.

— Et pourquoi ferais-je une telle chose ?

— Parce que vous n'arrivez pas à être heureuse après tout ce qui est arrivé. Tout d'abord la mort de Phillip, puis ce cow-boy qui vous a brisé le cœur…

— Il ne m'a pas brisé le cœur.

— Oh ! je sais reconnaître un cœur brisé quand j'en vois un, vous pouvez me croire. Lowell n'a pas été le seul à briser le mien. Saviez-vous que Phillip et moi avions été amants ?

Eleanor secoua la tête.

— C'était il y a longtemps... C'est aussi moi qui l'ai persuadé d'investir dans la société minière de Lowell.

— Phillip ne m'en a jamais parlé, déclara Eleanor, comprenant soudain que les affaires de son patron, dont elle ne savait pas grand-chose, étaient probablement la cause de son assassinat.

Angeline semblait l'étudier avec la plus grande attention.

— Il ne vous a pas dit que c'était moi qui lui avais demandé de vous confier le dossier de Vernon Murphy ?

Eleanor ne pouvait pas s'empêcher d'être troublée par le canon de cette arme braqué sur elle et par l'attitude de cette femme, manifestement déséquilibrée, qui lui annonçait qu'elle allait devoir sauter du toit de l'immeuble.

— Pourquoi faites-vous tout ça, Angeline ?

— À cause de Phillip, sombre idiote ! Mais vous ne m'écoutez pas ?

Eleanor pensa à Willie qui ne devait plus être loin. Viendrait-il la retrouver ici, au cabinet ? Ou s'était-il rendu directement à son appartement ? Et si Herb lui disait qu'elle était rentrée chez elle ?

— Phillip et moi étions plus que des amants, expliqua Angeline. Nous avions confiance l'un dans l'autre, il m'avait même parlé de cette aventure qu'il avait eue avec votre mère...

— Je ne crois vraiment pas que...

— Il m'a quittée pour elle, vous savez. Mais quand j'ai révélé leur aventure à votre père... déclara-t-elle avec le sourire d'un prédateur qui savoure son jeu avec sa proie. Je me suis toujours demandé s'ils se disputaient à mon sujet quand ils ont eu leur accident de voiture. Mais peut-être ne s'agissait-il pas du tout d'un accident, qui sait ?

Eleanor eut soudain l'impression qu'elle allait vomir. Elle s'était toujours doutée des infidélités de son père, mais pas de celles de sa mère. Quand elle parla, sa voix était calme même si son cœur battait à tout rompre dans sa poitrine.

— Pourquoi me dites-vous tout cela ?

— Parce que nous avons beaucoup de choses en commun, Eleanor. Phillip m'avait dit qu'il était amoureux de vous. Je sais qu'il vous désirait plus que tout, maintenant qu'il ne pouvait plus poursuivre sa relation avec votre mère. Mais ce que j'ignorais, c'était la force de ses sentiments envers vous.

L'amertume transparaissait dans chacun des mots d'Angeline. Rien ne semblait aussi puissant que la fureur d'une femme humiliée et méprisée.

— Et puis, il y a eu Lowell... Et dire qu'il pensait vraiment que j'allais divorcer et le laisser partir avec la moitié de tout ce que j'ai construit.

— Mais je croyais que... commença Eleanor qui tentait de comprendre ce qu'Angeline sous-entendait.

— Ce que je voulais seulement, c'est qu'il pense que j'envisageais le divorce. J'ai fabriqué Lowell de toutes pièces, vous savez. C'est moi qui lui ai donné les financements pour lancer sa société, moi qui ai organisé les fêtes pour trouver les investisseurs et les gens haut placés à qui graisser la patte, et qui pourraient détourner le regard de nos affaires si nécessaire.

Sa voix s'éleva alors avec colère, résonnant bruyamment dans le minuscule espace où se trouvaient les deux femmes.

— C'est moi qui ai construit cette entreprise. Pas Lowell. Cela ne me dérangeait pas que les gens pensent que je ne comprenais rien à ses affaires. Mais c'est moi qui décidais de tout. Pensait-il vraiment que j'allais le laisser s'en tirer pour qu'il puisse être avec cette salope ?

Elle éclata d'un rire amer. L'ascenseur s'arrêta, et la porte s'ouvrit. Du bout de son arme, Angeline fit signe à Eleanor de sortir. L'air humide de la nuit s'engouffra à l'intérieur, et Eleanor frissonna. Elle devait continuer à faire parler Angeline, pensa-t-elle, aussi resta-t-elle immobile. Franchir cette porte et se retrouver sur ce toit, vingt étages au-dessus de la ville, était la dernière chose qu'elle avait envie de faire. Elle pouvait déjà sentir le vent, puissant et chargé de l'odeur du fleuve.

— Alors c'est vous qui avez engagé Vernon Murphy pour détruire l'immeuble où se trouvait Zoey Bertrand, dit-elle enfin.

— Vernon travaille pour moi depuis des années, lui répondit Angeline en souriant. Je m'assure qu'il obtienne ce dont il a besoin, un immeuble à faire exploser ici et là, et il me reste aussi fidèle et loyal qu'un bon vieux chien.

Cette petite femme au doux visage qui s'était si aisément fait passer pour une victime était en réalité une tueuse dénuée de cœur.

— Vous avez tué Phillip.

— Moi ? N'a-t-il pas trouvé la mort dans une fusillade ? Il est vrai que l'homme que Vernon avait recruté pour ce job n'était pas le meilleur des tireurs puisqu'il était censé vous tuer tous les deux ainsi que votre ami cow-boy.

— Mais pourquoi ?

Eleanor comprenait qu'Angeline ait souhaité la mort de son mari et de sa maîtresse, mais pourquoi celle de son avocat ? Tout cela n'avait aucun sens.

— Phillip était d'accord pour m'accorder la faveur de vous confier la défense de Vernon Murphy, lui répondit Angeline avec un sourire cruel. Jusqu'à ce que cette affaire devienne dangereuse. Il a alors commencé à proférer des menaces, et j'ai dû lui rappeler que je savais beaucoup de choses sur lui, à commencer par la manière dont il avait pris le contrôle du cabinet à la mort de vos parents. Je parie que vous vous êtes toujours demandé comment il avait procédé…

Eleanor resta silencieuse. Phillip était comme un fils pour

son père. Elle avait donc supposé que ce dernier croyait Phillip capable de faire prospérer le cabinet – ce qu'il avait fait, tout en lui garantissant une place de choix.

— Quand vous vous êtes enfuie avec ce cow-boy, il était mort d'inquiétude pour vous, continua Angeline. C'est là que j'ai compris combien ses sentiments à votre égard étaient profonds. Il n'avait pas besoin de m'expliquer combien vous ressembliez à votre mère, mais il l'a fait malgré tout. Je ne peux même plus compter le nombre de fois où il m'a relaté vos exploits en salle d'audience. Concentrée, détendue, calme, stratégique et brillante. Une vraie combattante, comme votre mère. Je savais qu'on ne pouvait pas vous corrompre, même avec des menaces. Il n'y avait donc qu'une manière de vous arrêter, votre cow-boy et vous. Je devais vous tuer tous les deux ; et Phillip également, comme votre mère.

Incapable de parler, Eleanor dévisagea Angeline.

— Ma mère a trouvé la mort dans un accident de voiture. Comment avez-vous pu...

— J'ai grandi dans un camp de mineurs. Saboter les freins de la voiture de vos parents a été un jeu d'enfants pour moi.

Eleanor sentit son cœur se serrer dans sa poitrine, son estomac se retourner.

— Phillip le savait, ajouta Angeline.

Elle éclata d'un rire aussi cassant que du verre.

— Jusqu'à ce jour, j'avais toujours réussi à garder le contrôle sur lui grâce à ce que je savais à son sujet, mais quand il a menacé de vous dire la vérité et de me dénoncer...

Eleanor secoua la tête. Elle avait toujours ignoré ce qu'il s'était passé entre Phillip et ses parents.

— Alors, toute cette histoire n'est rien d'autre qu'une revanche personnelle ? Vous en vouliez à ma mère ?

Cette femme avait déjà tué et tuerait encore, se rappela Eleanor. Rien ne semblait pouvoir l'arrêter. À moins qu'elle parvienne à la distraire suffisamment longtemps pour s'emparer de son spray au poivre.

— Bien sûr que c'est personnel, rétorqua Angeline en faisant de nouveau signe à Eleanor de sortir de l'ascenseur. Surtout lorsque Phillip a décidé d'aller voir les autorités. Prétextant que j'avais dépassé les limites bien trop souvent. Il répétait sans cesse qu'il ne me laisserait pas vous faire du mal comme avec votre mère. Allez, assez tergiversé, sortez d'ici maintenant ! Ne croyez pas que je ne vous tirerai pas dessus parce que vous restez dans cet ascenseur.

Willie avait dit à James de lui réserver un Uber pour son arrivée. Aussi, quand il sortit de son terminal, il découvrit qu'une voiture l'attendait. Le chauffeur avait déjà l'adresse de l'appartement d'Eleanor, mais Willie pensa soudain que, vu l'heure, elle devait se trouver encore à son bureau. Il lui demanda donc de se rendre là-bas directement. Le vol depuis Missoula, dans le Montana, jusqu'à Seattle avait été court, mais il avait eu assez de temps pour réfléchir. En réanalysant toute cette histoire à tête reposée, il comprenait maintenant combien il avait été lâche. Il aurait dû dire à Eleanor ce qu'il éprouvait pour elle. Il en avait eu maintes fois l'occasion, mais la durée depuis laquelle ils étaient séparés l'en avait dissuadé.

Peu importait ce qu'elle pouvait ressentir pour lui, il s'était promis qu'il allait lui dire la vérité. Il était tombé amoureux d'elle. Et il lui avait fallu un délai pour l'admettre. Parce que tout était trop compliqué, se disait-il. En effet, l'amour ne résolvait pas le fait qu'ils vivaient à des kilomètres l'un de l'autre, dans des mondes très différents. Cela ne réglait pas non plus le fait que son travail – s'il remportait les élections et devenait le shérif de Lonesome – était dangereux. Il risquait de l'entraîner dans des ennuis sans même le vouloir.

L'amour ne pouvait pas non plus combler le fossé entre les chemins distincts qu'ils avaient choisi de suivre jusqu'à aujourd'hui. Alors pourquoi lui ouvrir son cœur s'il n'existait aucun futur possible pour eux ? Parce qu'il ne pouvait plus garder cela pour lui. Il l'aimait. Et si ce n'était pas réciproque ? La voiture s'arrêta devant l'immeuble où se trouvait le cabinet d'avocats. Willie en sortit d'un bond et courut jusqu'à l'entrée. L'agent de sécurité était assis à son bureau.

— Je dois voir Ellie… euh, E.L. Shafer, lui lança-t-il en se précipitant vers l'ascenseur.

— Elle n'est plus dans son bureau, lui répondit l'homme tandis que Willie appuyait sur le bouton.

La porte s'ouvrit, il avança puis se retourna vers le vigile.

— Elle est déjà rentrée chez elle ?

Le garde secoua la tête.

— Elle m'a prévenu de votre visite et m'a dit de vous dire qu'elle rentrait chez elle. Par contre, elle n'a pas encore quitté le parking. Elle a dû changer d'avis. Je n'ai vu personne au sous-sol, mais j'ai dû prendre un appel et quand j'ai regardé de nouveau les caméras, l'ascenseur était en route pour le dernier étage de l'immeuble, au niveau du toit.

Willie avait déjà appuyé sur le bouton du dernier étage, et les portes s'étaient refermées avant qu'il se rende réellement compte de ce que l'agent venait de lui dire. Le toit. L'ascenseur s'élança vers le haut. Ellie avait prévu de rentrer chez elle mais, en arrivant au parking souterrain, elle avait soudain changé d'avis… Pourquoi avait-elle subitement voulu monter sur le toit ? Peut-être parce qu'elle n'était pas seule…

En croisant le regard d'Angeline, Eleanor comprit que celle-ci avait vraiment l'intention de l'assassiner. D'une manière ou d'une autre, elle semblait déterminée et prête à tout. Peut-être n'avait-elle encore jamais tué personne de ses propres mains, mais elle avait planifié de nombreux meurtres : celui de son mari et de son ancien amant. Et, si elle disait la vérité, ceux des parents d'Eleanor également.

— Ne sera-t-il pas difficile d'expliquer à la police pourquoi vous m'avez tuée ? demanda-t-elle à Angeline en essayant de gagner du temps.

Si elle n'avait toujours pas trouvé d'idée fiable pour se sauver, elle savait que Herb devait s'être aperçu que l'ascenseur s'était arrêté au dernier étage de l'immeuble. Avec un peu de chance, il allait venir voir ce qui s'y tramait.

Il ne lui restait qu'à espérer que cela ne soit pas trop tard.

— Je ne sauterai pas, vous savez, dit-elle. Vous allez devoir me tuer ici, dans cette cabine d'ascenseur.

— Pourquoi pas ? Pensez-vous vraiment que je n'ai pas de plan de secours ?

Angeline éclata de rire et pointa le canon de son arme sur le cœur d'Eleanor.

— Tu mourras mais, moi, je ne serai que blessée et j'appellerai à l'aide. Je dirai à la police que c'est Vernon qui nous a attaquées.

— Vous avez pensé à tout, lui répondit Eleanor en constatant que cette idée pouvait tout à fait fonctionner.

Elle sortit finalement de la cabine et perçut immédiatement la force du vent. Derrière elle, Angeline libéra elle aussi l'ascenseur. Les portes de celui-ci se refermèrent, et il redescendit. Eleanor sentit sa peur monter d'un cran. Elle était seule sur ce toit avec cette folle. L'air était chargé d'humidité, l'obscurité presque totale. Elle leva le visage vers le ciel nocturne, effrayée, mais déterminée à ne pas mourir. Pas ici. Pas maintenant. Pas alors que Willie était en chemin.

Cette simple pensée lui fit soudain réaliser que s'il arrivait jusqu'ici, Angeline lui tirerait dessus. Eleanor ne pouvait pas laisser une telle chose se produire, pas plus qu'elle ne pouvait laisser cette femme la pousser du haut de ce toit.

— Si tout ce que vous vouliez, c'était empêcher votre mari de partir avec sa maîtresse, lui dit-elle en se déplaçant lentement, grâce à Vernon, vous y êtes parvenue. Pourquoi continuer à tuer, dans ce cas ?

En se rapprochant, elle voyait maintenant que le toit n'était entouré que d'un muret qui faisait manifestement moins d'un mètre de haut. N'importe qui pouvait tomber par-dessus. Pour une femme comme Angeline, pousser Eleanor dans le vide serait un jeu d'enfant.

— Vernon ne savait pas que Zoey Bertrand serait dans l'immeuble, poursuivit-elle, a-t-il menacé de se retourner contre vous ? Est-ce pour cette raison que vous l'avez fait enlever ?

— Vous êtes une fille intelligente, constata Angeline. Mais, malheureusement, pas autant que Vernon. Je n'ai pas eu de mal à le persuader de retrouver la raison après avoir empêché son extradition.

Eleanor secoua la tête.

— Il est toujours recherché pour incendie criminel et meurtre, dit-elle.

— C'est vrai, mais que valent quelques années de prison comparées à la mort ?

Angeline lui donna alors un coup de revolver dans le dos, la faisant trébucher vers l'avant. Découvrant les lumières de la ville, Eleanor sentit que le vent était plus fort près du bord. Elle pouvait même entendre la circulation tout en bas.

— Vous êtes d'une intelligence diabolique, déclara-t-elle en essayant de garder un ton calme, voire élogieux. Ma mère vous avait sous-estimée.

— Comme la plupart des gens.

— Mais tous ces morts...

— Allez, trêve de bavardage, personne ne va venir vous sauver, vous le savez. J'ai attendu suffisamment longtemps pour m'assurer que votre cow-boy vous avait bien laissée tomber, et c'est le cas. Il vous a bien eue, n'est-ce pas ?

Elle éclata de rire avant d'ajouter :

— Ce que vous pensiez vivre avec lui n'était que le fruit

de votre imagination. J'ai vécu la même chose, je sais ce que vous ressentez.

Sur ce point, Eleanor craignait qu'Angeline n'ait raison. Willie ne pourrait pas la secourir, car il n'y avait qu'un ascenseur qui montait jusqu'au toit. Le second n'amenait qu'au dernier étage d'où il fallait prendre l'escalier pour parvenir ici. Jamais il ne serait là à temps pour la sauver. Elle était seule. À cette pensée, elle sentit la peur et le regret l'envahir. Alors qu'elle était tombée amoureuse pour la première fois de sa vie, elle ne pouvait se résoudre à ce que tout se termine ainsi – sans jamais savoir si Willie éprouvait la même chose pour elle. Son cœur se serra tandis qu'Angeline Carter la poussait vers le bord, vers cette chute de vingt étages jusqu'au trottoir en contrebas. À cette hauteur, les voitures ressemblaient à des jouets d'enfants, les gens à des fourmis. Eleanor se répéta qu'Angeline Carter ne connaissait pas Willie Colt. Ni la femme qu'elle était devenue depuis que sa route avait croisé celle du cow-boy.

Elle se tourna légèrement pour regarder Angeline, cherchant à attirer son attention pendant qu'elle glissait une main dans son sac pour saisir son spray au poivre. Sentant le vent passer sur ses joues, elle comprit que son geste serait inutile, ce qu'elle allait pulvériser risquait fort de lui revenir en plein visage en l'aveuglant et de permettre à son assaillante de la pousser encore plus facilement.

L'ascenseur qu'avait pris Willie n'allait pas jusqu'au toit. Une fois sorti de la cabine, il lui fallut plusieurs minutes pour repérer l'escalier qui y accédait. Terrifié par ce qu'il pourrait y trouver, il grimpa les marches quatre à quatre. Mais peut-être qu'Eleanor n'était pas là-haut ? Ou peut-être était-elle seulement montée pour admirer la vue ? Il devait essayer de garder son calme, rien n'indiquait qu'elle était en danger. Cependant, son intuition lui soufflait qu'il avait raison de s'inquiéter. Elle avait quitté son bureau pour rentrer chez elle. Elle savait qu'il venait la retrouver. Il sentit une boule se former dans sa gorge. Il était de retour pas seulement pour s'assurer de sa sécurité, mais aussi pour lui révéler ce qu'il avait sur le cœur.

Atteignant enfin la porte, il l'ouvrit d'un coup sec et dégaina son arme. Dans la nuit, il aperçut deux silhouettes au bord du toit. Eleanor et une femme qu'il reconnut immédiatement, et dont il se doutait qu'elle était celle qui tirait les ficelles depuis le début. Angeline Carter. Elle était à présent en train de pousser Ellie vers le vide. Il allait se diriger vers elles quand une bourrasque s'empara de la porte et la lui arracha des mains.

Eleanor entendit un claquement contre le mur à côté de l'ascenseur. Angeline l'entendit aussi, et les deux femmes se retournèrent. Alors que Willie avançait vers elles, Eleanor s'écria :

— Elle est armée !

Angeline braqua son pistolet sur Willie et tira. La balle déchira le stuc du mur qui se trouvait à côté de lui, l'obligeant à se réfugier dans la cage d'escalier tandis que l'ascenseur dans lequel étaient montées Angeline et Eleanor sonnait. Les portes s'ouvrirent et un homme apparut. Vernon !

Eleanor n'était pas la seule à s'être laissé distraire, Angeline avait tourné la tête suffisamment longtemps pour qu'Eleanor puisse pivoter sur elle-même et la saisir par le poignet qui tenait l'arme. Angeline était une femme plutôt petite, mais plus forte qu'elle ne le paraissait. Tout en se battant pour tenter de lui prendre le pistolet des mains, Eleanor se retrouva donc obligée de reculer de quelques pas vers le vide.

Le bruit d'un coup de feu résonna soudain dans l'air, et elle entendit Willie l'appeler par son prénom avant que retentisse un nouveau coup de feu. Derrière Angeline, elle put discerner

Vernon qui se jetait sur Willie et elle cria son nom tandis qu'un troisième coup de feu fendait la nuit.

Son pistolet toujours à la main, Angeline regardait Eleanor en souriant, comme si elle savait, sans même se retourner, que Vernon allait encore la soutenir. Les deux hommes se battaient à mains nues, et Eleanor vit Willie chuter. Elle hurla et tenta une nouvelle fois de désarmer Angeline. Mais celle-ci la contra et, trébuchant contre le muret, Eleanor dut se servir de ses mains pour se retenir de tomber en arrière dans l'abîme.

N'ayant plus besoin de son revolver, Angeline sourit et le jeta sur le côté avant de se précipiter sur Eleanor. En une fraction de seconde, celle-ci esquiva le coup que son assaillante allait lui assener. Surprise, Angeline écarquilla les yeux en se rendant soudain compte qu'au lieu de frapper Eleanor en pleine poitrine pour la pousser par-dessus bord, elle n'avait réussi qu'à lui effleurer l'épaule. Entraînée par son élan, elle essaya en vain de se raccrocher à Eleanor qui vit briller à la main d'Angeline une bague en émeraude et diamants. Ne trouvant rien pour se retenir, Angeline bascula alors dans le vide. Son cri emplit l'air pendant quelques instants avant de s'évanouir dans le vent.

Allongée sur le bord étroit du muret, Eleanor était paralysée, terrifiée à l'idée de faire le moindre mouvement. Elle n'osait pas respirer et encore moins regarder la rue en contrebas. Elle s'accrocha au muret, toujours effrayée à l'idée de chuter et elle serait probablement restée là si Willie n'était pas venu la chercher, l'éloignant du rebord pour la prendre dans ses bras.

— Tout va bien, Ellie, lui murmura-t-il doucement en la berçant tendrement contre lui.

— Et Angeline ? demanda-t-elle, même si elle avait compris, en percevant son cri, qu'elle était tombée.

Elle jeta malgré tout un regard autour d'eux. Angeline Carter avait disparu. Un sentiment d'horreur la glaça. Willie l'aida à se relever, mais elle sentit ses jambes se dérober sous elle. Il l'attira contre lui puis sortit son téléphone pour appeler les secours. Elle l'entendit dire :

— Il y a eu une fusillade sur le toit de l'immeuble du cabinet d'avocats...

Il leur donna l'adresse puis conclut :

— Nous avons également besoin d'une ambulance.

Une ambulance ? Elle recula pour le regarder, terrifiée à l'idée qu'il puisse de nouveau avoir été blessé. Tandis qu'il répétait l'adresse à son interlocuteur, elle vit alors le corps de Vernon, allongé au sol, quelques mètres plus loin et comprit pour qui Willie appelait les secours. Une bourrasque leur apporta le son des sirènes et, fermant les yeux, Eleanor se pencha vers Willie, agrippa sa chemise, respira profondément son parfum et se mit à pleurer.

25

Landry, le chef de la police, se passa la main sur la nuque en soupirant.

— Je pensais que nous étions débarrassés de toi, cow-boy. Cette fois, tu vas finir sous les verrous, tu peux me croire. Tu ne peux pas sans cesse revenir ici comme si tu étais une sorte de justicier du Far West.

Son téléphone se mit à sonner, mais Landry l'ignora.

— C'était déjà grave quand tu portais encore ton insigne, mais alors maintenant que…

Un nouvel appel retentit, qu'il ignora encore, suivi d'un autre puis d'un autre…

Et, brusquement, la porte du bureau s'ouvrit, et deux agents du FBI firent irruption dans la pièce en brandissant leurs cartes.

Franck Rice, le plus âgé des deux, que Willie avait déjà rencontré, déclara :

— Nous allons prendre le relais. Monsieur Colt, si vous voulez bien me suivre.

Malgré les protestations de Landry, Willie sortit et suivit les fédéraux jusqu'à leur voiture. Le trajet pour se rendre dans les locaux du FBI fut de courte durée.

— J'ai comme une impression de déjà-vu, annonça Rice. Nous allons avoir besoin de votre déclaration, maintenant que nous avons enregistré celle de Mme Shafer.

Willie fit part à Rice des nombreux doutes qui l'avaient assailli.

— Angeline Carter ne semblait pas être le cerveau de l'affaire, mais quand j'ai appris que Jonathan Asher était déjà mort avant l'explosion dans laquelle Lowell Carter a trouvé la mort, et que le second corps retrouvé dans l'entrepôt n'était pas celui de Vernon, j'ai compris qu'elle était à l'origine de toute cette histoire. Elle a impliqué Asher dans leurs affaires quand son mari a lancé son entreprise, il a dû comprendre après la visite de Mattson que c'était Angeline qui avait engagé Vernon Murphy pour faire exploser le bâtiment et tuer Zoey Bertrand. Et il a dû commettre l'erreur de croire qu'il pourrait tirer profit de cette information.

Willie s'interrompit et haussa les épaules.

— Je crois que lorsque Angeline a voulu régler les derniers détails, elle n'a pas pu s'arrêter.

— Les derniers détails ? répéta le plus jeune agent.

— E.L. Shafer et Vernon Murphy. Celui-ci a fait tout ce qu'elle lui avait toujours demandé, mais elle avait décidé qu'il était temps pour lui de disparaître, tout comme son avocate.

En voyant les deux agents échanger un regard, il leur demanda :

— D'ailleurs, comment va Vernon ?

— Il va s'en sortir. Peut-être même assez bien pour pouvoir être jugé. Nous l'avons placé sous protection. Merci de ne pas l'avoir tué.

Willie haussa les épaules. Tout cela n'avait été qu'une question de chance.

— Il a bien failli me tuer mais, au moins, il sera capable de répondre à toutes les questions que vous lui poserez au sujet d'Angeline et de toute cette affaire.

— Comptez-vous rester à Seattle ? lui demanda Franck Rice.

— J'ai quelques affaires personnelles à régler avant de rentrer dans le Montana, leur répondit-il en se levant.

— Je crois qu'il serait préférable que vous ne traîniez pas trop longtemps dans les parages, lui recommanda le plus jeune des deux. Vous semblez vous être mis à dos le chef de la police locale, à votre place, je rentrerais rapidement chez moi.

Willie acquiesça en remettant son stetson.

— Merci du conseil, je pensais justement la même chose.

Willie savait qu'il n'était plus le bienvenu dans la grande ville, ce qui n'allait pas lui faciliter les choses pour clore le dernier chapitre de cette histoire.

Eleanor regarda tous les hommes assis autour de la large table de la salle de conférences. Elle savait que cette réunion était prévue depuis longtemps, pourtant elle avait l'impression que ses parents et Phillip McNamara n'auraient pas approuvé ce qu'elle s'apprêtait à faire.

— Merci à tous pour votre présence, commença-t-elle après s'être éclairci la voix. Comme vous le savez, mes parents étaient tous les deux avocats et ce sont eux qui ont fondé ce cabinet. À leur mort, la direction a été confiée à Phillip McNamara qui était le principal associé et depuis son décès, c'est moi qui assure cette fonction.

Quelques avocats s'agitèrent, d'autres la dévisageaient, comme s'ils étaient effrayés à l'idée de ce qu'elle allait leur annoncer.

— Il va y avoir des changements. Pour commencer, nous allons embaucher plus de femmes et d'avocats issus de la diversité. Je resterai à la tête du cabinet le temps que tous ces changements soient mis en œuvre en venant au bureau de manière occasionnelle. Ce qui signifie donc que d'autres associés vont prendre du galon.

L'un d'eux lui demanda :

— Vous quittez le cabinet ?

— Non, je continuerai à suivre tout ce qui se passe ici, mais pas depuis le bureau qui se trouve de l'autre côté de ce couloir, lui répondit-elle avec un sourire. J'ai une liste des candidats potentiels que j'aimerais voir à la tête de ce cabinet. J'assisterai à chacun des entretiens.

Elle parcourut la salle des yeux et ce qu'elle vit s'afficher sur les visages ressemblait à de la résignation et à de la méfiance.

— Nous n'avons pas vraiment besoin d'embaucher de nouvelles personnes, si ce n'est pour vous remplacer, Phillip et vous, déclara l'un des associés principaux.

— Je vais faire des suggestions pour renouveler certains des avocats du cabinet, lui répondit-elle. Phillip aimait que cet endroit soit exclusivement masculin. C'est ce que je souhaite changer.

Eleanor pensa à sa mère qui, elle le savait, aurait fait la même chose si elle l'avait pu. Sur ces mots, elle se leva, salua l'assemblée et sortit de la salle de réunion. Elle pouvait entendre le murmure de désapprobation de certains, mais était persuadée que d'autres hochaient la tête avec conviction. Elle sourit.

Le fait d'avoir failli mourir sur ce toit l'avait rendue encore plus déterminée à vivre le reste de son existence selon ses propres termes. Quand elle pénétra dans son bureau, elle découvrit que Willie Colt était là, devant la baie vitrée. Son stetson dans une main, il semblait hypnotisé par le panorama de la ville qui s'étalait face à lui.

En entendant Eleanor entrer, Willie se retourna. Elle ne paraissait pas surprise de le voir. Il la regarda marcher jusqu'à sa table pour y poser le dossier qu'elle tenait puis se tourner face à lui.

— Nous avions rendez-vous ? lui demanda-t-elle avec un sourire.

Il lui rendit son sourire et, jetant son chapeau sur une des chaises, se dirigea vers elle.

— Nous avons une vieille affaire à régler, lui dit-il en s'arrêtant à quelques centimètres seulement du visage d'Ellie.

Elle haussa un sourcil, mais resta silencieuse. Ils ne s'étaient pas revus depuis cette terrible nuit sur le toit de l'immeuble.

— J'ai déjà quitté cette ville seul, déterminé à vous laisser derrière moi, Seattle et toi. J'avais vu mes frères tomber amoureux, dit-il en grimaçant. Et même si cela semblait bien se passer, au bout d'un moment, les prémices de leurs histoires ressemblaient à un véritable enfer. J'avais vu combien on pouvait souffrir d'amour et je m'étais promis de ne jamais m'aventurer sur ce terrain.

Eleanor le regardait, attendant patiemment qu'il aille au bout de son propos.

— J'avais peur de te faire part de mes sentiments, et que tu me dises que tu ne ressentais pas la même chose pour moi, poursuivit-il. Mais ce qui me préoccupait le plus était que je ne voyais pas comment les choses pourraient fonctionner entre nous. Toi, avocate dans cette grande ville, moi, ancien adjoint qui me présente au poste de shérif dans le Montana. Nos vies ne peuvent être plus différentes. Jusqu'à récemment, je n'étais qu'un cow-boy de rodéo qui vivait sur la route dans ma caravane, et tu es une avocate réputée qui habite un appartement luxueux. Sans compter que nous vivons dans des États différents. Tu vois où est le problème ?

— Présenté de la sorte, oui, lui répondit-elle. Mais alors, quelle solution as-tu trouvée, ancien cow-boy de rodéo devenu candidat aux élections pour devenir shérif ?

Il posa ses mains rugueuses et puissantes sur les épaules d'Ellie et remarqua qu'elle portait un tailleur qui coûtait probablement plus cher que son cheval. Le premier bouton de son chemisier était ouvert ainsi que le deuxième. Croisant le regard de la jeune femme, il ne put pas s'empêcher de lui sourire. Au point où il en était... pensa-t-il.

Eleanor retint son souffle. Elle pouvait lire la réponse dans les yeux bleus de Willie, mais elle avait plus que tout besoin de l'entendre prononcer les mots.

— Je suis amoureux de toi, lui dit-il en secouant la tête comme s'il n'en revenait pas lui-même de le lui dire enfin. Je t'aime, je te désire et je suis prêt à tout pour que nous puissions être ensemble.

Elle lâcha le souffle qu'elle retenait et acquiesça.

— J'attendais tant que tu me dises ces mots. J'avais si peur que tu ne le fasses jamais.

— Moi aussi, lui répondit-il.

— Je t'aime également, Willie Colt.

Il laissa échapper un grand rire et lui dit :

— Je ne peux pas supporter d'être loin de toi, tu es dans toutes mes pensées, j'ai essayé de t'oublier, mais c'était impossible.

Il lui prit le visage entre les mains, lui caressa lentement du pouce la lèvre inférieure puis se pencha en avant et l'embrassa, l'attirant dans ses bras comme s'il n'allait plus jamais l'abandonner.

Leur baiser était plein de promesses, de désir et de passion, plein de l'amour qu'elle avait vu briller dans les yeux de Willie et qu'elle avait entendu vibrer dans ses mots. Elle se pelotonna contre lui, envahie par de puissantes sensations. Il lui avait tant manqué, elle avait même pensé ne plus jamais le recroiser. Mais il était revenu à Seattle pour la sauver.

Il recula et, la serrant toujours dans ses bras, plongea le regard dans celui d'Ellie pour lui demander :

— Qu'est-ce qu'on va faire ?

Sa voix, vibrante d'émotion, la toucha en plein cœur.

— Eh bien, commença-t-elle, je crois qu'il n'y a qu'une seule chose à faire.

— Si tu veux que je vienne vivre à Seattle, je le ferai, lança-t-il.

Elle éclata de rire et secoua la tête.

— Je me suis déjà arrangée pour n'avoir plus à venir à Seattle que quelques jours par mois. Ce cabinet est à moi, j'en suis la principale gérante.

— Mais et ta vie ici ? Ton appartement ?

— Je vais le garder pour y séjourner quand je viendrai ici, répondit-elle en lui caressant tendrement la joue. Pour ce qui est de ma vie... la seule dont je rêve est d'être avec toi. Mais il y a quelque chose que tu dois quand même savoir. Mes parents m'ont laissé d'autres biens que ce seul cabinet. Je suis plutôt... riche. Est-ce que cela change la donne ?

Il commença à rire avant de croiser le regard d'Ellie une nouvelle fois.

— Je suppose que cela signifie que nous n'irons pas vivre dans ma caravane de rodéo, plaisanta-t-il. De mon côté, je possède le ranch des Colt avec mes frères. Si je ne deviens pas shérif, j'envisage d'acheter du bétail et d'en faire un véritable ranch. Et il y a, sur le terrain, un endroit qui me semble parfait pour y faire construire une maison avec vue sur la rivière. Mais si tu ne veux pas vivre aussi près de ma famille...

Elle l'interrompit en posant un doigt sur sa bouche.

— Après avoir rencontré Lori et James, je sais que je vais aimer tous tes frères ainsi que leurs compagnes. J'adorerais faire construire une maison là-bas. Et, tu te souviens ? Je suis enfant unique et je suis déjà tombée amoureuse de toute ta famille. La seule idée d'élever nos enfants si près de leurs cousins...

Elle s'interrompit et croisa le regard de Willie.

— Tu veux des enfants, n'est-ce pas ?

Il l'attira dans ses bras.

— Je suis impatient de faire des bébés avec toi, Ellie. Ou peut-être préfères-tu que je t'appelle Eleanor ?

— Je crois que je me suis habituée à ce surnom, enfin, surtout quand c'est toi qui m'appelles ainsi.

Willie l'embrassa une nouvelle fois avant de lui dire :

— Attends une seconde, mon frère James m'a donné quelque chose.

Il fouilla dans la poche de sa veste et en sortit une petite boîte en velours. Eleanor sentit son cœur bondir dans sa poitrine.

— J'ai cru qu'il se faisait des illusions quand il m'a donné la bague de notre grand-mère, je ne savais même pas que mes sentiments pour toi étaient réciproques, et encore moins si nous pourrions trouver un moyen de rester ensemble.

Il leva le regard vers elle et s'agenouilla.

— E.L. Shafer, veux-tu m'épouser ?

— Elle a dit oui ?

James laissa échapper un hurlement de joie qui fit surgir Lori de la cuisine.

— Willie a demandé à Eleanor de l'épouser, et elle a accepté !

James vit les yeux de Lori se remplir de larmes et il la prit dans ses bras.

— Tu le savais, quand je lui ai donné la bague de notre grand-mère, il m'a regardé comme si j'avais perdu la tête. Je crois qu'il craignait qu'elle ne ressente pas la même chose que lui.

— Moi, je savais que si cet idiot finissait par le lui demander, elle dirait oui, lui répondit Lori avant de retourner dans la cuisine. Elle va devenir notre belle sœur, je dois prévenir Bella et Carla, c'est si excitant !

James se sourit à lui-même, ravi pour Willie. Il aurait aimé que leur père assiste à tout cela. Tous ses fils heureux et mariés, habitant sur la même propriété. Del aurait été un formidable grand-père.

Il balaya ces pensées en se disant qu'une fois le mariage de Willie prononcé et les deux amoureux installés, les frères Colt reprendraient leur enquête concernant la mort énigmatique de leur père. La découverte de Willie dans le pick-up accidenté était un nouveau mystère qu'ils devaient élucider. À qui pouvait bien appartenir ce petit collier ?

CARLA CASSIDY

Une vie à reconstruire

Traduction française de
HÉLÈNE COLOMBEAU

BLACK ROSE

HARLEQUIN

Titre original :
COLTON COWBOY HIDEOUT

1

Sur le large portail en fer forgé, les lettres dorées annonçant fièrement Colton Valley Ranch étincelaient au soleil de juillet. Au-delà des grilles, tout au bout de l'allée, une imposante bâtisse blanche flanquée de deux ailes de plain-pied s'étalait avec une grâce majestueuse sur la pelouse soignée.

Josie Colton n'était clairement pas dans son élément.

L'espace d'un instant, elle fut tentée de faire demi-tour. Elle ne se sentait pas prête à rencontrer ces gens qui portaient le même nom qu'elle, mais n'en restaient pas moins de parfaits étrangers. Après avoir passé sept ans sous le statut de témoin protégé, elle n'était d'ailleurs pas certaine d'être prête à embrasser sa nouvelle vie de liberté.

Tous tes frères et ta sœur comptent sur toi, se rappela-t-elle en serrant le volant dans ses mains. Si elle était venue là, ce n'était pas pour une visite de courtoisie, elle avait une mission à accomplir, et il n'était pas question de décevoir sa famille après avoir été séparée d'elle pendant si longtemps.

Elle avança lentement vers le portail et abaissa sa vitre en repérant un haut-parleur intégré à un poteau sur sa gauche. Il n'était que 8 heures du matin, mais il faisait déjà chaud. Elle espérait être arrivée assez tôt pour trouver Eldridge Colton chez lui.

Avant même d'avoir eu le temps de sonner à l'Interphone, une voix désincarnée s'en échappa :

— Résidence Colton, que puis-je pour vous ?

— Euh... Je suis Josie Colton, je crois qu'on m'attend.

Les grilles s'ouvrirent comme par magie. L'estomac noué, Josie passa le portail et le vit se refermer derrière elle dans le rétroviseur. Au moins, personne ne semblait la suivre... Ces dernières semaines, elle avait plusieurs fois éprouvé le besoin de regarder par-dessus son épaule, persuadée que quelqu'un l'observait. Elle chassa bien vite cette pensée.

La veille au soir, au téléphone, elle avait expliqué à son lointain parent, Eldridge Colton, pourquoi il lui fallait se rendre sur ses terres. Il avait accepté sa requête, non sans manifester un certain amusement. Voilà comment elle se retrouvait ici, dans la région de Brush Valley près de Dallas, en ce beau lundi d'été. Et malgré toutes les difficultés qu'elle avait eues à surmonter au cours de ses vingt-trois années d'existence, elle ne pouvait s'empêcher de se sentir nerveuse.

Lorsqu'elle descendit de voiture, une brise tiède souleva ses longs cheveux bruns. Elle tenta rapidement de les recoiffer avant de sonner à la porte qui s'ouvrit aussitôt sur un vieil homme maigre vêtu d'un costume cravate et d'une chemise blanche immaculée. Il arborait une moustache grise et un crâne chauve traversé de quelques fines mèches argentées.

— Eldridge ? hasarda-t-elle.

— Non, madame, je suis Aaron Mansfield, le majordome.

Il s'effaça pour la laisser entrer.

— Si vous voulez bien attendre ici, je vais voir si M. Eldridge peut vous recevoir.

Il fit volte-face et disparut dans un couloir. Josie regarda autour d'elle, fascinée par l'immense vestibule carrelé de marbre d'où partaient deux magnifiques escaliers courbes.

Ayant été élevée en famille d'accueil, puis placée sous protection policière dans la petite ville d'Excelsior Springs, dans le Missouri, Josie aurait pu se sentir intimidée par l'opulence des lieux. Mais c'était une survivante. À son jeune âge, elle avait déjà traversé plus d'épreuves que la plupart des gens en subissaient sur toute une vie. Elle refusait de se laisser impressionner par quoi – ou qui – que ce soit. Quand Aaron Mansfield revint vers elle, elle lui fit donc face les épaules redressées et le menton relevé.

— M. Eldridge dort encore, mais son épouse, Mme Whitney, va vous recevoir dans le petit salon. Veuillez me suivre.

Il la conduisit jusqu'à une double porte richement ornée qu'il ouvrit avant de lui faire signe d'entrer.

Vêtue d'un déshabillé vert émeraude, Whitney Colton se prélassait sur une méridienne en cuir blanc. Son carré blond et son maquillage impeccables mettaient en valeur ses traits délicats et ses yeux d'un vert vif. Josie savait qu'Eldridge avait soixante-quinze ans ; sa femme devait bien en avoir vingt de moins.

— Ne restez pas là les bras ballants. Asseyez-vous, dit-elle en désignant d'un geste vague le fauteuil en face d'elle.

Josie traversa rapidement la pièce et s'assit.

— Bonjour, je suis Josie Colton. Je suis là pour...

— Je sais pourquoi vous êtes là, l'interrompit Whitney. Mon Dridgeounet m'a tout raconté hier soir après votre coup de fil.

Dridgeounet ? Josie réprima un grognement.

— Cela fait plaisir de découvrir une partie de la famille qu'on ne connaissait pas, ajouta Whitney avec un sourire chaleureux.

— Moi aussi, je suis heureuse de faire votre connaissance, répondit Josie, rassurée par ces paroles sympathiques. Et je vous remercie de m'avoir autorisée à mener mes recherches.

— Si Dridgeounet est d'accord, j'imagine que ça ne pose pas de problème. Votre père a séjourné ici quand il était plus jeune, c'est ça ?

— Oui, il y a une vingtaine d'années.

Brusquement, Whitney se pencha en avant.

— Dites-moi, qu'est-ce que ça fait d'être la fille d'un infâme tueur en série ?

Elle marqua une pause devant l'air stupéfait de la jeune femme.

— Je n'aurais pas dû vous poser cette question... C'est malpoli, n'est-ce pas ? Ne m'en veuillez pas.

Pourtant, elle attendait bel et bien une réponse. Et comment répliquait-on à cela ?

— Ça n'a pas été facile, dit simplement Josie.

Whitney fit la moue. Puis elle écarquilla les yeux.

— J'espère en tout cas que vous n'avez pas hérité des tendances meurtrières de votre père.

— Vous n'avez aucune inquiétude à...

Une fois de plus, Josie n'eut pas le temps de terminer sa phrase.

— Vous savez, votre présence ici ne m'enchante pas plus que ça, mais je ne veux pas risquer de vous contrarier.

Josie resta sans voix, déstabilisée par les variations d'humeur de son hôtesse. Cette femme avait-elle un problème mental ?

À cet instant, Aaron réapparut sur le seuil.

— Tanner voudrait vous parler, madame.

Un grand gaillard blond en jean usé et T-shirt blanc pénétra dans la pièce. Josie sentit un drôle de papillonnement au creux de son ventre quand il posa sur elle son regard bleu comme un ciel sans nuages. Il la salua d'un bref signe de tête avant de se tourner vers Whitney.

— Excusez-moi de vous déranger. Je voulais juste vous prévenir que Clementine avait mis bas ce matin. Elle et son poulain vont bien.

— Merci, Tanner. Ça tombe très bien que vous soyez là ! Je vous présente Jodie Colton, une lointaine cousine d'Eldridge.

— Euh... C'est Josie.

— Jodie, Josie, c'est presque pareil ! s'exclama Whitney avec un rire aigu. Bref, elle est venue chercher une montre ou je ne sais quoi qui serait enterré sur la propriété. Faites en sorte qu'elle trouve rapidement ce dont elle a besoin et raccompagnez-la au portail.

L'homme s'avança vers Josie en lui tendant la main.

— Tanner Grange, contremaître du ranch.

— Enchantée.

Une fois de plus, une curieuse sensation la traversa lorsque le cow-boy, de sa paume chaude et légèrement calleuse, étreignit la sienne.

— Ce n'est pas tout ça, mais je dois filer me préparer, lâcha Whitney. Eldridge et moi sommes attendus pour un petit déjeuner en ville. Mais avant toute chose, il me faut mon smoothie kale-goyave. Tanner, occupez-vous de cette jeune femme et prévenez-moi quand elle sera partie.

Elle se tourna vers la porte.

— Bettina, apportez-moi mon smoothie ! cria-t-elle.

Josie vit Tanner Grange lever brièvement les yeux au ciel.

— On y va ? lui demanda-t-il gentiment.

— Avec plaisir.

Elle avait hâte de se mettre au travail – et aussi de s'éloigner de la lunatique Whitney. En suivant Tanner dans le couloir, elle ne put pas s'empêcher d'admirer ses larges épaules qui tendaient son T-shirt, et ses fesses musclées moulées dans son jean délavé...

Ressaisis-toi, s'ordonna-t-elle. La dernière chose dont elle avait besoin en ce moment, c'était bien d'une relation amoureuse. En outre, Tanner Grange était assez sexy et assez vieux pour être déjà marié.

Dans le vestibule, il se retourna vers elle, les sourcils froncés.

— J'ai bien peur de ne pas savoir comment je suis censé vous aider. Whitney n'a pas été très claire.

— C'est parce qu'elle s'inquiétait de son smoothie au chou, répliqua Josie d'un ton pince-sans-rire.

Aussitôt, elle se mordit la langue. Elle n'avait aucune idée de ce qu'il pensait de sa patronne ; ce n'était pas très malin de s'aliéner l'homme qui était censé l'assister dans ses recherches.

Elle fut soulagée de le voir sourire.

— Whitney est très attachée à ses smoothies, en effet, comme à tout un tas d'autres plaisirs superficiels. Plus sérieusement, elle a parlé d'une montre, je crois ?

— C'est ça. Mon père l'aurait cachée sur les terres du ranch il y a des années. C'est un cousin au second degré d'Eldridge Colton, et il a passé du temps ici étant jeune. Aujourd'hui, il est mourant. Cette montre a une valeur sentimentale pour lui, et il nous a demandé, à moi, mes frères et ma sœur, de l'enterrer avec. Je suis venue dans l'espoir de la récupérer.

Elle se garda bien de préciser que son père était actuellement en prison pour avoir assassiné neuf hommes ainsi que sa propre épouse, la mère de Josie. Elle passa aussi sous silence les soupçons qu'elle et ses proches nourrissaient à propos de cette montre, à savoir qu'elle contenait peut-être des indications sur l'endroit où Matthew Colton avait caché le butin de plusieurs braquages de banques commis vingt ans plus tôt...

— Je suis désolé pour votre père, murmura Tanner.

— Merci.

— La propriété est vaste. Vous avez une idée d'où cette montre pourrait se trouver ?

— Elle est censée être enterrée près d'un ruisseau, au pied d'un vieux chêne qui porterait une inscription gravée sur son tronc.

La voix stridente de Whitney leur parvint depuis le salon :

— Moira, allez réveiller Eldridge ! Il faut qu'il se prépare pour le petit déjeuner caritatif !

— Je crois savoir où est cet arbre, dit Tanner, pensif. C'est assez loin de la maison. Vous montez ?

— À cheval, vous voulez dire ? Non, je n'en ai jamais eu l'occasion.

— Ce n'est pas grave. On peut y aller en 4x4. Venez avec moi.

Josie s'apprêtait à le suivre dehors lorsqu'un hurlement les figea sur place.

Tanner sentit ses poils se dresser sur sa nuque en reconnaissant la voix de Moira, la gouvernante de soixante-quinze ans.

— Excusez-moi, marmonna-t-il à Josie avant de se précipiter vers la suite parentale.

Il eut vaguement conscience qu'Aaron, Whitney et la mignonne Josie lui emboîtaient le pas. En approchant de la chambre, il vit Moira qui se tenait sur le seuil, une main sur la bouche, les yeux agrandis de terreur. Sans dire un mot, elle pointa l'index vers l'intérieur de la pièce.

Tanner pensa d'abord qu'Eldridge s'était éteint dans son sommeil. À son âge et avec sa santé déclinante, cela n'aurait pas été surprenant. Mais en pénétrant dans la chambre, il poussa une exclamation de stupéfaction. La fenêtre donnant sur le jardin était grande ouverte, la moustiquaire arrachée. La lampe de chevet avait été renversée et les draps traînaient par terre. Sur le sol au pied du lit et sur le rebord de fenêtre, des taches de sang étaient visibles.

Eldridge avait disparu.

— Oh ! mon Dieu ! s'écria Whitney derrière lui. Où est-il ? Que s'est-il passé ?

Elle bouscula Tanner pour se ruer dans la salle de bains.

— Eldridge chéri, où es-tu ?

Alors qu'elle ressortait comme une furie, Fowler, le fils aîné d'Eldridge, arriva en courant, suivi de sa sœur, Alanna. Puis ce fut la pagaille tandis que les autres membres de la famille Colton se joignaient au reste du groupe. Zane, le fils adopté d'Eldridge, également responsable de la sécurité du ranch, hurlait pour se faire entendre par-dessus les cris hystériques de Whitney.

En quelques minutes, tous les enfants Colton – ou

presque – furent réunis dans la chambre. Aaron, les larmes aux yeux, serrait sa femme, Moira, dans ses bras. Josie, adossée à un mur, tentait de se faire encore plus petite qu'elle ne l'était.

— Tout le monde dehors, ordonna Reid Colton en essayant de pousser les autres dans le couloir. Il faut préserver la scène.

— Je viens de prévenir le shérif Watkins, répondit Fowler. Il va bientôt arriver. En attendant, je dois jeter un œil dans cette chambre.

— Non. Tu dois sortir comme tout le monde, répliqua Reid sèchement.

— Tu n'es plus flic, je te rappelle. Si ma mémoire est bonne, on t'a retiré ton badge.

Reid le fusilla du regard, les poings serrés.

— Ne commence pas.

— Arrêtez, tous les deux ! intervint Whitney.

Alors qu'elle se dirigeait vers la porte, elle aperçut Josie et se tourna vers elle.

— C'est votre faute, tout ça ! cracha-t-elle. Vous avez apporté le malheur dans cette maison. Vous êtes le diable en personne !

Comme elle éclatait en sanglots, sa fille, Piper, l'entraîna rapidement hors de la pièce.

En voyant la lèvre inférieure de Josie se mettre à trembler, Tanner dut lutter contre l'envie ridicule de la prendre dans ses bras. Au lieu de cela, il lui fit signe de le suivre dans le couloir.

— Allons tous dans le petit salon, dit Fowler. Le shérif voudra sûrement nous interroger.

— Je ne crois pas que ce soit une bonne idée de mettre Josie et Whitney dans la même pièce, souligna Tanner. Je vais attendre le shérif avec elle dans la salle à manger.

Josie lui lança un regard empli de gratitude. Avant que Fowler ait le temps de protester, il prit la jeune femme par le bras et la conduisit dans la direction opposée au salon. En chemin, il s'efforça de tempérer son inquiétude pour le vieil homme qu'il aimait comme un père. Que s'était-il passé dans cette chambre ?

Visiblement, Eldridge s'était débattu. Avait-il été kidnappé ? Tué ? À quel moment était-ce arrivé, et où était-il à présent ? Les questions se bousculaient dans la tête de Tanner. Il se frotta le front, tentant de chasser la migraine qui menaçait de s'installer.

La salle à manger était une vaste pièce au décor solennel, meublée d'une grande table autour de laquelle la famille avait l'habitude de se réunir chaque soir pour le dîner. Tanner invita Josie à s'asseoir sur une des chaises à haut dossier puis il prit place à côté d'elle.

Le parfum de Josie, aux notes de pêche et d'épices, flottait jusqu'à lui. Il dut se retenir de se rapprocher pour mieux le humer. Dès qu'il avait posé les yeux sur elle, il avait ressenti une étrange attirance – l'envie irrésistible de glisser les doigts dans les longs cheveux bruns de la jeune femme. Bien que petite et menue, elle avait un corps parfaitement proportionné, tout en courbes harmonieuses.

Des éclats de voix leur parvenaient depuis le salon où la famille et les autres membres du personnel s'étaient regroupés.

— Je ne sais pas ce qui s'est passé dans cette chambre, mais je n'y suis pour rien, déclara Josie en soutenant fermement le regard de Tanner.

— Je n'ai pas le moindre doute là-dessus, répondit-il. J'aimerais juste savoir ce qui est arrivé à Eldridge.

— Il y avait tellement de monde dans cette pièce... Ils font tous partie de la famille ?

— Oui. Eldridge a eu deux enfants, Fowler et Alanna, avec sa première femme, Darla. À la mort de cette dernière, il a épousé Whitney qui avait, elle aussi, un fils et une fille, Zane et Marceline. Ils ont fait trois autres enfants ensemble, Thomas, Piper et Reid. Pour être tout à fait exact, Piper a été adoptée. Seule Marceline n'était pas présente dans la chambre tout à l'heure.

— Bigre... Heureusement que je ne resterai pas assez longtemps pour devoir me rappeler qui est qui !

— Ils sont tous très différents. On apprend vite à les distinguer.

Le bruit assourdi d'une sirène de police se fit entendre à l'extérieur de la maison. Au même instant, Brianna Nugent passa la tête dans l'entrebâillement. À la vue de la jeune nourrice, Tanner bondit de sa chaise.

— Que faites-vous là, Brianna ? Qu'avez-vous fait des filles ?

— Peggy m'a dit qu'elle pouvait les surveiller quelques minutes.

Elle triturait le bout de son épaisse natte blonde qu'elle avait ramenée devant son épaule.

— Qu'est-ce qui se passe, ici ? s'enquit-elle. L'air est chargé d'énergies négatives. Cela déséquilibre complètement mes chakras.

Tanner prit une grande inspiration, tâchant de garder patience.

— Eldridge a disparu. Je suis désolé pour vos chakras, mais il va falloir que vous retourniez vous occuper des filles.

— Ça vous dérange si je fais brûler de la sauge dans la nursery pour chasser les mauvaises ondes ?

Tanner la dévisagea, incrédule.

— Vous ne faites rien brûler dans la nursery, Brianna. Jamais. Retournez auprès des jumelles, s'il vous plaît. L'atmosphère est bien plus négative ici que dans l'aile du personnel.

Tandis que la jeune femme ressortait de la pièce, Tanner se laissa retomber sur sa chaise en soupirant.

— Vous avez des jumelles ? demanda Josie.

— Lily et Leigh, répondit-il en souriant – il était incapable de parler de ses filles sans sourire. Elles ont dix-huit mois. Brianna est leur nourrice.

— J'en déduis que votre femme ne travaille pas au ranch.

— Mon ex-femme. Et elle est morte il y a un peu plus d'un an.

Tanner lutta contre le sentiment d'échec qui l'envahissait chaque fois qu'il pensait à Helen.

— Oh... je suis désolée.

— J'espère juste que les problèmes de chakras de Brianna ne l'empêcheront pas de s'occuper correctement des filles. Les enfants perçoivent tellement bien les émotions des adultes... Je ne veux pas que cela les perturbe.

Tout en prononçant ces mots, Tanner comprit que la nourrice, avec sa philosophie New Age un peu farfelue, allait sans doute devoir être remplacée. Quelqu'un qui ne discernait rien de mal à faire brûler des herbes dans une nursery ne devrait pas se voir confier des tout-petits.

— Et vous ? s'enquit-il en reportant son attention sur Josie. Vous êtes mariée ? Vous avez des enfants ?

Elle semblait bien trop jeune pour en avoir, mais il avait besoin de trouver un sujet de conversation – n'importe lequel – pour s'occuper l'esprit avant l'arrivée du shérif.

— Ni l'un ni l'autre, répondit-elle.

— De la famille, sinon ?

— Cinq frères et une sœur. Ma mère est morte quand j'avais trois ans, et mon père était aux abonnés absents, donc on nous a séparés et placés dans des familles d'accueil différentes.

— Ça n'a pas dû être facile de grandir loin d'eux...

Josie baissa les yeux et se mit à tracer des motifs imaginaires sur le bois de la table.

— Non, ça n'a pas été facile, reconnut-elle. Mais il faut faire avec ce qu'on a, comme on dit.

Elle laissa retomber sa main sur ses genoux.

— Au fil des années, cinq autres enfants sont venus vivre sous le même toit que moi. J'en ai fait mes frères et sœurs, et j'ai pris soin d'eux. Et vous ? Vous avez de la famille ?

— Non. Il n'y a que mes filles et moi.

Josie Colton réveillait quelque chose en lui qui était resté en dormance depuis trop longtemps. Cela le déstabilisait ; or il n'avait vraiment pas besoin de ça alors qu'Eldridge avait disparu et qu'il allait encore être obligé de changer de nourrice…

Il fut presque soulagé lorsque le shérif Troy Watkins apparut sur le seuil de la salle à manger.

— Bonjour, Tanner. J'ai besoin de vous poser quelques questions à tous les deux.

— Allez-y. Nous vous attendions.

Le grand flic aux cheveux bruns sortit un carnet et un stylo de sa poche et posa son regard gris sur la jeune femme.

— Josie Colton, si j'ai bien compris, vous êtes arrivée au ranch juste avant que la disparition d'Eld… de M. Colton soit constatée. Où étiez-vous hier soir ?

— Chez moi, à Granite Gulch, répondit-elle. Je me suis levée tôt ce matin pour faire la route jusqu'ici. Je suis sûre qu'il y a des caméras de surveillance qui vous donneront l'heure précise à laquelle je suis arrivée.

— Vous êtes une cousine de M. Colton ?

— Au troisième degré. Je ne l'ai jamais rencontré, je lui ai juste parlé au téléphone hier soir. Il a accepté que je vienne chercher une vieille montre qui appartenait à mon père.

Troy se tourna vers Tanner.

— Et vous ? Où étiez-vous dans les heures qui ont précédé la découverte de la disparition d'Eldridge ?

— J'ai passé la nuit dans l'écurie. Une de nos juments a pouliné, et je ne suis ressorti que ce matin pour aller annoncer la nouvelle à Whitney. C'est à ce moment-là qu'elle m'a présenté Josie. Plusieurs ouvriers ont fait des allers et retours à l'écurie pendant la nuit. Ils pourront vous confirmer ce que je dis.

— Très bien. Mademoiselle Colton, combien de temps aviez-vous prévu de rester ? s'enquit le shérif.

— Une journée, pas plus.

— Il va falloir revoir vos plans, répliqua-t-il, impassible.

Personne ne quittera la propriété tant que mes hommes n'auront pas relevé tous les indices et interrogé tous les témoins.

Il s'adressa de nouveau à Tanner.

— Whitney veut que vous installiez Mlle Colton dans l'aile du personnel et que vous veilliez à ce qu'elle ne manque de rien.

Tanner étouffa un soupir. Il avait déjà assez de soucis comme ça sans qu'on lui demande en plus de s'occuper d'une jeune femme sexy. Jeune femme dont le regard semblait soudain lourd de secrets...

2

Josie avait l'impression de regarder un film policier dont elle ne connaissait pas les acteurs et ne comprenait rien à l'intrigue. Eldridge s'était volatilisé, Whitney la considérait comme le diable incarné, et son unique allié dans cette folle histoire était un grand type certes sympathique, mais visiblement contrarié de devoir lui servir de guide.

Whitney a raison, le mal coule dans tes veines.

Josie s'efforça d'ignorer cette petite voix qui venait la tourmenter plus souvent qu'à son tour.

Dieu merci, le shérif ne lui avait pas posé de questions sur son père... Elle n'avait qu'une seule envie à présent : sauter dans sa voiture et filer au plus vite. Malheureusement, cela lui avait été interdit.

Elle n'arrivait pas à croire qu'elle se retrouvait assignée à résidence chez de parfaits inconnus. C'était bien sa veine... Malgré tout, même si elle ne l'avait jamais rencontré, elle s'inquiétait pour Eldridge Colton.

— Venez, lui dit Tanner. Je vais vous présenter les quartiers du personnel. J'en profiterai pour jeter un coup d'œil sur mes filles.

Elle le suivit dans un dédale de couloirs.

— Fowler et Alanna vivent dans l'aile gauche, expliqua-t-il en chemin. Eldridge et Whitney occupent la suite parentale que vous avez déjà vue, au rez-de-chaussée de la maison principale. Tous les autres ont leur chambre à l'étage. L'aile droite est réservée à une partie des employés.

— Aucun des enfants n'est marié ?

— Pour autant que je sache, ils en sont loin. Fowler a une copine depuis un bout de temps, mais je ne crois pas qu'ils soient fiancés.

— C'est l'aîné, n'est-ce pas ?

— Oui. C'est le président de la société Colton. Un vrai génie des affaires.

Josie fronça les sourcils. Fowler lui avait surtout donné l'impression d'être un sale type prétentieux.

— Si vous voulez aller voir vos filles avant de me montrer ma chambre, n'hésitez pas, dit-elle tandis qu'ils empruntaient un autre long couloir.

Il lui adressa un sourire par-dessus son épaule.

— Merci, c'est gentil.

Non, merci à vous, eut-elle envie de rétorquer. Elle pourrait bien prendre goût à le voir sourire… Pourtant, elle espérait encore être partie avant la fin de la journée. Avec un peu de chance, elle trouverait la montre sans trop de difficultés, et le shérif l'autoriserait à s'éclipser.

Quelques pas plus loin, Tanner s'arrêta enfin devant une porte.

— Voilà, c'est chez moi.

Il la précéda dans l'appartement. Quoique exiguë, la pièce à vivre était très chaleureuse avec sa décoration dans les tons ocre. Quelques coussins jaunes égayaient le canapé marron sur lequel traînaient aussi une poupée en plastique et un vieux chien en peluche. Deux chaises hautes étaient placées côte à côte dans le coin cuisine, près d'une fenêtre.

Des pleurs d'enfants retentissaient non loin de là. Josie suivit Tanner dans une vaste chambre qui devait être la sienne et qui donnait sur une pièce plus petite. Ici, ils trouvèrent

Brianna complètement débordée, une jumelle dans les bras et l'autre accrochée à ses jambes.

Malgré leurs larmes, les fillettes étaient magnifiques avec leurs boucles blondes et leurs grands yeux bleus. L'une d'elles était vêtue d'un short rose et d'un T-shirt à fleurs, tandis que la seconde portait une tenue violette.

Entre les deux lits à barreaux, une caisse en bois regorgeait de jouets. Une table d'enfants et deux chaises de couleurs vives étaient installées contre un des murs.

— Là, là, tout va bien, murmura Tanner en débarrassant Brianna de la fillette qui lui tendait les bras.

Sans réfléchir, Josie attrapa l'autre jumelle.

— Bonjour, mademoiselle, lui dit-elle avec un grand sourire. Alors, tu es Leigh ou Lily ?

La petite blonde cessa aussitôt de pleurer et observa Josie d'un air grave avant de sourire à son tour.

— C'est Lily, répondit Tanner. Elle porte du violet et sa sœur du rose pour que les gens n'aient pas trop de mal à les différencier.

Tout en parlant, il tapotait le dos de Leigh afin d'apaiser ses derniers sanglots.

— Depuis combien de temps pleurent-elles ? demanda-t-il à Brianna.

— Quelques minutes à peine, assura la jeune femme. C'est l'heure de leur sieste du matin, elles sont toujours un peu grognons à ce moment de la journée.

Comme pour confirmer ses dires, Lily bâilla et se blottit contre la poitrine de Josie. Celle-ci sentit son cœur se gonfler d'émotion.

Il n'y avait pas eu beaucoup de douceur dans sa vie, et tout à coup ce bébé l'enveloppait de sa tendre odeur et lui communiquait la chaleur de son petit corps… Jamais elle n'avait éprouvé une telle sensation de gratitude.

Tanner les observait curieusement.

— Si ça ne vous dérange pas, je vais les coucher avant que nous repartions, dit-il.

— Je vous en prie. Je peux vous aider, d'ailleurs.

Prenant exemple sur Tanner, elle installa Lily sur le ventre dans un des lits et lui frotta délicatement le dos. En quelques minutes à peine, les deux fillettes s'endormirent profondément. Tanner, Josie et Brianna se retirèrent discrètement au salon.

— Est-ce qu'il y a du nouveau concernant Eldridge ? s'enquit cette dernière d'un ton angoissé.

— Non, mais j'espère que le shérif aura bientôt des réponses à nous apporter. Je l'appellerai dans l'après-midi. En attendant, Brianna, occupez-vous bien des filles.

Josie le suivit dans le couloir.

— Je crois que la chambre voisine est libre, dit-il en se passant une main dans les cheveux.

Il semblait préoccupé. Sans doute avait-il mieux à faire que de jouer les babysitters avec elle.

— Pourquoi ne pas aller chercher cette montre tout de suite ? suggéra-t-elle. Si ça se trouve, à notre retour le mystère de la disparition de M. Colton aura été résolu, et le shérif me laissera repartir.

— Vous êtes sûre ? Je peux vous montrer votre chambre d'abord, si vous préférez.

— Ce n'est pas la peine. Je n'en aurai peut-être même pas besoin.

— Dans ce cas, allons-y, dit-il avec un soulagement évident.

— Vous savez, cela m'ennuie de vous faire perdre votre temps.

— Ne vous inquiétez pas pour ça. À vrai dire, cela me changera les idées.

Quelques instants plus tard, ils sortaient sous le soleil écrasant de juillet et se dirigeaient vers un pick-up noir garé près de l'une des nombreuses dépendances de la propriété.

— C'est immense, ici, observa Josie en pressant le pas pour suivre les longues foulées de Tanner.

— C'est vrai. Un jour, j'aimerais bien avoir un ranch, moi aussi. Pas de cette taille, bien sûr, mais un endroit qui m'appartiendrait, et où mes filles seraient chez elles.

Il s'arrêta devant le véhicule.

— Je vous laisse vous installer, je vais chercher une pelle dans la grange.

Pendant qu'il disparaissait à l'intérieur du bâtiment, Josie grimpa sur le siège passager. L'odeur de Tanner imprégnait l'habitacle – une enivrante odeur d'homme et d'eau de Cologne boisée.

Quand il ressortit de la grange, une pelle à la main et un chapeau de cow-boy noir sur la tête, elle nota une fois de plus à quel point il était séduisant. *Rien ne vaut un mec en jean moulant et en Stetson*, songea-t-elle.

La dernière fois qu'elle avait ressenti une attirance aussi forte, c'était l'année de ses seize ans lorsqu'elle était tombée folle amoureuse de Michael Evans. Son cœur se serra quand elle repensa à son premier béguin, et aux rêves idiots qu'ils avaient partagés tous les deux. Des rêves qui n'avaient pas résisté à la dure loi de la réalité.

Tanner Grange n'avait pas non plus une vie facile, en tant que père célibataire, se dit-elle. Quelle tragédie pour les fillettes d'avoir perdu leur maman alors qu'elles étaient si jeunes...

Josie sursauta lorsqu'il laissa tomber la pelle dans le plateau du pick-up. Il s'installa au volant et démarra le moteur.

— Vos filles sont adorables, remarqua-t-elle.

— Merci. Elles sont toute ma vie. Mais j'ai tellement de mal à leur trouver une bonne nourrice ! Brianna est la quatrième en six mois.

— Qu'est-ce qui n'allait pas avec les trois autres ?

— La première manquait de patience, elle était toujours en train de les gronder. La deuxième a perdu Lily à la ferme pédagogique du ranch, et la troisième les attachait avec une ceinture à leurs petites chaises quand elles n'étaient pas sages.

Il serra les mâchoires.

— Je sais qu'elles ne sont pas toujours faciles, mais je ne peux pas faire confiance à quelqu'un qui est prêt à attacher un enfant pour le punir.

— C'est effrayant, en effet. Mais Brianna a l'air plutôt gentille, non ?

— Les filles l'aiment bien. Cela dit, je pense qu'elle se laisse facilement déborder, et elle me parle sans cesse de ses problèmes de chakras... Je ne sais pas combien de temps elle va rester.

Il lui jeta un coup d'œil.

— Vous avez l'air à l'aise avec les enfants.

— Je n'ai pas souvent eu l'occasion d'en fréquenter, pourtant, depuis que j'ai quitté ma famille d'accueil.

— J'en déduis que cela vous vient naturellement.

Josie regarda par la vitre sans répondre. Était-elle à l'aise avec les tout-petits ? Elle l'ignorait. À vrai dire, elle n'avait aucune idée de ce pour quoi elle était douée ni de ce qu'elle allait faire de son existence. Pour l'instant, son seul objectif était de retrouver la montre de son père et de la lui remettre à la prison de Granite Gulch.

En reportant son attention sur Tanner, elle remarqua qu'un muscle tressautait sur sa joue. Elle réprima l'envie d'y poser la main.

— Vous vous inquiétez pour Eldridge ? lui demanda-t-elle doucement.

De nouveau, le regard bleu de Tanner croisa brièvement celui de Josie.

— Oui. Vous savez, mes parents sont morts dans un accident de voiture quand j'avais vingt-quatre ans. Eldridge m'a embauché comme ouvrier et a tout fait pour combler le vide que leur disparition avait laissé. Il avait déjà beaucoup d'enfants, entre les siens et ceux de Whitney qu'il a adoptés, mais il m'a toujours traité comme un fils. J'ai été très honoré quand il m'a nommé contremaître, il y a quatre ans. Je n'étais vraiment pas certain d'être prêt à assumer cette responsabilité, mais il a insisté en me certifiant que j'étais l'homme qu'il lui fallait à ce poste. Je tiens beaucoup à lui, conclut Tanner d'une voix voilée par l'émotion.

— J'espère qu'on le retrouvera sain et sauf, murmura Josie.

Hélas, le sang et les objets renversés dans la chambre n'auguraient rien de bon...

— J'ai eu l'impression qu'il y avait beaucoup de tensions entre les frères et sœurs, confia-t-elle après un silence. Pendant un moment, j'ai bien cru que deux des hommes allaient en venir aux mains.

— Oui, Fowler et Reid ne s'entendent pas très bien. Les relations ne sont pas toujours évidentes au sein d'une même famille.

Josie était bien placée pour le savoir...

Elle se perdit de nouveau dans la contemplation du paysage. Ils avaient laissé les prés derrière eux et roulaient à présent sur un terrain accidenté, en direction d'une zone boisée.

Subitement, l'angoisse la saisit. Elle n'avait vraiment pas besoin d'être mêlée à une affaire d'enlèvement ou de meurtre. Et dire qu'elle croyait être enfin débarrassée du mal... Elle n'avait plus qu'à espérer que l'enquête serait vite bouclée ; alors, elle pourrait rentrer chez elle et commencer à se demander qui elle était et ce qu'elle attendait de la vie.

Malgré les soucis qui le tourmentaient, Tanner ne pouvait détacher ses pensées de la jeune femme assise à côté de lui dans le pick-up. Quelque chose chez elle lui rappelait qu'il n'était pas seulement un père, mais aussi un homme dans la force de l'âge qui se sentait bien seul depuis que son épouse l'avait quitté.

Il coula un regard vers Josie. Son chemisier sans manches bleu pâle faisait ressortir le noir profond de ses cheveux et mettait en valeur sa taille svelte et l'arrondi de sa poitrine. Son short en jean laissait voir ses jambes fines et galbées.

Tanner brûlait de poser la main sur le genou de Josie, de la remonter lentement le long de la cuisse de la jeune femme. Ses yeux noisette vireraient-ils au vert sous l'effet de la passion ? Ou plutôt au doré ?

Il serra le volant dans ses poings. Qu'est-ce qui le prenait, bon sang ? Il avait trente-cinq ans, et elle paraissait à peine majeure. Les événements de la matinée avaient dû lui détraquer le cerveau.

Il fut soulagé quand ils atteignirent une zone impraticable en pick-up.

— Il va falloir continuer à pied, annonça-t-il en coupant le moteur.

— C'est encore loin ?

— À une dizaine de minutes.

Au moins, une fois dehors, il ne sentirait plus autant le parfum grisant de Josie...

Il fronça les sourcils en apercevant les orteils vernis de rose qui dépassaient des fines sandales blanches de la jeune femme.

— Vous allez pouvoir marcher, avec ça ?

Elle eut un sourire malicieux.

— Les femmes peuvent marcher avec n'importe quelles chaussures, même des talons aiguilles. Ouvrez la voie, je vous suis.

— OK.

Il attrapa la pelle et s'enfonça dans les bois. Un silence agréable régnait, seulement troublé par le murmure du ruisseau qui traversait cette partie de la propriété. De temps en temps, un bruissement trahissait la fuite d'un petit animal devant eux. Tanner appréciait particulièrement ce calme après l'agitation du ranch et il était reconnaissant envers Josie de ne pas vouloir à tout prix faire la conversation. Il avait besoin d'un peu de temps pour mettre de l'ordre dans ses pensées.

Le shérif Troy Watkins n'aurait pas à chercher trop loin pour trouver des suspects dans la disparition d'Eldridge. Au sein même de la famille Colton, nombreux étaient celles et ceux qui avaient des raisons de souhaiter s'en prendre au vieil homme.

Ou peut-être un concurrent jaloux se vengeait-il ? Dans ce cas, une rançon serait-elle réclamée ? Tanner priait pour qu'Eldridge soit encore vivant.

En jetant un coup d'œil derrière lui, il s'aperçut que Josie s'était laissé distancer. Il s'arrêta pour l'attendre.

— Désolée, dit-elle avec une petite grimace charmante. Vous avez de plus grandes jambes que moi.

— Je vous en prie. Ce n'est plus très loin.

Elle le rejoignit et, de nouveau, son parfum vint taquiner les narines de Tanner. À l'ombre des arbres, les yeux de Josie prenaient un éclat vert doré.

— Votre père doit vraiment tenir à cette montre pour que vous vous donniez toute cette peine, fit-il remarquer.

— Il veut être enterré avec. Mes frères, ma sœur et moi avons décidé de lui accorder cette dernière faveur.

— Vous êtes l'aînée ?

— Non, la plus jeune.

Elle détourna le regard, comme si elle avait hâte de se remettre en marche. Tanner la comprenait. Elle n'avait sans doute aucune envie de passer plus de temps qu'il ne le fallait en sa compagnie. Pour elle, il n'était qu'un vieux schnock. Et elle n'avait pas tort : tout ce qu'il désirait, c'était la paix et la stabilité pour ses filles. Cela ne l'intéressait pas de traîner dans les bars ou d'aller danser dans les boîtes de nuit à la mode. Il préférait jouer par terre avec Lily et Leigh.

Ils repartirent plus lentement et, bientôt, le ruisseau dont ils s'étaient éloignés un moment fit à nouveau entendre son gazouillis sur leur gauche. Alors qu'elle regardait par-dessus son épaule, Josie trébucha sur une racine qui dépassait du sol. Tanner la rattrapa par le bras.

Le contact de la peau douce et tiède de la jeune femme fit à Tanner l'effet d'un choc électrique. Comme une mèche des cheveux soyeux Josie venait lui chatouiller la joue, il relâcha la jeune femme et recula d'un pas, de peur de commettre une bêtise.

— Merci, murmura-t-elle.

Il fit un bref signe de tête et se remit en route.

— Voilà, c'est là, dit-il au bout de quelques dizaines de mètres.

Il lui montrait un vieux chêne qui s'élevait majestueusement au bord du ruisseau. Une série d'inscriptions avaient été gravées au couteau sur l'énorme tronc.

— Cela correspond exactement à ce que mon père m'a décrit, commenta Josie. L'arbre, les gravures et le ruisseau.

— Est-ce qu'il vous a expliqué ce que ces signes voulaient dire ?

— Non. Je ne suis même pas sûre que ce soit lui qui les ait dessinés.

— Voyons si nous pouvons trouver cette montre.

À peine avait-il terminé sa phrase qu'un homme surgit de derrière l'arbre, un pistolet à la main.

Josie laissa échapper un cri de surprise. Tanner, lui, serra plus fort le manche de sa pelle. Que diable se passait-il ?

— Josie Colton ! lança l'inconnu avec un rictus sardonique. Je savais bien que tu finirais par me conduire à la montre. Ça fait des jours que je te surveille.

— Qui êtes-vous ? demanda la jeune femme d'une voix tremblante.

— Ça, tu n'as pas besoin de le savoir. Causons plutôt de cette montre.

— Quelle montre ? Je... je ne vois pas de quoi vous parlez.

Tanner ne bougeait pas d'un pouce alors même qu'une tempête faisait rage dans sa tête. Qui était ce type ? Il était clairement là pour Josie. À l'évidence, il n'avait rien à voir avec la disparition d'Eldridge.

En quoi une vieille montre recherchée pour des raisons sentimentales pouvait-elle susciter la convoitise d'un voyou armé ? Quels secrets cachait la jeune femme ?

Et surtout, Tanner avait-il une chance de neutraliser l'individu sans que personne ne soit blessé ?

— Ne joue pas à ça avec moi, petite, grogna ce dernier en repoussant une mèche de cheveux gras qui lui tombait devant les yeux. En prison, ton daron n'a pas arrêté de se vanter qu'il serait enterré avec cette montre et que, du coup, personne ne retrouverait jamais l'argent de ses braquages.

Il s'avança d'un pas.

— Maintenant, dis-moi où elle est. Je veux récupérer ce fric.

Tanner sentait l'adrénaline lui couler à flots dans les veines. Il ignorait tout de cette histoire de braquages, mais il était sûr d'une chose : ce type aux yeux de fouine était dangereux.

Après avoir rapidement calculé la distance qui le séparait du pistolet, il assena sur celui-ci un violent coup de pelle et réussit à désarmer l'agresseur.

Trop tard...

L'homme avait eu le temps de tirer.

La détonation résonna dans les bois, déclenchant un battement d'ailes au-dessus d'eux.

Et Josie hurla de douleur.

3

Josie se porta une main sur le bras, le souffle coupé par l'intensité de la brûlure. Le sang lui coulait entre les doigts. En face d'elle, l'homme récupéra son arme et détala dans la forêt.

Lâchant sa pelle, Tanner se précipita vers elle. Il retira son T-shirt, révélant un torse tout en muscles, et le lui tendit.

— Tenez, appuyez bien sur la plaie. Il faut vite retourner au pick-up pour aller chercher de l'aide.

Le ton pressant de Tanner chassa le brouillard qui enveloppait Josie. Il avait raison, elle avait besoin de soins, même si la douleur commençait déjà à s'estomper. Son cœur battait à tout rompre. Quelqu'un venait de lui tirer dessus !

Tanner ramassa sa pelle, et son chapeau qui était tombé pendant l'altercation. Puis il scruta les alentours.

— Allons-y.

Tandis qu'ils regagnaient le véhicule, il ne cessa pas de jeter des coups d'œil autour d'eux, l'outil serré dans les mains. Maigre défense contre un adversaire armé d'un pistolet...

Josie sentit sa gorge se nouer. Elle n'avait donc pas rêvé quand elle avait eu l'impression que quelqu'un la surveillait. Qui était cet homme ? D'où sortait-il ? Et dire qu'il l'avait suivie depuis Granite Gulch sans qu'elle se rende compte de quoi que ce soit...

Elle avait envie de hurler sa rage. Une fois de plus, son père semait le chaos et le danger dans sa vie. Un danger auquel elle avait involontairement exposé Tanner.

Et s'il avait été blessé ? Ou tué ? Ses filles auraient probablement fini en famille d'accueil. Comme Josie étant petite. Prises en charge par ce même système défaillant qui l'avait amenée à devoir se cacher pendant des années.

L'agresseur était-il un vieil ami de son père ? Comment avait-il su qu'elle le conduirait jusqu'à la montre ? Si Tanner n'avait pas attaqué le premier, les aurait-il abattus tous les deux ? Seigneur, quel cauchemar...

Quand ils retrouvèrent le pick-up, Josie s'était un peu calmée. Tanner l'aida à monter sur le siège passager et se dépêcha de prendre place derrière le volant.

— Est-ce que vous perdez beaucoup de sang ? lui demanda-t-il. Est-ce que vous avez très mal ? Est-ce que vous avez la tête qui tourne ?

Il la bombardait de questions tout en roulant à tombeau ouvert sur le terrain cabossé.

— Non, ça va, répondit-elle.

Elle écarta le T-shirt de sa plaie et vit du sang rouge vif s'en échapper en quantité bien moindre qu'elle ne le craignait.

— Je crois que la balle n'a fait que m'effleurer.

— Tant mieux. J'espère que Troy est toujours au ranch... Il faut qu'on le prévienne.

— Non !

Josie se redressa brusquement et lui lança un regard affolé.

— Le shérif ne pourra rien faire. Je vous expliquerai tout quand on sera rentrés mais, s'il vous plaît, ne lui dites rien.

Tanner ne répondit pas.

Le trajet du retour parut interminable. Josie avait envie de pleurer, non pas pour elle-même – elle n'était pas du genre à s'apitoyer sur son sort –, mais parce qu'elle s'en voulait d'avoir entraîné Tanner dans cette histoire. Il n'avait rien à voir avec elle, avec son père, avec la montre. Il n'était qu'un spectateur innocent.

Dès qu'il se fut garé devant la grange, ils descendirent du pick-up et se dirigèrent vers la maison.

— Allons chez moi. Je vais regarder votre bras, et nous verrons si vous avez besoin d'un médecin.

Par chance, ils réussirent à rejoindre l'appartement sans croiser quiconque. En les entendant arriver, Brianna sortit de la nursery. Son visage se décomposa lorsqu'elle vit le T-shirt taché de sang que Josie tenait contre son bras.

— Oh ! mon Dieu... Que s'est-il passé ? Comment vous êtes-vous blessée ? C'est lui qui vous a fait du mal ?

— Bien sûr que non, je ne lui ai pas fait de mal, répondit Tanner d'un ton exaspéré. Emmenez les filles dans la salle à manger. C'est l'heure de leur repas, il me semble.

Était-il seulement midi ? Josie avait l'impression que plusieurs journées s'étaient succédé depuis qu'elle s'était présentée au portail du ranch ce matin.

Tanner l'entraîna dans sa salle de bains et la fit asseoir sur un tabouret. Il s'éclipsa et revint quelques instants plus tard, habillé d'un polo bleu marine qui faisait merveilleusement ressortir la couleur de ses yeux.

Doucement, il lui prit le T-shirt des mains afin d'examiner sa plaie.

— Ça ne saigne plus, constata-t-il. Vous aviez raison, la balle vous a juste éraflé le bras.

Il jeta le vêtement souillé par terre puis attrapa sous le lavabo une bouteille d'eau oxygénée et quelques compresses.

— Ça risque de piquer un peu, prévint-il.

Josie ferma les yeux pendant qu'il nettoyait soigneusement la blessure. Pour oublier la douleur, elle tenta de se concentrer sur le parfum enivrant de Tanner et sur la tendresse de ses gestes.

— Vous avez eu de la chance, murmura-t-il – elle sentait

son souffle tiède lui caresser la joue. Vous vous en sortez avec une simple égratignure.

Josie rouvrit les paupières.

— Vous auriez pu vous faire tuer, et cela aurait été ma faute.

— C'est moi qui ai failli vous tuer avec mon simulacre de kung-fu, répliqua-t-il.

Il se tourna pour se saisir d'un tube de crème antibiotique et d'un gros pansement.

— Vous m'avez sauvé la vie, insista-t-elle, les larmes aux yeux.

Tanner ne répondit pas, se contentant d'appliquer la pommade sur la blessure de Josie et de lui poser le pansement. Lorsqu'il eut terminé, il s'écarta et croisa les bras sur le torse.

— Maintenant, j'aimerais que vous m'expliquiez pourquoi un homme armé s'intéresse à cette montre. Est-ce que votre père est vraiment mourant ou est-ce que vous m'avez menti ?

Josie aurait aimé pouvoir s'offusquer de la question de Tanner, mais il avait toutes les raisons de douter d'elle après ce qui s'était passé.

— Mon père va vraiment mourir, répondit-elle, et il nous a bien demandé de récupérer cette montre en prétextant qu'il y était très attaché. Mais nous pensons qu'il a d'autres motivations en tête.

Elle marqua une pause, distraite par un rire d'enfant qui s'échappait de la nursery. La noirceur de son récit contrastait tellement avec l'innocence des fillettes...

— Ces dernières semaines, j'ai eu l'impression que quelqu'un m'observait, mais je me suis dit que c'était mon imagination qui me jouait des tours, reprit-elle. Je ne me doutais pas en venant ici que je mettrais d'autres personnes en danger. Quand je pense que vous avez failli mourir... Vos filles seraient devenues orphelines par ma faute.

— Sauf que ce n'est pas arrivé, fit remarquer Tanner. Allons nous installer au salon, nous pourrons parler plus confortablement.

Il lui tendit la main. Après un instant d'hésitation, elle la prit et le suivit dans la pièce à vivre où elle s'assit sur le canapé pendant qu'il se laissait tomber dans un fauteuil. Brianna apparut au même instant, avançant une poussette double dans laquelle les jumelles babillaient joyeusement. Tanner attendit qu'elles aient quitté l'appartement.

— Je vous sers quelque chose à boire ? demanda-t-il à Josie. Une boisson fraîche, un thé ?

— Non merci, je n'ai besoin de rien.

Elle tâta avec précaution le pansement qui lui recouvrait le haut du bras.

— Merci de m'avoir soignée.

— Il n'y a pas de quoi. Alors, pourquoi ne voulez-vous pas rapporter au shérif ce qui s'est passé ?

La jeune femme était pâle comme un linge. Elle grimaça, sans qu'il sache si c'était à cause de la question qu'il venait de lui poser ou de la douleur due à sa blessure.

— C'est une longue histoire, finit-elle par répondre.

— Nous avons tout l'après-midi.

Elle soutint le regard de Tanner un moment avant de fixer un point derrière lui.

— Vous avez déjà entendu parler de la Tueuse de l'Alphabet, j'imagine, dit-elle.

— Je n'ai pas vraiment suivi l'affaire, mais il me semble que c'est une tueuse en série qui dessinait des cibles rouges sur le front de ses victimes.

Pourquoi évoquait-elle cette sombre histoire ? Tanner croyait savoir que l'enquête avait été résolue récemment et que la meurtrière se trouvait derrière les barreaux.

— C'est bien ça, affirma Josie. La coupable, Regina Willard, s'en prenait à des femmes aux longs cheveux bruns. Sa première victime s'appelait Anna, la deuxième Brittany, la troisième Celia… C'est pour cette raison qu'on l'a surnommée la Tueuse de l'Alphabet.

— Quel rapport avec vous ?

Josie était brune et elle avait les cheveux longs. Regina Willard l'avait-elle repérée comme potentielle victime en arrivant à la lettre J ?

— On m'a soupçonnée d'être la tueuse.

Tanner se demanda s'il avait bien entendu.

— Soupçonnée ? Comment diable les autorités ont-elles pu penser une seule seconde que c'était vous ?

Elle poussa un soupir en détournant les yeux.

— La cible rouge sur le front des victimes, c'était la signature d'un autre tueur en série qui a sévi dans la région de Granite Gulch il y a plus de vingt ans. Il a assassiné neuf hommes et une femme, ma mère. Son nom est Matthew Colton. C'est mon père.

Cette fois-ci, quand elle reporta son attention sur lui, son regard était empreint d'une profonde lassitude. Tanner eut toutes les peines du monde à rester impassible.

— Je travaille pour les Colton depuis des années et je n'ai jamais entendu parler de votre père ni de ses crimes.

— On peut comprendre qu'ils n'aient pas très envie de se vanter de leurs liens de parenté avec un tueur en série, répliqua-t-elle. Quoi qu'il en soit, je préférerais que le shérif Watkins ne soit pas mis au courant. Cela ne ferait qu'embrouiller les choses. La disparition d'Eldridge n'a aucun rapport avec moi, avec mon père ou avec ce qui est arrivé près du vieux chêne tout à l'heure.

Tanner avait du mal à digérer ces informations surprenantes.

— Mais l'homme qui vous a tiré dessus…

— Il n'a rien à voir avec Eldridge, insista Josie. Je ne vous ai pas menti en vous disant que mon père était mourant. Il est en prison, il souffre d'un cancer en phase terminale et il a bel et bien demandé à être enterré avec cette montre. Mes frères, ma sœur et moi-même pensons qu'elle contient des indications sur l'endroit où il aurait caché l'argent de plusieurs braquages de banques qu'il a commis avant d'être incarcéré.

— Apparemment, vous n'êtes pas les seuls à croire ça, observa Tanner.

Il réprima un frisson en songeant à leur mauvaise rencontre dans les bois. Ils avaient eu de la chance. Les choses auraient pu tellement mal tourner !

Josie se pencha vers lui.

— Je suis désolée, Tanner. Je ne voulais vraiment pas vous mettre en danger.

Elle ramena derrière son oreille une mèche de cheveux qui lui avait glissé sur la joue.

— Bien sûr, j'aimerais beaucoup récupérer cette montre, mais si le shérif Watkins me laissait le choix, je n'hésiterais pas une seconde à partir d'ici pour protéger tout le monde. Je m'inquiète pour votre sécurité. Cet homme m'a vue avec vous, cela fait de vous une cible.

— Nous ne risquons rien tant que nous restons dans la maison. Après ce qui est arrivé à Eldridge, Whitney ne va pas lésiner sur la sécurité. Par contre, c'est trop dangereux de retourner chercher la montre tout de suite. D'ailleurs, le tireur pense peut-être que vous l'avez déjà déterrée. Vous êtes sûre que vous ne voulez pas prévenir le shérif ?

— Sûre et certaine. En plus, qu'est-ce qu'on lui dirait ? Je ne sais pas qui est cet homme ni d'où il vient. Je ne sais pas non plus où il est parti. Je pense que le shérif a assez de boulot comme ça sans qu'on lui en rajoute. Mon frère aîné, Trevor, est profiler au FBI, je lui raconterai ce qui s'est passé, et il se renseignera de son côté.

D'ordinaire, Tanner aimait faire les choses dans les règles, mais les arguments de la jeune femme lui semblaient convaincants.

— D'accord, dit-il. Je demanderai aux agents de sécurité

d'ouvrir l'œil, même si je suis sûr qu'ils le font déjà. Pour l'heure, occupons-nous de vous trouver une chambre.

— J'ai un sac à récupérer dans ma voiture. Je l'avais emporté au cas où mes recherches auraient duré plus d'une journée.

Il ne leur fallut que quelques minutes pour aller chercher les affaires de Josie et déplacer son véhicule jusqu'au parking du personnel. Tanner nota que tous les cow-boys du ranch portaient leur arme à la ceinture. Le fils de Whitney, Zane, qui était chargé de la sécurité, devait être furieux qu'on ait pu s'en prendre au maître des lieux dans le sanctuaire de sa chambre à coucher.

Un rapide coup de téléphone à Moira permit de confirmer non seulement que tout le monde était assigné à résidence jusqu'à nouvel ordre, mais aussi que la chambre voisine de la suite de Tanner était libre. Josie et lui s'apprêtaient à y entrer quand Brianna surgit au bout du couloir avec la poussette double.

— Papa-chéri ! Papa-chéri ! s'exclamèrent les jumelles.

Malgré l'accueil enthousiaste de ses filles, Tanner fut saisi d'un mauvais pressentiment en remarquant l'air pincé de la jeune femme. Celle-ci s'arrêta devant lui et attrapa le bout de sa natte.

— Le repas s'est mal passé ? lui demanda-t-il.

— Non, elles ont été sages et elles ont bien mangé. Mais je ne peux plus continuer.

— Comment ça, vous ne pouvez plus continuer ?

— L'atmosphère est beaucoup trop tendue, et ça ne me rassure pas de rester dans une maison où quelqu'un a été enlevé. Tout le monde était armé dans la salle à manger du personnel. Je ne suis pas sûre de réussir un jour à rééquilibrer mes chakras.

Tanner sentit l'angoisse monter en lui. Il posa le sac de Josie par terre.

— Si je comprends bien, vous me donnez votre démission, dit-il en soupirant. Le préavis est de deux semaines.

— C'est un cas de force majeure, il n'y a pas de préavis du tout, rétorqua-t-elle. Il faut absolument que je m'éloigne de ces ondes négatives avant de tomber malade.

L'angoisse céda la place à la panique. Pas de préavis du tout ? Comment allait-il s'en sortir ? Avant qu'il ait eu le temps de protester, Brianna lui fit un petit signe de la main.

— Bye-bye, Tanner.

Et elle tourna les talons.

Il la regarda partir, sidéré.

— Papa-chéri ?

Tanner reporta son attention sur ses filles. Lily avait la lèvre inférieure qui tremblait. Quelques instants plus tard, les jumelles pleuraient. Il souleva Lily dans ses bras, soulagé que Josie en fasse autant avec Leigh. La jeune femme venait de lui confier qu'elle était la descendante d'un tueur en série et qu'on l'avait soupçonnée, elle aussi, d'avoir commis plusieurs meurtres odieux, et pourtant une idée insensée commençait à germer dans son esprit.

— Ça vous dirait d'être nounou pendant quelques jours ?

Les yeux de Josie s'agrandirent de surprise.

— Vous êtes fou.

Dans ses bras, Leigh éclata de rire.

— Vous m'avez dit que vous vous étiez occupée des autres enfants quand vous étiez en famille d'accueil. Vous avez un bon feeling avec eux, ça se voit. Si vous acceptez de garder les filles dans la journée, dès que le danger se sera éloigné je vous reconduirai au vieux chêne pour chercher la montre.

— Voilà qui ressemble étrangement à du chantage, fit-elle remarquer.

— Vous trouvez ? J'y vois surtout la proposition d'un père aux abois. Écoutez, je vous paierai comme je payais Brianna et je rechercherai quelqu'un au plus vite. Les filles vous ont déjà adoptée. Vous me rendriez vraiment service.

— Nez ! cria Leigh en essayant d'attraper celui de Josie.

Josie tourna légèrement la tête pour échapper aux petits doigts de la fillette.

— D'accord, répondit-elle au bout d'un moment. Marché conclu.

Tanner aurait dû être soulagé. Généralement, il était plutôt doué pour cerner les gens, et Josie lui semblait parfaite pour ce rôle. Mais il s'était trompé sur son ex-femme, puis sur la plupart des nourrices qu'il avait employées... Il espérait cette fois-ci ne pas commettre d'erreur en confiant à Josie Colton ce qu'il avait de plus précieux au monde.

4

Josie regardait par la fenêtre de sa petite chambre. Tanner lui avait laissé le choix entre cette pièce attenante à la nursery et intégrée à sa suite ou la chambre d'amis où il pensait l'installer au départ. Pour des raisons pratiques, elle avait préféré rester au plus près des jumelles. Bien sûr, sa décision n'avait rien à voir avec le sentiment de peur qui la hantait depuis l'altercation avec l'homme armé…

Elle posa son sac sur le lit simple, en sortit les quelques vêtements qu'elle avait apportés et les rangea dans la commode. Ne sachant pas à quoi s'attendre en venant ici, elle avait prévu ce qu'il fallait pour tenir deux ou trois jours. Si on ne lui avait pas proposé de dormir sur place, elle aurait loué une chambre d'hôtel dans les environs.

Tanner lui avait dit de ne pas hésiter à se reposer, qu'elle prendrait officiellement ses fonctions de nourrice le lendemain matin. À cet instant, il jouait avec ses filles dans le salon.

Josie ne lui avait pas tout révélé sur son passé. Par exemple, elle n'avait pas jugé nécessaire de lui parler du meurtre dont elle avait été témoin à dix-sept ans et qui l'avait obligée à vivre cachée les sept années suivantes. Si tout se déroulait comme prévu, il ne connaîtrait jamais ce chapitre de son existence.

Elle leva les yeux au ciel. Jusque-là, rien ne s'était passé comme prévu.

Après avoir extirpé son téléphone de son sac à main, elle

s'assit au bord du lit sur la couette jaune vif assortie aux rideaux. Son frère, Trevor, pensait qu'elle rentrerait à Granite Gulch avant la nuit, si possible avec la maudite montre, il fallait qu'elle le prévienne que ses plans avaient été quelque peu chamboulés.

Cela faisait à peine plus d'un mois qu'elle avait enfin pu rencontrer ses frères et sa sœur. Ils avaient presque tous embrassé une carrière dans le maintien de l'ordre, poussés par le désir de protéger la population de meurtriers comme leur père. Ils travaillaient dur pour gagner le respect des habitants de Granite Gulch. Josie était fière d'eux.

Trevor répondit à la deuxième sonnerie.

— Tu es déjà rentrée, sœurette ?

— Ça ne risque pas... Il y a un problème. En fait, il y en a plusieurs.

Elle lui raconta rapidement la disparition d'Eldridge, son excursion dans les bois avec Tanner et la rencontre qu'ils y avaient faite.

— Tu es sûre que ça va ? s'enquit Trevor d'un ton inquiet.

Josie décida de ne pas évoquer sa blessure par balle.

— Oui, ça va. Un peu choquée, mais je m'en remettrai. Par contre, je ne sais pas quand je pourrai rentrer. Tanner pense que ce n'est pas prudent de retourner chercher la montre tout de suite et, de toute façon, le shérif m'a défendu de quitter la propriété.

— Josie, personne n'a envie que tu sois blessée. Prends tout le temps qu'il te faut et fais attention à toi. À quoi il ressemblait, ce type ?

Elle lui décrivit le tireur, et il lui promit qu'il essayerait de l'identifier parmi les anciens codétenus de leur père. Josie avait peu d'espoir. L'existence de Matthew Colton avait été peuplée de personnages louches, nombreux sans doute à posséder des cheveux bruns et gras et un sourire sardonique. Néanmoins, elle se rappela que Trevor et sa femme enceinte avaient réussi à arrêter la Tueuse de l'Alphabet au péril de leur vie ; grâce à eux, la meurtrière passerait le restant de ses jours en prison.

Un sourire s'invita sur ses lèvres quand elle repensa à la cérémonie à laquelle elle avait assisté la veille. Trevor et son épouse, Jocelyn, avaient renouvelé leurs vœux de mariage. Son frère était à présent un conjoint heureux et un futur papa comblé. Elle ne doutait pas un seul instant qu'il serait un père formidable, tel que les enfants Colton n'en avaient jamais connu.

Son sourire s'effaça. Trevor avait beau lui conseiller de jouer la carte de la prudence, il lui avait aussi expliqué que la santé de Matthew se dégradait de jour en jour. Les heures étaient comptées pour retrouver la montre avant qu'il succombe à la maladie.

Josie jeta un coup d'œil sur l'horloge de son téléphone. Il était presque 15 heures. Elle avait un peu de temps devant elle avant de rejoindre les autres employés à 17 h 30 pour le dîner. Elle quitta ses sandales et s'allongea sur le lit. Elle s'était levée tôt pour venir jusqu'ici ; après les émotions de la matinée, une petite sieste lui ferait le plus grand bien.

Alors qu'elle fermait les yeux, elle entendit les gloussements aigus des fillettes et la voix grave et profonde de leur père dans le salon. Nounou... Jamais elle n'aurait imaginé qu'elle exercerait ce métier un jour. Mais ce n'était que temporaire. Dès qu'elle aurait trouvé la montre, elle reprendrait le cours normal de son existence, quel qu'il soit.

Du sang. Il y en avait tellement ! Maman, pourquoi tout ce sang sur ta robe ? La pelle faisait de drôles de bruits en s'enfonçant dans la terre dure du Texas, et la mère de Josie fixait sans le voir le soleil couchant.

Maman, maman, réveille-toi ! Regarde, j'ai peint le ciel sur la clôture. Pourquoi il y a ce signe bizarre sur ton front ? Maman ? S'il te plaît, réveille-toi, souris-moi...

Josie s'éveilla en sursaut. Où était-elle ? Son cœur battait trop vite, et l'horreur de son cauchemar lui collait à la peau.

Elle resta immobile en attendant que son souffle s'apaise. Ce rêve n'était pas le produit de son imagination. C'était un souvenir bien réel du jour où sa mère avait été tuée par son père.

Il lui avait tiré une balle en pleine poitrine avant de marquer son front d'une cible rouge. Josie était présente quand il avait enterré sa femme au pied d'une clôture, près de l'écurie, dans le jardin d'une vieille propriété familiale.

Josie s'amusait souvent à cet endroit. Une fois, sa maman lui avait donné de la peinture, et elle avait peint un joli ciel bleu sur la barrière. C'est grâce à ce détail que les frères et sœurs avaient enfin pu retrouver la sépulture de leur mère.

Car Matthew Colton s'était adonné à un jeu cruel avec ses enfants, les obligeant à venir le voir en prison pour leur livrer à chacun un indice sur le lieu où leur maman reposait. Le dernier, révélé à Josie, avait été le mot « bleu »...

Il lui avait fallu vingt ans pour accéder à ces souvenirs enfouis et, à présent, ils ne la laissaient plus tranquille. Bien trop souvent, elle revivait en rêve, à travers ses yeux de fillette de trois ans, ce terrible jour où son père avait creusé une tombe pour sa mère.

Josie s'assit sur le lit et regarda son téléphone. Presque 17 heures. Elle avait dormi plus longtemps que prévu. N'ayant rien avalé depuis le matin, elle se sentait affamée.

Elle attrapa sa trousse de toilette et se dirigea vers la salle de bains que Tanner lui avait dit d'utiliser, au bout du couloir. Il n'y avait aucun bruit dans l'appartement. Tout en s'aspergeant le visage d'eau froide pour finir de chasser les images de son cauchemar, elle se demanda comment les employés s'habillaient pour dîner. Elle n'avait apporté que des shorts et des T-shirts.

— Il faudra faire avec, marmonna-t-elle à son reflet.

Quelques coups de brosse dans les cheveux, une touche de gloss sur les lèvres, et elle avait déjà meilleure mine. Ce silence autour d'elle l'étonnait. Tanner et les filles étaient-ils partis manger ?

Elle alla reposer sa trousse de toilette dans la chambre avant de passer la tête dans le salon. Tanner était en train de feuilleter une revue sur le canapé.

— Comment va votre bras ? s'enquit-il tandis qu'elle le rejoignait.

— Beaucoup mieux, merci. Ça brûle un peu, mais je pense que je ne sentirai plus rien demain. Où sont les filles ?

— Peggy, une des domestiques, a bien voulu les emmener se promener. Elle les fera dîner après.

— Se promener... dehors ? demanda Josie, alarmée.

— Non, juste dans les couloirs de la maison. Il y a déjà de quoi faire !

— Est-ce qu'elles mangent toujours à l'appartement ? Si je dois m'occuper d'elles à partir de demain, il faut que je connaisse leurs habitudes.

Il acquiesça, et ses cheveux blonds accrochèrent un rayon de soleil qui entrait par la fenêtre.

— Le matin, elles se réveillent à 6 h 30. Elles prennent leur petit déjeuner ici et elles font souvent une sieste vers 10 heures. Ensuite, Brianna les emmène ; enfin, les emmenait ; dans la salle du personnel pour le déjeuner, puis elles faisaient une autre sieste aux alentours de 14 h 30. Le soir, elles dînent à l'appartement et, vers 19 h 30, c'est l'heure du bain et du coucher.

— Et votre emploi du temps à vous, à quoi ressemble-t-il ?

— Je pars vers 7 heures du matin et je finis assez tôt pour avoir le temps de jouer avec elles et de les coucher le soir. Le week-end, mes journées sont beaucoup moins chargées. Et vous ? Qu'est-ce que vous faites comme travail à Granite Gulch ?

— Je n'en ai pas en ce moment, répondit-elle évasivement.

Elle n'était pas prête à lui expliquer qu'elle avait quitté le programme de protection des témoins à peine un mois plus tôt et qu'elle ne savait pas encore ce qu'elle allait faire de sa vie. À la fin de son lycée et pendant ses quelques années à l'université dans le Missouri, elle avait travaillé comme serveuse, mais elle n'était pas pressée de renouveler l'expérience.

— Y a-t-il eu du nouveau concernant Eldridge pendant que je faisais la sieste ? s'enquit-elle.

— Non, pas que je sache. Mais si c'est le cas, on en entendra parler pendant le dîner.

Il jeta un coup d'œil sur sa montre et se leva.

— On n'a qu'à y aller tout de suite. Je sais que vous n'avez pas mangé ce midi. Vous devez mourir de faim.

L'estomac de Josie se mit justement à gronder, suffisamment fort pour que Tanner l'entende. Il sourit de toutes ses dents blanches.

— Je vois. Vous mourez vraiment de faim.

— Excusez-moi, murmura-t-elle en rougissant.

— Venez ! Allons nourrir cet animal bruyant.

Ils quittèrent l'appartement et traversèrent un labyrinthe de couloirs.

— Vous ne voudriez pas semer des petits cailloux pour que je puisse retrouver mon chemin ? dit Josie. Cette maison est vraiment immense !

— Il faut juste vous souvenir de tourner deux fois à droite, puis deux fois à gauche, et vous vous retrouverez dans les cuisines du personnel.

Bientôt, une appétissante odeur de viande grillée leur parvint.

— Au moins, vous serez bien nourrie pendant votre séjour ici, continua Tanner. Bettina Morely, la cheffe cuisinière, est une vraie magicienne.

Il poussa une double porte qui donnait sur une grande

pièce meublée d'une longue table. Trois femmes et deux hommes étaient occupés à se servir dans des plats disposés au centre de celle-ci.

En voyant entrer Josie, ils se turent et l'observèrent avec curiosité. Tanner fit les présentations, puis Josie et lui s'installèrent côte à côte.

— Vous avez bien choisi votre moment pour venir ici, fit remarquer Linda, une des domestiques. Toute la maisonnée est sens dessus dessous.

— J'imagine qu'on ne sait rien de plus sur la disparition d'Eldridge ? demanda Tanner en passant à Josie une panière remplie de petits pains ronds.

— Oh ! que si. On en raconte de belles !

Linda était une femme replète d'une quarantaine d'années, au regard pétillant et au sourire chaleureux.

— Quand Mlle Marceline est revenue, le shérif Watkins était encore là, et elle a refusé de répondre à ses questions. Il paraît qu'elle lui a même dit de s'occuper de ses affaires. Personne ne sait où elle a passé la nuit. Et c'est bien connu qu'elle a toujours détesté son beau-père.

Becky, une autre bonne aux cheveux blond vénitien, croisa les bras sur sa poitrine.

— Moi, je n'oublie pas que M. Fowler et M. Eldridge se sont pris le bec hier soir. C'était violent. Presque tout le monde les a entendus se hurler dessus.

— Quel était le motif de leur dispute ? s'enquit Tanner.

— Comme d'habitude. Il veut que son père prenne sa retraite et le nomme P-DG. Ils ont crié tous les deux. Je suis surprise que tu ne les aies pas entendus depuis chez toi.

— Et il y a aussi Mme Whitney, ajouta Linda. Elle aurait donné comme alibi qu'elle regardait un film dans sa salle de cinéma privée et qu'elle s'est endormie avec le casque sur les oreilles.

Elle fit la moue.

— Un peu facile, non ?

— Ce qui est sûr, c'est que le shérif Watkins ne va pas s'ennuyer, observa Jeb, un des ouvriers du ranch.

Tout en remplissant son assiette, Josie se fit la réflexion que le clan Colton semblait être un vrai nid de vipères. L'une d'elles avait-elle commis un meurtre ?

Tanner n'aimait pas les commérages, mais rien ne pouvait arrêter la machine à spéculations une fois que celle-ci était lancée à la table du dîner.

— Tout le monde sait que M. Fowler veut remplacer son père à la tête de l'entreprise Colton, poursuivit Linda. La dispute d'hier soir n'était pas la première. Mais ce n'est pas tout.

Elle se tourna vers Tanner.

— Tu savais que Mitchell Flunt avait été mis en garde à vue ?

Tanner ne put dissimuler sa surprise. Mitchell Flunt était un des jardiniers du ranch et il travaillait pour les Colton depuis des années.

— Pourquoi ? demanda-t-il.

— Il est furieux depuis qu'on lui a refusé l'augmentation qu'il a demandée en janvier, répondit Becky. Et au moment de l'interroger, le shérif a remarqué des traces de sang sur ses bottes de travail. Mitchell a dit qu'il s'était blessé avec la lame d'une tondeuse, mais j'imagine que le shérif ne l'a pas cru. Il l'a embarqué tout de suite.

— Il paraît qu'il y avait plein de sang dans la chambre de M. Eldridge, souligna Linda.

— J'y étais, et il n'y en avait pas « plein », la corrigea Tanner. Mais que gagnerait Mitchell à kidnapper ou à tuer Eldridge ?

— Il voulait peut-être juste se venger, avança Becky. Les gens peuvent devenir fous quand ils sont en colère.

Tanner secoua la tête.

— Je pense qu'il y a un certain nombre de personnes

dans cette maison qui auraient beaucoup plus à gagner que Mitchell dans la mort d'Eldridge.

— Ça, ça va être dur de le savoir, répliqua Linda. J'étais là quand M. Barrington est venu parler au shérif. Apparemment, M. Eldridge mettait à jour ses dernières volontés tous les ans. Son testament ne doit pas être ouvert avant sa mort ni en l'absence de corps. M. Barrington sanglotait comme un bébé en expliquant tout ça au shérif.

Tanner savait que Hugh Barrington, l'avocat d'Eldridge, était aussi un de ses amis proches. Cela ne l'étonnait pas qu'il soit bouleversé par cette disparition.

Le sang sur les bottes de Mitchell était-il celui d'Eldridge ? Retrouverait-on un jour le vieil homme et, si oui, serait-il mort ou vivant ? Tanner n'enviait pas Troy Watkins de devoir résoudre cette affaire.

— Pouvez-vous me passer la salade de pommes de terre, s'il vous plaît ?

La petite voix de Josie tira soudain Tanner de ses pensées. Il attrapa le saladier et le lui tendit.

— Excusez-moi. La conversation ne doit pas être très amusante pour vous.

— Ne vous inquiétez pas pour moi, répondit-elle avec un de ses charmants sourires. Je comprends que tout le monde soit chamboulé.

Ils l'étaient tous, en effet, mais Tanner avait aussi perçu une certaine jubilation dans l'attitude des domestiques. Ces dernières ne portaient clairement pas dans leurs cœurs l'arrogant Fowler et la prétentieuse Marceline.

Au fil des ans, la question s'était posée également de savoir ce qui avait pu pousser une belle femme comme Whitney à épouser un homme de plus de vingt ans son aîné. Les employés du ranch étaient nombreux à la soupçonner d'en vouloir à son argent.

— On pourrait peut-être trouver un sujet de conversation plus joyeux, suggéra Tanner à la cantonade.

— Comme tes adorables petites poupées, par exemple ? répliqua Becky. Allons, tout le monde sait que c'est ton sujet préféré !

— C'est vrai, reconnut-il.

— Est-ce que Brianna va bien ? lui demanda Linda. Elle semblait un peu perturbée, ce midi.

— En fait, elle a démissionné tout à l'heure. Mais Josie a accepté de s'occuper des jumelles jusqu'à ce que je trouve une remplaçante.

Linda observa la jeune femme en plissant les yeux, comme si elle cherchait à la cerner.

— C'est généreux de votre part, dit-elle.

— Tant que le shérif ne me donne pas la permission de partir, je suis coincée ici, répondit Josie. Autant me rendre utile.

— Où sont les filles, à présent ?

— Avec Peggy.

Tanner ne put s'empêcher de sourire en pensant à la vieille bonne qui, bien qu'ayant largement dépassé l'âge de la retraite, restait toujours aussi vive et enjouée. Peggy avait affirmé qu'elle travaillerait pour les Colton jusqu'à sa mort. Son mari était décédé trois ans plus tôt, et ils n'avaient jamais eu d'enfants. Officiellement, elle était encore employée comme domestique, mais on ne lui donnait que très peu de tâches. Elle logeait dans une petite chambre non loin de la suite de Tanner.

Ils parlèrent un peu plus des jumelles, puis la conversation bascula sur la météo, toujours aussi chaude et sèche. Quand ils eurent fini leur repas, Josie et Tanner prirent congé du personnel.

— C'était intéressant, commenta-t-elle tandis qu'ils regagnaient l'appartement.

— Les potins occupent une large part des conversations à table.

— Oui, j'ai cru remarquer. D'ailleurs, je me demande ce qui se dit sur moi à cet instant...

— Vous n'en saurez probablement jamais rien.

Tanner imaginait que les rumeurs et les spéculations étaient allées bon train quand sa femme l'avait quitté.

— De toute façon, je n'y accorde aucune importance, assura Josie. Cela fait bien longtemps que j'ai appris à vivre avec les commérages.

En tant que fille d'un tueur en série, elle avait dû en effet subir son lot de messes basses. Le fait qu'elle paraisse si bien dans sa peau aujourd'hui dénotait une force intérieure admirable.

Tanner n'oubliait pas non plus qu'après avoir été blessée par balle, elle s'était d'abord inquiétée de sa sécurité à lui et de celle de ses enfants. Si Josie Colton n'avait pas eu beaucoup de chance dans la vie, elle semblait avoir un cœur en or. Pour couronner le tout, elle était très mignonne et sentait divinement bon...

Il s'arrêta devant la porte de sa suite, une main sur la poignée.

— Alors, vous êtes prête à affronter le chaos d'une soirée avec les jumelles ?

— Même pas peur, répliqua-t-elle, le regard brillant.

Tanner ouvrit en espérant que la présence de ses filles calmerait un peu ses ardeurs mal placées.

— Papa-chéri ! s'écrièrent en chœur les petites depuis leurs chaises hautes.

À en juger par leurs bouches et leurs bavoirs couverts de sauce tomate, elles appréciaient les spaghettis que Peggy leur avait préparés. Assise entre les jumelles, cette dernière souriait avec bienveillance. Des mèches de cheveux gris s'étaient échappées de son chignon et une tache de sauce ornait le corsage de sa robe à fleurs bleues.

— Ces deux-là vous réservent toujours un accueil de star ! s'exclama-t-elle.

Empli d'amour et de fierté, Tanner s'approcha des fillettes et leur toucha le nez à tour de rôle.

— Bonjour, Lily-chérie, bonjour, Leigh-chérie ! Il faut que j'en profite... Quand elles seront adolescentes, elles ne seront peut-être pas toujours aussi heureuses de me voir.

Peggy se leva et tendit à Josie une main déformée par l'arthrite.

— Je suis Peggy Albright. Et vous, je sais que vous êtes Josie Colton et que vous allez prendre soin de ces deux petites merveilles pendant quelques jours.

— Enchantée, Peggy. Tanner ne m'a dit que du bien de vous.

Le visage ridé de la vieille dame s'illumina.

— Un homme qui aime ses enfants comme Tanner aime les siens ne peut être qu'un homme bon. Vous verrez, ce sont de gentilles petites filles. Je suis sûre que vous les adorerez.

— Merci, Peggy, dit Tanner. C'est vraiment gentil d'avoir bien voulu vous occuper d'elles ce soir. Je vous libère, allez vite prendre votre dîner.

Peggy se dirigea vers la porte.

— J'ai mis le reste de spaghettis au frigo. Il y a aussi des haricots verts et de la compote de pommes, mais après tout ce qu'elles ont englouti, je serais surprise qu'elles aient encore de la place. D'ailleurs, elles commencent à jouer avec la nourriture, c'est signe qu'elles n'ont plus faim.

— Main, dit Lily en montrant sa menotte pleine de sauce tomate.

— Cuillère, répliqua Josie et elle lui tendit le couvert.

Lily éclata de rire avant de se tourner vers sa sœur et de lui débiter un flot de paroles incompréhensibles pour le commun des mortels.

Peggy secoua la tête d'un air amusé. Elle embrassa les jumelles et s'éclipsa.

— Alors, laquelle on passe au jet en premier ? demanda Josie.

Tanner se surprit à rire. Cela ne lui arrivait plus très souvent en dehors des moments où il jouait avec ses filles...

— Je m'occupe de Leigh, vous prenez Lily ? proposa-t-il.

Il alla mouiller deux gants de toilette et en confia un à la jeune femme.

— Je vous préviens, elles détestent qu'on les débarbouille.

— Non, Papa-chéri ! dit Leigh d'un ton sévère en voyant son père s'avancer vers elle.

— Il faut bien se laver la bouche pour pouvoir faire des bisous à Papa, non ? fit remarquer Josie.

— Bisous, Papa-chéri ! répondit Lily, et elle tendit son visage de bonne grâce.

Leigh observa sa sœur un instant. Puis elle offrit à Tanner un sourire radieux qui le fit fondre intérieurement.

Ses filles étaient tout pour lui. Depuis le jour où Helen les avait abandonnés, elles et lui, il s'était juré qu'elles seraient toujours sa priorité absolue et qu'il leur apporterait autant d'amour et de bonheur qu'il était humainement possible d'en donner.

Il n'avait aucune envie de se remarier, sa vie était déjà bien assez remplie avec Lily et Leigh. Et, pour tout dire, sa première union avait été un tel fiasco qu'il n'était pas près de recommencer.

Une demi-heure plus tard, Josie et lui étaient assis par terre, sur le tapis du salon, occupés à aider les filles à construire des tours avec des cubes en plastique. Plus exactement, ils les construisaient eux-mêmes, et les petites s'amusaient beaucoup à les démolir.

— Laquelle est l'aînée ? s'enquit Josie en posant un cube bleu sur le rouge qu'il venait de placer.

— Leigh. Elle est née trois minutes avant Lily.

— Leigh-chérie ! s'exclama cette dernière.

Elle se jeta au cou de sa jumelle avec une telle énergie

qu'elles basculèrent toutes les deux en arrière. Visiblement habituée aux frasques de sa sœur, Leigh se dégagea de son étreinte et se rassit sans broncher.

— Cela dit, pour faire des bêtises, c'est souvent Lily qui mène la danse, ajouta Tanner en couvant d'un regard affectueux la petite fille habillée de violet.

— Bêtises, répéta l'intéressée avec un grand sourire.

Josie se mit à rire – un son pur, mélodieux, que Tanner trouva intensément séduisant.

— Et elle est fière d'elle ! commenta-t-elle. C'est vraiment mignon quand elles vous appellent « Papa-chéri ».

— En fait, je n'avais pas réalisé que je les appelais tout le temps « Lily-chérie » et « Leigh-chérie », jusqu'au jour où elles se sont mises à faire pareil avec moi. À un moment donné, il faudra que je leur explique que « chéri » n'est pas notre nom de famille...

Vers 19 heures, alors que les fillettes venaient de détruire leur quinzième tour de cubes en riant aux éclats, Tanner se leva.

— Je vais leur donner le bain et les coucher. En attendant, faites comme chez vous.

Il avait besoin de prendre ses distances avec Josie. Cette dernière heure en sa compagnie avait été bien trop agréable, au point qu'il s'était presque laissé aller à imaginer qu'ils formaient une vraie famille. Or il n'était pas assez stupide pour céder à ce genre de fantasmes.

Helen lui avait appris qu'il n'était pas capable de rendre une femme heureuse, qu'il n'avait pas ce qu'il fallait pour faire un bon compagnon de vie. Et quand bien même il aurait été à la recherche d'une partenaire, il n'aurait certainement pas choisi la très belle, mais très jeune, Josie Colton.

Une fois les filles endormies, il rejoignit cette dernière au salon. Lovée dans le fauteuil, le regard perdu vers la fenêtre, elle avait l'air frêle et vulnérable. Dehors, la nuit tombait sur le ranch.

— Vous me semblez bien préoccupée, observa-t-il.

Elle tourna la tête vers lui et esquissa un sourire.

— C'est difficile de ne pas l'être après la journée que nous avons passée. Eldridge a disparu, un type armé a menacé de nous tuer et il rôde toujours dans les parages...

— Tout va s'arranger.

Tanner n'avait aucun moyen de le savoir mais, bizarrement, il éprouvait le besoin de la rassurer, de chasser l'ombre qui voilait son regard.

— Dans deux ou trois jours, on aura récupéré cette montre, Troy vous aura libérée, et vous pourrez retourner auprès de votre famille à Granite Gulch.

— Et Eldridge aura été retrouvé sain et sauf, et vous aurez déniché une nounou parfaite pour vos filles, ajouta-t-elle en se levant. Sur ces pensées positives, je vous souhaite une bonne nuit.

— Bonne nuit, Josie. À demain.

Il la regarda partir, puis se laissa tomber dans le fauteuil qu'elle avait libéré. Une profonde fatigue s'était abattue sur lui.

Il avait passé la nuit précédente auprès de la jument Clementine et avait enchaîné directement sur cette interminable journée. Il n'arrivait pas à croire qu'une dizaine d'heures seulement s'étaient écoulées depuis la naissance du poulain. Malgré ce qu'il venait de promettre à Josie, lui aussi s'inquiétait – pour elle, pour Eldridge, pour ses filles.

Sa petite vie tranquille et bien ordonnée semblait soudain menacée de tous côtés.

5

Josie sauta du lit en entendant babiller dans la nursery. *Au boulot !* fit une petite voix dans sa tête. Après avoir rapidement enfilé ses vêtements de la veille, elle ouvrit la porte qui donnait sur la chambre des jumelles.

— Bonjour, Lily et Leigh !

Debout dans leurs lits à barreaux, les fillettes se mirent à trépigner de joie. Josie s'approcha de Lily.

— J'imagine que vous avez besoin d'être changées, murmura-t-elle en cherchant autour d'elle où pouvaient être rangées les couches.

— Je me disais bien que j'avais entendu des voix de petites filles !

Tanner venait d'apparaître sur le seuil, vêtu d'un jean et d'un T-shirt bleu marine, et sentant bon le gel douche et l'après-rasage. Les rayons de soleil qui dansaient dans la chambre illuminaient les mèches dorées de ses cheveux et mettaient en valeur ses traits ciselés. Josie se retint de passer une main dans sa tignasse décoiffée.

— J'étais en train de chercher les couches, dit-elle.

Il s'avança jusqu'à la commode.

— Premier tiroir en partant du bas. Dans le deuxième, il y a les pyjamas, et dans les deux du haut les autres vêtements.

Il attrapa deux couches jetables et lui en lança une.

— Vous avez bien dormi ? s'enquit-il pendant qu'ils changeaient les fillettes.

— Très bien. J'avais peur d'avoir du mal à trouver le sommeil après la sieste que j'ai faite hier, mais je suis tombée comme une masse. Bref, je suis en pleine forme pour m'occuper de ces deux lilliputiennes !

Ensemble, ils portèrent les jumelles jusqu'à la cuisine, où ils les installèrent dans leurs chaises hautes. Sur le plan de travail, le café finissait de couler.

— Je pensais que vous seriez déjà parti, fit remarquer Josie.

— Comme c'est votre premier jour, je me suis dit que je pourrais vous aider le temps du petit déjeuner. Prenez donc un café.

— *Vous*, prenez un café et détendez-vous. Je vais vous montrer que je peux gérer le petit déjeuner toute seule. On est capables de se débrouiller comme des grandes, pas vrai, les filles ?

Les jumelles opinèrent.

— Si vous insistez... dit Tanner.

— Manger ! s'exclama Lily en tapant sur le plateau de sa chaise.

— Oui, c'est exactement ce qu'on va faire, répliqua Josie.

Pendant que Tanner s'installait sur un tabouret, elle fit griller une tranche de pain de mie, la beurra et la coupa en deux moitiés qu'elle tendit à chacune des fillettes. Profitant de ce qu'elles étaient occupées à mâchonner leur toast, elle fouilla dans les placards pour trouver une petite poêle puis elle rassembla les ingrédients nécessaires à la préparation d'œufs brouillés au fromage.

— Elles n'ont pas d'allergies ? demanda-t-elle, consciente que Tanner observait chacun de ses mouvements.

— Pas à ma connaissance. Par contre, je sais déjà que je les laisse entre de bonnes mains.

— Et pourquoi ça ?

— Premièrement, parce que vous avez pensé à leur donner quelque chose à grignoter pour les faire patienter et, deuxièmement, parce qu'elles vous aiment déjà. J'ai toujours été convaincu que les enfants et les animaux avaient un sixième sens pour reconnaître les gens bien.

Sous couvert de battre les œufs et le lait, Josie se détourna, troublée. Pendant des années, on lui avait répété qu'elle était mauvaise, que le sang d'un tueur coulait dans ses veines...

— Comment se comportaient les jumelles quand elles étaient gardées par la nourrice méchante ?

— Elles étaient plus agitées et pleuraient beaucoup. À un moment, je me suis demandé si elles n'étaient pas malades, mais c'était clairement à cause de cette femme. En temps normal, ce sont des petites filles joyeuses, elles ne pleurent pas sans raison.

L'amour profond qu'il leur portait transparaissait dans la douceur de sa voix. Josie ne put s'empêcher de se demander à quoi aurait ressemblé sa propre existence si elle avait été élevée par un père aimant et si sa mère avait vécu. Ses frères, sa sœur et elle auraient tous grandi sous le même toit. Bien sûr, ils se seraient disputés de temps en temps, mais ils auraient tissé des liens forts au fil des ans.

Quel effet cela faisait-il d'aller manger une glace avec son papa, de le savoir dans le public pendant un spectacle d'école ? De le voir sourire avec fierté le jour de la remise des diplômes ?

Lily et Leigh connaîtraient tout cela. Josie était convaincue que Tanner serait présent pour tous les petits et grands événements de leur vie. Car il était ce genre d'homme, ce genre de père.

Il ne lui fallut pas longtemps pour apporter aux fillettes un petit déjeuner copieux et sain – en plus des œufs brouillés, elle leur avait coupé des morceaux de fraises et d'oranges. Alors seulement, elle se servit une tasse de café et rejoignit Tanner autour de l'îlot central.

— Alors, expliquez-moi comment ça va se passer pour le dîner. Vous m'avez dit que les filles avaient l'habitude de manger ici. Est-ce que je dois préparer le repas pour nous aussi ?

— Pendant que Brianna s'occupait d'elles, je dînais avec les autres employés, expliqua-t-il. Quand je revenais, Brianna repartait chez elle.

— Il n'y a pas de raisons de bousculer leurs habitudes. Je mangerai ici avec elles, et vous pourrez continuer à prendre votre repas avec les autres.

— Non. Le temps de votre séjour au ranch, nous dînerons ensemble.

— Ça ne me dérange vraiment pas de faire comme Brianna faisait, protesta-t-elle. On peut garder la même routine.

— Moi, ça me dérange. Malgré notre petit arrangement, vous êtes censée être une invitée. En plus, je n'avais aucune envie de manger en compagnie de Brianna, mais j'aimerais beaucoup passer mes soirées avec vous et les filles.

Josie aurait juré le voir rougir. Il se leva rapidement en ramassant sa tasse.

— D'accord, dit-elle. Dans ce cas, je les ferai dîner ici, à l'appartement.

— Parfait. Vous avez sûrement remarqué que le frigo et les placards étaient pleins. Si vous avez besoin de quoi que ce soit, demandez à Bettina, elle enverra quelqu'un chercher ce qu'il vous faut. Maintenant, je ferais mieux de filer.

Il posa sa tasse dans l'évier, puis alla embrasser ses deux filles sur le front.

— À tout à l'heure, mes puces. Papa doit travailler.

Lily et Leigh agitèrent leurs petites mains pour lui dire au revoir. Lorsqu'il fut parti, Josie se resservit en café et retourna s'asseoir sur son tabouret. Il lui semblait qu'il y avait plus d'oxygène dans la pièce depuis que Tanner n'y était plus… À croire que sa présence lui coupait littéralement le souffle.

Après le petit déjeuner, elle habilla les filles et joua avec elles dans la nursery jusqu'à ce qu'elles montrent des signes de fatigue. Elle profita de leur sieste pour prendre une douche et enfiler une tenue propre – short en jean et T-shirt rouge à l'effigie d'un bar de Granite Gulch.

Lorsqu'elle s'installa avec une revue dans le fauteuil du salon, elle se trouva incapable de se concentrer sur sa lecture. Les pensées tourbillonnaient dans sa tête.

Il lui serait tellement facile de s'attacher aux jumelles... Elles étaient adorables et très différentes de caractère malgré leur ressemblance physique. Lily était une vraie boule d'énergie, tandis que Leigh se montrait plus timide, plus sage.

J'aimerais beaucoup passer mes soirées avec vous et les filles.

Les paroles de Tanner lui revinrent soudain à l'esprit. Sans doute cherchait-il simplement à être gentil avec elle. Rien n'indiquait dans son attitude que son cœur palpitait comme celui de Josie dès qu'ils se trouvaient dans la même pièce.

Ce job est temporaire, se rappela-t-elle. *Tu es là pour récupérer une montre et quand tu l'auras trouvée, tu rentreras chez toi.* Son avenir, aussi incertain soit-il, était à Granite Gulch avec ses frères et sa sœur qu'elle apprenait tout juste à connaître. Ce n'était pas le moment de se lancer dans une relation avec un homme, qu'il s'agisse d'une simple passade ou d'une histoire plus sérieuse.

Josie sourit malgré elle. Pour être honnête, elle n'était pas contre l'idée de vivre une petite aventure avec Tanner...

Au moins, penser à lui et aux jumelles l'empêchait de ressasser l'attaque qu'ils avaient subie dans les bois. Sa blessure lui faisait beaucoup moins mal aujourd'hui. D'ici un jour ou deux, elle pourrait retirer le pansement.

Soudain, un coup léger frappé à la porte la fit bondir de son fauteuil. Peut-être était-ce Peggy qui venait vérifier que tout se passait bien ? Quand elle alla ouvrir, cependant, Josie découvrit sur le seuil une jeune femme qu'elle n'avait jamais vue auparavant, avec de longs cheveux blonds, un petit visage de lutin et des yeux d'un bleu perçant.

— Salut, je suis Marceline Colton, lança-t-elle d'un ton enjoué. J'ai appris qu'on avait une nouvelle cousine à la maison, et comme on n'a pas eu l'occasion de se rencontrer hier, je me suis dit que je pourrais venir me présenter. Je dérange ?

— Les jumelles sont en train de faire la sieste, répondit Josie.

— J'ai bien choisi mon moment, alors.

Elle força le passage pour entrer dans l'appartement. Elle portait un jean de marque qui avait dû coûter plus cher que toute la garde-robe de Josie et un chemisier bleu pâle qui dessinait joliment sa taille fine. L'effluve d'un parfum luxueux flottait derrière elle.

Josie referma la porte, ne sachant quoi penser. Marceline était la fille que Whitney avait eue d'un précédent mariage, et c'était elle qui avait refusé de répondre aux questions du shérif la veille. À en croire le personnel, elle détestait Eldridge.

Tandis que la jeune femme s'installait dans le fauteuil, Josie s'assit au bord du canapé, méfiante. Que lui voulait-elle ?

— Rassurez-vous, je n'ai pas l'intention de vous insulter comme l'a fait ma mère. Je sais que vous êtes coincée ici, et j'ai pensé que vous auriez besoin d'une amie.

Son sourire semblait sincère.

— Comment savez-vous que votre mère m'a insultée ? Si je me souviens bien, vous n'étiez pas là hier matin.

— Ma pauvre, dès que vous toussez dans cette maison, la nouvelle fait le tour de la famille et du personnel en un rien de temps, et vous vous retrouvez avec une tuberculose en phase terminale.

Josie ne put s'empêcher de sourire.

— Ah, vous avez le sens de l'humour, c'est bien ! Je vous apprécie déjà.

Marceline la jaugea rapidement du regard.

— On fait à peu près la même taille de vêtements, même si

vous êtes plus petite que moi. Je peux vous prêter des tenues si vous en avez besoin. N'hésitez pas à demander.

— Merci, c'est très gentil.

— Je vois que vous vous êtes blessée au bras. Que vous est-il arrivé ?

— Oh ! ce n'est rien, répondit Josie. Je suis un peu empotée, je me suis écorchée contre le coin d'un placard.

Elle espérait que personne n'avait appris ce qui s'était passé dans les bois… Elle n'avait pas besoin d'alimenter les rumeurs qui devaient déjà bien assez circuler comme cela.

— Alors, parlez-moi de vous, dit Marceline en se laissant aller en arrière dans le fauteuil. Vous êtes mariée ? Vous avez un copain ?

— Ni l'un ni l'autre. Et vous ?

— Pareil.

Pendant une quinzaine de minutes, les deux jeunes femmes firent un peu mieux connaissance. Josie évoqua ses frères et sa sœur, et son enfance en famille d'accueil. Marceline confia qu'elle ne s'entendait pas bien avec ses proches – et en particulier avec sa demi-sœur, Alanna.

— Eldridge l'a complètement gâtée, dit-elle. Elle s'est toujours comportée comme si elle valait mieux que nous tous.

Josie perçut une note de jalousie dans la voix de Marceline alors que cette dernière continuait de lui expliquer pourquoi elle n'aimait pas Alanna ni la moitié de ses autres frères et sœurs. C'était la complainte d'une femme qui se sentait ignorée, voire rejetée, par le reste de sa famille. Une femme qui, en somme, souffrait de solitude.

Leur conversation fut interrompue lorsque les jumelles se réveillèrent. Marceline s'éclipsa aussitôt.

Plus tard, alors qu'elle déjeunait avec Lily et Leigh, Josie ne cessait de repenser à la visite de Marceline. Celle-ci lui avait semblé plutôt sympathique. Malgré le peu de temps qu'elle avait passé avec elle, Josie avait compris qu'en réalité c'était elle qui avait besoin d'une amie.

Pour sa part, elle ne s'arrêtait pas à ce qu'elle avait entendu dire sur la fille de Whitney et sur ses relations avec Eldridge. Elle était bien placée pour savoir qu'on pouvait être accusé tout en étant parfaitement innocent. Les rumeurs n'avaient aucune importance – seuls les faits comptaient.

L'après-midi fila rapidement. Elle prit plaisir à jouer avec les jumelles et à partager un goûter avec elles. Vers 16 h 30, elles s'installèrent sur des coussins dans la nursery pour regarder un livre d'images.

— Ça, c'est un ballon, dit Josie en montrant l'objet rouge vif dessiné sur une page.

— Ballon, répéta Lily, pointant l'illustration de son doigt potelé.

— Et toi, Leigh, tu sais dire ce mot ?

— Ballon, murmura la fillette, et elle se pressa timidement contre Josie.

— C'est bien, Leigh ! Là, c'est un lapin.

Les deux petites répétèrent après elle.

— Et là, un chat.

— Chat, fit la grosse voix de Tanner.

Josie leva les yeux, surprise. Il se tenait sur le seuil, un grand sourire aux lèvres.

— Tanner ! Je ne vous ai pas entendu rentrer. Cela fait longtemps que vous êtes là ?

— Suffisamment pour apprécier ce que j'ai vu. Ne bougez pas, je vais aller prendre une douche, ajouta-t-il alors qu'elle commençait à se lever. Je reviens tout de suite, les filles.

Un instant plus tard, Josie entendit l'eau couler. Un souvenir de la veille resurgit soudain – Tanner retirant son T-shirt et le lui donnant pour compresser sa plaie.

Des pectoraux musclés, des abdominaux bien dessinés, une peau légèrement hâlée... Si elle n'avait pas été aussi choquée, aussi effrayée, elle aurait mieux profité du spectacle. En l'occurrence, l'image de ce torse nu suffisait à lui faire monter le rouge aux joues.

— Chat, dit Lily, la tirant de ses dangereuses pensées.

— Oui, c'est un chat, répondit-elle.

Elles en étaient à la girafe lorsque Tanner revint. Il souleva les jumelles dans ses bras.

— Alors, on dirait que vous avez survécu à cette première journée ?

— Tout s'est très bien passé. Elles ont bien mangé ce midi, et on a beaucoup joué. J'ai même eu de la visite ce matin pendant qu'elles faisaient la sieste.

— De la visite ?

— Oui, Marceline est venue se présenter. Visiblement, elle a peur que je m'ennuie et elle est prête à me tenir compagnie.

Tanner fronça les sourcils.

— Ne lui faites pas confiance, Josie.

— Elle a été très gentille, protesta-t-elle. Si elle a du temps à perdre avec moi, je ne vois pas le problème ; sauf si vous ne voulez pas qu'elle vienne chez vous, bien sûr.

— C'est à vous de décider. Je veux juste vous prévenir qu'elle a la réputation d'être hypocrite. Il n'y a qu'une personne en qui vous pouvez avoir confiance ici, c'est moi.

Tandis qu'il la fixait de son regard bleu, Josie réprima un frisson. Elle venait de prendre conscience qu'elle allait devoir rester sur ses gardes pendant toute la durée de son séjour au ranch, et que son seul ami sur place était un cow-boy sexy qu'elle connaissait depuis quarante-huit heures à peine.

Attablé avec Josie et les jumelles dans la salle à manger des employés, Tanner s'interrogeait sur les raisons qui avaient poussé Marceline à entrer en contact avec la jeune femme.

Il doutait sérieusement qu'elle l'ait fait par pur altruisme. La fille de Whitney était réputée pour être une personne hautaine et calculatrice – Tanner se demandait d'ailleurs si ce n'était pas en partie à cause de cela que Helen avait fini par partir. Que voulait-elle à Josie ? Il aurait donné cher pour le savoir.

Comme la veille au soir, les conversations tournaient autour de la disparition d'Eldridge, et des interrogatoires que le shérif Watkins avait menés avec ses deux adjoints, Charlie Kidwell et Julie Clark. Il allait leur falloir plusieurs jours, voire plusieurs semaines, pour entendre tous les employés du ranch, qu'il s'agisse des domestiques ou des ouvriers. Et pendant ce temps, ils n'avaient aucune idée d'où était Eldridge... Tanner n'avait pas le pouvoir de résoudre ce mystère, mais il avait bien l'intention de faire tout son possible pour protéger ses filles et Josie.

Lorsqu'il les avait découvertes toutes les trois en train de lire un livre dans la nursery, il avait senti une onde de chaleur se répandre dans sa poitrine. Les enfants s'étaient attachées à Josie à une vitesse surprenante. Cette pensée lui fit tourner la tête vers la jeune femme assise près des deux chaises hautes.

Elle ne participait pas aux spéculations auxquelles se livraient les autres autour de la table. Son attention était partagée entre les jumelles et son assiette.

Combien de temps resterait-elle ici ? s'interrogea-t-il. Quand demanderait-elle à retourner dans les bois pour déterrer la montre ? Quand le shérif Watkins l'autoriserait-il à rentrer à Granite Gulch ? Tanner la connaissait depuis deux jours et il savait déjà qu'elle lui manquerait.

Il nota mentalement de publier une annonce pour trouver une remplaçante à Brianna. Seigneur, comme il redoutait de devoir mener de nouveaux entretiens ! Son expérience lui avait appris que les nourrices à la fois aimantes, créatives et suffisamment fermes ne couraient pas les rues...

— Il y en a qui disent que Mme Whitney était pressée de devenir veuve, avança Lorraine, une des aides-cuisinières.

— Et qu'elle a voulu donner un coup de pouce à la nature,

renchérit Linda. M. Eldridge essayait toujours de calmer ses ardeurs dépensières, et l'alibi de Mme Whitney n'est pas vraiment solide. Personne ne l'a vue dans sa salle de cinéma.

— Je parie qu'elle a déjà fait chauffer la carte bleue sur Internet, répliqua Lorraine. La thérapie par le shopping, tout ça...

Plusieurs femmes se mirent à rire.

— Encore, dit Lily en montrant le plat de purée au milieu de la table.

— Et le mot magique ? demanda Josie.

— Te plé ! dit la fillette, toute fière.

Tanner attrapa le plat.

— Je vais la servir.

Josie ne s'occupait des jumelles que depuis une journée, et il regrettait déjà qu'elle ne puisse pas rester plus longtemps. Elle avait toutes les qualités qu'il recherchait chez une nounou.

Cependant, il se garderait bien de lui proposer le poste. Même si elle ne travaillait pas en ce moment, elle était trop jeune et trop jolie pour vouloir passer son existence dans un ranch isolé en pleine campagne. Ce n'était pas une vie pour quelqu'un comme elle.

Il fut soulagé quand le repas fut terminé, et qu'ils purent s'éloigner des commères. De retour dans l'appartement, ils s'installèrent tous les quatre sur le tapis du salon.

— Vous savez, vous n'êtes pas obligée de rester avec nous le soir, dit-il à Josie. Du moment que je suis là, vous êtes libre d'occuper votre temps comme vous l'entendez.

— Mais j'aime beaucoup être avec vous et les filles, répliqua-t-elle. Je ne vois pas du tout ça comme une corvée.

Bizarrement, Tanner sentit son cœur s'emplir de bonheur.

S'il prenait toujours plaisir à jouer avec Lily et Leigh, ce soir-là ils s'amusèrent encore plus que d'habitude. Josie et les jumelles se cachèrent ; lorsqu'il les « trouva », les deux fillettes poussèrent des cris aigus et se mirent à courir dans tout l'appartement. Ils construisirent ensuite d'autres tours puis jouèrent à la poupée. À 19 heures, les petites se frottaient les yeux. Tanner leur donna le bain et les coucha.

— Je crois qu'on les a épuisées, dit-il en rejoignant Josie au salon. Elles ne se sont jamais endormies aussi vite.

— Elles sont magnifiques et très éveillées. Vous avez de quoi être fier.

— Je le suis.

— Vous m'avez dit l'autre jour que vous aviez divorcé d'avec votre femme avant qu'elle meure dans un accident. Lily et Leigh devaient être très jeunes… Vous vous en êtes partagé la garde, après votre séparation ?

— En réalité, quand Helen m'a quitté, elle a aussi quitté les filles.

Ce souvenir fit remonter un goût amer dans la gorge de Tanner. Le goût de l'échec et des regrets.

— Je boirais bien quelque chose avant de vous raconter tout ça, dit-il. Je vous sers un verre de vin ? Ou peut-être préférez-vous une bière ou un soda ?

— Pourquoi pas un peu de vin.

— Du blanc ?

— Ce sera parfait.

Il s'occupa de préparer les boissons, tendit son verre à Josie et s'assit sur le canapé avec une bouteille de bière.

— Quand je l'ai rencontrée, Helen vivait à Dallas, commença-t-il. Elle était agente immobilière, elle était très belle, et je suis tombé fou amoureux d'elle. Tout est allé très vite : au bout de six mois, on était mariés, et elle s'était installée ici. Lorsqu'elle est tombée enceinte, j'étais sur un petit nuage. Je n'ai pas remarqué que, pour elle, ça n'allait plus du tout.

Il prit une gorgée de bière et posa la bouteille sur la table basse.

— Elle ne vous a pas dit qu'elle était malheureuse ? s'enquit Josie, étonnée.

— Non. Elle se plaignait de certaines choses, bien sûr. Elle n'aimait pas la façon dont la famille Colton la traitait. Elle les trouvait tous méchants. Parfois, elle était fatiguée le soir, et je m'occupais des filles pour qu'elle puisse se coucher tôt. Mais je pensais que c'était normal, qu'il n'y avait rien de grave. Jusqu'au jour où elle a fait ses bagages. Les jumelles n'avaient pas encore cinq mois.

Il marqua un silence tandis que les images de cette journée maudite défilaient dans sa mémoire. En rentrant du travail, il avait trouvé Helen au milieu du salon avec deux valises à ses pieds. Elle était si belle dans son chemisier bleu qui faisait ressortir le bleu de ses yeux et son pantalon de tailleur ajusté à ses longues jambes ! Comme toujours, ses cheveux blonds étaient parfaitement lissés, son visage parfaitement maquillé.

— Je pars, avait-elle déclaré froidement.

Tanner n'avait pas compris. Comment ça, elle partait ? Peut-être avait-elle décidé de passer le week-end avec une de ses amies de Dallas... Malheureusement, c'était plus grave que cela.

Il reporta son attention sur Josie.

— Ça lui déplaisait que je sois un simple employé. Elle était persuadée que la famille Colton la méprisait parce qu'elle était la femme d'un ouvrier.

Tanner n'avait jamais parlé de Helen à quiconque et, à présent, les mots s'échappaient comme d'une cocotte-minute sous pression.

— Elle m'a dit que j'aurais dû me rendre compte qu'elle n'était pas heureuse, que je n'avais jamais su l'écouter, que j'étais insensible et bouché. Elle avait sans doute raison parce que je n'ai pas vu venir la fin de notre mariage. Je croyais que tout allait bien, qu'elle aimait être ma femme et la mère des jumelles... Bref, elle est allée s'installer chez une copine qui avait un appartement à Dallas. Deux mois plus tard, on était officiellement divorcés, et un mois après elle mourait dans un accident de voiture.

Ce qu'il ne voulut pas évoquer tout haut, c'était la colère profonde et éternelle qu'il éprouvait à l'égard de Helen. S'il acceptait qu'elle se soit séparée de lui, jamais il ne comprendrait comment elle avait pu abandonner aussi facilement les bébés auxquels elle avait donné naissance.

— Et, depuis, vous vous en voulez, murmura Josie.

Il la regarda, surpris. Puis il haussa les épaules.

— Je l'aimais encore passionnément quand elle est partie. Je crois que je suis juste navré que notre histoire se soit finie comme ça. J'aurais préféré que ça se passe autrement. Quoi qu'il en soit, c'est fini, maintenant.

Pendant l'heure qui suivit, la conversation dériva sur les discussions qu'ils avaient entendues au dîner puis sur la journée que Josie avait passée avec les jumelles.

— J'aimerais vraiment avoir un ranch à moi avec un grand jardin dans lequel les filles pourraient jouer, confia Tanner. Ce serait bien qu'elles aient une balançoire ou un bac à sable.

— Pourquoi n'avez-vous pas encore réalisé ce rêve ? s'enquit Josie. Est-ce pour des raisons financières ?

Elle grimaça.

— Excusez-moi, ça ne me regarde pas…

— Votre question ne me choque pas, lui assura-t-il. Non, ce n'est pas un problème d'argent. C'est juste que je ne me sens pas encore prêt à sauter le pas.

— Si vous arrivez à gérer un ranch de cette taille en tant que contremaître, je suis sûre que vous vous en sortirez très bien avec une ferme plus petite.

— Merci pour le vote de confiance, répondit-il en souriant.

À 21 heures, le vin et la bière étaient finis depuis longtemps. Josie se leva du fauteuil.

— Les journées commencent tôt, ici. Je ferais mieux d'aller me coucher.

— Vous avez raison, moi aussi.

Ils se souhaitèrent bonne nuit, puis Josie s'enferma dans sa chambre. Tanner éteignit les lumières du salon et se retira dans la sienne.

Une heure plus tard, il était allongé dans son lit, incapable de fermer l'œil. L'inquiétude liée aux derniers événements se mêlait aux souvenirs de son mariage raté, à la culpabilité et à la colère qui couvaient dans son cœur depuis la mort de Helen. Serait-elle encore en vie s'il avait été un meilleur époux ? S'il avait mieux perçu sa détresse ? Avec le temps, se serait-elle davantage investie dans son rôle de maman ?

Ces questions sans réponses le hantaient. Pour autant, cela lui avait fait du bien d'en parler avec Josie et d'évoquer les modestes projets qu'il avait pour lui et les jumelles.

Il dut finir par s'endormir, car il se réveilla en sursaut peu après deux heures du matin. Une des filles l'avait-elle appelé ? Il arrivait de temps en temps qu'elles fassent un mauvais rêve...

En tendant l'oreille, il crut percevoir un bruit dans le salon. Ce ne pouvait pas être ses enfants, elles ne savaient pas encore escalader leurs lits à barreaux. Tanner saisit son pistolet rangé dans sa table de nuit et se glissa hors de sa chambre.

Bien sûr, il s'agissait peut-être simplement de Josie, mais il n'oubliait pas non plus le danger qui planait en ce moment sur le ranch. L'arme fermement serrée dans son poing, il se dirigea sans un bruit vers la pièce à vivre.

Une vague de soulagement l'envahit. Josie se tenait devant le réfrigérateur ouvert, vêtue d'une nuisette dorée à fines bretelles. Ses cheveux tombaient en cascades sur ses épaules nues.

S'étant emparée d'une bouteille d'eau, elle se retourna et étouffa un cri en le voyant planté sur le seuil.

— Excusez-moi, j'ai pourtant essayé d'être discrète. J'ai... J'ai fait un cauchemar et je cherchais juste quelque chose à boire.

Avec la lumière du réfrigérateur derrière elle, sa silhouette se dessinait à travers le fin tissu de sa chemise de nuit. Les seins de Josie pointaient vers lui comme pour capter son attention. Tanner sentit sa bouche s'assécher.

Il s'éclaircit la gorge tandis qu'elle refermait la porte du frigo.

— Il n'y a aucun souci, dit-il d'une voix rauque. J'ai le sommeil léger, c'est tout.

Le clair de lune entrait à flots par la fenêtre de la cuisine. Il l'imagina soudain dans son lit, les cheveux étalés sur l'oreiller, ses yeux noisette voilés par le plaisir pendant qu'il lui faisait l'amour...

— On se voit demain matin, alors, dit-elle, et elle passa rapidement devant lui pour retourner dans sa chambre.

Tanner demeura un moment immobile, tentant d'éteindre le feu qui se répandait dans ses veines. Pendant le dîner, il avait regretté que la jeune femme ne reste au ranch que quelques jours. Désormais, il espérait qu'elle partirait le plus tôt possible – avant qu'il fasse une bêtise.

6

Du désir à l'état brut.

Voilà ce qu'elle avait vu brûler dans les yeux bleus de Tanner quand il l'avait surprise en nuisette dans sa cuisine. Son regard ardent aurait pu rivaliser avec le soleil de juillet. Si elle n'avait écouté que ses envies, Josie se serait jetée dans les bras de Tanner pour lui montrer à quel point elle partageait le sentiment. Mais sa tête avait eu raison de son corps, et elle s'était carapatée dans sa chambre. Autant dire qu'elle avait mis un moment à se rendormir.

Dieu merci, ce matin, Tanner s'était comporté comme si cette rencontre nocturne n'avait jamais eu lieu. Seulement, elle avait bien eu lieu et, à présent, Josie n'arrivait plus à penser à autre chose. Toute la journée, le souvenir de ce regard de braise était revenu la tourmenter, comme il la tourmentait encore à cet instant alors que les fillettes faisaient leur sieste de l'après-midi.

Avec son boxer noir pour unique vêtement et son pistolet à la main, Tanner aurait pu poser pour le calendrier sexy des policiers. Pourquoi n'était-il pas moche et bedonnant ? Pourquoi fallait-il qu'il soit aussi gentil et attentionné avec elle ?

Elle se leva du canapé et alla se servir un verre de thé glacé. Elle ignorait quoi faire des émotions insensées que Tanner réveillait en elle. Insensées, car ils ne se connaissaient que depuis deux jours. Mais tellement agréables...

Durant toute la période où elle avait vécu sous le statut de témoin protégé, Josie n'avait eu aucune relation amoureuse. Trop difficile de faire confiance à qui que ce soit. Malgré tout, elle savait précisément ce qu'elle recherchait chez un homme – elle avait eu tout le temps d'y réfléchir depuis sa brève histoire de cœur à dix-sept ans. Et Tanner cochait toutes les cases.

Elle retourna s'asseoir au salon et contempla la vue. Une pelouse parsemée d'arbres, de vastes dépendances au loin. Elle reconnut la grange dans laquelle Tanner avait récupéré une pelle. Sa voiture était garée le long du bâtiment, parmi d'autres véhicules.

Tout en buvant son thé glacé, elle se remémora la conversation qu'ils avaient eue la veille au soir. Elle peinait à croire que le mariage de Tanner ait capoté à cause de son manque de sensibilité – ou alors il avait bien changé depuis. Il semblait persuadé d'être le seul responsable de l'échec de son couple. Or, même si Josie ne pouvait pas juger son ex-femme sans l'avoir rencontrée, l'attitude que celle-ci avait eue vis-à-vis de ses filles ne plaidait vraiment pas en sa faveur. Quoi qu'il en soit, sa mort avait laissé deux petites à jamais orphelines de leur mère. C'était bien cela le plus tragique.

Ce matin, Tanner avait informé Josie qu'il publierait une annonce pour trouver une nourrice. Elle lui avait proposé de faire passer les entretiens aux postulantes – après tout, il avait du travail, et elle connaissait ses exigences. Visiblement, il lui faisait confiance, car il avait accepté sans hésiter.

Elle ne pouvait s'empêcher de se demander s'il s'autoriserait un jour à se remarier. Il méritait de vivre un nouvel amour, tout comme les jumelles méritaient de grandir auprès d'une femme capable de les aimer. Pas seulement une nounou, mais quelqu'un qu'elles pourraient appeler « maman ».

Josie laissa échapper un soupir. Combien de temps devrait-elle encore attendre avant de pouvoir déterrer cette fichue montre ? Si le shérif Watkins l'autorisait à partir le lendemain, devrait-elle renoncer à la mission que lui avaient confiée ses frères et sa sœur ? Non, certainement pas. Elle n'avait aucune envie de rentrer à Granite Gulch et de leur annoncer qu'elle avait échoué. Hors de question de les décevoir alors qu'ils venaient à peine d'être réunis.

Mais surtout, serait-elle capable d'abandonner les jumelles en sachant pertinemment qu'il n'y avait personne pour la remplacer ? Peggy avait beau les adorer, elle n'était plus toute jeune. Il fallait de l'énergie pour s'occuper toute la journée de ces deux petites canailles.

Brusquement, Josie se redressa. Elle avait cru voir un mouvement dans le jardin, derrière un arbre. Quelqu'un était-il en train de surveiller la suite de Tanner ? De la surveiller, elle ? Son cœur battait à tout rompre, et la douleur s'était réveillée dans son bras. S'agissait-il de l'homme qui lui avait tiré dessus ? Ou bien d'une simple illusion d'optique ?

Un frisson lui parcourut l'échine tandis qu'elle continuait de fixer l'arbre. *Surveillez toujours vos arrières*, lui avait conseillé le policier du programme de protection des témoins. *Le danger peut surgir à tout moment, n'importe où.* Josie avait vécu dans cet état d'hypervigilance pendant sept longues années. Elle pensait que ce passé douloureux était enfin derrière elle, mais elle se trompait… Quelqu'un voulait à nouveau s'en prendre à elle, quoique pour des raisons différentes. La menace était toujours aussi présente.

— Fini dodo ! cria une petite voix.

Et s'il n'y avait eu personne derrière cet arbre ? songea-t-elle en se levant. Et si ce n'était que le fruit de son imagination ? L'homme au pistolet était peut-être reparti pour de bon.

Elle se hâta de rejoindre la nursery où les gloussements enfantins et les baisers mouillés lui firent presque oublier la peur qui s'était momentanément emparée d'elle.

Le shérif Troy Watkins ne sentait même plus l'odeur de café brûlé qui imprégnait l'air. L'estomac noué, il fixait les résultats des tests ADN posés sur son bureau.

Comme il l'avait craint, le sang retrouvé dans la chambre des Colton était bien celui d'Eldridge. Malheureusement, aucun autre indice probant n'avait été découvert jusque-là. Ni empreintes de chaussures sous la fenêtre (la terre était trop sèche) ni empreintes digitales sur le rebord. Troy était prêt à parier que celles relevées à l'intérieur de la pièce appartenaient à Eldridge, à Whitney ou aux domestiques. Seulement, cela prendrait du temps de toutes les identifier.

Le temps, justement... il filait bien trop vite. À chaque heure qui passait, les chances de résoudre l'enquête s'amenuisaient.

Troy se frotta le front en grimaçant. D'ordinaire, dans les affaires criminelles, le problème était de trouver des suspects crédibles. Dans le cas présent, au contraire, ils étaient trop nombreux. Presque tout le monde au ranch – les ouvriers, l'épouse, les enfants et beaux-enfants – semblait avoir une bonne raison d'en vouloir au propriétaire millionnaire.

Un des suspects, Mitchell Flunt, était actuellement en garde à vue, mais Troy ne pourrait pas le retenir très longtemps s'il n'avait pas de preuves solides à présenter à l'avocat général. Du sang avait été retrouvé sur ses bottes ; Troy espérait que les résultats des analyses tomberaient avant la fin de la journée, sans quoi il n'aurait pas d'autre choix que de libérer Flunt.

Il jeta un coup d'œil vers la pile de rapports sur le coin de son bureau. Tous les interrogatoires y étaient consignés. Troy était de la vieille école, il préférait lire sur papier qu'à l'écran, même s'il avait numérisé chacune des pièces. Quoi qu'il en soit, il n'avait pas besoin de se replonger dans les dernières auditions pour savoir exactement ce qui s'y trouvait. Fowler Colton, par exemple, avait tenté de minimiser la dispute qu'il avait eue avec son père la veille de la disparition de ce dernier. Marceline, elle, avait tout bonnement refusé de coopérer. Quant à l'épouse d'Eldridge, Whitney, elle avait prétendu s'être endormie dans son home cinéma et n'avoir rien entendu de ce qui se déroulait dans la chambre, un alibi que personne n'avait pu corroborer.

Le fait qu'elle se soit trouvée dans une autre pièce la nuit où son mari avait été arraché à son lit était-il une simple coïncidence ? Ou bien Whitney avait-elle joué un rôle dans cet enlèvement ? On pouvait s'étonner que son premier réflexe, une fois le choc initial passé, ait été de contacter Hugh Barrington, l'avocat de la famille, à propos du testament d'Eldridge...

Quarante-huit heures s'étaient écoulées et Troy redoutait que le vieil homme soit retrouvé mort. Si c'était un de ses proches qui avait commis le crime par appât du gain, le ou la coupable devait ignorer que le testament ne pouvait pas être ouvert en l'absence de corps. À présent, cette clause était connue de tous.

Par chance, la presse ne s'était pas encore emparée de l'affaire. Troy avait menacé ses hommes de renvoi immédiat s'ils s'amusaient à divulguer des informations aux journalistes. Mais il n'était pas dupe, ces derniers finiraient par apprendre la disparition du riche propriétaire, et alors il commencerait à recevoir une tonne de renseignements bidon et de témoignages de personnes affirmant avoir aperçu Eldridge à tel ou tel endroit improbable.

La migraine contre laquelle il avait lutté toute la matinée eut finalement raison de lui. Il se laissa aller en arrière dans son fauteuil, les yeux fermés. Que diable était-il arrivé à Eldridge Colton ?

Quand Tanner s'approcha de la stalle, le poulain se réfugia derrière sa mère.

— N'aie pas peur, mon grand. Je ne vais pas te faire de mal.

Clementine hennit doucement, comme pour rassurer son petit.

Appuyé contre la barrière, Tanner jeta un coup d'œil à sa montre. Presque 16 heures. Il aurait pu s'arrêter là pour aujourd'hui, mais quelque chose le retenait de rentrer chez lui.

En vérité, il avait hâte de retrouver Josie, et cela l'effrayait. Après leur brève rencontre dans la cuisine, il avait rêvé d'elle tout le reste de la nuit et il s'était réveillé le matin dans un tel état d'excitation qu'il avait été obligé de prendre une douche froide pour se calmer. Avait-il perdu la tête ? Il avait douze ans de plus qu'elle, bon sang ! Elle était bien trop jeune pour lui. L'ennui, c'était que son corps se fichait complètement de ces considérations.

Il s'écarta de la stalle en voyant Zane Colton entrer dans l'écurie. Le grand brun au physique athlétique s'avança vers lui, les traits tirés et le regard sombre.

— Salut.

— Salut, Zane. Tu tiens le coup ?

— Je trouvais déjà ça compliqué de gérer la sécurité du ranch et de l'entreprise Colton, mais ce n'était rien comparé à ce qui se passe en ce moment… J'ai embauché deux nouveaux gars. Malheureusement, c'est un peu tard pour mon père.

— Est-ce que quelqu'un a remarqué des mouvements inhabituels autour du ranch ? lui demanda Tanner en pensant à l'individu que Josie et lui avaient rencontré dans les bois.

— Pas que je sache. Mes hommes sont sur le qui-vive, ils patrouillent à pied et à cheval sur l'ensemble de la propriété et en particulier autour de la maison. Je ne me ferai pas avoir une seconde fois.

Il s'accouda à la barrière de la stalle, l'air de porter tout le poids du monde sur ses larges épaules. Tanner avait toujours apprécié ce garçon qu'Eldridge avait adopté peu après avoir épousé Whitney. Il ne doutait pas un seul instant que l'enlèvement de son père l'affectait profondément.

— Ne culpabilise pas, Zane, lui dit-il doucement. Personne n'aurait pu prévoir ce qui est arrivé.

— Je sais bien...

Le jeune homme regarda un moment la jument et son poulain avant de se redresser et de se tourner vers Tanner.

— Tu sais ce qui craint le plus dans tout ça ?

— Dis-moi.

— C'est de ne pas savoir en qui je peux avoir confiance parmi les gens qui m'entourent. Enfin... Je ferais mieux d'y aller.

— Et moi, je dois me préparer pour le dîner, renchérit Tanner qui regrettait de ne pas pouvoir lui remonter le moral.

Ils se dirigèrent ensemble vers la porte de l'écurie.

— Comment vont tes filles ? s'enquit Zane.

— Elles sont en pleine forme.

— J'ai cru comprendre que tu avais embauché Josie Colton comme nounou. Ça se passe bien ?

— Super bien, répondit Tanner tandis qu'ils ressortaient sous le soleil brûlant de l'après-midi. Mais dès que le shérif lui aura donné le feu vert, elle repartira. J'espère trouver quelqu'un avant ça.

— Je te souhaite bonne chance, alors.

Ils se séparèrent, l'un se dirigeant vers son bureau, l'autre vers la maison. Tanner plaignait Zane. Ce devait être difficile de ne pas savoir si sa propre mère était impliquée dans la disparition d'Eldridge – elle ou l'un de ses frères et sœurs. La rivalité et les chamailleries avaient toujours existé au sein de la famille, mais les derniers événements n'avaient pas dû arranger les choses.

Tanner s'arrêta devant l'agent de sécurité qui surveillait l'entrée du personnel.

— Comment ça va, John ?

— C'est tendu. Tout le monde est à cran.

— Je m'en rends bien compte. Même les bêtes semblaient

agitées quand je suis allé les voir ce matin. Bon courage, et ménage-toi.

En rentrant chez lui, Tanner trouva Josie assise sur une des petites chaises de la nursery. Lily et Leigh faisaient semblant de lui donner à manger dans une assiette de dînette.

Les jumelles accoururent vers lui tandis que Josie lui adressait un de ses sourires charmants et si innocemment dévastateurs.

— Vous arrivez à temps ! s'exclama-t-elle. J'ai mangé assez de « paghettis » pour toute une vie.

— Paghettis ! répéta Lily en tapant dans ses mains.

Tanner rit de bon cœur, tout en embrassant les fillettes chacune à leur tour.

Lorsqu'il se fut lavé et changé, ils se rendirent tous les quatre dans le réfectoire du personnel. Le dîner ressembla à tous les autres : un savoureux rôti de bœuf servi avec des pommes de terre et une bonne dose de potins. Le dernier en date concernait Mitchell Flunt qui venait d'être inculpé de recel d'objets volés.

— Ils ont retrouvé du matériel appartenant au ranch dans son garage, précisa Linda. Comme il n'a pas obtenu son augmentation, j'imagine qu'il a cherché un autre moyen de se faire de l'argent. Personnellement, je n'ai jamais apprécié ce type. Il n'est pas très sympa et il a des petits yeux de fouine.

Pour les yeux de fouine, Tanner ne se prononçait pas, mais jamais il n'aurait soupçonné Mitchell d'être un voleur. Et quid du sang retrouvé sur ses bottes ? C'était probablement cet élément qui avait poussé le shérif à perquisitionner le domicile du jardinier.

S'il s'avérait que le sang en question n'était pas celui d'Eldridge, Troy Watkins se pencherait de plus près sur les autres personnes présentes au ranch la nuit de l'enlèvement – lequel avait pu se produire n'importe quand entre 21 heures et 8 heures. Dieu merci, Tanner avait un bon alibi, facilement vérifiable auprès de ses collègues. Quant à Josie, elle avait fêté le mariage de son frère à Granite Gulch la veille de son arrivée, et de nombreux témoins pouvaient en attester.

De toute façon, ni elle ni lui n'avaient le moindre intérêt à kidnapper le millionnaire ou à le tuer. Josie ne l'avait jamais rencontré, et tout le monde ici savait que Tanner s'entendait bien avec lui.

Il coula un regard vers la jeune femme qui discutait avec Becky d'une série télévisée qu'il ne connaissait pas. Le sujet semblait la passionner, ses yeux brillaient et elle parlait avec animation. Tanner avait l'impression de percevoir son parfum épicé et fruité derrière les odeurs de cuisine.

À côté de lui, Lily lui tendit une rondelle de carotte.

— Tiens, Papa-chéri, dit-elle.

Tanner sourit. Alors qu'il se penchait pour attraper le morceau de légume entre ses lèvres, son regard croisa celui de Josie, et il sentit un nouvel élan de désir lui enflammer les reins. Seigneur, cette femme était dangereuse et elle ne s'en rendait même pas compte...

— Maintenant, c'est toi qui manges, Lily-chérie, dit-il à sa fille.

Les paroles d'une chanson de jazz démodée lui revinrent soudain en mémoire. *I got it bad, and that ain't good.* Oh oui, il en pinçait pour Josie Colton, et ce n'était vraiment pas bien.

Pour un vieux type blasé comme lui qui n'avait même pas réussi à rendre son épouse heureuse, elle incarnait le fruit défendu. Envisager une relation avec elle, à quelque niveau que ce soit, était la pire des idées.

À la fin du repas, ils repartirent avec les jumelles installées dans leur poussette double. Cette fois-ci, Tanner était certain de sentir le parfum grisant de Josie. Il se retint d'inspirer profondément pour mieux s'en imprégner.

— C'était le meilleur rôti que j'ai jamais mangé, confia-t-elle.

— Je vous avais dit que Bettina était douée. Vous cuisinez ?

— Pas aussi bien qu'elle, mais je me débrouille.

— Vous avez une spécialité ? s'enquit-il, heureux de pouvoir se concentrer sur une conversation inoffensive.

— La soupe de poulet aux boulettes de pâte, répondit-elle sans hésiter. Si je reste assez longtemps, je vous en préparerai peut-être, un soir. Ce serait agréable de se passer des commérages, pour une fois, et de partager un repas tous les quatre.

— C'est vrai que les domestiques s'en donnent à cœur joie en ce moment. Pour ma part, je ne croirai rien tant que je ne l'aurai pas entendu de la bouche du shérif ou de ses adjoints.

Tanner ouvrit la porte de l'appartement.

— L'annonce pour la nounou paraîtra dans le journal demain, dit-il tout en sortant les filles de leur poussette.

Josie alla directement s'asseoir sur le tapis du salon, et les jumelles se précipitèrent sur ses genoux.

— J'espère que vous trouverez la perle rare. Ces petites demoiselles le méritent.

Tanner acquiesça. La perle rare, il avait le sentiment de l'avoir déjà trouvée. Cette impression se confirma au cours des deux heures qui suivirent pendant lesquelles ils jouèrent avec les enfants tout en bavardant entre adultes.

Il fut surpris de découvrir qu'ils partageaient non seulement les mêmes valeurs, mais aussi les mêmes idées politiques. En revanche, leurs avis divergeaient quant à savoir quelle était la meilleure saison de l'année...

— Je vous dis que c'est l'automne, insista-t-elle.

— Non, c'est le printemps ! La végétation repart, tout est vert, tout est neuf...

— Mais en automne, ça sent bon le feu de cheminée et les tourtes aux pommes, et l'air est si vivifiant ! On boit du cidre, on fait des promenades sur des charrettes de foin...

Tanner se mit à rire.

— Excusez-moi, mais je manipule suffisamment de foin toute la journée pour ne pas avoir envie d'en voir aussi sur mon temps libre.

— Foin ! dit Lily, et elle posa sa poupée sur les genoux de Tanner.

Suivant l'exemple de sa sœur, Leigh fourra la sienne dans les mains de Josie en répétant le mot. Puis les deux fillettes éclatèrent de rire comme si elles venaient de partager une bonne blague.

— Mon frère Christopher et ma sœur Annabel sont jumeaux, eux aussi, confia Josie. Mais ils ont été élevés dans des familles différentes.

Tanner observa tendrement ses enfants.

— Je n'arrive pas à les imaginer séparées.

— Elles ont l'air d'avoir une langue bien à elles. J'ai lu que c'était souvent le cas chez les jumeaux.

— Je crois qu'elles s'en servent surtout pour se moquer des adultes, répliqua-t-il.

Comme pour lui donner raison, Lily débita à sa sœur un chapelet de syllabes qui n'avaient aucun sens. Leigh regarda son père, puis Josie, avant de se mettre à glousser en rejetant la tête en arrière.

— Mais c'est vrai, elles se moquent de nous ! s'exclama Josie.

Pour se venger, elle commença à chatouiller les deux petites, et bientôt la pièce s'emplit de rires joyeux et communicatifs. Jamais Tanner ne se lasserait de cette douce musique.

Ce ne fut qu'une fois les jumelles couchées, alors qu'ils s'installaient au salon, qu'il pensa à demander à Josie comment s'était déroulée sa journée.

— Les filles ont été super, répondit-elle.

Tanner crut pourtant déceler une hésitation dans sa voix.

— Mais ? l'encouragea-t-il, inquiet.

Elle se mordit la joue, se passa une main dans les cheveux. La tension était palpable dans chacun de ses gestes.

— Il est toujours là, Tanner. L'homme qu'on a rencontré dans la forêt. Je l'ai vu se cacher derrière un arbre cet après-midi. Il me surveille.

7

Tanner se leva pour fermer les stores et revint s'asseoir en face d'elle.

— Où et quand l'avez-vous vu, exactement ?

Josie s'en voulut d'avoir plombé l'ambiance avec cet aveu. N'aurait-elle pas mieux fait de garder ses doutes pour elle ?

— C'était pendant que les filles faisaient la sieste, répondit-elle. Je suis allée me chercher à boire dans le frigo et quand je suis revenue là, dans le fauteuil, j'ai cru voir quelqu'un se cacher derrière un arbre.

Parcourue d'un frisson, elle serra ses bras autour d'elle.

— Que s'est-il passé ensuite ?

— Rien. J'ai fixé l'arbre un long moment, mais je n'ai plus rien vu, puis les filles se sont réveillées. Pendant les heures qui ont suivi j'ai regardé plusieurs fois dehors, sans jamais remarquer quoi que ce soit d'anormal.

— Vous êtes sûre que c'était le même homme que dans les bois ?

Josie réfléchit. Elle avait seulement aperçu un mouvement du coin de l'œil. Elle n'était même pas certaine qu'il s'agissait d'un être humain. Et si son esprit lui avait joué des tours ? Elle laissa retomber ses mains, regrettant d'avoir mentionné l'incident.

— Non, je n'en suis pas sûre, murmura-t-elle en soupirant. Mais, vous savez, j'ai passé sept ans à surveiller mes arrières, persuadée que quelqu'un allait essayer de me tuer. Il est possible que cela m'ait influencée, et qu'en fait il n'y ait eu personne derrière cet arbre.

Elle baissa les yeux, mortifiée. Il la prenait sûrement pour une folle.

— Sept ans à croire que quelqu'un allait essayer de vous tuer ? Je ne comprends pas...

Josie sentit le regard de Tanner peser sur elle. Dans sa précipitation à se justifier, elle venait de révéler une partie de son passé qu'elle aurait préféré garder sous silence.

Elle inspira profondément et leva de nouveau les yeux vers lui.

— De l'année de mes dix-sept ans jusqu'à il y a à peine plus d'un mois, j'ai vécu sous le statut de témoin protégé.

Tanner parut choqué.

— Pourquoi ?

Elle se frotta les mains sur les genoux, replongeant à contrecœur dans cette époque où la terreur avait régné en maître sur sa vie.

— Je vous ai dit que j'avais été élevée en famille d'accueil. Roy et Rhonda Carlton m'ont toujours bien traitée, mais Roy avait un frère, Desmond, qui était un grand baron de la drogue. Ils n'avaient aucune idée de ce qu'il faisait, et du danger qu'il représentait. Un soir, quand j'avais douze ans, ils ont décidé de sortir en amoureux et ils ont demandé à Desmond de venir nous garder, moi et les autres enfants dont ils avaient la charge. On s'est couchés vers 20 h 30, comme d'habitude. Mais à minuit, je me suis réveillée. J'avais soif.

Josie eut soudain la gorge sèche, comme ce soir-là quand des voix provenant du salon l'avaient tirée de son sommeil. Elle était descendue sans bruit du lit superposé pour ne pas réveiller ses frères et sœurs d'adoption qui partageaient sa chambre. Elle se souvenait distinctement qu'elle portait son pyjama préféré, celui avec des fleurs roses.

— Donc, vous vous êtes levée pour aller boire un verre d'eau, dit Tanner d'un ton doux.

— Oui. J'ai entendu des gens parler et j'ai pensé que Roy et Rhonda étaient rentrés. Mais quand je suis arrivée dans le salon, Desmond était là avec un homme que je ne connaissais pas. Tout à coup, il s'est mis à le poignarder en pleine poitrine.

La brutalité de l'attaque, le sang, la victime qui s'écroule par terre, tout lui revint violemment à l'esprit. Une fois de plus, elle serra ses bras autour d'elle dans l'espoir de chasser le froid glacial qui la traversait.

Cours ! avait crié une voix dans sa tête. *Ne laisse pas Desmond t'attraper. Ne le laisse pas te voir !* Mais elle n'avait pas couru. Elle était restée figée sur place, paralysée de terreur.

— Il l'a assassiné, Tanner. Il l'a tué de sang-froid. Je pensais que je pourrais m'éclipser discrètement, mais j'ai dû faire un bruit, retenir un cri, je ne sais pas... Desmond m'a agrippée par les épaules.

La réalité s'effaça tandis qu'elle revivait la scène : les yeux noirs et furieux du meurtrier plantés dans les siens, les doigts qui s'enfonçaient douloureusement dans sa chair, l'haleine chaude et aigre sur son visage...

— Josie, restez avec moi.

La voix grave de Tanner la ramena au présent. Elle se força à lui sourire avant de reprendre son récit.

— Desmond m'a promis que si je l'ouvrais il ne me tuerait pas moi, mais tous ceux que j'aimais. Roy et Rhonda, les autres enfants... Il retrouverait tous mes frères et ma sœur de sang et leur infligerait une mort lente et douloureuse.

Elle poussa un soupir.

— Je l'ai cru. Pendant cinq longues années, je n'ai rien dit. Je me suis isolée. J'ai même refusé de revoir les membres de ma famille biologique quand ils m'ont retrouvée parce que j'avais peur que Desmond leur fasse du mal.

— Que s'est-il passé ensuite, ce soir-là ? demanda Tanner en soutenant le regard de Josie.

— Je suis retournée me coucher, terrifiée. J'ai entendu d'autres voix, et j'ai compris plus tard que Desmond avait dû faire venir des complices pour l'aider à se débarrasser du corps. Roy et Rhonda sont rentrés et ne se sont rendu compte de rien. Par la suite, Desmond s'est débrouillé pour me rappeler ses menaces. Chaque fois qu'il venait à la maison, quand les autres avaient le dos tourné, il me faisait les gros yeux ou il sortait sa langue sur le côté pour imiter un mort.

— Que s'est-il passé pour que vous finissiez par parler ?

— Je suis tombée amoureuse, répondit Josie. J'étais au lycée, Michael avait un an de plus que moi. Pour la première fois de ma vie, j'étais heureuse, même si on se voyait en cachette. Le jour de mon dix-septième anniversaire, il m'a demandée en mariage. On a décidé qu'on s'épouserait dès que j'aurais passé mes examens. J'avais l'impression de vivre un conte de fées.

Michael avait été un rayon de soleil dans la tourmente de sa vie. Ils s'étaient aimés avec l'optimisme de la jeunesse, avaient rêvé d'un avenir ensemble. Seigneur, ils avaient été si naïfs...

— Un soir, je suis rentrée à la maison, et Desmond était là, poursuivit-elle. C'est à ce moment-là que j'ai compris que je n'aurais aucun avenir avec Michael ni avec personne d'autre tant que cet homme détiendrait un tel pouvoir sur moi. S'il apprenait que j'aimais Michael, celui-ci deviendrait une cible de plus.

À sa grande surprise, elle sentit les larmes lui monter aux yeux et sa gorge se nouer sous un flot d'émotions qu'elle ne s'était jamais autorisée à exprimer. Elle regarda Tanner, impuissante, préférant ne rien dire de peur de craquer complètement.

Il se leva tout de suite du fauteuil pour venir s'asseoir à côté d'elle sur le canapé. Là, il lui prit les mains et les serra doucement dans les siennes. Non sans effort, Josie réussit à se contrôler.

— Le lendemain, j'ai rompu avec Michael avant de pousser la porte du commissariat le plus proche. J'ai tout raconté à un policier et, Dieu merci, il m'a crue. Ce que je ne savais pas, c'est qu'ils surveillaient Desmond depuis des années. J'étais le témoin dont ils avaient besoin pour le faire tomber.

— Mais pour ça, vous avez dû renoncer à votre avenir, fit remarquer Tanner en l'enveloppant de son regard empli de compassion.

— Je n'avais pas le choix. Je savais que je n'aurais pas de vie tant que je ne le dénoncerais pas. L'homme que Desmond avait tué, Blake Biltmore dit « le Serpent », était un petit dealer qui l'avait apparemment contrarié. Son corps avait été retrouvé deux semaines après le meurtre, mais la police n'avait pas réussi à résoudre l'enquête.

— Que s'est-il passé, alors ? Desmond a été arrêté ?

— Non, ils ont essayé de le coincer en montant une opération d'infiltration, mais Desmond s'est fait tuer avant qu'ils aient pu l'appréhender. Comme il avait beaucoup d'hommes de main, les policiers craignaient que ceux-ci s'en prennent à moi. C'est pour ça qu'ils m'ont envoyée dans une petite ville du Missouri.

— Qu'est-ce qui a fait que vous avez pu quitter le programme ?

— Selon les marshals qui s'occupaient de mon cas, tous les types qui avaient travaillé pour Desmond étaient morts – tués par des bandes rivales ou décédés en prison. On m'a dit que je n'avais plus rien à craindre. Au bout de sept ans, je peux enfin vivre librement.

— Vous y croyez vraiment ?

Tanner, avec son regard perçant, semblait voir jusqu'au fond de l'âme de Josie.

— J'ai envie d'y croire, répondit-elle lentement. J'espère que c'est vrai, mais ça n'empêche pas que mon cerveau ait pu me tromper cet après-midi. Pour être honnête, quand le type a surgi devant nous l'autre jour, j'ai d'abord pensé qu'un fidèle de Desmond avait fini par me retrouver et qu'il allait me faire la peau pour venger son chef.

— Mais nous savons que ce n'était pas le cas, répliqua Tanner.

Elle laissa échapper un rire amer.

— C'est vrai. Au moment où je peux enfin me tourner vers mon avenir, quelqu'un d'autre cherche à s'en prendre à moi.

— Josie, vous n'avez rien à craindre ici. *Nous* n'avons rien à craindre tant que nous ne nous éloignons pas trop de la maison. J'ai parlé à Zane Colton aujourd'hui, vous savez, le chef de la sécurité. Il m'a dit qu'il avait embauché de nouveaux vigiles. Il ne vous arrivera rien, rassurez-vous. Et le moment venu, j'irai avec vous récupérer cette montre.

Il ne vous arrivera rien, rassurez-vous. Ces paroles lui firent l'effet d'un baume. Personne ne l'avait jamais réconfortée de cette façon. Et tandis qu'elle plongeait le regard dans celui de Tanner, elle eut la certitude qu'avec lui, elle ne craignait véritablement rien.

Elle commençait à le remercier, mais les mots s'étranglèrent dans sa gorge et elle fondit en larmes.

— Hé..., murmura-t-il.

Il l'attira aussitôt dans ses bras. La joue pressée contre la chemise de Tanner, Josie ne put faire autrement que de laisser libre cours à son chagrin. Pendant des années, elle avait refoulé ses émotions et, à présent, celles-ci s'échappaient en un flot incontrôlable. Tanner lui caressa doucement le dos en attendant qu'elle se calme.

Bientôt, les larmes se tarirent. Entourée des bras musclés de Tanner, Josie se sentait en sécurité, protégée. Peu à peu, elle prit conscience du torse puissant contre lequel ses seins s'écrasaient. Le parfum de Tanner, déjà si familier, finit de chasser sa tristesse et fit naître en elle un tout autre sentiment. Elle releva la tête ; la bouche de Tanner se trouvait à quelques centimètres de la sienne. Comme son regard bleu s'assombrissait, elle sut qu'il allait l'embrasser. Seigneur, elle en avait tellement envie !

Des lèvres, il frôla celles de Josie, délicatement, comme s'il craignait la réaction de la jeune femme. Mais il n'avait rien à craindre. Pour le lui prouver, elle lui glissa une main sur la nuque et l'embrassa avec ardeur.

Sa bouche était chaude et exigeante. Leurs langues se livraient une bataille enfiévrée. Tanner songea qu'il avait officiellement perdu la raison, mais l'exquise douceur des lèvres de Josie ne lui donnait aucune envie de la retrouver.

C'était impossible de réfléchir. Ses sens avaient pris le dessus, électrisés par ce baiser inattendu et pourtant si fantasmé, par la proximité du corps de la jeune femme, par les caresses sur son cou. Au départ, il avait simplement voulu la consoler, mais il s'était laissé emporter par une vague de désir aussi brutale qu'irrésistible.

Il glissa les doigts dans la chevelure de Josie – incroyablement douce et soyeuse, comme il se l'était figurée. Elle émit alors un petit gémissement qui le tira brusquement de sa torpeur. Horrifié, il la repoussa et bondit du canapé.

— Je suis désolé.

Elle le regarda un moment, les lèvres légèrement gonflées, les yeux brillant d'un éclat vert doré.

— Désolé pour quoi ? murmura-t-elle.

— Je n'aurais pas dû vous embrasser.

Il recula de deux pas et enfonça les mains dans ses poches.

— Ça n'aurait jamais dû arriver, ajouta-t-il, alors qu'il brûlait de recommencer.

— Mais je voulais que ça arrive, Tanner. Vous m'attirez beaucoup.

Ces mots l'emplirent à la fois de chaleur et de désarroi.

— Vous ne devriez pas être attirée par moi. Je suis beaucoup trop vieux pour vous.

— L'âge n'a rien à voir avec l'attirance, répliqua-t-elle en souriant. Moi, je ne regrette absolument pas qu'on se soit embrassés. J'espère même qu'on va le refaire.

Tanner recula encore. Elle le torturait avec ses encouragements et son air aguicheur !

— Ça n'arrivera plus, Josie, dit-il d'un ton ferme. Je crois qu'on a déjà assez de problèmes comme ça tous les deux. On n'a pas besoin en plus d'une relation qui ne mènera nulle part et qui ne fera que compliquer les choses.

Voir son sourire s'effacer brusquement lui déchira le cœur, mais il fallait bien que quelqu'un injecte une dose de réalité dans cette conversation insensée.

Et la réalité, c'était qu'il n'y avait pas de place dans sa vie pour une jeune femme comme Josie, aussi désirable soit-elle. Il n'y avait de place pour aucune femme.

— Je vais me coucher, dit-il. Bonne nuit, Josie.

— Bonne nuit, papi, répliqua-t-elle.

Il se crispa avant de tourner les talons et de se réfugier dans sa chambre où il était certain de ne plus voir le joli minois ni de sentir le parfum de Josie.

Il mit un long moment à s'assoupir et lorsqu'il y parvint enfin il rêva de Josie, de son regard voilé par le désir, de ses lèvres pulpeuses et sucrées. Il se réveilla avant l'aube, s'habilla rapidement et partit alors que les trois filles dormaient encore. Une fois à l'abri dans son bureau – un petit espace aménagé dans l'une des granges qui contenait une table de travail, un ordinateur, un meuble classeur et une vieille cafetière –, il se laissa tomber dans son fauteuil et repensa à ce qui s'était passé la veille.

Le récit de Josie l'avait atterré. Non seulement son père avait tué sa mère alors qu'elle était enfant, non seulement elle avait été séparée de ses frères et de sa sœur, mais il avait fallu en plus qu'elle assiste à un meurtre à douze ans et qu'elle vive dans la peur pendant des années… Le père en lui aurait voulu apaiser le chagrin de la petite fille qu'elle avait été, même s'il savait bien que rien ne pouvait effacer ce qu'elle avait enduré.

Comme elle avait dû se sentir seule pendant ces cinq années de silence ! La plupart des gens auraient été brisés par une telle épreuve, mais elle avait survécu.

Et ce baiser, bon sang…

Tanner s'appuya contre le dossier de son fauteuil, les sourcils froncés. Qu'est-ce qui lui avait traversé l'esprit ? Il n'avait pas réfléchi, voilà tout. Son désir avait pris le contrôle. Cela n'arriverait plus.

L'attirance qu'elle disait ressentir pour lui ne pouvait pas être réelle. Elle avait quitté le programme de protection des témoins un mois plus tôt et, avant cela, elle avait passé la majeure partie de sa vie seule et terrifiée. Si elle s'intéressait à lui, c'était sûrement parce qu'elle était en manque de contact humain, et qu'il était le premier mâle avec qui elle interagissait depuis longtemps. D'après ce qu'il avait compris, elle n'avait eu qu'une relation avec un garçon, à l'adolescence.

Ils avaient juste besoin de temps. Dans quelques jours, peut-être ils pourraient retourner discrètement chercher ce pour quoi elle était venue. Alors, elle rentrerait chez elle et se consacrerait enfin à sa vie. Elle se trouverait un jeune homme qui n'avait pas encore d'enfants, quelqu'un qui ferait d'elle le centre de son univers. Après tout ce qu'elle avait enduré, elle le méritait amplement.

Tanner avait un peu honte de s'être enfui comme un lâche avant qu'elle et les jumelles soient réveillées. Il ne savait même pas de quoi il avait eu peur. Qu'une gêne s'installe entre eux, sans doute. Ou que Josie se montre désagréable avec lui – cela pourrait se comprendre. Pourtant, malgré son histoire traumatique et les récents événements, elle avait toujours été absolument charmante jusque-là.

Pour l'heure, il avait besoin d'elle, et elle avait besoin de lui. Il fallait donc oublier ce baiser, oublier le désir et faire en sorte d'instaurer entre eux une relation simple et cordiale.

Fort de cette idée, Tanner décida de passer chez lui à midi. Il trouva les jumelles dans leurs chaises hautes et Josie assise sur un tabouret devant l'îlot central.

— Regardez, les filles, Papa-chéri est rentré manger ! s'exclama-t-elle.

Tanner reçut deux gros bisous au beurre de cacahuète et à la confiture avant de rejoindre la jeune femme. Celle-ci était belle à se damner avec son chemisier rose vif rentré dans son short en jean.

— Vous ne mangez pas ? lui demanda-t-il.

— J'ai avalé un sandwich pendant que les filles faisaient la sieste. Vous voulez que je vous prépare quelque chose ?

— Non merci, ça ira.

Il était tellement soulagé qu'elle n'ait pas l'air de lui en vouloir... Rien n'avait changé dans son attitude, comme si leur baiser passionné n'avait jamais existé.

— Vous êtes parti tôt, ce matin, fit-elle remarquer.

— Oui, le jeudi, c'est le jour de la paperasse et des commandes de matériel. J'essaye d'arriver le plus tôt possible au bureau.

Il se leva pour aller prendre une bouteille d'eau dans le réfrigérateur, conscient d'avoir légèrement déformé la réalité. Certes, il s'occupait des tâches administratives le jeudi, mais jamais il ne commençait avant l'aube comme aujourd'hui...

— J'ignorais que vous aviez un bureau.

Tanner sourit.

— C'est un bien grand mot. En fait, il s'agit d'un petit espace assez austère délimité par quatre murs en planches dans l'une des granges.

— Il vous faudrait peut-être quelques œuvres d'art pour égayer ces murs, observa Josie.

Elle se tourna vers les jumelles.

— Les filles, ça vous dirait de faire des dessins à papa, cet après-midi ?

— Dessin ! Dessin ! s'exclama Lily avant d'enfourner une rondelle de banane dans sa bouche.

Leigh acquiesça avec enthousiasme, faisant rebondir ses boucles blondes tout autour de sa tête.

— Je n'avais jamais pensé à décorer ce bureau, reconnut Tanner.

— Laissez-nous juste quelques heures, et il sera digne des plus grandes salles de musée. Quelle est votre couleur préférée ?

— Le bleu. Je sais, ce n'est pas très original... Et vous ?

— Le rose. Pas très original non plus ! Quoique, je commence à beaucoup apprécier le violet aussi, ajouta-t-elle en regardant Lily.

L'affection évidente qu'elle portait aux jumelles ne la rendait que plus attirante aux yeux de Tanner.

— Comment ça se passe, au ranch ? s'enquit-elle en reportant son attention sur lui.

— L'ambiance est tendue. Personne ne sait plus à qui se fier. C'est dur de penser qu'il y a peut-être un meurtrier parmi les gens qu'on fréquente tous les jours.

— Il n'y a qu'une personne en qui vous pouvez avoir confiance ici, c'est moi, répliqua Josie d'un air malicieux.

C'était ce qu'il lui avait dit deux jours plus tôt...

— Vous avez sans doute raison. Sur ce, je vais devoir vous laisser. Je passais juste vérifier que tout allait bien avant d'aller inspecter les prés.

— Si vous étiez arrivé vingt minutes plus tôt, vous seriez tombé sur Marceline.

Tanner eut du mal à cacher sa contrariété.

— Vous avez apprécié sa visite ?

— Plutôt, même si notre conversation est restée très superficielle.

— Vous a-t-elle dit où elle se trouvait la nuit où Eldridge a disparu ?

— Non. Nous avons surtout parlé mode et cuisine. Elle m'a juste confié qu'ils espéraient tous recevoir une demande de rançon pour Eldridge. Elle m'a l'air assez seule, comme fille. Quand elle est partie, je l'ai vue entrer dans une des granges.

— Elle allait sans doute voir sa jument, Queenie. Elle adore monter à cheval, et je dois reconnaître qu'elle s'occupe bien d'elle.

D'instinct, il avait envie de mettre en garde la jeune femme contre Marceline, mais il n'en fit rien. Il lui avait déjà dit de se méfier d'elle ; Josie était une grande fille, elle pouvait se faire ses propres opinions. Et, après tout, il ne voyait pas vraiment comment Marceline pourrait lui nuire.

Quand il quitta l'appartement quelques minutes plus tard, il se félicita que tout soit rentré dans l'ordre avec Josie. Au cours de l'après-midi, cependant, alors qu'il parcourait les pâturages à cheval, d'autres questions revinrent le tourmenter. Où était Eldridge ? Personne n'avait encore réclamé de rançon ; cela voulait-il dire qu'il était mort ? Ou bien le kidnappeur jouait-il avec les nerfs des proches de sa victime dans l'espoir d'obtenir un meilleur prix ?

Et qu'avait donc Marceline derrière la tête ?

8

La semaine suivante fila à la vitesse de l'éclair. Josie, Tanner et les jumelles s'installèrent dans une routine confortable qui ressemblait un peu trop au bonheur. Le matin, les deux adultes prenaient le café ensemble pendant que Lily et Leigh mangeaient leur petit déjeuner, puis Tanner partait travailler. Le soir, ils dînaient avec les autres employés avant de rentrer jouer jusqu'au coucher des petites. Josie et Tanner passaient alors une heure ou deux à bavarder.

Elle n'en revenait pas que leurs conversations puissent être aussi faciles et agréables. Ils ne tombaient jamais en panne de sujets. C'était comme s'ils se connaissaient depuis des mois et, chaque matin, Josie avait hâte que le soir arrive pour profiter de ces instants avec Tanner.

Le baiser qu'ils avaient échangé une semaine plus tôt l'avait profondément bouleversée. Bien qu'ils n'aient eu aucun contact physique depuis, le désir n'en couvait pas moins entre eux. Il le sentait lui aussi, elle en était certaine. Elle le voyait à la flamme qui brillait dans les yeux de Tanner chaque fois qu'il la regardait à la dérobée. La tension sexuelle était palpable dans l'atmosphère dès qu'ils se retrouvaient seuls dans une pièce.

Cela lui avait semblé si naturel, si juste de s'abandonner dans les bras de Tanner, de lui offrir sa bouche... Mais ce n'était pas suffisant. Elle ne pouvait pas se contenter d'un simple baiser. Elle voulait qu'il lui fasse l'amour, et cette pensée l'obsédait depuis le jour où ils s'étaient embrassés.

Et dire qu'il se croyait trop vieux pour elle… Quelle idée ridicule ! D'une, il n'avait que trente-cinq ans et, de deux, Josie n'était pas comme la plupart des jeunes femmes de son âge. Elle avait déjà vécu plusieurs vies. Elle ne cherchait pas l'aventure, les histoires d'un soir, c'était la stabilité qui lui faisait envie. Elle rêvait d'une existence paisible et elle savait qu'elle pouvait la trouver ici, avec Tanner, et les deux fillettes qui s'étaient rapidement fait une bonne place dans son cœur. Les jumelles étaient tellement éveillées, si amusantes et affectueuses ! Josie ne supportait pas l'idée que quelqu'un d'autre s'occupe d'elles.

Elle laissa errer son regard par la fenêtre. Lily et Leigh faisaient la sieste, et le silence était propice aux songes les plus fous. Au moins, elle ne pensait pas trop à l'homme qui lui avait tiré dessus… Ces derniers jours, ni Tanner ni elle n'avaient fait allusion à la montre. Pour être honnête, Josie ne voulait pas réfléchir au moment où il lui faudrait repartir. Elle se sentait bien, ici, avec Tanner.

Et lui, qu'éprouvait-il pour elle – en dehors d'une évidente attirance physique ? Une chose était certaine, elle lui rendait bien service pour l'instant. Il n'avait reçu qu'une seule réponse à son annonce, et la postulante ne s'était même pas présentée à l'entretien. Sans doute était-ce lié à la disparition d'Eldridge, qui faisait la une de toute la presse… Un millionnaire enlevé dans son lit, cela n'arrivait pas tous les jours. Personne n'avait envie d'aller travailler dans un ranch où ce genre d'événements pouvait se produire.

Josie sursauta en entendant frapper à la porte. C'était Marceline qui lui tendit un vase rempli de magnifiques roses jaunes.

— Qu'est-ce que c'est ? demanda Josie.

— Ces roses symbolisent l'amitié. J'ai pensé qu'elles égayeraient un peu votre journée.

Elle lui fourra le bouquet dans les mains et passa devant elle pour s'installer sur le canapé.

— Les filles font la sieste, j'imagine ?

— Oui. Merci beaucoup, elles sont très belles.

Josie posa les fleurs sur l'îlot central avant de retourner s'asseoir dans le fauteuil.

— Quand je pense qu'un jour je viendrai ici et que vous ne serez plus là, ça me rend triste, confia Marceline.

— Si ça ne tenait qu'à moi, je crois que je passerais le reste de ma vie au ranch.

La fille de Whitney se pencha en avant, les yeux brillants.

— Je m'en doutais ! Alors, comme ça, vous êtes tombée folle amoureuse de Tanner ?

— Folle amoureuse, peut-être pas ! répondit Josie en riant. Disons qu'il ne me laisse pas indifférente physiquement.

— Et... vous êtes passée à l'acte ?

— Non, pas vraiment. Mais je me sens électrisée dès qu'il est dans les parages. Comme si mes sens se réveillaient en sa présence.

— C'est une sensation formidable, n'est-ce pas ?

Josie haussa un sourcil.

— Vous parlez en connaissance de cause, mademoiselle Marceline ? Vous aussi, il y a quelqu'un qui vous électrise ?

— Mon Dieu, non ! Mais ça ne m'empêche pas d'imaginer ce que ça peut faire.

— Pourtant, vous êtes tellement jolie ! Vous devez avoir une foule de prétendants.

— Tous les types que je rencontre me font penser à mon demi-frère Fowler qui est un abruti prétentieux. Il est encore plus insupportable depuis que papa Eldridge a disparu.

— Je suis sûre que vous finirez par trouver un homme qui vous rendra heureuse, dit Josie.

— Et moi, j'espère de tout mon cœur que ça marchera entre vous et Tanner.

Marceline l'observa un moment, les yeux plissés.

— Vous êtes vraiment différente de Helen.

— C'est vrai ? Dans quel sens ?

Josie n'aimait pas dire du mal des morts, mais elle était curieuse d'en apprendre davantage sur cette femme qui avait séduit Tanner.

— En réalité, Helen rêvait de devenir une Colton, pas une Grange, expliqua Marceline. Elle enviait notre argent, notre standing et tout le reste. Je ne sais pas si elle était déjà comme ça quand Tanner l'a épousée ou si c'est par la suite qu'elle a changé.

— Elle devait avoir des qualités, pour qu'il tombe amoureux d'elle.

— Sans doute mais, honnêtement, je ne lui en ai pas vu beaucoup. Elle m'a paru plutôt désagréable et bien plus préoccupée par son apparence que vous ne semblez l'être. Elle allait très souvent chez le coiffeur et chez la manucure. Elle adorait les beaux vêtements, alors que ce n'est clairement pas une priorité pour vous.

Josie baissa les yeux sur son T-shirt et son short, se demandant si elle devrait se sentir offensée par la réflexion de Marceline. Elle préféra en sourire. Tout le monde n'avait pas les moyens - ni l'envie - de s'offrir une garde-robe de luxe.

— Ce que je ne comprends pas, dit-elle, c'est comment elle a pu abandonner ses filles. Elle souffrait peut-être de dépression.

— C'est possible.

— Je ne suis là que depuis un peu plus d'une semaine et je sais déjà que les jumelles me manqueront affreusement quand je repartirai.

— C'est vrai qu'elles sont mignonnes. Vous voulez des enfants, vous ?

— Oh oui. J'adorerais avoir une famille nombreuse. Et vous ?

— Je ne sais pas… Les enfants, c'est salissant.

Josie éclata de rire.

— Ça, c'est sûr ! Ils sont salissants et imprévisibles, ils vous font de gros bisous baveux, mais ils n'ont pas leur pareil pour vous combler de bonheur.

— Si vous le dites.

— Fini dodo ! cria Lily depuis la nursery.

Marceline se leva aussitôt.

— Je vais vous laisser travailler.

— Merci pour les roses. Ça me touche beaucoup.

— Et moi, je vous remercie de m'accepter de temps en temps ici, répliqua la jeune femme en la serrant brièvement dans ses bras.

Sur ces mots, elle fila, et Josie se hâta d'aller s'occuper des jumelles.

Une heure plus tard, Tanner était de retour, rapportant l'odeur du soleil et de l'air estival mêlée à celle, si agréable, de son eau de Cologne. Les fillettes se précipitèrent vers lui pour l'embrasser.

— Vous avez passé une bonne journée ? s'enquit Josie.

— Ça va. D'où viennent ces fleurs ?

— C'est Marceline qui me les a apportées. Elle dit que les roses jaunes sont le symbole de l'amitié. C'est la première fois qu'on m'offre des fleurs.

— Elle est vraiment gentille avec vous.

— J'avoue que c'est assez plaisant d'avoir une autre femme avec qui parler. Ça faisait longtemps que ça ne m'était pas arrivé.

— Je comprends.

Josie ne cherchait pas à se faire plaindre, elle énonçait juste une vérité. Durant ses années sous protection, elle n'avait tissé de liens avec personne par crainte de mettre des innocents en danger.

Comme tous les soirs, Tanner prit une douche rapide avant le dîner. En l'attendant, Josie repensa à la façon dont il avait froncé les sourcils lorsqu'il avait découvert les fleurs. Avait-il cru qu'elles lui avaient été offertes par un autre homme ?

Le moins qu'on puisse dire, c'était que Tanner Grange lui envoyait des signaux contradictoires. Il prétendait qu'elle était trop jeune pour lui et qu'il ne voulait pas d'une relation avec elle et, pourtant, il la dévorait des yeux comme si elle était son dessert préféré...

Josie essayait de se répéter qu'il avait raison, qu'il n'y avait pas d'avenir pour elle ici, quels que soient les fantasmes qu'elle s'inventait. Mais l'idée de ne plus jamais les revoir, lui et ses adorables fillettes, lui brisait le cœur.

Quand il ressortit de sa chambre, elle avait déjà installé les jumelles dans leur poussette, si bien qu'ils partirent directement vers la salle à manger des employés.

— Vous avez faim ? s'enquit-il en chemin.

— J'ai *toujours* faim ! répliqua-t-elle. À ce propos, je me disais que je pourrais vous préparer ma soupe de poulet ce week-end.

— Bonne idée.

— Par contre, il me manque certains ingrédients.

— Parlez-en à Bettina. Elle vous donnera ce dont vous avez besoin.

— Samedi soir, c'est bon pour vous ?

— C'est parfait. Vous m'avez mis l'eau à la bouche, j'ai hâte d'y être, dit-il en lui lançant un clin d'œil.

Josie sentit une onde de chaleur se propager en elle. Elle aimait cette relation amicale et décontractée qui s'était instaurée entre eux. Et elle appréciait tout autant le naturel avec lequel ils s'occupaient des jumelles, chacun prenant en charge l'une ou l'autre à tour de rôle.

Le dîner fut comme d'habitude animé de discussions variées, même si ce soir-là les domestiques n'avaient pas beaucoup de potins à se mettre sous la dent. Le shérif et ses adjoints ne venaient plus au ranch, ayant fini d'interroger les différents protagonistes. La vive inquiétude des premiers jours au sujet d'Eldridge s'était transformée en terrible résignation. Si les proches du vieil homme espéraient toujours recevoir une demande de rançon, Josie craignait que cela n'arrive jamais.

La conversation dériva sur une actrice connue qui avait été surprise au lit avec le mari de sa meilleure amie.

— Je savais que c'était une traînée, affirma Linda. Elle montre toujours ses seins et ses fesses dans ses films.

— Ça ne fait pas d'elle une traînée, protesta Becky. Dans ces moments-là, elle fait son travail, c'est tout.

— Et quand elle a couché avec le mec de sa meilleure copine, c'était pour le travail, aussi ?

— Je ne sais pas si ça fait d'elle une traînée, intervint Josie, mais ça montre en tout cas qu'elle manque de principes. Quand on est marié, on est fidèle. Si on a envie de voir ailleurs, on divorce. Le mariage, c'est censé signifier quelque chose.

Elle se sentit rougir.

— Pardon… je dois avoir l'air d'une vraie donneuse de leçons.

— Ne vous excusez pas de dire ce que vous pensez ! s'exclama Linda. D'habitude, vous êtes toujours très discrète. C'est bien de savoir que vous avez des opinions.

— Croyez-moi, j'en ai plein, répondit Josie avec un sourire.

— Je suis bien placé pour le savoir, lança malicieusement Tanner.

Et tout le monde se mit à rire.

Ce soir-là, Lily et Leigh furent sages comme des images, ce qui leur valut de recevoir chacune un gâteau supplémentaire au dessert. Sur le chemin du retour, Tanner et Josie eurent une grande discussion sur les cookies. Lui affirmait que ceux aux raisins secs étaient les meilleurs, tandis qu'elle ne jurait que par ceux aux pépites de chocolat.

Le mieux, expliqua-t-elle, c'est quand ils viennent de sortir du four, et que les pépites sont encore fondantes. Mmm, c'est à tomber par terre !

— Moi, j'ai toujours mangé mes cookies directement sortis de leur boîte, répliqua Tanner. Quand j'y réfléchis, je ne crois pas en avoir déjà goûté des faits maison.

— Quelle tragédie ! Vous m'obligez à ajouter les cookies au menu de samedi soir. Ce repas s'annonce mémorable.

— On verra si vous arrivez à me convertir aux pépites de chocolat.

— Faites-moi confiance, Tanner. Je finirai par vous convaincre.

Et elle ne parlait pas seulement des cookies...

Plus tard, alors que l'heure du coucher approchait, Leigh et Lily se disputèrent un livre que Josie avait commencé à leur lire avant le dîner.

— À moi ! cria Lily, rouge de colère.

— Non, à moi ! protesta Leigh.

Josie leur prit l'album des mains.

— Si vous n'arrivez pas à partager, alors personne n'aura ce livre.

Lily poussa sa sœur qui la poussa en retour. Comme les deux petites se mettaient à hurler, Tanner attrapa Leigh et alla s'asseoir avec elle dans le fauteuil pendant que Josie soulevait Lily dans ses bras. En quelques secondes, les larmes cessèrent.

— C'est la première fois que je les vois se disputer comme ça, commenta Josie.

— Ça arrive. Pas très souvent, heureusement.

Elle s'approcha du fauteuil avec Lily.

— Vous êtes sœurs, toutes les deux. Quand on est sœurs, on ne se bat pas, on s'aime ! Lily aime Leigh, et Leigh aime Lily, d'accord ?

Leigh passa les bras autour du cou de sa jumelle.

— Lily-chérie !

Tandis que Josie levait les yeux, émue, elle sentit son cœur s'emballer en croisant le regard de Tanner. Un regard brûlant, avide. Le temps sembla s'arrêter, et ce ne fut que lorsque Leigh commença à s'agiter sur ses genoux que Tanner rompit le contact visuel.

— Sois gentille, maintenant, dit-il à sa fille en la reposant par terre.

Les joues en feu, Josie fit de même avec Lily.

— Je vais leur chercher d'autres jouets, murmura-t-elle, et elle s'éloigna bien vite.

L'énergie sexuelle qui vibrait entre eux était à la limite du supportable. Elle avait envie qu'il l'embrasse à nouveau. Elle avait envie de lui et elle savait pertinemment que c'était réciproque.

Lorsqu'elle passa devant sa chambre, néanmoins, le spectacle qui s'offrit à ses yeux lui fit l'effet d'une douche froide.

Les tiroirs de la commode avaient été vidés de leur contenu, le lit complètement défait, le matelas retourné. La fenêtre était grande ouverte.

— Tanner ! cria-t-elle d'une voix étranglée.

Sa tête apparut au bout du couloir.

— Qu'est-ce qu'il y a, Josie ?

D'un index tremblant, elle montra l'intérieur de la pièce. Il la rejoignit en trois grandes enjambées et étouffa un juron. Immédiatement, il lui passa un bras autour des épaules pour l'entraîner vers le salon.

— Attendez-moi ici, lui dit-il.

Un instant plus tard, il revenait de sa chambre, armé d'un pistolet.

— J'ai sécurisé la pièce. Mettons les filles à l'abri.

Ensemble, ils portèrent Lily et Leigh jusqu'à la chambre de Tanner. Percevant le stress des adultes, les jumelles se remirent à pleurer, et ils durent les garder un moment contre eux pour les rassurer.

— Restez avec elles, ordonna Tanner quand elles se furent calmées. Je reviens.

L'air déterminé, il sortit et referma la porte derrière lui.

— Tu m'expliques comment ça a pu arriver ? demanda Tanner en s'adressant à Zane.

Ils se tenaient tous les deux devant la chambre de Josie. Avant de prévenir le responsable de la sécurité, Tanner avait fait le tour de la suite pour vérifier que personne ne s'y cachait.

La colère bouillonnait en lui, mêlée à une peur viscérale. Et s'ils s'étaient trouvés dans l'appartement au moment où l'individu était entré ? Et si Josie avait été dans son lit, en train de dormir ? Et les jumelles dans la nursery ? Ces pensées lui glaçaient le sang.

Ici, c'était son foyer, son cocon. Un lieu où ses filles et lui étaient censés être en sécurité. Quelqu'un avait violé leur sanctuaire.

— J'ai des vigiles qui patrouillent autour de la maison à des intervalles réguliers, mais je n'ai pas les ressources pour faire surveiller chaque porte et chaque fenêtre vingt-quatre heures sur vingt-quatre, répondit Zane avec une frustration palpable dans la voix. Je fais de mon mieux, Tanner.

— Je sais bien. Excuse-moi, je suis un peu à bout… J'ai appelé Troy, il devrait bientôt arriver.

Il avait aussi demandé à Peggy de venir s'occuper des filles.

— Personne n'a repéré d'intrus sur la propriété ? interrogea-t-il.

— Non, mais le ranch est vaste, et mes hommes ne peuvent pas être partout à la fois. Il faut quand même du culot pour faire ça en plein jour !

— Dieu merci, ce n'est pas arrivé la nuit, répliqua Tanner.

Quelqu'un frappa à la porte. Il glissa son pistolet dans la ceinture de son jean et alla ouvrir à Peggy qui semblait très alarmée. Au téléphone, il lui avait expliqué en deux mots ce qui s'était passé.

— Les filles vont bien ? s'enquit-elle.

— Oui, elles sont dans ma chambre avec Josie. Le shérif devrait être là d'une minute à l'autre. Si vous pouviez les garder un moment...

— Bien sûr. Pas de problème.

La vieille domestique se hâta de gagner la chambre. Quelques instants plus tard, Josie en sortit. Lorsqu'il vit son visage pâle et tendu, Tanner dut se retenir de la prendre dans ses bras. Elle avait trop souvent connu la peur dans sa courte vie.

— C'est le type de la forêt, j'en suis sûre, lui glissa-t-elle en jetant un coup d'œil vers Zane qui était resté dans le couloir. Je ne vois pas d'autre explication. Il pense que j'ai récupéré la montre et il est venu la chercher. Je savais qu'il nous surveillait. Je le savais !

Tout en parlant, elle serrait et desserrait les poings.

— Il n'est pas parti, conclut-elle. Il est encore ici et c'est lui qui a fait ça.

— Personne n'a été blessé, Josie. C'est tout ce qui compte.

Peu après, Troy Watkins arriva, accompagné de ses adjoints Charlie Kidwell et Julie Clark.

— C'est ici qu'il y a eu un cambriolage ? s'enquit le shérif qui semblait avoir vieilli de dix ans depuis la dernière fois que Tanner l'avait vu.

— Oui, quelqu'un a retourné la chambre de Josie.

Ils s'engagèrent tous les cinq dans le couloir où Zane s'écarta pour laisser les policiers accéder à la pièce. Troy contempla le chaos, les sourcils froncés.

— Vous avez vérifié s'il manquait quelque chose ? demanda-t-il à Josie.

— Non, mais je n'ai apporté aucun objet de valeur ici, à part une carte bleue et un peu de monnaie.

— Essayez de retrouver votre portefeuille, mais ne touchez à rien d'autre.

Josie entra dans la chambre et enjamba un tiroir renversé.

— Mon sac à main est là. Il a été vidé.

Elle se pencha pour ramasser son portefeuille rose vif avant de les rejoindre dans le couloir.

— Il y a tout dedans, constata-t-elle. Mon permis de conduire, ma carte et les billets.

— Donc, le voleur ne s'intéressait pas à l'argent, conclut le shérif.

— À mon avis, chef, il cherchait quelque chose de précis, intervint Charlie. Regardez comme il a fouillé partout.

— Je sais très bien ce qu'il cherchait, lâcha Josie.

Elle lança un regard à Tanner avant de continuer :

— Il veut la montre de mon père. Si je suis venue ici au départ, c'est pour la déterrer.

Troy la dévisagea un long moment puis il poussa un soupir.

— Et si nous allions nous asseoir pour que vous me racontiez tout ça ? Charlie, essayez de voir si le type a laissé des traces à l'extérieur de la maison. Julie, occupez-vous de relever les empreintes dans la chambre.

Pendant que les adjoints se mettaient au travail, Tanner, Josie et Troy s'installèrent au salon. Assis à côté de la jeune femme sur le canapé, Tanner percevait sa nervosité. Il avait envie de la réconforter, de lui promettre que tout irait bien, mais qu'en savait-il ? Il se contenta de prendre une des mains glacées de Josie dans les siennes.

— Parlez-moi de cette montre, dit le shérif.

— Elle appartient à mon père qui est…

— Matthew Colton, la coupa Troy. Ne soyez pas surprise que je connaisse le nom de votre père, j'ai fait mes devoirs.

— Bien sûr.

Josie lui raconta ce qui s'était passé une semaine plus tôt

dans les bois. À la fin de son récit, Troy les regarda tous les deux d'un air sévère.

— Vous êtes en train de me dire qu'un type vous a tiré dessus dans la forêt et que vous n'avez pas signalé l'incident ?

— C'est arrivé le jour où Eldridge a disparu. C'était déjà le bazar ici, et on s'est dit que vous aviez suffisamment de boulot comme ça, se défendit Tanner.

— En plus, je n'avais jamais vu cet homme, renchérit Josie. J'ignore qui il est et je saurais à peine vous le décrire.

— Je l'ai désarmé avec une pelle, et il s'est enfui. On espérait qu'il était parti pour de bon.

— Visiblement, il est resté, répliqua Troy en sortant un calepin et un stylo de sa poche. Dites-moi à quoi il ressemblait.

— Taille moyenne, plutôt mince, répondit Josie. Les cheveux longs et gras. Pour la couleur des yeux, je ne suis pas sûre.

Comme elle interrogeait Tanner du regard, il acquiesça.

— Je suis d'accord avec la description. Et il avait les yeux marron.

— Donc, vous ne l'aviez jamais vu ? insista Troy.

— Jamais, répliqua-t-elle. Par contre, je pense qu'il m'a suivie jusqu'ici depuis Granite Gulch. Je me suis sentie observée ces dernières semaines.

Troy griffonna quelques mots dans son carnet avant de le refermer et de le glisser dans sa poche.

— Votre famille est très respectée à Granite Gulch, dit-il. Votre frère, Trevor, est agent au FBI, Ridge est secouriste, Christopher est détective privé, et votre sœur, Annabel, entame une carrière de policière.

Tanner était impressionné qu'il ait retenu toutes ces informations. Il avait bien « fait ses devoirs », en effet.

— Ma sœur et mes frères sont tous de bons citoyens, affirma Josie en relevant le menton.

— J'ai vérifié vos antécédents et j'en suis arrivé à la même conclusion vous concernant. Vous êtes donc libre de partir.

Je connais votre adresse, je vous contacterai si j'ai d'autres questions à vous poser.

Elle était libre de partir. Tanner se répéta cette phrase en boucle tandis que Troy et ses adjoints finissaient leurs investigations dans la chambre. Josie allait-elle sauter dans sa voiture dès le lendemain matin pour rentrer chez elle ? Avec le malfrat qui rôdait dans les parages, Tanner ne lui en voudrait pas d'avoir envie de s'enfuir loin d'ici. Mais il n'était pas du tout prêt à lui dire au revoir...

Deux heures plus tard, alors qu'ils étaient enfin seuls et que les jumelles dormaient à poings fermés, Josie et lui entreprirent de remettre la chambre en état. Zane avait fait installer une nouvelle moustiquaire sur la fenêtre et il avait promis de renforcer la sécurité autour de l'aile du personnel. Tanner doutait toutefois que l'individu tente à nouveau de s'introduire dans l'appartement. N'ayant pas trouvé ce qu'il voulait, il n'avait pas de raison de revenir.

Il ramassa un tiroir et le replaça dans la commode.

— Vous savez, je pense que Troy a raison, dit-il à Josie qui était en train de refaire le lit.

— À quel propos ?

— Cet homme devait savoir qu'on était partis manger. Il ne cherchait pas la confrontation. Il ne voulait faire de mal à personne.

— Et quand il a surgi de derrière le vieux chêne avec un pistolet, l'autre jour, il ne voulait faire de mal à personne ? répliqua-t-elle. Pour ce soir, je suis d'accord, ce qui l'intéressait c'était la montre, et elle n'était pas là.

Elle attrapa l'oreiller et le fourra dans une taie propre.

Au moins, elle avait repris des couleurs, songea Tanner en remontant un deuxième tiroir. Il l'aida à enfiler la couette dans une nouvelle housse, puis il lui fit signe de le suivre au salon.

Tandis qu'elle se pelotonnait dans un coin du canapé, il se sortit une bière et lui servit un verre de vin. Tanner n'était pas un grand buveur mais, ce soir, pour la première fois depuis longtemps, il regrettait de n'avoir rien de plus fort.

— Merci, murmura-t-elle lorsqu'il posa le verre devant elle sur la table basse.

Il s'assit dans le fauteuil et avala une bonne gorgée de bière.

— Maintenant que Troy vous a donné le feu vert, vous allez partir ? demanda-t-il, l'estomac noué.

Il avait bien conscience que son attitude était contradictoire. D'un côté, il ne voulait pas qu'elle reste, car elle exerçait sur lui une attirance dangereuse. De l'autre, il avait peur du vide qu'elle laisserait inévitablement en partant...

— Non, je ne compte pas m'en aller tout de suite, répondit-elle en soupirant. Enfin, sauf si vous êtes pressé de vous débarrasser de moi.

— Pas du tout.

— Je ne veux pas vous laisser sans solution de garde pour les jumelles, et cela m'ennuie aussi de rentrer à Granite Gulch sans la montre.

— Ce qui s'est passé ce soir prouve qu'il est encore trop tôt pour retourner la déterrer tout de suite, souligna-t-il. Comme vous l'avez dit, votre agresseur nous surveille. Il faut attendre un peu ; nous pourrons retenter notre chance dans quelques nuits.

Josie se pencha pour saisir son verre et en contempla le contenu un long moment. Comme elle ne parlait pas, Tanner murmura son prénom. Lentement, elle releva les yeux, et il fut surpris de voir des larmes rouler sur ses joues.

— Je n'arrête pas de penser à ce qui aurait pu se passer si Lily et Leigh avaient été dans la nursery, dit-elle en reposant le verre sans avoir bu.

Elle secoua la tête.

— Je devrais partir. Je devrais partir tout de suite avant qu'il arrive quelque chose à votre famille.

Tanner brûlait de la rejoindre pour la prendre dans ses

bras, mais il se souvenait très bien de ce qui s'était passé la dernière fois qu'il avait essayé de la consoler.

— Ce serait une très mauvaise idée, répondit-il en se forçant à rester dans son fauteuil. Aussi contre-intuitif que cela puisse paraître, vous êtes sans doute plus en sécurité ici que n'importe où ailleurs. Ce type risque de vous suivre jusqu'à Granite Gulch, et qui vous protégera alors ? Zane va augmenter la fréquence des patrouilles. Avec un peu de chance, l'adjointe Clark a relevé les empreintes du coupable, et Troy pourra l'arrêter.

Au fond de lui, Tanner n'était pas aussi optimiste. L'intrus avait sûrement pensé à porter des gants, et il devait bien y avoir un millier d'hommes dans la région qui correspondaient à sa description.

Josie essuya ses larmes et reprit son verre qu'elle vida d'un trait.

— J'en ai juste marre d'avoir peur, lâcha-t-elle. J'ai l'impression d'avoir passé ma vie à redouter quelque chose ou quelqu'un.

Tanner sentit son cœur se serrer. Il chercha les mots justes, mais avant qu'il ait pu dire quoi que ce soit, la jeune femme se leva.

— Je ferais mieux d'aller me coucher. Je n'ai pas envie de passer la soirée à m'apitoyer sur mon sort.

— Ce n'est pas votre genre. Pour tout vous dire, j'admire votre force intérieure et je suis sûr qu'elle vous permettra de traverser cette épreuve. On va s'en sortir, vous verrez.

Elle lui offrit un pâle sourire.

— Quand vous le dites, j'y crois presque. Bonne nuit, Tanner. À demain.

— Bonne nuit, Josie.

Tanner demeura assis dans son fauteuil longtemps après qu'elle fut partie. Il sirota sa bière en repensant aux événements de la soirée. Sa peur initiale était retombée, sa colère s'était dissipée. Tant qu'ils resteraient dans l'appartement, personne ne leur ferait de mal. Dorénavant, il garderait toujours son pistolet sur lui, à l'intérieur comme à l'extérieur, et si quelqu'un voulait s'en prendre à ses filles ou à Josie, il faudrait d'abord lui passer sur le corps.

Une fois sa bière terminée, il rapporta la bouteille et le verre de vin dans la cuisine avant d'aller se coucher. Les émotions de la soirée l'avaient épuisé, et pourtant il ne parvint pas à trouver le sommeil.

Le clair de lune se répandait dans la chambre. Les rideaux ondulaient sous le souffle de la climatisation. Tanner avait beau essayer de se vider la tête, ses pensées revenaient sans cesse à Josie. Josie si pleine de vie, d'humour et de charme malgré tout ce qu'elle avait enduré. Quand aurait-elle le droit d'être heureuse ? Si elle parvenait à retrouver la montre de son père, serait-elle enfin en paix et en sécurité ?

Il ferma les yeux et inspira profondément dans l'espoir de se détendre. Alors qu'il commençait tout juste à s'endormir, il perçut une présence dans la pièce. Il rouvrit les paupières brusquement et tendit la main vers son pistolet.

— Tanner ? fit la voix hésitante de Josie. Je crois que je n'arriverai pas à dormir dans ma chambre cette nuit. Est-ce que je peux venir avec vous ?

9

Josie ne lui laissa pas le temps de répondre de crainte qu'il la renvoie ou qu'il s'en aille lui-même. Elle avait besoin de sa présence réconfortante à côté d'elle.

Elle se glissa rapidement sous les draps imprégnés de l'odeur de Tanner.

— C'est d'accord ? demanda-t-elle.

— D'accord, répliqua-t-il après un moment d'hésitation.

Sa voix semblait plus grave que d'habitude.

— Je suis désolée, mais j'ai l'impression que ma chambre est contaminée malgré tout le rangement qu'on a fait. Ça ira sans doute mieux demain soir.

— C'est bon, Josie. Endormez-vous.

Il n'avait pas bougé d'un pouce depuis qu'elle s'était installée à côté de lui, et elle le sentait tendu à l'extrême.

Elle n'avait pas envie de dormir.

Ce qu'elle voulait, c'était les bras de Tanner autour d'elle, sa bouche masculine sur la sienne, qui lui enlèverait le goût de la peur. Ce qu'elle voulait, c'était faire l'amour avec lui. Elle se tourna pour le regarder. Il était allongé sur le dos, le visage baigné par le clair de lune. À ses paupières serrées, au muscle qui tressautait sur sa mâchoire, à la fine ligne que formaient ses lèvres, elle sut qu'il ne dormait pas.

Elle posa une main sur le torse de Tanner.

— Tanner. J'ai envie de vous.

Quand il tourna la tête, ses yeux brûlaient de désir.

— Oh ! Josie... Moi aussi, j'ai envie de vous.

— Qu'est-ce qu'on va faire, alors ?

Sous sa paume, elle sentait les battements puissants du cœur de Tanner.

— On ne devrait rien faire, répliqua-t-il en la fixant intensément.

— Mais alors on aurait des regrets. Tanner... j'en ai déjà eu assez dans ma vie.

Avec un grognement désespéré, il roula au-dessus d'elle et s'empara de sa bouche. Son baiser affamé exigeait une réponse, et Josie la lui donna bien volontiers. Elle s'ouvrit à lui, et leurs langues se mêlèrent avidement.

C'était exactement ce qu'elle attendait : sentir la force du désir de Tanner, laisser le sien grandir et effacer tout le reste. Tanner lui faisait entrevoir la promesse de sentiments qu'elle n'avait jamais connus. La sécurité, la passion. L'amour.

— Josie, ma douce Josie...

Il quitta les lèvres de la jeune femme pour lui déposer une série de baisers le long de la gorge. Elle enroula les bras autour du cou de Tanner, savourant la sensation de ce corps viril qui pesait si intimement sur le sien. Lentement, il glissa une main jusqu'à l'un des seins de Josie dont la pointe durcit à travers le tissu, comme pour se tendre vers ses caresses. Lorsqu'il prit de nouveau possession de la bouche de sa partenaire, les battements de son cœur s'emballèrent.

Mais ce n'était pas suffisant. Pressée de sentir la peau de Tanner contre la sienne, elle le repoussa pour pouvoir retirer sa chemise de nuit, ne gardant que sa petite culotte en soie.

— Tu es tellement belle... murmura-t-il d'une voix rauque.

Il l'attira au-dessus de lui et, de ses mains légèrement calleuses, lui couvrit la poitrine. Josie étouffa un soupir quand il passa doucement les pouces sur ses mamelons durcis. À travers leurs sous-vêtements, elle sentait l'érection de Tanner qui pulsait contre son intimité. Il se redressa pour attraper un téton, puis l'autre, entre ses lèvres, et Josie poussa un cri en rejetant la tête en arrière.

Elle aussi, elle avait envie de le goûter. Elle s'écarta et s'agenouilla à côté de lui. Les yeux de Tanner brillaient comme ceux d'un animal sauvage. La lune jouait avec les angles de son visage et les muscles de son corps. Il était magnifique.

Elle l'embrassa sur le torse, descendit le long de son ventre. Arrivée à l'élastique du boxer, elle lui lança un regard impatient. En un instant, il s'était débarrassé de son caleçon et elle le prenait dans la bouche. Tanner gémit, enfonçant les doigts dans les cheveux de Josie pour accompagner ses va-et-vient.

— Josie...

Comme elle relevait la tête, il l'attira à lui et la poussa gentiment sur le dos.

— À mon tour, dit-il en lui retirant sa culotte.

Lorsque Tanner posa les lèvres à la jonction de ses cuisses, Josie fut parcourue d'un délicieux frisson. Soumise aux mouvements experts de la langue et de la main de son compagnon, elle fut vite balayée par une irrésistible vague de plaisir.

Avant même que les derniers frémissements aient fini d'agiter le corps de Josie, il se plaça au-dessus d'elle et la pénétra d'une seule poussée. Pendant un long moment, ils restèrent immobiles, fascinés par la justesse de leur union. C'était comme s'ils avaient été faits l'un pour l'autre.

Alors Tanner se retira et replongea profondément en elle, encore et encore. Josie souleva les hanches pour accueillir chacun des coups de boutoir de Tanner, qui se firent de plus en plus intenses et rapprochés.

— Tanner ! cria-t-elle, surprise de sentir un nouvel orgasme déferler en elle.

Au même moment, il se raidit et laissa échapper un grognement de jouissance. Puis il l'embrassa avec ardeur, comme pour la marquer de son sceau. L'émotion que Josie éprouvait était si forte qu'elle en eut les larmes aux yeux.

Très vite, cependant, il se leva, ramassa son caleçon et disparut sans un mot dans la salle de bains. Josie resta allongée sur le dos, le regard rivé au plafond.

L'amour. Voilà ce qu'elle ressentait au plus profond d'elle-même. Pendant toutes ces années, elle s'était demandé ce que cela pouvait faire d'aimer. Maintenant, elle savait. Son cœur chantait, son âme était enveloppée d'une chaleur qui n'était pas seulement due à leur récente communion physique. Son être tout entier rayonnait.

Elle avait rêvé de rencontrer quelqu'un comme Tanner, et le destin avait exaucé son vœu. Il possédait toutes les qualités qu'elle recherchait chez un homme. À présent, elle n'avait plus aucun doute sur ce qu'elle désirait faire de son existence : sa place était avec lui et ses deux adorables fillettes. Elle voulait être sa femme et la mère de ses enfants. Dès qu'elle se serait acquittée de son devoir envers sa famille, elle reviendrait ici pour vivre son conte de fées.

Oh là ! Doucement, ma fille ! N'était-il pas trop tôt pour éprouver des sentiments aussi forts ? Elle ne savait même pas ce qu'il ressentait pour elle. Bien sûr, il la désirait, mais cela ne signifiait pas qu'il était prêt à faire sa vie avec elle.

Lorsqu'il la rejoignit dans le lit, elle se pelotonna contre lui. Tanner poussa un soupir et passa un bras autour d'elle. Jamais elle ne s'était sentie aussi protégée et heureuse.

— Pas de regrets, murmura-t-elle.

Il se contenta de la serrer contre lui.

— Dors, Josie.

Et c'est ce qu'elle fit.

Juché sur son cheval, Tanner salua d'autres cow-boys qui chevauchaient au loin. Il s'était réveillé bien avant l'aube, collé contre le dos de Josie, un bras jeté en travers de sa taille. Le parfum de pêche épicée de la jeune femme l'avait assailli – en même temps qu'un millier de regrets.

Il aurait voulu partir avant qu'elle ouvre les yeux, mais il était resté pour l'aider à préparer le petit déjeuner. D'humeur joviale et taquine, elle n'avait cessé de lui couler des regards complices, comme s'ils partageaient un secret. Cela lui avait déchiré le cœur.

Faire l'amour avec elle n'avait ressemblé à aucune autre expérience qu'il avait connue jusque-là, y compris pendant ses années de mariage. Elle avait été si généreuse, si vivante dans ses bras... Elle lui avait donné l'impression d'être le meilleur amant de l'univers.

Et pourtant, il regrettait d'avoir cédé au désir. Bon sang, il ne s'était même pas protégé ! Comment avait-il pu être aussi irresponsable ? Il s'était comporté comme un adolescent uniquement guidé par ses hormones et dénué de toute pensée rationnelle. Il n'aurait jamais dû l'accepter dans son lit. Pourquoi n'était-il pas allé dormir sur le canapé, tout simplement ?

Ce dont il avait besoin, c'était d'un bon galop pour s'éclaircir les idées avant de retourner à l'appartement. Car oui, il avait fait l'erreur de dire à Josie qu'il rentrerait déjeuner avec les jumelles et elle...

Il fit tourner sa monture et lui pressa les flancs. Beau réagit immédiatement, s'élançant au galop vers l'écurie. L'odeur familière de l'herbe et du bétail emplit les narines de Tanner, chassant momentanément celle d'une certaine jeune femme avec qui il avait passé la nuit.

Alors qu'il filait le long de la grange à foin, il aperçut Marceline qui en sortait furtivement par l'une des portes latérales. Elle n'avait aucune raison de traîner dans les parages. Que faisait-elle ici ? La question le poursuivit jusqu'à l'écurie où il dessella rapidement son cheval avant de le reconduire dans son box pour le panser – et elle continuait de le tourmenter tandis qu'il se dirigeait vers la maison.

Un homme armé qu'il n'avait jamais vu se tenait devant l'entrée des employés.

— Qui êtes-vous ? l'interrogea Tanner.

— Gary Benton. Et vous ?

— Tanner Grange, le contremaître du ranch. Qui vous a embauché ?

— Zane Colton. J'ai commencé ce matin.

Tanner l'observa attentivement avant d'acquiescer.

— D'accord. Merci d'être venu renforcer l'équipe.

En poussant la porte, il nota mentalement de demander à Zane la liste des vigiles qu'il avait recrutés. Avec tous ces nouveaux visages sur la propriété, l'agresseur de Josie pourrait facilement passer inaperçu.

Quand il entra dans l'appartement, les jumelles étaient installées à table, et Josie préparait à manger.

— Tu arrives juste à temps, lança-t-elle. Les nuggets et les macaronis au fromage sont prêts.

— Tant mieux, je meurs de faim, répondit-il en allant embrasser ses filles.

Comme d'habitude, celles-ci l'accueillirent comme s'il était le Père Noël portant un sac rempli de cadeaux. Mais il n'avait que des bisous et des câlins à leur offrir et, Dieu merci, elles étaient encore assez jeunes pour s'en contenter.

— Je peux faire quelque chose pour t'aider ? demanda-t-il à Josie.

— Non, ça va. Assieds-toi et détends-toi.

Elle servit les jumelles dans leurs assiettes en plastique puis posa devant Tanner une bonne portion de pâtes et de nuggets.

— Et toi, tu ne manges pas ? s'enquit-il en la voyant s'asseoir sur le tabouret à côté de lui.

— Tu me poses toujours cette question quand tu rentres le midi, remarqua-t-elle en souriant. Je me suis préparé une omelette pendant que les filles faisaient leur sieste du matin. Je tiendrai facilement jusqu'au dîner. À ce propos, je suis passée par les cuisines tout à l'heure et j'ai récupéré tout ce qu'il me fallait pour le repas de demain soir. Bettina a été sympa de m'accorder un peu de temps, alors que Fowler lui faisait une crise au sujet du menu d'hier soir.

— Ah bon ? Qu'est-ce qui ne lui a pas plu ?

— Apparemment, il y avait du bœuf Wellington, et il n'aime pas ça. Bettina lui a dit que c'était ce que Whitney lui avait demandé. Il lui a rétorqué qu'à présent c'était lui l'homme de la maison et qu'il prendrait toutes les décisions concernant les menus. J'avoue qu'il m'a fait l'effet d'un sale petit morveux.

— Fowler *est* un sale petit morveux, affirma Tanner. La vraie question, c'est de savoir s'il est aussi un meurtrier. Il figure en bonne place sur la liste des suspects.

Comme Marceline, songea-t-il.

— Mange avant que ce soit froid, lui dit Josie.

Pendant qu'il savourait son repas, elle lui raconta ce qu'elle avait fait le matin avec les jumelles. Difficile d'imaginer que l'ombre d'un cambriolage avait plané sur cet appartement seulement la veille au soir. Et tout aussi difficile pour Tanner de croire que, la nuit précédente, Josie avait été nue dans ses bras, et que leurs ébats avaient surpassé tous ses fantasmes les plus torrides...

Par chance, elle ne semblait pas avoir l'intention d'en parler. Tanner n'avait aucune envie de casser l'ambiance en lui avouant ses regrets. Cependant, malgré la légèreté de la conversation et les sourires de ses filles, son esprit restait troublé.

Qu'est-ce que Marceline était venue faire dans cette grange ? Très peu de monde y passait pendant les mois d'été, les bêtes étant nourries à l'herbe dans les champs...

— Allô Tanner, ici la Terre.

La voix de Josie le tira de sa réflexion. Elle l'observait de ses beaux yeux noisette.

— Qu'est-ce qui ne va pas ? s'enquit-elle.

— Rien. Tout va bien.

— Tanner, je commence à te connaître. Je vois bien que quelque chose te préoccupe.

Depuis quand était-elle capable de lire dans ses pensées ? Il repoussa son assiette vide et se passa une main dans les cheveux.

— Tout à l'heure, j'ai vu Marceline à un endroit où elle n'aurait pas dû être, lâcha-t-il.

— C'est-à-dire ?

— Elle sortait d'une grange où elle n'a aucune raison d'aller.

— Tu ne m'as pas dit qu'elle avait une jument ?

— Si, mais elle est à l'écurie, pas dans cette grange.

— Encore, te plaît ! appela Lily en montrant son assiette.

Josie alla resservir les deux fillettes puis revint s'asseoir sur son tabouret.

— Et donc, tu penses à quoi ? demanda-t-elle à Tanner.

— Je ne suis pas sûr que tu aies envie de le savoir. J'ai conscience que tu aimes bien Marceline, qu'elle est gentille avec toi. J'espère juste qu'elle ne garde pas Eldridge ligoté dans cette grange. Ou pire, que son cadavre n'est pas en train d'y pourrir.

La jeune femme étouffa un cri d'horreur.

— Tu crois vraiment que ce serait possible ? Le shérif et ses adjoints ont déjà dû l'inspecter, non ?

— Ils l'ont sûrement fouillée le jour de la disparition d'Eldridge, mais ça m'étonnerait que quelqu'un y soit retourné depuis. Et concernant Marceline, je pense que tout est possible avec elle. J'irai jeter un œil sur place avant de repartir travailler.

— Je veux y aller avec toi.

— Il n'y a pas de raison que tu viennes, répondit-il, surpris. Il faut que tu restes ici avec les filles.

— Je peux demander à Peggy de s'occuper d'elles un moment. Si Marceline retient Eldridge prisonnier dans cette grange, il faut que je le voie de mes propres yeux, Tanner. J'ai besoin de savoir à quel point elle m'a embobinée. J'ai besoin de savoir si la femme que j'ai invitée ici est une meurtrière.

Malgré les réticences de Tanner, une demi-heure plus tard ils quittaient l'appartement ensemble pendant que Peggy gardait les jumelles.

Josie marchait tout près de lui ; il sentait son parfum entêtant l'envelopper. Bien qu'ils n'aient pas encore évoqué ce qui s'était passé la nuit précédente, il se doutait bien qu'ils seraient obligés d'aborder la question avant la fin de la journée. Mais ce n'était ni le moment ni le lieu. À cet instant, il ne pensait qu'à la grange, et à ce qu'ils risquaient de découvrir à l'intérieur.

— Je n'aurais pas dû te laisser venir, grommela-t-il.

— Qu'est-ce qui te fait croire que tu aurais pu m'en empêcher ? répliqua-t-elle, les yeux pétillants. En plus, ça me fait un bien fou de sentir le soleil sur ma peau. Je suis enfermée dans cette maison depuis trop longtemps.

En dépit de son ton enjoué, elle ne cessait de jeter des coups d'œil autour d'elle, comme il le faisait lui-même. Sans doute recherchait-elle l'individu qui lui avait tiré dessus dans les bois et qui s'était introduit dans sa chambre la veille. C'était la première fois qu'elle ressortait depuis qu'elle était arrivée au ranch. Le type attendait-il quelque part en embuscade ? Était-il en train de les observer à cet instant précis ?

Ils ne croisèrent que deux hommes en chemin, et tous les deux travaillaient ici depuis des années. Tanner n'en resta pas moins sur ses gardes. Plus ils avançaient vers la grange, plus Josie se rapprochait de lui.

— Tu sais que Marceline fait partie des principaux suspects, dit-il pour briser le silence.

— Oui, mais d'après ce que j'ai entendu, Fowler et Whitney auraient beaucoup plus à gagner de la mort d'Eldridge.

J'ai vraiment du mal à croire qu'elle soit responsable de sa disparition.

Si Marceline avait joué un rôle dans cette histoire, alors elle devait avoir un complice, songea Tanner. Jamais elle n'aurait été capable de sortir le vieil homme par la fenêtre toute seule. Au ranch, elle ne semblait pas avoir beaucoup d'amis ni d'alliés, mais elle avait réussi à séduire Josie. Qui d'autre pouvait-elle avoir manipulé pour se débarrasser de son beau-père ? Tout le monde savait qu'elle le détestait…

Pourquoi avait-elle refusé de répondre aux questions de Troy sur son emploi du temps la nuit où Eldridge avait disparu ? Qu'avait-elle à craindre ? D'après les domestiques, personne ne l'avait vue cette nuit-là. Elle était revenue le lendemain matin à l'aube. Qu'avait-elle fait avant cela ?

— Tu crois que Marceline pourrait être de mèche avec le type qui m'a attaquée ? demanda soudain Josie.

Tanner lui lança un regard étonné.

— Honnêtement, ça ne m'avait jamais traversé l'esprit.

— Imagine qu'elle l'ait rencontré d'une manière ou d'une autre. Et s'il lui avait parlé de la montre ? Et s'il avait accepté de partager avec elle le butin auquel cette montre est susceptible de mener ? Dans ce cas, elle a sympathisé avec moi juste pour voir si j'en parle. Pour s'assurer que je l'ai bien en ma possession.

— Ça me paraît un peu tiré par les cheveux, répondit-il.

— À moi aussi, dit-elle, visiblement soulagée.

L'idée n'en fit pas moins son chemin dans l'esprit de Tanner. Tirée par les cheveux, certes, mais pas totalement insensée. Même s'il avait du mal à imaginer Marceline s'abaissant à comploter avec l'ex-détenu à la tignasse sale, il ne savait pas jusqu'où elle était capable d'aller s'il y avait beaucoup d'argent à la clé.

C'est avec cette pensée peu rassurante en tête qu'il dégaina son arme alors qu'ils atteignaient la porte par laquelle il avait vu Marceline sortir un peu plus tôt.

— Quoi qu'il arrive, reste derrière moi, murmura-t-il à Josie.

Et il poussa le battant.

10

Il n'eut pas besoin de lui répéter deux fois son conseil : tandis qu'ils pénétraient dans la grange, Josie faillit lui marcher sur les talons tant elle restait collée à lui et son pistolet.

Depuis qu'ils avaient quitté l'appartement, la peur lui serrait la gorge. L'idée qu'elle ait pu faire entrer dans la maison des jumelles une femme qui avait potentiellement kidnappé ou tué son beau-père lui donnait la nausée. Était-il possible qu'elle l'ait aussi mal jugée ?

Le soleil avait beau pénétrer à flots par les hautes fenêtres de la grange, il restait de nombreuses zones plongées dans l'obscurité – autant de recoins où on pouvait cacher une dépouille ou un otage, ou se tapir en attendant sa proie.

L'odeur du foin saturait le vaste espace où des dizaines et des dizaines de meules étaient empilées. S'il y avait eu un cadavre, sans doute l'auraient-ils senti, songea Josie. Cette pensée lui retourna l'estomac. Elle ne connaissait pas grand-chose à la décomposition du corps humain. Eldridge avait disparu depuis près de deux semaines ; peut-être les relents se seraient-ils dissipés entre-temps...

Tout en suivant Tanner vers le fond du bâtiment, elle secoua la tête pour chasser ces horribles images. Mais elle resta impuissante quand surgirent dans son esprit les souvenirs de sa mère décédée et de l'homme que Desmond avait tué.

Maman, réveille-toi !

Remonte vite dans ta chambre, il ne faut pas que Desmond te voie !

Il y avait eu trop de morts violentes dans sa vie.

Josie espérait de tout cœur que Marceline n'était pas mêlée à la disparition d'Eldridge. Malgré ses sympathiques visites, elle ne la connaissait que très peu. La belle jeune femme avait-elle noué une alliance contre nature avec le chercheur de trésor ? L'argent était-il si important pour elle ?

Le silence qui régnait dans la grange était lourd de menaces. Josie entendait son cœur tambouriner dans sa poitrine. Elle se surprit à retenir son souffle tandis que Tanner inspectait méthodiquement les lieux, vérifiant chaque espace entre les piles de foin. Au bout d'un temps interminable, il rengaina son arme.

— On a fait le tour, il n'y a rien. Rentrons.

Ils ressortirent du bâtiment et se dirigèrent vers la maison, encore attentifs au moindre mouvement autour d'eux. Josie était soulagée qu'ils n'aient rien trouvé, mais le mystère demeurait entier sur la présence de Marceline dans les parages. Et ils ne savaient toujours pas ce qui était arrivé à Eldridge Colton.

S'il y avait une question sur laquelle elle était parfaitement au clair, en revanche, c'était bien celle de ses sentiments pour Tanner. Elle attendait le soir avec impatience pour pouvoir de nouveau partager le lit de son hôte. Faire l'amour avec lui avait été fantastique, et elle avait presque autant apprécié de se réveiller le matin dans ses bras.

Lorsqu'ils entrèrent dans l'appartement, Peggy était installée dans le fauteuil, et les jumelles jouaient sur le tapis.

— Tout va bien ? demanda la vieille dame en se levant.

— Aussi bien que ça peut aller en ce moment, répondit Tanner. Je voudrais juste que Troy retrouve Eldridge vivant, et que tout revienne à la normale.

Peggy eut un sourire désenchanté.

— « Normal » n'est pas le premier mot qui vient à l'esprit quand on pense à ce ranch… J'ai entendu dire que le sang sur les bottes de Mitchell Flunt était bien le sien et pas celui de M. Eldridge. Il reste poursuivi pour vol, mais il est lavé de tout soupçon concernant la disparition du patron.

— Ce qui veut dire que Troy va se concentrer davantage sur le reste de la famille, souligna Tanner.

À cet instant, Lily se leva et tendit les bras à Josie.

— Porter moi !

La jeune femme obéit bien volontiers, émue par l'innocence des deux fillettes, qui contrastait si vivement avec le sujet de leur conversation.

— Josie-chérie, dit Lily, et elle blottit la tête dans le creux du cou de Josie.

Cette dernière se tourna vers Tanner, stupéfaite. C'était la première fois qu'une des jumelles prononçait son nom. La douceur du moment effaça toutes les pensées sinistres qu'elle avait pu nourrir.

— Vous voilà officiellement promue au même rang que Papa-chéri ! s'exclama Peggy en riant.

— Papa-chéri ! répéta Leigh, avant de se précipiter dans les bras de son père.

Celui-ci la serra tendrement contre lui.

— Merci d'être venue les garder, Peggy.

— Je vous en prie. Vous savez que je suis toujours prête à vous donner un coup de main, de jour comme de nuit. Au revoir, les puces !

Elle envoya un baiser aux fillettes et s'éclipsa.

— Il faut que je file, dit aussitôt Tanner en reposant Leigh par terre. À tout à l'heure.

Après son départ, Josie joua encore un moment avec les jumelles qui montrèrent vite des signes de fatigue. Elle les coucha et alla s'installer dans le fauteuil face à la fenêtre. N'ayant aucune envie de ressasser la disparition d'Eldridge, elle ferma les yeux et s'imagina dans un autre ranch – un ranch plus petit que celui des Colton, mais suffisamment grand pour y élever une famille. La famille qu'elle formerait avec Tanner.

Il y aurait une belle cuisine où elle préparerait des pancakes aux myrtilles le matin et des dîners copieux pour quand Tanner rentrerait du travail. Au bout d'un an ou deux, peut-être, elle lui donnerait un fils pour perpétuer son nom… Lily et Leigh feraient de formidables sœurs aînées.

Si seulement ce rêve pouvait devenir réalité ! Josie voulait passer le reste de son existence à chérir Tanner et les jumelles. À présent, elle était prête à embrasser son avenir et elle avait bien l'intention de dire à Tanner à quel point elle l'aimait.

Pour l'heure, néanmoins, il lui fallait patienter. Elle décida de téléphoner à son frère, Trevor, pour lui donner les dernières nouvelles.

— Je pensais justement t'appeler, lui dit-il en décrochant.

— Ça a été mouvementé ici ces derniers jours.

— J'ai suivi l'affaire aux informations. On dirait que l'enquête piétine, non ?

— En effet. Mais je ne parlais pas d'Eldridge.

Elle lui raconta le cambriolage de la veille. Trevor était scandalisé et surtout inquiet pour la sécurité de sa sœur.

— Tanner est là, lui rappela-t-elle. Il est vraiment super avec moi. Et toi, est-ce que tu avais des raisons particulières de vouloir m'appeler ?

— Oui, mais j'hésite à t'en parler. Je ne veux pas que tu te mettes en danger.

— Crache le morceau. Je suis une grande fille.

— Matthew ne passera sans doute pas la semaine. Mais ce n'est pas grave, Josie. Oublie cette montre.

— On lui a promis de la récupérer s'il nous disait où était enterrée maman.

— Il nous a baladés pendant des mois avec ses indices

stupides alors qu'il aurait pu se contenter de nous indiquer l'endroit, répliqua-t-il avec colère.

— Je sais, mais je lui ai fait une promesse et je compte la tenir. Je vais voir avec Tanner si on ne peut pas tenter une sortie dans les jours qui viennent. Avec un peu de chance, je rapporterai la montre à temps.

— Fais attention à toi, Josie. Ta vie vaut plus qu'une montre ou qu'une promesse.

— Ne t'inquiète pas. Je te tiens au courant.

Ils raccrochèrent. La sollicitude de son frère l'enveloppait d'une douce chaleur. Elle était si heureuse qu'ils soient tous enfin réunis... Mais ils avaient encore besoin de temps pour se connaître mieux : ils avaient deux décennies à rattraper.

Ces dernières semaines, Josie s'était particulièrement rapprochée de Trevor – peut-être parce qu'elle avait gardé quelques vagues souvenirs de lui. Elle n'avait que trois ans lorsqu'ils avaient été placés dans des familles différentes, et pourtant elle se rappelait le moment où son frère aîné l'avait soulevée dans ses bras pour l'embrasser une ultime fois.

L'après-midi passa relativement vite, mais pendant le dîner elle ne put s'empêcher de compter les heures avant qu'elle se retrouve seule avec Tanner et qu'elle puisse lui ouvrir son cœur. Lorsque les filles furent enfin couchées, ils s'installèrent comme à leur habitude dans le salon avec une bière pour lui et un verre de vin pour elle.

— Quelle longue journée, dit-elle en soupirant.

— Et comment ! J'avoue que je m'attendais vraiment à découvrir le corps d'Eldridge dans cette grange.

— Heureusement, ça n'a pas été le cas.

— Je ne crois pas qu'il soit encore vivant, murmura-t-il sombrement.

Josie ne chercha pas à lui donner de faux espoirs. Après deux semaines sans nouvelles, il était fort probable qu'Eldridge soit mort.

— Je suis désolée, Tanner. Je sais que tu tenais à lui.

— Oui, je l'aimais beaucoup.

— Est-ce que tu t'entendais bien avec ton père ? s'enquit-elle, curieuse.

Au cours de leurs nombreuses conversations, il avait très peu évoqué ses parents.

Les traits de Tanner s'éclairèrent.

— Mon père était mon meilleur ami, et ma mère était la plus gentille maman qu'on puisse imaginer. Mais je me sens presque coupable de te dire ça, à toi.

— Ne sois pas idiot, ça n'a rien à voir avec moi. Dis-m'en plus sur eux.

Il but une gorgée de bière avant de répondre.

— Papa était le sel de la terre et il nous aimait plus que tout au monde, ma mère et moi. Mes parents avaient un petit ranch non loin d'ici. Malheureusement, quand ils sont morts ils étaient très endettés et il a fallu vendre la propriété pour rembourser les dettes.

— Ça ne t'a pas empêché de suivre ses traces.

Tanner sourit, perdu dans ses souvenirs.

— C'est vrai. Mon père a fait tout ce qu'il a pu pour me convaincre d'embrasser une autre carrière, mais je crois qu'au fond de lui il était fier que je veuille devenir rancher comme lui.

Son sourire s'effaça.

— Et toi, est-ce que tu te souviens de ta mère ? Comment était-elle ?

Josie se laissa aller en arrière dans le fauteuil.

— Je me souviens de ses mains douces, de son odeur rassurante et de son rire mélodieux. Presque tout ce que je sais d'elle, je l'ai appris de mes frères et de ma sœur. J'étais tellement jeune quand elle a été tuée...

— Est-ce qu'elle était mère au foyer ?

— Avec sept enfants, elle n'avait pas trop le choix. Mais

elle faisait aussi de la couture. Il fallait bien gagner un peu d'argent, vu que mon père ne décrochait que des petits boulots d'homme à tout faire.

— Je suis heureux pour toi que tu aies retrouvé tes frères et ta sœur.

— Moi aussi. Et je suis heureuse qu'Eldridge t'ait pris sous son aile à un moment de ta vie où cela ne devait pas être facile tous les jours.

— Ça ne l'était pas, en effet... J'espère qu'on aura bientôt des réponses. Et que le coupable sera puni.

— Le shérif finira bien par résoudre cette affaire. Il a l'air plutôt sérieux.

— Il l'est. Et il a eu l'intelligence de te disculper.

— Encore heureux ! s'exclama-t-elle. Il a assez de suspects comme ça.

Elle termina son vin et posa le verre sur la table basse. Tanner s'éclaircit la gorge.

— Josie, si tu ne te sens pas prête à dormir dans ta chambre cette nuit, je peux te laisser mon lit. Je dormirai sur le canapé.

Elle le dévisagea, choquée, mais il gardait les yeux rivés sur le sol devant lui.

— Pourquoi veux-tu dormir sur le canapé ?

Après avoir vidé sa bouteille, il se décida enfin à croiser le regard de Josie.

— Ce qui s'est passé hier soir n'aurait jamais dû arriver. On ne refera plus cette erreur.

— Ce qui s'est passé n'était pas une erreur, Tanner, répliqua-t-elle. Quand j'ai dit « pas de regrets », je le pensais vraiment. On a partagé un très beau moment.

— C'est vrai, mais cela ne se reproduira plus.

Sur son visage fermé, son expression était indéchiffrable. Josie ravala les mots d'amour qui s'étaient bousculés à la frontière de ses lèvres toute la soirée. Ce n'était pas le moment de lui avouer ses sentiments. De toute évidence, pour une raison qui lui échappait, il se sentait coupable d'avoir couché avec elle.

— Je dormirai dans ma chambre, dit-elle.

Le soulagement évident de Tanner lui transperça le cœur.

— Donc... tout va bien entre nous ?

— Tout va bien, assura-t-elle.

Elle devait juste lui prouver qu'elle pouvait le combler de joie et d'amour. Et qu'ils étaient faits l'un pour l'autre.

Troy Watkins releva la tête lorsque Charlie Kidwell, son bras droit, entra dans le bureau.

— Bonjour, chef, vous vouliez faire le point ?

— Dites-moi que ça a avancé, grommela Troy.

L'adjoint, un grand blond de trente-cinq ans, s'installa face à lui sur la chaise inconfortable. Ses yeux bleus trahissaient la même fatigue que celle que Troy sentait peser sur ses propres épaules.

— J'aimerais pouvoir vous répondre oui... On a vérifié les alibis des ouvriers du ranch, ils tiennent tous. Par contre, on n'a pas fini avec ceux des domestiques et des membres de la famille. Ça prend du temps.

— Je sais bien, mais c'est tellement frustrant ! J'espérais presque que le sang sur les bottes de Flunt serait celui d'Eldridge, histoire qu'on puisse boucler l'enquête...

— Il nous faut un corps. On a trop peu d'indices.

Troy se renversa en arrière dans son fauteuil.

— Eldridge a été malin de décider que son testament ne pourrait pas être ouvert en l'absence de corps.

— Comment ça marche, sur le plan légal ? demanda Charlie.

— Aucune idée. Ça, c'est à la famille de s'en dépêtrer avec l'avocat.

Troy fronça les sourcils.

— Je ne peux pas m'empêcher de penser que le coupable était proche d'Eldridge.

— Vous voulez dire que c'est un membre de la famille ?

— Ou un employé. En tout cas, il devait savoir que le vieux était seul dans sa chambre cette nuit-là.

— Cela semble désigner Whitney.

— Ou quelqu'un qui l'a vue endormie dans la salle de cinéma, répliqua Troy.

Il plaqua les mains sur le bureau.

— Bon sang, cette affaire me rend dingue. Remettez-vous au boulot et rapportez-moi de bonnes nouvelles.

— D'accord, chef.

Troy poussa un soupir tandis que Charlie quittait la pièce. Ses adjoints enchaînaient les heures supplémentaires, et près de la moitié d'entre eux était déjà à bout. Or la famille Colton réclamait des réponses, et les journalistes le harcelaient pour qu'il leur communique plus d'informations. Jamais il ne s'était senti aussi impuissant.

Ils avaient fouillé presque chaque centimètre carré du ranch de Colton Valley sans retrouver de corps. Troy avait visionné tous les enregistrements des caméras de surveillance, et cela n'avait rien donné non plus. Il fallait élargir la zone de recherches. Sonder le lac voisin, le Lone Star Lake, au cas où Eldridge y aurait été jeté.

Qu'était-il arrivé au millionnaire, nom de nom ?

Le samedi matin, Josie se réveilla pleine d'optimisme. C'était ce soir-là qu'elle préparait le dîner pour Tanner et les filles ; peut-être reviendrait-il à la raison après son incompréhensible accès de culpabilité ?

Pendant le petit déjeuner, il se montra particulièrement silencieux.

— On dirait qu'il va encore faire une chaleur étouffante, aujourd'hui, remarqua-t-elle tout en lavant une poignée de fraises.

— Il fait toujours une chaleur étouffante l'été au Texas, répliqua-t-il.

Il fixait le grille-pain comme si c'était l'appareil le plus extraordinaire qu'il n'avait jamais vu.

— Ce sera tellement beau, ici, en automne, dit-elle, se remémorant la dispute amicale qu'ils avaient eue à propos des saisons.

Il se contenta d'acquiescer, concentré sur les tartines qu'il était en train de beurrer pour les jumelles. Josie ravala un soupir tandis qu'elle déposait les fraises dans leurs assiettes.

Leigh attrapa un des fruits et le lui tendit.

— Mange, Josie-chérie !

— Non, c'est pour toi, répondit-elle gentiment.

La fillette fourra la fraise dans sa bouche avant de sourire de toutes ses petites dents. Josie sentit un flot d'amour la traverser.

— Vous êtes vraiment adorables, toutes les deux.

— Je ferais mieux d'y aller, murmura Tanner sitôt après leur avoir servi les toasts.

— À ce soir, alors.

— Oui, à ce soir.

Il embrassa ses enfants et partit.

Josie lutta contre le sentiment de frustration qui menaçait de l'envahir. Tanner ne l'avait pratiquement pas regardée ce matin et il n'avait même pas fait l'effort d'échanger des banalités avec elle. Mais elle ne perdait pas espoir. Peut-être parviendrait-elle à l'amadouer avec son poulet et ses cookies, et alors elle pourrait lui révéler tout ce qu'elle ressentait pour lui.

Après le déjeuner, pendant que les jumelles faisaient la sieste, elle se mit aux fourneaux. Tout en pelant des carottes et en hachant le céleri pour les ajouter au bouillon, elle songea que les femmes libérées d'aujourd'hui la trouveraient sûrement ridicule de prendre autant de plaisir à cuisiner pour un homme... Mais c'était plus fort qu'elle, elle avait envie de nourrir Tanner de bons petits plats, de l'entourer de chaleur humaine, de lui offrir un amour sans bornes.

Elle refusait de s'inquiéter outre mesure de l'attitude de son hôte. Il fallait qu'elle soit patiente avec lui, qu'elle lui laisse le temps de se rendre compte qu'ils étaient destinés à vivre ensemble.

Ce jour-là, Marceline ne lui rendit pas visite, et elle en fut soulagée. Après sa discussion de la veille avec Tanner et leur virée dans la grange, Josie n'aurait pas été à l'aise de bavarder avec la jeune femme comme si de rien n'était. À présent, elle se méfiait des intentions de Marceline.

Elle chassa bien vite ces pensées négatives. Tout ce qu'elle voulait pour l'instant, c'était se concentrer sur le repas qu'elle servirait à Tanner et à ses filles.

Lorsque celles-ci se réveillèrent de leur sieste, une délicieuse odeur de poulet et de légumes embaumait l'appartement. Pendant que Josie finissait ses préparatifs, les jumelles jouèrent à ses pieds, tapant sur les poêles et les casseroles avec des cuillères en bois. Le bruit ne la dérangeait pas – au contraire. C'était sa définition du bonheur : des enfants qui s'amusaient, un bon plat qui mijotait sur le feu, et un homme qui la rendait heureuse comme aucun autre ne le ferait sans doute jamais.

Quand Tanner rentra vers 17 heures, les filles étaient déjà installées dans leurs chaises et la table mise pour deux.

— Ça sent bon, ici ! observa-t-il.

— Tout est prêt, on n'attend plus que toi, répondit-elle avec un grand sourire.

— Je me change et j'arrive.

Alors qu'il disparaissait dans sa chambre, Josie se retint à nouveau de soupirer. Encore une fois, il fuyait son regard. Pourquoi se comportait-il ainsi ? Il n'avait pas de raison de se sentir coupable d'avoir fait l'amour avec elle. Ils étaient adultes et tous les deux avaient été plus que consentants.

Lorsqu'il revint quelques minutes plus tard, elle se força à faire bonne figure.

— Comment s'est passée ta journée ? lui demanda-t-elle pendant qu'il s'asseyait sur un tabouret.

— Comme d'habitude. Et toi ? Les filles ont été sages ?

— Elles le sont toujours. Bon, Lily a bien essayé de colorier les murs de la nursery, et Leigh n'a pas été contente quand je leur ai confisqué les crayons... Mais rien que de très classique dans la vie de petites filles de dix-huit mois, n'est-ce pas ?

— C'est vrai.

— Dès qu'on aura fini le plat, je mettrai les cookies au four. Je veux que tu les goûtes quand ils sont encore chauds.

— D'accord.

Le repas fut des plus pénibles. Chaque fois que Josie tentait d'entamer la conversation, il lui répondait en quelques mots sans jamais la regarder en face. Quand elle sortit les cookies du four, elle avait envie de hurler. Mais elle n'en fit rien, prenant sur elle pour cacher son agacement.

— Si tu me dis que tu préfères ceux du commerce, je t'étrangle, le prévint-elle en posant une petite assiette devant lui.

— Mmm, fit Lily qui venait de croquer dans son gâteau.

— Miam ! s'exclama Leigh.

Tanner lui offrit un début de sourire.

— En tout cas, le jeune public est conquis, remarqua-t-il.

— Et toi, qu'est-ce que tu en penses ?

Il goûta un cookie.

— Mmm, miam ! dit-il avec humour. Ils sont définitivement meilleurs que ceux du commerce.

— CQFD, répliqua-t-elle, heureuse qu'il soit enfin sorti de son silence. Tu en veux un autre ?

— Volontiers.

— Encore ! cria Lily. Encore gâteau, te plaît.

Leigh fit écho à la demande de sa sœur, et Josie sentit son cœur se gonfler de plaisir.

Plus tard, elle rangea la cuisine pendant que Tanner jouait avec les filles. Les cookies avaient rompu la glace quelques minutes seulement ; très vite, Tanner était retombé dans sa morosité. Josie se répéta qu'il avait juste besoin de temps. Ce n'était pas parce qu'elle savait ce qu'elle ressentait pour lui qu'il en était parvenu au même stade. *Tout vient à point à qui sait attendre*, se dit-elle.

Tout de suite après avoir couché les jumelles, il prétendit qu'il était fatigué et alla s'enfermer dans sa chambre. Josie resta un moment dans le salon, profondément déçue. Si elle se présentait à la porte de Tanner comme l'autre soir, irait-il réellement s'installer sur le canapé ou se laisserait-il à nouveau tenter ? Quelque chose lui disait qu'elle n'avait pas intérêt à lui forcer la main.

Cependant, les trois jours suivants, il continua de se montrer distant. Leur routine n'avait pas changé, à cela près qu'il se retirait dans sa chambre sitôt les filles endormies. Pourtant, lorsqu'ils étaient ensemble, Josie avait l'impression qu'il se consumait de désir. Parfois, il posait sur elle un regard doux et caressant, d'autres fois, il semblait prêt à la dévorer.

Le troisième soir, elle en eut assez. Toute seule au salon, elle fulminait. C'était comme s'il la punissait de l'attirance qu'ils éprouvaient l'un pour l'autre. Ce n'était pas juste.

Elle se leva, convaincue qu'il était grand temps de lui dire ce qu'elle pensait de sa façon d'agir. Sans prendre la peine de frapper, elle ouvrit la porte de la chambre de Tanner à toute volée.

11

Tanner était étendu sur son lit, contre ses oreillers, un magazine ouvert sur les genoux. Quand elle surgit dans la pièce, il sursauta et releva la tête d'un air alarmé.

— Il y a un problème, Josie ?

— En l'occurrence, oui.

Elle s'appuya contre le chambranle de la porte, les bras croisés sur la poitrine.

— Tu me traites en paria depuis qu'on a fait l'amour, voilà le problème. Tu refuses de me regarder dans les yeux, tu m'adresses à peine la parole, tu cours te réfugier ici tous les soirs dès que les filles sont couchées… Qu'est-ce qui se passe ?

Il se redressa dans son lit, les joues légèrement teintées de rouge.

— Je ne me réfugie pas. C'est juste que je suis fatigué en ce moment.

— Fatigué, vraiment ? Arrête tes âneries, Tanner. Moi, je crois que non seulement tu t'en veux d'avoir couché avec moi mais, en plus, tu cherches à me punir.

— N'importe quoi !

— De quoi as-tu peur ?

— Je n'ai pas peur, répliqua-t-il en soutenant le regard de Josie.

— Tu veux que je te dise ce que je pense ? Je pense que tu as peur de m'aimer.

Ces mots restèrent suspendus dans l'air un long moment. Comme il ne répondait pas, elle continua :

— Je suis amoureuse de toi, Tanner. Je veux passer le reste de ma vie avec toi et les jumelles. Je veux dormir dans tes bras toutes les nuits et rire avec toi tous les jours.

Tanner se leva lentement. Aucune trace de joie dans ses yeux assombris. Aucun sourire de bonheur sur ses lèvres serrées. Il la dévisageait comme si elle avait perdu la tête.

— Josie, tu ne sais pas ce que tu dis. Ce qui s'est passé entre nous… ce n'est pas bien. Tu crois éprouver des sentiments pour moi, mais ils ne sont pas réels. C'est juste qu'on a vécu des événements traumatisants ensemble.

— Comment oses-tu me dire que mes sentiments ne sont pas réels ?

Elle fit un pas vers lui et fut surprise de le voir reculer.

— Ce que je ressens pour toi n'a rien à voir avec ce qui s'est passé ici. Tanner, je sais ce qu'il y a dans mon cœur. Je t'aime.

— Je n'ai rien à t'offrir, rétorqua-t-il en fourrant les mains dans ses poches. Je n'ai pas l'intention de me remarier. Je ne cherche même pas une relation à long terme.

Josie étudia les traits de Tanner, si froids, si stoïques. Il était tellement beau dans son jean et son T-shirt bleu qui faisait ressortir la couleur de ses yeux… Mais ce n'était pas uniquement pour son physique qu'elle l'aimait autant, et elle ne croyait pas un seul instant à son discours blasé.

Une idée lui vint soudain à l'esprit.

— Est-ce parce que tu as encore des sentiments pour Helen ? Si c'est le cas, c'est vraiment tragique. Elle ne reviendra pas, Tanner. Si tu refuses qu'une nouvelle femme entre dans ta vie, cela veut dire que Lily et Leigh ne connaîtront jamais l'amour d'une figure maternelle.

— Elles ont le mien, et cela suffit, répliqua-t-il. Et si tu veux tout savoir, non, je n'ai plus de sentiments pour mon ex-femme.

— Tu m'as pourtant dit que tu l'aimais encore quand elle t'a quitté.

Josie voulait comprendre. Qu'est-ce qui le retenait de s'engager avec elle ?

— Mon amour pour Helen s'est éteint brutalement quand j'ai réalisé qu'elle n'avait pas l'intention de revoir nos filles. Au moment où elle a eu son accident, je l'avais déjà rayée de ma vie.

Josie fut soulagée. Elle n'aurait jamais pu rivaliser avec un fantôme. Dans un regain d'espoir, elle s'avança de nouveau vers lui.

— Alors pourquoi as-tu si peur de m'aimer ? murmura-t-elle.

— Tu es trop jeune pour moi, et ça, tu ne peux rien y changer, affirma-t-il. On n'aurait jamais dû s'embrasser et encore moins faire l'amour. Parce que, je te le répète, je n'ai rien à t'offrir.

La dureté des paroles de Tanner et l'absence d'émotion dans ses yeux firent à Josie l'effet d'un coup de poignard.

— Tu es un imbécile, Tanner Grange, lâcha-t-elle au bout d'un long moment.

Elle fit volte-face et sortit de la chambre avant qu'il la voie pleurer.

Machinalement, elle alla s'asseoir dans la nursery, à la petite table sur laquelle elle avait dessiné avec les jumelles, là où elles avaient joué ensemble, là où les fillettes l'avaient nourrie de « paghettis » imaginaires. Les larmes ruisselaient sur ses joues tandis qu'elle respirait la douce odeur de lotion pour bébé en écoutant les soupirs que Lily poussait dans son sommeil et en pensant au doudou que Leigh serrait dans ses bras quand elle dormait.

Sa place était ici. Elle le sentait dans son cœur, dans son âme, tout comme elle était convaincue que Tanner l'aimait également. Simplement, elle ignorait comment le lui faire accepter.

Trop jeune...

Elle en aurait ri si elle n'avait pas trouvé cela aussi affligeant. Il regardait un chiffre au lieu de la regarder, elle.

Josie n'était pas trop jeune. Elle avait vécu toute une existence de malheurs et avait plus d'expérience que certaines personnes trois fois plus âgées qu'elle. Elle savait exactement ce qu'elle désirait. Elle était prête à embrasser son avenir.

Mais l'amour qu'elle ressentait pour Tanner ne servait à rien s'il n'en voulait pas. Un sanglot lui échappa, et elle courut s'enfermer dans sa chambre de peur de réveiller les jumelles. Là, elle se jeta sur le lit et étouffa ses pleurs dans l'oreiller, accablée par la douleur des rêves brisés et des beaux fantasmes qui ne verraient jamais le jour.

Il avait raison. Elle ne pouvait pas modifier son âge, elle ne pouvait pas non plus l'obliger à changer d'avis. Elle lui avait dit qu'elle l'aimait et qu'elle voulait passer le reste de sa vie avec lui, et il l'avait rejetée. Comme une sotte, elle avait cru qu'en lui révélant ses sentiments elle l'aiderait à exprimer les siens... Mais il n'en avait rien fait et n'en ferait sans doute jamais rien.

Il était temps de s'en aller.

Josie pleura toutes les larmes de son corps. Au fond d'elle, elle caressait l'espoir que Tanner la rejoigne. Il la prendrait dans ses bras, lui dirait qu'il avait été bête, qu'il l'aimait lui aussi, qu'il voulait vivre avec elle jusqu'à la fin de ses jours. Cependant, les minutes s'écoulaient, puis une heure, puis deux, et il ne vint pas.

L'idée de se lever le lendemain et de faire semblant que tout allait bien l'accablait. Celle de passer ne serait-ce qu'une journée de plus avec Tanner et les jumelles en sachant qu'elle ne ferait jamais partie de leur famille lui était intolérable. À présent, elle serait une étrangère dans cette maison, comme elle l'avait été partout pendant la plus grande part de son existence.

Oui, il était vraiment temps de s'en aller.

Peggy se ferait probablement une joie d'aider Tanner en attendant qu'il trouve une nouvelle nourrice. Il valait mieux que Josie parte maintenant avant que les fillettes s'attachent trop à elle.

Josie-chérie. Sa gorge se serra. La semaine passée, Lily et Leigh l'avaient régulièrement appelée ainsi. Si seulement leur père pouvait en faire autant...

Il était plus de minuit quand elle se faufila discrètement à l'extérieur de sa chambre et traversa le couloir à pas de loup. Sa valise pesait lourd au bout de son bras, chargée de toutes ses affaires et du poids de son amour déçu. Lorsqu'elle passa devant la chambre de Tanner, de nouvelles larmes lui brûlèrent les paupières, mais elle les refoula. Elle ne pleurerait plus pour lui.

C'était fini. À présent, elle devait se concentrer sur ce qui l'avait amenée au ranch au départ. Sa famille lui avait confié une mission. Elle allait récupérer cette montre, rentrer à Granite Gulch, et la vie reprendrait son cours.

Le silence régnait dans l'appartement. Une veilleuse éclairait la nursery, et le clair de lune baignait la pièce principale d'une lueur blanchâtre. Dans la cuisine, Josie dénicha un petit couteau qu'elle glissa prudemment dans sa poche. Elle espérait n'avoir à l'utiliser que pour creuser la terre dure du Texas... Par chance, elle réussit à sortir de la suite sans réveiller Tanner. Elle n'avait aucune envie de se trouver de nouveau face à lui.

Elle s'arrêta un moment devant la porte qu'elle venait de refermer, le temps d'adresser en esprit les adieux qu'elle ne pourrait pas prononcer de vive voix. Elle imagina la joue toute douce de Leigh sous ses baisers, les petits doigts de Lily s'enroulant autour de ses cheveux, leurs gloussements lorsqu'elle les chatouillait. Ces pensées l'emplirent d'un tel chagrin qu'elle faillit tomber à genoux.

Après avoir laissé l'émotion la submerger quelques instants, elle saisit fermement la poignée de sa valise et se dirigea vers l'entrée de l'aile des employés. Elle prit une grande inspiration pour se donner du courage et se glissa dehors.

Rapidement, elle alla ranger son bagage et son sac à main dans le coffre de sa voiture, ne gardant que son téléphone et le couteau. Puis elle jeta un coup d'œil autour d'elle.

Avec un peu de chance, personne ne l'avait vue sortir de la maison. C'était mieux qu'elle soit seule ; si elle avait tenté cette escapade avec Tanner, ils auraient eu deux fois plus de risques de se faire repérer.

Elle se mit en marche en direction des bois où se trouvait le fameux chêne, consciente que le chemin allait être long. Tous ses sens étaient en alerte. Si la lumière de la lune l'aidait à se diriger, elle faisait aussi d'elle une cible facile. Pour cette raison, elle essaya de rester à l'ombre des arbres, tant pour échapper à l'homme au pistolet que pour éviter de croiser un vigile à qui elle aurait été obligée d'expliquer ce qu'elle faisait dehors en pleine nuit.

Tout ce qu'elle désirait, c'était récupérer la montre et fuir cet endroit maudit. D'après son frère, les médecins ne donnaient pas longtemps à vivre à Matthew. L'heure tournait. Quand bien même elle n'aurait pas pris la décision de partir ce soir, elle aurait tenté de persuader Tanner de retourner rapidement dans la forêt. Mais, dorénavant, elle n'aurait plus rien à lui demander. Elle se débrouillerait seule et ne le reverrait plus jamais.

Les sentiments qu'elle nourrissait à l'égard de son père étaient plus que confus. Évidemment, elle le détestait pour ce qu'il avait fait, pour les ravages qu'il avait causés dans la vie de tant de personnes. Et pourtant, la petite fille en elle avait désespérément envie de l'aimer.

Elle aurait pu monter dans sa voiture et quitter les lieux au plus vite, mais en dépit de tout ce qu'elle avait subi par la faute de son géniteur, elle refusait de partir sans la montre. Peu importait que celle-ci contienne des informations sur un trésor caché ou qu'elle n'ait qu'une valeur sentimentale pour lui ; Josie tenait à la lui rapporter, ne serait-ce que pour honorer sa promesse.

Enfin, elle atteignit le bois à l'orée duquel Tanner s'était garé quand ils étaient venus la première fois. Les rayons de lune avaient bien du mal à traverser l'épais feuillage. Josie s'arrêta, se ramenant d'une main tremblante les cheveux derrière l'oreille.

Pourvu que personne ne m'ait suivie, se dit-elle.

Elle ne percevait aucune présence autour d'elle, mais pouvait-elle encore se fier à son instinct ? Après tout, elle avait été persuadée que Tanner l'aimait…

Elle sortit son téléphone et activa la fonction lampe de poche. Un frisson la parcourut tandis qu'elle commençait à s'avancer entre les arbres, jetant des coups d'œil inquiets à droite et à gauche. Soudain, un frémissement la stoppa net. Elle retint son souffle, tétanisée.

Était-ce l'homme aux cheveux gras ? L'attendait-il caché quelque part, prêt à l'attaquer ?

Le bruit se fit entendre à nouveau, non loin de ses pieds. Josie pointa le faisceau de sa lampe sur le buisson devant elle et aperçut deux yeux masqués qui la regardaient.

Un raton laveur.

Dieu merci, ce n'était rien de plus gros ni de plus méchant. L'animal détala, et Josie put respirer.

Elle se remit en marche, prenant garde de ne pas trébucher sur une racine ou une branche morte. Ce n'était pas le moment de se fouler une cheville. Sur sa gauche, le murmure du ruisseau lui indiquait qu'elle suivait la bonne direction. *Trouve la montre et rentre à la maison*, se répétait-elle en boucle.

Bientôt, elle reconnut le vieux chêne avec les mystérieuses inscriptions gravées sur son tronc. Elle sortit son couteau, s'agenouilla et planta plusieurs fois la lame dans le sol dur et sec. Quand la terre fut suffisamment ameublie, elle la dégagea sur le côté avec les mains.

Josie n'aurait pas pu dire combien de temps elle passa à creuser ainsi. Au bout d'un moment, épuisée par l'effort, elle s'arrêta pour reprendre son souffle.

Et si son père les avait encore menés en bateau ? Et s'il n'y avait pas la moindre montre sous cet arbre ? Ses frères, sa sœur et elle savaient combien Matthew pouvait avoir l'esprit pervers. N'avaient-ils pas été obligés de se plier à son petit jeu de piste sadique pour connaître enfin le lieu où il avait enterré leur mère ?

Dans un premier temps, ils avaient songé à exhumer le corps de cette dernière pour lui offrir une sépulture digne de ce nom au cimetière. Finalement, ils avaient décidé de la laisser reposer en paix et ils s'étaient tous réunis autour de sa tombe pour lui rendre un ultime hommage.

Était-il possible que Matthew ait envoyé Josie chercher une montre imaginaire ? Elle se mordit pensivement la lèvre. L'homme qui lui avait tiré dessus avait affirmé que le tueur en série s'était vanté de cette montre en prison. À l'évidence, l'ancien détenu était persuadé non seulement qu'elle existait, mais qu'elle le mènerait en plus à un trésor enfoui. Cela valait le coup de persévérer.

Reprenant courage, Josie se remit à creuser plus vite, consciente que chaque minute qui passait l'exposait encore un peu plus au danger. Peu à peu, elle parvint à élargir le trou.

Soudain, la lame du couteau heurta un obstacle en métal. Josie sentit son cœur s'emballer tandis qu'elle dégageait frénétiquement la terre autour de l'objet. Dès qu'elle put l'extirper, elle l'éclaira avec la lampe de son téléphone.

C'était une montre à gousset, sale et rouillée, encore munie de sa chaîne. Josie la serra dans sa main avec l'impression d'avoir exhumé le Graal.

Elle reboucha bien vite le trou avant de se relever et de ranger la montre et le couteau dans ses poches. Il ne lui restait plus qu'à rejoindre sa voiture et à rentrer à Granite Gulch.

Mission accomplie.

— Tiens, tiens, comme on se retrouve !

Josie fit volte-face. La voix éraillée provenait de sa gauche. Elle reconnut sans peine son propriétaire, dont la silhouette venait de se détacher de l'obscurité, un pistolet à la main.

Tanner se réveilla en sursaut. Il se redressa dans son lit et tendit l'oreille ; l'appartement était plongé dans le silence. Sur sa table de chevet, l'horloge affichait minuit passé. Il avait dormi à peine une demi-heure.

Ses pensées se dirigèrent immédiatement vers Josie. Il l'avait trouvée si belle lorsqu'elle avait déboulé dans sa chambre un peu plus tôt, les joues rosies par la colère, les yeux brillants comme ceux d'une guerrière ! Il avait senti sa résolution vaciller. D'ailleurs, ces derniers jours, il avait eu toutes les peines du monde à garder ses distances avec elle ; alors, ce soir, quand elle lui avait ouvert son cœur, cela lui avait été encore plus douloureux de lui tourner le dos.

Malgré tout, il était convaincu d'avoir pris la bonne décision en la repoussant – tant pour elle que pour lui et ses filles. Il ne voulait pas d'une autre relation ratée. Il ne voulait pas que Lily et Leigh s'attachent à elle, qu'elles l'aiment plus que ce n'était déjà le cas, tout cela pour la voir partir au bout du compte.

Car Josie partirait, c'était une évidence. À son âge, elle ne pouvait pas être prête à devenir à la fois épouse et mère du jour au lendemain. Cela ne faisait qu'un mois qu'elle avait quitté le programme de protection des témoins ; toute sa vie, les décisions avaient été prises à sa place. Il y avait de quoi être intimidée et un peu perdue de se retrouver subitement libre de ses choix.

C'était trop facile de croire qu'elle était amoureuse de lui. Bien sûr, elle pourrait être heureuse avec lui pendant quelque temps, mais elle finirait un jour ou l'autre par se rendre compte qu'elle était allée trop vite. Qu'elle voulait profiter de sa jeunesse et de sa beauté avant de s'encombrer d'une famille.

Tanner n'avait rien pu faire quand Helen les avait abandonnés, lui et les jumelles. Hors de question de laisser une autre femme leur imposer cette épreuve, et ce d'autant plus qu'elle était encore trop jeune pour savoir ce qu'elle souhaitait faire de sa vie.

Il n'en restait pas moins que cela l'avait anéanti de voir dans les jolis yeux noisette de Josie la souffrance qu'il lui avait causée. Lui aussi s'était attaché à elle – suffisamment pour trouver le courage de l'éconduire. Elle méritait mieux que lui.

Incapable de se rendormir, il enfila son jean et son T-shirt, attrapa son pistolet et alla s'asseoir sur le canapé. À quoi ressemblerait le lendemain ? Troy avait donné le feu vert à Josie pour quitter le ranch. Elle ne lui devait rien, et il l'avait profondément blessée ce soir. Ferait-elle ses valises dès la première heure ? Resterait-elle au moins le temps du petit déjeuner ?

Sa poitrine se serra quand il tenta d'imaginer leur existence sans elle. Nul doute que les journées sembleraient bien plus fades et plus tristes. Et Josie emporterait un gros morceau du cœur de Tanner avec elle – mais ça, il ne pouvait pas le lui dire. Inutile de lui donner de faux espoirs.

Se sentant agité, il se leva et se mit à faire les cent pas dans le salon. Il ne se rappelait pas avoir été aussi bouleversé quand Helen était partie. C'était ridicule... il fallait qu'il reprenne le contrôle de ses émotions et qu'il retourne se coucher. Il avait besoin de sommeil.

Alors qu'il traversait le couloir, il eut envie de jeter un coup d'œil sur ses filles et entra sans un bruit dans la nursery. Comme d'habitude, Leigh dormait sur le ventre, son doudou serré dans une main. Lily, elle, était étendue sur le dos, bras et jambes écartés comme pour occuper le maximum d'espace autour d'elle.

Les jumelles adoraient Josie, et il ne doutait pas qu'elle les aimait aussi. Elle aurait fait une merveilleuse maman pour elles, si seulement elle avait eu cinq ou dix ans de plus.

Cette pensée ne fit que raviver sa douleur. Josie avait raison, s'il se fermait à la possibilité de retomber amoureux, alors ses filles ne connaîtraient jamais l'amour d'une mère dans leur vie. Mais il ne pouvait pas choisir ses relations en fonction de ses enfants. Et surtout, il ne pouvait pas aimer Josie Colton. Il *refusait* de l'aimer.

Il se détourna des petits lits et avisa la porte entrouverte sur la chambre qu'elle occupait.

La lumière était éteinte et la pièce silencieuse. Il avait entendu Josie pleurer quand elle s'y était réfugiée, un peu plus tôt dans la soirée. Chacun des sanglots de la jeune femme lui avait transpercé le cœur. Tandis qu'il fixait cette porte des yeux, l'envie le prit de regarder Josie dormir, comme avec ses filles. Il n'aurait peut-être plus jamais l'occasion de contempler son beau visage à son insu.

Il s'avança à pas de loup et jeta un coup d'œil dans la chambre. Le clair de lune inondait le lit... qui était vide. Son cerveau tenta de comprendre pourquoi Josie n'était pas là. Peut-être s'était-elle levée pour aller aux toilettes ? Non. Il n'avait pas vu de lumière en passant devant la salle de bains.

Elle était partie.

Une onde d'angoisse le traversa. Avait-elle pris sa voiture pour rentrer directement chez elle ou bien était-elle allée chercher cette fichue montre ?

En trois pas, il gagna la commode et ouvrit le premier tiroir.

Vide, lui aussi. Elle avait donc fait sa valise. Se trouvait-elle encore sur la propriété ?

Il retourna rapidement dans sa chambre pour attraper ses clés sur la table de chevet avant de sortir de l'appartement. En temps normal, jamais il n'aurait laissé ses filles seules, mais les circonstances étaient exceptionnelles. Il voulait juste vérifier si la voiture de Josie était toujours garée sur le parking des employés.

Une fois dehors, il s'arrêta net. Ses pires craintes se confirmaient : le véhicule était encore là, mais Josie n'était nulle part en vue. Il fit demi-tour et rentra chez lui au pas de course.

Malgré l'heure tardive, il n'hésita pas à appeler Peggy qui décrocha à la deuxième sonnerie.

— Oui, Tanner ? répondit-elle d'une voix étonnamment alerte.

— J'ai besoin de vous. Je crois que Josie est en danger.

— J'arrive tout de suite.

Tanner boucla son holster autour de sa taille et y glissa son pistolet. Une peur panique l'étreignait. Pourquoi ne lui avait-elle pas demandé de l'accompagner ? Pourquoi était-elle partie seule en plein milieu de la nuit ? Il connaissait les réponses. Parce qu'elle ne lui faisait plus confiance. Parce qu'il lui avait brisé le cœur.

Il la maudissait de prendre de tels risques juste pour satisfaire les caprices d'un tueur en série mourant. Il priait le ciel pour que le malfrat ne soit plus dans les parages et, dans le cas contraire, pour qu'il ne l'ait pas vue quitter la maison sans escorte…

Après avoir attrapé une lampe torche sous l'évier de la cuisine, Tanner attendit Peggy au milieu du salon, tous les muscles crispés. Quand Josie était-elle partie ? Était-ce le bruit de la porte qui l'avait réveillé ? Combien de temps s'était-il écoulé depuis ? Vingt minutes ? Trente ?

Lorsque Peggy arriva, il trépignait d'impatience.

— Je ne sais pas à quelle heure je vais rentrer, lâcha-t-il sans préambule. Vous pouvez dormir sur le canapé jusqu'à mon retour. Je suis vraiment désolé de vous déranger aussi tard, mais je ne voulais pas laisser les jumelles toutes seules.

— Bien sûr, répondit la vieille domestique. Ne vous inquiétez pas pour les filles et pour moi. Occupez-vous de Josie.

Tanner ne se le fit pas dire deux fois, il fila dehors, tout droit vers l'écurie. Josie était à pied, il avait des chances de la rattraper s'il prenait son cheval. Il aurait pu partir en pick-up, mais il craignait de réveiller toute la maisonnée à cette heure de la nuit, et Fowler serait bien capable de lui tirer dessus en pensant abattre un voleur.

Il sella Beau en un temps record et le lança au triple galop à travers les pâturages. Zane était censé avoir recruté des vigiles supplémentaires, mais Tanner ne croisa personne pendant sa folle chevauchée en direction du bois. Sans parler de l'homme armé qui l'avait déjà agressée, Josie s'exposait à toutes sortes de dangers la nuit dans la forêt. Elle ne connaissait pas les lieux ; elle risquait de tomber, de se blesser, voire de se perdre.

En l'imaginant inconsciente, à la merci des animaux sauvages ou pire, de l'énergumène aux cheveux gras, Tanner sentit un nouveau flot d'angoisse le submerger. Il fallait absolument qu'il la retrouve. Qu'il s'assure qu'elle allait bien. Et qu'il la ramène à l'abri.

La chaleur l'étouffait. Ou était-ce la peur qui lui serrait la gorge et pesait sur sa poitrine ? Quelle qu'en soit la raison, il avait du mal à respirer et son dos était trempé de sueur.

Il eut l'impression que le trajet jusqu'au bois durait une éternité, alors qu'il n'avait pas dû prendre plus de quelques minutes. Parvenu à la lisière de la forêt, il descendit de son cheval et attacha les rênes à une branche basse. Puis il poursuivit son chemin à pied, en s'éclairant de sa lampe torche.

Il aurait espéré rattraper Josie plus tôt. Avait-elle déjà atteint le chêne ? Si oui, il la croiserait sûrement lorsqu'elle repartirait vers le ranch. En attendant, il se faufila le plus vite possible entre les arbres et les buissons. Inutile de crier son nom, elle ne lui répondrait pas. Si elle avait voulu de son aide, elle lui aurait demandé de l'accompagner.

Alors qu'il se trouvait à une vingtaine de mètres du vieux chêne, des voix retentirent soudain dans le silence de la forêt. Tanner se figea et éteignit sa lampe.

— Je n'ai rien trouvé, disait Josie d'un ton nerveux. Elle était censée être là, mais elle n'y est pas.

— Ne me raconte pas de salades.

Tanner reconnut immédiatement le grognement de l'ancien détenu. Dégainant son arme, il se glissa sans un bruit derrière un arbre et jeta un coup d'œil de l'autre côté.

Il crut que son cœur s'arrêtait de battre. Josie se tenait sur sa gauche ; en face d'elle, à quelques pas, le malfrat lui pointait son pistolet sur la poitrine. La tension grésillait dans l'air comme avant un éclair.

— Je ne raconte pas de salades, se défendit-elle. C'est mon père, le menteur. Il nous a fait croire que la montre était enterrée là, mais ce n'est pas le cas. Je ne sais pas où elle est. Je ne suis même pas sûre qu'elle existe.

— Alors qu'est-ce que tu fais ici en pleine nuit ?

Si seulement Tanner pouvait le contourner, peut-être réussirait-il à le neutraliser sans blesser Josie...

— Vide tes poches, ordonna le bandit.

— Allez vous faire voir, répliqua-t-elle.

Tanner étouffa un juron. Elle jouait avec le feu ! Il la supplia mentalement d'obéir au tireur. Pourquoi lui tenait-elle tête alors qu'il la menaçait d'une arme ?

— C'est toi qui choisis : soit tu vides tes poches toi-même, soit je m'en occupe après t'avoir tuée.

Il n'y avait plus de temps à perdre. Tanner devait intervenir. Il s'écarta du tronc, le pistolet brandi. Alors, en un battement de cils, l'homme se jeta sur Josie, passa un bras autour de son cou et pressa le canon de son arme sous son menton.

Les grands yeux de la jeune femme semblaient implorer Tanner d'agir, mais pour faire quoi ? Au moindre geste, elle risquait de mourir.

— Lâchez-la, dit-il.

Le type eut un rire sardonique.

— Tu crois vraiment que tu es en position de me donner des ordres ? Toi, lâche ton arme, sinon je lui fais exploser la cervelle.

— Et ensuite je ferai exploser la vôtre, rétorqua Tanner. Ce qui fait que vous ne serez plus là pour récupérer votre précieux trésor.

L'autre inclina la tête comme pour réfléchir.

— C'est vrai, mais elle sera morte quand même. Tu es sûr que tu veux prendre ce risque ?

Jamais de la vie, songea Tanner. Il étudia rapidement les possibilités qui s'offraient à lui et comprit qu'il n'y en avait pas trente-six. L'homme aurait déjà pu tuer Josie. S'il ne l'avait pas fait, c'était sans doute parce qu'il n'avait pas prévu au départ de commettre un meurtre. Tanner devait se raccrocher à cet espoir.

— Je vais poser mon arme, et vous la relâcherez, dit-il.

— Non, d'abord elle me donnera la montre. Ensuite seulement vous pourrez repartir tous les deux sains et saufs. Je ne veux faire de mal à personne, mais je n'hésiterai pas si vous ne me laissez pas le choix.

— Je vous ai déjà dit que...

Josie se tut lorsqu'il lui enfonça encore un peu plus le canon du pistolet sous la gorge.

Tanner aurait voulu le tuer. En voyant la jeune femme grimacer de douleur, il rêvait de placer les mains autour du cou de ce salaud et de serrer, serrer, jusqu'à ce que la vie s'éteigne dans ses yeux. Mais il ne pouvait pas faire ça. Il ne pouvait rien faire.

— Josie, ça n'en vaut pas la peine. Si tu as la montre, donne-la-lui.

Il espérait que le voleur avait ne serait-ce qu'une once d'honneur, et qu'il tiendrait parole une fois qu'il aurait obtenu ce qu'il demandait...

Lentement, Tanner baissa son arme et la déposa sur le sol près de lui.

— À votre tour.

L'ancien détenu écarta le pistolet de la tête de Josie, sans la relâcher pour autant.

— Maintenant, donne-moi cette montre ou je vous descends tous les deux.

12

— Allez, plus vite que ça ! cria l'homme dans son oreille.

En sentant le bras du bandit se resserrer autour de son cou, Josie se rendit compte qu'elle ne voulait pas mourir. Elle avait encore trop de choses à découvrir. Elle avait envie de mieux connaître ses frères et sa sœur. Elle avait faim de vivre, tout simplement.

Aussi immobile qu'une statue, Tanner la priait silencieusement d'obéir. Or, si elle regrettait qu'il ait été entraîné dans ce piège, elle n'était pas prête pour autant à se séparer de la montre. Hors de question de laisser gagner le malfrat.

— Bon sang, tu vas faire ce que je te demande, oui ou non ? s'exclama ce dernier.

Josie ne réfléchit pas plus longtemps. Plongeant la main dans sa poche, elle en sortit le petit couteau de cuisine et le planta dans la cuisse de son agresseur.

Celui-ci hurla de douleur, tout en la relâchant par réflexe. Elle le frappa au poignet pour le désarmer en même temps que Tanner se jetait sur lui et le plaquait au sol avec un rugissement sauvage.

Josie les regarda se battre, horrifiée. Ils roulaient l'un sur l'autre dans une lutte acharnée pour prendre le dessus. Tétanisée, elle assistait à la scène sans pouvoir intervenir. Ce n'était plus pour elle qu'elle avait peur à présent. C'était pour Tanner.

Comme elle avait été stupide de venir ici toute seule ! À cause d'elle, l'homme qu'elle aimait risquait de mourir. Tout était sa faute.

Les deux adversaires se relevèrent, mais ils n'en avaient pas fini. Tanner balança son poing dans le visage du voleur, ce dernier répliqua par un uppercut au menton.

— Tanner ! cria-t-elle.

Les coups continuèrent de pleuvoir jusqu'à ce que la terreur qui avait paralysé Josie se dissipe enfin. Elle se précipita sur l'arme du cow-boy, restée là où il l'avait posée un peu plus tôt.

— Stop ! hurla-t-elle en les mettant en joue. Arrêtez, tous les deux !

Mais il faisait trop sombre, et tout allait trop vite. Elle craignait de toucher accidentellement Tanner en voulant viser leur ennemi. Des larmes de panique et de frustration lui brouillèrent la vue. Jamais elle n'aurait dû laisser la situation s'envenimer ainsi.

Un cri lui échappa lorsque le malfaiteur frappa Tanner dans l'œil. Le contremaître riposta d'un prodigieux coup de poing qui envoya l'autre valser en arrière. Puis il se rua sur lui, prêt à l'attaquer de nouveau, mais l'homme avait déjà récupéré son pistolet et s'enfuyait en courant dans la nuit.

Aussitôt, Tanner se précipita vers Josie pour lui arracher l'arme des mains. Pendant un long moment, il la garda pointée dans la direction que le voleur avait prise. Comme ce dernier ne reparaissait pas, il passa un bras autour des épaules de Josie.

— Viens.

Ils rebroussèrent chemin au pas de course. Tanner tenait toujours son pistolet, prêt à faire feu à la moindre menace. Un épais filet de sang s'échappait de son arcade sourcilière ouverte. Il semblait à bout de souffle, mais il continuait d'entraîner Josie sans ralentir.

Beau l'attendait sagement à l'orée du bois. Tanner rengaina son arme, détacha l'animal et sauta en selle.

— Tends-moi la main, dit-il à Josie. Je vais t'aider à monter.

Malgré l'urgence de la situation, elle s'approcha prudemment du cheval, un peu inquiète. Mais elle n'eut pas le temps de se poser de questions, car Tanner la saisit par le bras et la hissa derrière lui.

Josie venait à peine de s'accrocher à la taille de Tanner qu'il talonna sa monture, laquelle partit au galop. Elle ferma les yeux et s'agrippa à lui de toutes ses forces tandis qu'ils filaient à travers champs.

Le visage enfoui dans le dos de Tanner, elle sentit les larmes couler sur ses joues. Elle ignorait à quel point il était blessé. De le voir en sang l'avait terrifiée. Il avait reçu une multitude de coups ; il pouvait souffrir aussi bien d'ecchymoses que de fractures.

Et cela par sa faute. Parce qu'elle avait refusé de se séparer de la montre.

Pourquoi était-il venu la chercher ? Pourquoi s'était-il mis en danger pour elle ? Où étaient Leigh et Lily, à cet instant ? Seigneur, pourquoi avait-elle agi si bêtement ?

— Ne tire pas ! cria Tanner en serrant les rênes pour ralentir.

Josie releva la tête. Ils étaient presque arrivés à l'écurie, et un homme à cheval pointait un fusil sur eux.

— C'est toi, Tanner ?

— Oui, c'est moi.

— La vache, j'ai bien failli vous trouer la peau. Qu'est-ce que vous faites dehors à cette heure dc la nuit ? Et qu'est-ce que tu t'es fait au visage ?

— C'est une longue histoire. Je te raconterai ça plus tard, Steve.

Une fois dans l'écurie, Tanner aida Josie à descendre et lui montra un banc.

— Va t'asseoir. J'en ai pour une minute.

Elle ne chercha pas à protester, car ses jambes menaçaient de se dérober à tout instant. Elle se laissa tomber sur le siège et regarda Tanner desseller son cheval.

Dans la faible lumière qui éclairait le bâtiment, son visage ensanglanté faisait encore plus peur à voir, et une ombre commençait déjà à se dessiner autour de son œil. Après avoir reconduit Beau dans son box, il la rejoignit et lui fit signe de le suivre.

— Je n'avais pas l'intention de te mêler à tout ça, murmura-t-elle tandis qu'ils se dirigeaient vers la maison.

— Tu es complètement folle d'y être allée seule.

Elle ne répondit pas. Il avait raison, bien sûr, mais avait-elle vraiment eu le choix ? Une fois de plus, ses yeux s'emplirent de larmes.

Elle avait juste voulu s'acquitter de la promesse qu'elle avait faite à ses frères et à sa sœur – et elle avait réussi. Mais son succès était terni par les blessures de Tanner.

Ils n'échangèrent pas un mot de plus jusqu'à l'appartement. En les entendant rentrer, Peggy se leva du canapé et retint un cri.

— Tanner ! Qu'est-ce qui vous est arrivé ?

— Pas de panique, je vais bien.

Il s'essuya le visage dans le bas de son T-shirt et grimaça en voyant le sang qui maculait le tissu.

— Je vous assure que ça paraît bien plus grave que ça ne l'est.

Peggy prit le temps de regarder Josie de la tête aux pieds.

— Dieu merci, vous êtes tous les deux en vie. Comment puis-je me rendre utile ?

— En allant vous coucher. Vous en avez déjà fait beaucoup, Peggy. Je vous remercie infiniment.

Elle plissa les yeux, l'air de douter. Tanner lui offrit un sourire qui se voulait rassurant.

— Vraiment, vous pouvez partir. On va se débrouiller, maintenant.

— D'accord. N'hésitez pas à m'appeler si vous avez besoin de moi.

Elle leur jeta un dernier regard inquiet avant de quitter les lieux.

— Je vais m'occuper de ton œil, dit Josie à Tanner.

— Je peux le faire tout seul.

Il lui tourna le dos et disparut dans sa chambre.

Josie le suivit jusqu'à la salle de bains.

— Allez, assieds-toi, insista-t-elle en lui montrant le tabouret. Tu auras tout le temps de pester contre moi quand j'aurai désinfecté ta plaie.

Il parut sur le point de riposter, puis se fit une raison et obéit en soupirant. Josie ouvrit le placard du lavabo et attrapa les mêmes produits qu'il avait utilisés pour sa blessure au bras. Après lui avoir nettoyé le visage avec un linge passé sous l'eau tiède, elle entreprit de désinfecter la profonde entaille qui lui barrait le sourcil. La colère silencieuse de Tanner semblait occuper tout l'espace autour d'eux. Elle s'efforça de l'ignorer, rongée par la culpabilité.

Elle aurait voulu tomber à genoux devant lui pour le supplier de la pardonner, mais l'urgence était de le soigner. Elle craignait que l'aventure de ce soir lui laisse une cicatrice à jamais.

— Il te faudra peut-être des points, dit-elle en ravalant ses larmes.

— Tu n'as qu'à poser deux ou trois strips dessus, et je suis sûr que ça ira.

— Tu vas avoir un bel œil au beurre noir.

— Et toi tu pourrais être morte à l'heure où on se parle.

Elle se mordit la lèvre sans répondre. Lorsqu'elle eut fini d'appliquer les petites bandes adhésives sur sa plaie, elle recula d'un pas.

— Écoute, Tanner, je sais que tu es en colère…

— En colère ? Je suis furieux, oui ! Tu aurais pu te faire tuer !

Il se leva en se passant une main dans les cheveux.

— Qu'est-ce qui t'a pris, bon sang ?

— Je n'ai pas réfléchi, c'est tout. J'ai agi sous le coup de l'émotion. Je savais qu'il était temps que je parte d'ici.

Se sentant étouffer dans cette pièce exiguë, elle sortit de la salle de bains, consciente qu'il la suivait. Arrivée dans le salon, elle lui fit face. L'exaspération la gagnait à son tour.

— Tu veux savoir ce qui m'a pris ? J'ai réalisé que les seules personnes que j'avais dans ma vie, c'étaient mes frères et ma sœur, et j'ai eu envie de leur rapporter cette foutue montre. Cela ne te concernait plus, mais je te remercie de t'être une fois de plus porté à mon secours.

Le regard de Tanner s'adoucit.

— Tu l'as trouvée ?

— Oui, dit-elle en extirpant l'objet de sa poche.

— Et tu n'as pas encore vérifié si elle contenait une carte au trésor ou je ne sais quoi d'autre ?

Josie referma son poing autour de la montre.

— Pour ça, je veux attendre Trevor. Je vais lui dire de venir demain matin – enfin, si tu m'autorises à passer une dernière nuit ici.

— Ce n'est pas moi qui t'ai demandé de partir ce soir, je te rappelle.

— Après la conversation qu'on a eue, je ne voyais pas d'autre option, répondit-elle amèrement. Est-ce que tu crois qu'il faut prévenir le shérif ?

Tanner réfléchit un instant. Il avait l'air épuisé.

— Si tu y tiens, fais-le, mais je n'en vois pas trop l'intérêt. On n'a pas grand-chose de plus à lui dire que la dernière fois.

— Je suis d'accord.

— Dans ce cas, allons nous coucher. Il est tard et je suis fatigué. Tu n'as qu'à prendre ma chambre, je dormirai dans la tienne au cas où notre ami reviendrait.

— Il ne sait pas que j'ai trouvé la montre.

Tanner pinça les lèvres.

— J'espère que ça en valait la peine. J'espère que ça t'apaisera d'une manière ou d'une autre. S'il t'était arrivé quoi que ce soit, je ne me le serais pas pardonné. Sur ce, il faut que j'aille prendre une douche.

Pendant qu'il retournait dans sa chambre, Josie s'écroula sur le canapé en soupirant. Elle ne pouvait pas lui en vouloir d'être furieux contre elle. Son imprudence et son entêtement avaient failli les tuer tous les deux.

Elle ferma les yeux, submergée par une profonde lassitude. À présent que l'adrénaline et la peur étaient retombées, elle se sentait vidée de toute son énergie. Était-ce vraiment fini ? Lorsqu'elle aurait remis la montre à son frère, pourrait-elle réellement tourner la page et commencer sa vie ? Serait-elle en mesure de rentrer à Granite Gulch sans regarder constamment par-dessus son épaule ?

Serait-elle capable d'oublier Tanner ?

J'espère que ça t'apaisera, lui avait-il dit. Avait-elle besoin d'être apaisée ? La petite fille en elle, peut-être. Celle qui souffrait encore de n'avoir pas reçu l'amour d'un père.

Quelques minutes plus tard, Tanner réapparut lavé et habillé.

— J'imagine que ta valise est dans le coffre de ta voiture, dit-il en lui tendant un T-shirt propre. Tu n'as qu'à te servir de ça comme pyjama. Bonne nuit, Josie.

— Merci. Toi aussi.

Elle avait tant d'autres choses à lui dire, mais elle se contenta de ces simples mots et le regarda s'engouffrer dans la petite pièce qu'elle avait désertée à peine quelques heures plus tôt.

La mort dans l'âme, elle se dirigea vers la chambre de Tanner, où elle se débarrassa de ses vêtements et entra dans la douche. L'eau chaude finit de dissiper la sensation glacée qui s'était emparée de son corps depuis l'instant où l'homme armé avait surgi devant elle. Les mains appuyées contre la paroi de verre, elle ferma les paupières, laissant le jet lui dénouer les tensions de la nuque et du dos.

C'était terminé.

Elle avait accompli sa mission, il ne lui restait plus qu'à faire venir Trevor pour déchiffrer les éventuels secrets que renfermait la montre. Ensuite, ils rentreraient ensemble à Granite Gulch. Josie savait qu'elle se sentirait en sécurité, escortée par son grand frère. Tout comme cela avait été le cas dans les bras de Tanner.

Elle secoua la tête pour chasser cette pensée. Ce qui s'était passé cette nuit dans les bois n'avait rien changé : Tanner n'avait pas eu de révélation, il ne l'avait pas serrée contre lui en lui disant qu'il l'aimait depuis le premier jour et qu'il avait été idiot de vouloir se convaincre du contraire...

C'était bel et bien fini.

Elle sortit de la douche, s'essuya rapidement et enfila le T-shirt qu'il lui avait prêté. Puis elle s'assit au bord du lit et appela Trevor, bien qu'il soit affreusement tard. Il devait absolument la rejoindre au ranch à la première heure.

— Josie, qu'est-ce qui se passe ? s'enquit-il d'une voix alarmée.

Elle voulut répondre, mais éclata en sanglots.

Allongé entre les draps imprégnés de l'odeur de Josie, Tanner sut qu'il aurait bien du mal à trouver le sommeil. Son entaille au sourcil l'élançait, tout son corps était perclus de douleurs. Mais ce n'était pas seulement l'inconfort physique qui l'empêcherait de dormir.

Une myriade d'émotions se bousculaient en lui. Maintenant que Josie était à l'abri, il prenait pleinement conscience de l'horreur qu'il avait ressentie en voyant le pistolet de cet homme enfoncé sous le menton de la jeune femme. Il prenait pleinement conscience qu'elle avait failli mourir.

Que se serait-il passé s'il ne s'était pas réveillé ? S'il n'avait pas voulu jeter un œil sur ses filles endormies, puis sur Josie ?

Que se serait-il passé s'il n'était pas arrivé à temps au vieux chêne ?

Faire la liste de tout ce qui aurait pu mal tourner lui glaçait le sang.

C'était une bonne chose que le grand frère de Josie vienne le lendemain, se dit-il. Au moins, il pourrait la soutenir moralement. En tant qu'agent du FBI, Trevor Colton saurait la protéger jusqu'à Granite Gulch et, si tout allait bien, personne n'empêcherait plus jamais Josie de vivre pleinement sa vie.

Une vie sans lui.

Cette pensée l'emplissait de désespoir. Le souvenir de Josie ferait toujours naître un sourire sur ses lèvres, une douce chaleur dans son cœur et un feu brûlant dans ses veines.

Heureusement, les jumelles étaient encore petites. D'ici quelques semaines, elles ne se rappelleraient plus la jolie et aimante jeune femme qui avait brièvement croisé leur chemin. Elles ne se souviendraient plus de ses chatouilles, son rire, ni ses baisers.

Lui, par contre, il n'oublierait pas. Il n'oublierait rien. Et quelque chose lui disait qu'il lui faudrait beaucoup de temps pour cesser de penser à Josie Colton.

Jamais il ne retrouverait une nounou aussi parfaite pour ses filles, quelqu'un qui les aimait, et qu'elles aimaient tout autant, quelqu'un qui savait faire preuve de patience et de douceur tout en se montrant strict quand c'était nécessaire. C'était sans doute en partie pour cela qu'il s'était tellement attaché à elle. Il ne pouvait pas être amoureux d'elle, c'était impossible. Et elle non plus ne pouvait pas être amoureuse de lui, contrairement à ce qu'elle affirmait.

Je ne l'aime pas, se dit-il fermement. *Et même si c'était le cas, il me faudrait quand même la laisser partir.*

Il dut finir par s'endormir, car il fut réveillé par la lumière de l'aube qui commençait à filtrer dans la chambre. Une nouvelle journée démarrait… celle de ses adieux à Josie.

Il se leva et traversa discrètement le couloir pour se rendre dans la salle de bains. Après avoir refermé la porte, il alluma et se regarda dans le miroir. Les strips semblaient tenir. Un croissant violacé était apparu sous son œil, mais cela aurait pu être pire.

Malgré l'impression tenace d'être passé sous un rouleau compresseur, il savait que les courbatures disparaîtraient. Il fallait juste survivre à cette journée. À la tristesse de voir Josie quitter le ranch définitivement.

S'étant rafraîchi le visage, il alla préparer le café dans la cuisine. En attendant qu'il ait fini de couler, il regarda par la fenêtre. Le soleil venait de se lever à l'horizon dans un ciel sans nuages. Il allait encore faire chaud aujourd'hui.

Eldridge n'avait toujours pas été retrouvé. Les suspects étaient trop nombreux, si bien que tout le monde se méfiait de tout le monde. Et sans Josie, la vie au ranch ne serait plus jamais la même.

Tanner était en train de boire son café quand Lily appela dans la nursery. Il se hâta d'aller s'occuper des fillettes, de peur qu'elles réveillent la jeune femme. Celle-ci s'était couchée tard et, après tout, elle ne travaillait plus pour lui.

Lily fronça les sourcils quand il se pencha pour l'attraper dans son lit.

— Bobo, Papa-chéri ?

— Papa va bien, lui assura-t-il en souriant.

Elle plaça sa petite main sur l'œil blessé de Tanner.

— Plus bobo, Papa-chéri !

— Non, Papa n'a plus mal.

Il sentit une bouffée d'amour l'envahir. Ses deux fillettes étaient tout ce dont il avait besoin. Il ferait son possible pour être le meilleur papa du monde, et cela lui suffirait. S'il avait de la chance, elles s'en contenteraient, elles aussi.

Un quart d'heure plus tard, il les porta jusqu'à la cuisine pour les installer dans leurs chaises hautes. Pendant qu'il leur coupait une banane en morceaux, elles se mirent à bavarder dans leur langue secrète. Pour compléter la scène, il ne manquait que l'humeur joviale de Josie, capable d'ensoleiller une pièce même par la plus grise des journées...

Quand la jeune femme arriva dans la cuisine, les deux petites filles s'égayèrent aussitôt.

— Bisou, Josie-chérie ! réclama Lily.

— Bisou moi aussi ! renchérit sa sœur.

Josie les embrassa toutes les deux sur le front avant de se tourner vers Tanner. Son pâle sourire peinait à éclairer son regard fatigué.

— Bonjour, dit-elle.

— Comment as-tu dormi ?

— Assez mal.

Elle alla prendre une tasse dans le placard.

— Et toi ? s'enquit-elle.

— Pareil.

Il cassa deux œufs dans un bol et mit deux tranches de pain à griller.

— Tu as appelé ton frère, hier soir ?

— Oui, il devrait être là entre 8 heures et 9 heures, répondit-elle tout en s'asseyant sur un tabouret avec son café. Je lui ai dit qu'on pourrait regarder la montre tous les trois.

— Tu veux dire lui, toi et moi ? Ce qu'il y a dans cette montre ne me regarde pas. Je ne veux pas m'imposer.

— Tu n'as pas envie de savoir ?

— Si, reconnut-il.

Comme les tartines sautaient, il se leva pour les beurrer avant de les apporter aux jumelles. Il se resservit ensuite en café et rejoignit Josie. Les œufs brouillés pouvaient attendre.

— Tu mérites amplement de savoir pour quoi tu t'es battu, souligna-t-elle en observant son sourcil amoché.

— Je ne me suis pas battu pour la montre, répliqua-t-il.

Josie baissa les yeux.

— J'en suis bien consciente. Je ne pourrai jamais te remercier assez de tout ce que tu as fait pour moi durant mon séjour ici. Tu m'as sauvé la vie plus d'une fois.

— Et moi, je ne pourrai jamais te remercier assez d'avoir accepté de t'occuper de mes filles. Je te ferai un chèque tout à l'heure.

— Je ne veux pas de ton argent, dit-elle en plantant le regard dans celui de Tanner.

— Mais tu l'as gagné !

— Je considère ça comme une chance d'avoir pu passer ces deux semaines avec Lily et Leigh. J'ai pris un réel plaisir à m'occuper d'elles. Garde ton argent, Tanner.

En entendant leurs prénoms, les filles commencèrent à babiller entre elles, et le silence s'installa entre les deux adultes.

Malgré le ton relativement aimable de leur échange, l'atmosphère était chargée de tension. Tanner savait parfaitement pourquoi : c'était à cause de la discussion qu'ils avaient eue la veille, juste avant qu'elle quitte l'appartement. Juste avant qu'elle se mette en danger.

Il avait beau s'efforcer de l'oublier, sa déclaration d'amour résonnait encore à ses oreilles. Nul doute que la réponse qu'il lui avait donnée résonnait encore aux siennes...

— Et si je nous préparais quelque chose à manger ? proposa-t-il, cherchant désespérément à s'occuper les mains et l'esprit.

— Tu cuisines ?

— C'est un bien grand mot. Je m'apprêtais à faire des œufs brouillés pour les filles quand tu es arrivée.

— J'aime beaucoup les œufs brouillés, répliqua-t-elle.

Pendant qu'il s'activait autour du plan de travail, Josie bavarda avec les jumelles, les faisant rire aux éclats. Voilà à quoi ressemblerait la vie avec elle : une bonne dose de rires au petit déjeuner et des nuits de passion. Tanner repoussa bien vite cette pensée et se concentra sur les œufs battus qu'il venait de renverser dans la poêle chaude.

Plus tard, il bénit la présence des enfants tandis que Josie et lui mangeaient sans échanger un mot. Il regrettait leurs conversations détendues, l'esprit de collaboration qui s'était instauré entre eux presque dès le départ. Tout avait semblé facile et naturel avec elle jusqu'au moment où elle lui avait révélé ses sentiments. Alors, la dure et froide réalité avait frappé Tanner en plein visage.

Il était en train de ranger la cuisine pendant que Josie jouait dans le salon avec les filles quand on toqua à la porte. Tanner jeta un coup d'œil sur l'horloge du four : 7 h 55.

— J'y vais, dit-il, ne voulant prendre aucun risque.

Dès qu'il ouvrit, cependant, il sut qu'il s'agissait bien de Trevor Colton. Malgré leur différence d'âge, le frère et la sœur se ressemblaient beaucoup : mêmes cheveux bruns épais, même forme d'yeux. Ceux de Trevor étaient toutefois plus sombres.

— Tanner Grange ? fit ce dernier d'une voix grave.

— Lui-même. Et je suppose que vous êtes Trevor. Entrez.

Josie se jeta au cou de Trevor, et ce dernier la serra affectueusement dans ses bras.

— Ça va ? lui demanda-t-il en reculant d'un pas pour mieux l'observer. Tu avais l'air un peu retournée, hier soir.

— On l'était tous les deux, répliqua Tanner, portant inconsciemment une main à son œil.

— J'espère que votre adversaire est encore plus mal en point.

— Je l'espère aussi. Malheureusement, il s'est enfui avant que je puisse vérifier.

— Tout va bien ce matin, c'est l'essentiel, intervint Josie qui semblait réticente à s'attarder sur ce qui s'était passé la veille. Trevor, laisse-moi te présenter les petites filles les plus mignonnes du monde.

Il eut un sourire en coin.

— C'est peut-être ce que je vais penser tout de suite, mais cela risque de changer quand Jocelyn aura accouché.

Tandis que Trevor se penchait pour parler aux jumelles, Tanner se demanda ce que Josie lui avait raconté sur eux deux… Lui avait-elle dit qu'il lui avait brisé le cœur ?

— Elles sont adorables, Tanner.

— Merci.

Il leur fit signe de s'installer sur le canapé et s'assit en face d'eux dans le fauteuil.

— C'est dommage qu'Ethan ne soit pas là pour voir ce ranch, confia Trevor. Ethan est un de nos frères, précisa-t-il pour Tanner. Il élève quelques têtes de bétail à vingt kilomètres de Granite Gulch.

— Je pense qu'il n'imagine même pas qu'un ranch aussi grand puisse exister, répliqua Josie.

En la voyant envelopper son frère d'un regard chaleureux, Tanner éprouva une pointe de jalousie. Jusque très récemment, elle l'avait regardé de la même manière, mais il avait éteint cette flamme en rejetant son amour.

Après avoir donné quelques nouvelles des autres membres de leur famille et demandé des précisions sur les événements de la nuit, Trevor en vint au but de sa visite :

— Alors, où est cette montre ?

Josie la sortit de sa poche et la lui tendit.

— Si ça se trouve, il n'y a rien à l'intérieur, dit-elle. Elle n'a peut-être qu'une valeur sentimentale pour Matthew.

— Tu crois vraiment que quelque chose peut avoir une valeur sentimentale pour lui ? répliqua Trevor, sarcastique. Tanner, est-ce que vous pourriez me donner un couteau ou un tournevis pour que j'essaye de l'ouvrir ?

Pendant que Tanner allait fouiller dans un tiroir de la cuisine, Trevor et Josie se levèrent et s'approchèrent de l'îlot central. Tanner trouva un petit tournevis qu'il remit à Trevor.

— Porter moi, Josie-chérie, dit Lily en s'accrochant aux jambes de la jeune femme.

— Porter moi, Papa-chéri, demanda Leigh en faisant de même avec Tanner.

Josie et lui soulevèrent les jumelles dans leurs bras et entourèrent Trevor qui essayait d'ouvrir le boîtier de la montre à l'aide de l'outil. Après plusieurs tentatives infructueuses, il y parvint finalement et laissa échapper un murmure de surprise.

— Il y a bien quelque chose à l'intérieur. Regardez.

Il tenait entre ses doigts un petit morceau de papier jauni plié en quatre. Tandis que Trevor l'ouvrait avec précaution, Tanner retint son souffle. Si ce message indiquait le lieu d'un trésor enterré, Josie, ses frères et sa sœur verraient enfin leurs conditions d'existence s'améliorer.

Il le leur souhaitait du fond du cœur. La vie ne leur avait pas fait de cadeaux ; quel que soit le montant du magot en question, ils le méritaient. Néanmoins, après ce que Josie lui avait raconté sur leur père, Tanner ne serait pas étonné qu'il ne s'agisse que d'une mauvaise plaisanterie...

Trevor étudia le papier un moment avant de lever vers sa sœur, le regard brillant d'excitation.

— C'est bien une carte, sœurette.

13

Josie reposa Lily par terre et se pencha sur le dessin dont l'encre était presque effacée. Le cœur battant, elle tenta de saisir la signification du plan qu'elle avait sous les yeux.

Une ligne ondulée traversait la partie gauche de la feuille. Au centre, trois bosses et, en haut à droite, un carré qui représentait sans doute un bâtiment. Une croix avait été tracée juste devant la bosse du milieu. En bas à droite, une petite boussole indiquait le nord.

— Ça ne va pas beaucoup nous aider, finit-elle par dire à son frère. On ne sait même pas où est cet endroit.

Trevor fronça les sourcils.

— Si ces bosses sont des montagnes, le trésor n'est pas ici. Et s'il n'est pas ici, on ne le trouvera jamais.

Tanner posa Leigh sur le tapis du salon, où sa sœur s'était mise à jouer à la poupée.

— Je peux jeter un œil ? demanda-t-il.

— Faites-vous plaisir, répondit Trevor en poussant le papier vers lui.

Josie observa Tanner à la dérobée. Ce matin, ils avaient été affreusement mal à l'aise l'un avec l'autre, et chacun de ces moments de gêne l'avait un peu plus déprimée. Malgré toutes les difficultés auxquelles elle avait été confrontée dans sa vie, rien ne l'avait préparée à un tel chagrin. Elle avait survécu à une enfance en famille d'accueil, à la colère d'un trafiquant de drogue et, chaque fois, elle était ressortie plus forte de ces épreuves. Qui aurait pu imaginer qu'elle se sentirait brisée à cause d'un beau cow-boy et de ses deux magnifiques petites filles ?

— Je crois que je reconnais l'endroit, murmura Tanner. Cette ligne qui serpente, à gauche, ça ressemble au ruisseau qui traverse la propriété. Et, à mon avis, ce que vous avez pris pour des montagnes ce sont de vieux silos à grains. Ils ne sont plus utilisés aujourd'hui mais, il y a vingt ans, ils devaient faire partie des principaux bâtiments du ranch de Colton Valley.

Il observa Josie et Trevor tour à tour.

— Si vous voulez, je peux vous y emmener.

— Ça vaut le coup d'essayer, non ? demanda Josie à son frère.

— Carrément.

— Il faut juste que je fasse venir Peggy pour garder les filles. Je vais l'appeler depuis la nursery. Lily, Leigh, allons chercher des jouets.

Josie le suivit du regard tandis qu'il disparaissait dans le couloir avec les deux fillettes vêtues de rose et de violet trottinant derrière lui. Une fois de plus, une vive douleur lui serra la poitrine.

— Waouh, souffla Trevor qui l'observait attentivement. Tu es amoureuse de lui.

Le premier réflexe de Josie fut de nier, mais lorsqu'elle voulut parler, ses yeux s'emplirent de larmes. Elle les refoula bien vite et secoua la tête.

— Peu importe ce que je ressens pour lui, et peu importe ce qu'il ressent pour moi. Il pense que je suis trop jeune et que je n'ai pas assez vécu.

— Pas assez vécu ? répéta Trevor.

Il lâcha un petit rire.

— Moi, je dirais que tu as déjà *trop* vécu.

— C'est ce que j'ai essayé de lui expliquer, mais ça n'a rien changé. Il pense qu'à mon âge je ne peux pas encore savoir ce que je veux faire de ma vie. C'est pour ça que j'aimerais qu'on en finisse rapidement ici pour pouvoir rentrer à Granite Gulch. J'ai besoin d'être seule et de mettre de l'ordre dans mes pensées.

— Tu sais qu'on te soutient, Josie, lui dit gentiment Trevor. On sera tous là pour toi, quoi que tu décides.

— Merci. Ça me fait chaud au cœur de vous savoir derrière moi.

Son sourire s'effaça.

— Tu as des nouvelles de papa ?

— J'ai eu le directeur de la prison hier soir, il m'a dit que sa santé déclinait très vite. Ils ne lui donnent qu'un ou deux jours à vivre.

— C'est une bonne chose qu'on puisse lui apporter la montre demain, dans ce cas.

— Il risque de ne pas être content qu'on ait trouvé la carte, fit remarquer Trevor.

— Quelle différence cela fait pour lui ? Ce n'est pas comme s'il pouvait aller déterrer son magot lui-même, dans son état. Au moins, il mourra en portant sa montre.

— Et il n'aura pas besoin de la carte en enfer.

Josie ne fut pas surprise par la froideur du ton de Trevor. Il avait su maintenir une certaine distance émotionnelle avec leur père, peut-être parce qu'il avait davantage de souvenirs de leur mère en tant qu'aîné ou bien parce qu'il avait appris, par son métier de profiler, à garder un jugement objectif sur les criminels comme Matthew Colton.

— Peggy devrait arriver d'une minute à l'autre, annonça Tanner qui revenait de la nursery.

Il avait enfilé son holster, et son expression déterminée lui donnait un petit air dangereux.

— Vous pensez qu'on risque de faire une mauvaise rencontre ? lui demanda Trevor en désignant le pistolet.

— Depuis qu'Eldridge a été kidnappé, je ne sors jamais

sans mon arme. Et le type qui nous a attaqués hier soir court toujours.

— Tu lui as flanqué une sacrée correction, souligna Josie. Avec un peu de chance, il est parti pour de bon.

— C'est ce qu'on espérait la dernière fois, et il est quand même revenu.

Josie se porta une main à la gorge, frissonnant au souvenir du canon braqué sous son menton. Cela avait été l'un des moments les plus terrifiants de sa vie.

— J'aimerais tellement pouvoir identifier ce type pour l'envoyer derrière les barreaux, grommela Trevor.

— Et moi donc, répliqua Tanner.

Quelqu'un frappa à la porte.

— Ce doit être Peggy.

Il alla ouvrir à la domestique qui pénétra dans l'appartement et s'arrêta net en découvrant Trevor.

— Eh bien, quelle chance pour une vieille dame comme moi ! s'exclama-t-elle. Deux beaux gars dans la même pièce !

Josie ne put s'empêcher de sourire en voyant les joues des deux hommes se colorer de rose.

— Peggy, je vous présente mon frère, Trevor, dit-elle. Et, Trevor, voici Peggy, le bras droit de Tanner quand il s'agit de prendre soin de ses filles.

Elle éprouva un pincement de tristesse. Elle avait tant espéré devenir son bras droit officiel, et ce pour toute la vie ! Mais cet espoir avait été tué dans l'œuf. Et dans une heure ou deux elle quitterait le ranch pour toujours.

— Lily et Leigh sont dans la nursery, indiqua Tanner à la vieille domestique.

— J'y vais de ce pas.

Peggy salua Trevor d'un léger signe de tête et fila dans le couloir.

— Alors, on y va ? demanda Tanner.

— Je suis prêt, répondit le frère de Josie en empochant la carte.

Ils sortirent sous le soleil du petit matin qui cognait déjà fort sur le ranch.

— On va prendre un des pick-up, leur indiqua Tanner. Attendez-moi ici.

Il se dirigea vers la grange dans laquelle il était allé chercher une pelle le premier jour où Josie et lui avaient tenté de déterrer la montre. Elle était alors bien loin d'imaginer que le cow-boy blond se creuserait aussi vite une place dans son cœur. Quand elle l'avait suivi dehors ce jour-là, jamais elle n'aurait pu deviner que ses deux fillettes et lui en viendraient à occuper une telle importance dans son existence.

— Ça va ? lui demanda Trevor.

Elle releva le menton.

— Ça va, prétendit-elle. À ton avis, qu'est-ce qu'on va trouver à l'endroit de cette croix ?

— L'argent que Matthew a volé, j'espère. Mais, pour ça, il ne faut pas que Tanner se trompe. Si le butin n'est pas enterré ici, on ne le retrouvera sans doute jamais.

— Et on devra s'en satisfaire, répondit-elle.

— Je serai satisfait quand on pourra clore ce chapitre de notre vie.

Le bruit d'un moteur annonça l'arrivée d'un énorme pick-up. Tanner avait pensé à embarquer une pelle dans le plateau. Trevor grimpa sur le siège passager tandis que Josie s'installait sur la banquette arrière.

— Attachez bien vos ceintures, ça va secouer, prévint Tanner.

Lorsqu'il démarra, Josie ferma les yeux, l'air chaud qui s'engouffrait par la fenêtre ouverte lui fouettait le visage. Allaient-ils vraiment retrouver l'argent des vols commis par leur père ? Pourraient-ils enfin racheter les crimes que celui-ci avait perpétrés deux décennies plus tôt ?

Quoi qu'il arrive, elle ne pleurerait pas l'homme qu'il avait été. Il avait passé la majeure partie de sa vie à faire du mal aux autres et il avait même pris un plaisir sadique à manipuler ses propres enfants. Aussi horrible que cela puisse paraître, sa mort serait un soulagement.

Josie avait conscience qu'elle était en train de dire adieu à deux hommes, l'un qui aurait dû l'aimer, et l'autre qui aurait pu…

Le pick-up cahotait sur le terrain accidenté. Elle fut obligée de s'agripper à la poignée au-dessus de la portière pour ne pas être ballottée dans tous les sens. Elle réprima un frisson lorsqu'ils longèrent le bois où elle avait failli mourir la nuit précédente.

Avec un peu de recul, elle s'en voulait d'avoir pris le risque de déterrer la montre toute seule. Si Tanner n'était pas venu la sauver, elle aurait pu être tuée, et son corps n'aurait été découvert que le lendemain.

Ils croisèrent des hommes à cheval qui les saluèrent, reconnaissant Tanner au volant d'un véhicule du ranch. Plusieurs bâtiments défilèrent sur leur droite tandis qu'ils s'éloignaient toujours plus de la maison principale. En voyant se profiler à distance les trois vieux silos à grains, Josie se redressa sur son siège.

La construction en bois qui s'élevait à proximité avait une allure lamentable. Toutes les vitres étaient brisées, une partie du toit s'était effondrée, et l'ensemble de la structure penchait dangereusement.

Se trouvaient-ils vraiment au bon endroit ? Les différents éléments qui composaient le paysage paraissaient correspondre, en tout cas, à ceux qui étaient représentés sur la carte. Josie sentit un flot d'adrénaline déferler dans ses veines. Tout s'était si mal passé jusque-là… Elle espérait ardemment que, cette fois-ci, la chance tournerait en leur faveur.

Tanner se gara à une vingtaine de mètres des silos.

— Je ne préfère pas m'approcher plus à cause des morceaux

de béton qui pourraient tomber, expliqua-t-il. Ces silos ne servent plus aujourd'hui. Je crois que plus personne ne s'aventure aussi loin sur la propriété.

— Cela ressemble bien à ce qui est indiqué sur le plan, remarqua Trevor, faisant écho à ce que Josie avait pensé un peu plus tôt.

— Dans ce cas, il ne nous reste plus qu'à creuser, dit Tanner.

Ils descendirent du pick-up, récupérèrent la pelle et s'enfoncèrent à travers les hautes herbes pour rejoindre le réservoir central.

— J'imagine que cela vous aiderait beaucoup de tomber sur un butin important, observa Tanner.

— Ce serait une vraie satisfaction, ça, c'est sûr, répondit Trevor. Mais aucun de nous ne touchera à cet argent. Comme nous n'avons pas la possibilité de retrouver les personnes à qui il a été dérobé, nous le remettrons dans sa totalité à des œuvres de charité.

— C'est très généreux de votre part.

— Ce n'est que justice, répliqua Josie. Nous n'avons pas envie de nous salir les mains avec cet argent volé. Il y a plusieurs associations à Granite Gulch qui en feront un excellent usage.

— D'ailleurs, je vous remercie de nous avoir aidés dans cette quête, dit Trevor à Tanner. Et je vous suis très reconnaissant d'avoir pris soin de ma sœur pendant son séjour ici.

Josie se tourna vers Tanner qui évita délibérément de croiser le regard de la jeune femme.

— Il n'y a pas de quoi, répondit-il. Ça a été un plaisir de passer du temps avec elle.

La tiédeur de ces propos fit à Josie l'effet d'un coup de poignard. *Un plaisir de passer du temps avec elle.* Comme il aurait pu le dire d'une vieille cousine venue en vacances au ranch… Décidément, il lui tardait de partir avant qu'il la fasse encore plus souffrir.

Lorsqu'ils eurent atteint l'endroit désigné par une croix

sur la carte, Tanner enfonça sa pelle dans le sol à environ un mètre de la structure.

— On commence ici ? suggéra-t-il.

— Vous, vous ne commencez nulle part, répondit Trevor. Vous nous avez déjà suffisamment aidés comme ça, je ne vais pas en plus vous laisser creuser.

Tanner s'écarta de la pelle en souriant.

— À vous l'honneur, alors.

Soudain, un coup de feu retentit, et une balle se planta dans le silo à quelques centimètres de la tête de Josie.

— Couchez-vous ! cria Tanner en même temps qu'il la plaquait au sol.

Il dégaina son arme et couvrit Josie de son corps. À côté d'eux, Trevor s'était, lui aussi, jeté à plat ventre.

— Le tireur est là-bas, derrière les arbres, indiqua ce dernier.

Il montrait un petit bosquet de l'autre côté du pick-up, tout juste assez épais pour dissimuler un homme.

Eux, en revanche, étaient complètement à découvert.

Tanner lâcha un juron lorsqu'une deuxième balle fit exploser une motte de terre juste sous son nez. Il s'enroula autour de Josie ; son unique préoccupation était de la protéger. Il avait l'impression de sentir contre son torse les battements effrénés du cœur de la jeune femme.

Nul doute qu'il s'agissait du même agresseur que les autres fois. Le malfrat avait dû les surveiller et les suivre jusqu'ici. Bon sang, si seulement Tanner avait pu le neutraliser de façon permanente la veille...

Jusque-là, il s'était dit que ce type n'était pas un meurtrier dans l'âme. Après tout, il aurait pu leur tirer dessus lors de leurs deux précédentes rencontres, et il ne l'avait pas fait. Mais, à présent, il fallait se rendre à l'évidence : il avait nettement l'intention de les tuer.

— Il faut qu'on se mette à couvert ! lança Tanner à Trevor alors qu'une autre balle sifflait au-dessus de leurs têtes.

— Allez vous réfugier tous les deux dans le bâtiment, répondit l'agent du FBI. À trois. Un... deux... trois !

Pendant que Trevor tirait une volée de balles en direction des arbres, Tanner bondit en entraînant Josie avec lui.

— Allonge-toi par terre, lui ordonna-t-il quand ils furent à l'abri.

Il fit feu à son tour pour couvrir Trevor qui parvint à les rejoindre dans la relative sécurité du bâtiment. Le frère de Josie resta posté à l'entrée tandis que Tanner allait se placer près de l'ouverture d'une fenêtre, faisant crisser des morceaux de verre sous ses pieds.

Il scruta les alentours, à l'affût du moindre mouvement qui pourrait lui révéler la position du tireur. Son pouls battait fort à ses oreilles. Il jeta un coup d'œil sur Josie, accroupie à côté de la fenêtre, elle avait les yeux agrandis de terreur. Bon sang, il l'avait trop souvent vue dans cet état... Et, comme les autres fois, il aurait voulu la prendre dans ses bras pour l'emmener loin d'ici et s'assurer que la peur n'assombrisse plus jamais son regard.

À cet instant précis, alors que l'odeur âcre de la poudre saturait l'air, il prit conscience qu'il était désespérément, irrémédiablement, amoureux de Josie Colton.

Mais il n'eut pas le temps de s'attarder sur cette pensée. Une grêle de balles s'abattit sur le bâtiment, sans toutefois traverser les épaisses planches de bois. Puis ce fut le silence pendant plusieurs longues minutes.

L'atmosphère était chargée de tension et d'appréhension. Tant que l'homme leur tirait dessus, ils avaient au moins une idée d'où il se trouvait. Là, ils n'avaient plus aucun moyen de le localiser.

— Il n'a pas pu simplement s'en aller, fit remarquer Tanner au bout d'un moment. C'est la troisième fois qu'il cherche à récupérer la montre. Il veut mettre la main sur ce butin, ça ne fait pas de doute.

Trevor acquiesça, les traits crispés par la concentration.

— Je ne sais pas ce qu'il en est pour vous mais, moi, je n'ai pas assez de munitions pour tenir un siège.

— Et on ne sait pas combien il en a, lui, renchérit Tanner.

— Essayez de voir par la fenêtre s'il est toujours au même endroit.

Trevor se montra dans l'embrasure de la porte. Immédiatement, des coups de feu éclatèrent. Josie poussa un cri tandis que son frère se jetait par terre et roulait à l'intérieur du bâtiment.

— Ça va ? s'enquit Tanner.

— Oui, il m'a raté.

— Je l'ai vu derrière le gros chêne, de l'autre côté du pick-up. On est coincés ici. Il lui suffit d'attendre qu'on soit à court de balles et il nous tirera comme des lapins.

— Si vous pouviez me couvrir, je vais sortir et essayer de le contourner.

— Non, Trevor ! protesta Josie. C'est trop dangereux. Reste ici. Quelqu'un a sûrement entendu les coups de feu, on va venir nous aider.

— C'est possible, ça ? demanda Trevor à Tanner, l'air dubitatif.

— Je ne sais pas. On est assez loin de la maison, et personne n'a de raisons de traîner par ici. Je ne crois pas qu'on puisse compter sur une aide extérieure. En plus, il n'y a pas de réseau, on ne peut pas appeler le shérif.

Trevor grommela un juron.

— Pour autant qu'on sache, il n'y a qu'un seul assaillant. C'est jouable.

Il s'avança vers une ouverture à l'arrière du bâtiment puis se retourna vers Tanner.

— Assurez-vous qu'il n'arrive rien à ma sœur, lui dit-il. On vient de la retrouver, ce n'est pas pour la perdre aussitôt.

— Trevor !

Cette fois-ci, le cri de Josie était mêlé de larmes. Son frère resta sourd à ses supplications.

— Une fois que je serai sorti, comptez cinq secondes et tirez quelques coups de feu pour distraire notre ami.

— Compris.

Tanner se positionna à la fenêtre et regarda Trevor disparaître derrière l'édifice. Au bout de cinq secondes, il fit feu, provoquant aussitôt des tirs de représailles. Ceux-ci lui confirmèrent que l'homme se tenait toujours au même endroit.

Puis le silence s'installa de nouveau, seulement entrecoupé par les sanglots retenus de la jeune femme.

— Il va s'en sortir, Josie. Trevor est un policier entraîné, il sait ce qu'il fait.

— Je n'ai que lui. Mes frères et ma sœur sont tout ce que j'ai au monde ! Je ne pourrais pas supporter de le perdre.

Comme il brûlait de la réconforter, de la serrer contre lui ! Mais il devait concentrer son attention sur le tireur et il craignait d'envoyer à Josie des signaux contradictoires s'il cédait à l'envie de la consoler. Il garda donc les yeux rivés sur le bosquet, au cas où leur ennemi aurait l'idée de se glisser discrètement dans le bâtiment afin de les prendre par surprise. Pour l'heure, la sécurité physique de Josie comptait plus que son bien-être moral.

Une fois encore, le silence se fit oppressant tandis que les minutes passaient. Tanner continuait de fixer le chêne derrière lequel il avait aperçu du mouvement un peu plus tôt. L'homme s'y trouvait-il toujours ?

Et où était Trevor ? Sur ce vaste terrain herbeux, l'agent du FBI disposait de très peu d'abris. Il mettrait sans doute un moment à contourner le malfrat. Y parviendrait-il avant que celui-ci perde patience et tente une autre stratégie ?

Après un bref calcul, Tanner se rendit compte qu'il ne lui restait que quatre balles. Si le type donnait l'assaut, il se ferait rapidement déborder. À cette pensée, il sentit une goutte de sueur lui rouler dans le dos.

Et le silence qui s'éternisait...

À mesure que le soleil s'élevait dans le ciel, le bâtiment se transformait en fournaise. Ils n'avaient pas d'eau, bien sûr, ce qui deviendrait vite un problème.

Josie avait cessé de pleurer et se tenait recroquevillée contre le mur, les bras enroulés autour des jambes.

— On aurait dû se douter qu'il était encore là, marmonna-t-elle. On aurait dû deviner qu'il ne renoncerait pas aussi facilement.

— Tu as raison.

— J'aurais mieux fait de partir hier. Mon père aurait été enterré avec cette stupide carte au trésor, et on n'en aurait plus jamais reparlé. On voulait juste avoir une chance de rendre une petite partie de ce qu'il avait volé.

— Rien n'est encore perdu, vous allez pouvoir le faire, répliqua Tanner avec plus d'assurance qu'il n'en ressentait vraiment.

Plus les minutes passaient, plus l'angoisse lui serrait le ventre. Où en était Trevor ? Réussirait-il à éliminer la menace ou leur ennemi aurait-il raison de lui ? Si Trevor était blessé, en seraient-ils seulement avertis ? Bon sang, qu'est-ce qui pouvait lui prendre aussi longtemps ?

— Je n'aurais jamais dû venir ici, lança Josie. En fait, on aurait dû laisser cette montre là où elle était. Matthew nous a manipulés, et nous sommes tombés dans le piège comme des idiots.

Soudain, un coup de feu déchira le silence. Josie bondit, l'air terrifiée.

— Trevor ? murmura-t-elle, les lèvres tremblantes.

Tanner regarda par l'ouverture. Il laissa échapper un soupir de soulagement en voyant le frère de Josie sortir du bosquet avec l'ancien détenu, qu'il tenait en respect en lui pointant son pistolet sur la nuque.

— Trevor va bien, assura-t-il à la jeune femme. Il l'a arrêté, Josie ! Il l'a arrêté.

Il la prit par le bras et l'entraîna dehors. Tandis qu'ils approchaient, le suspect lança une bordée de jurons à l'attention de Trevor qui l'avait agrippé par l'arrière de la ceinture.

— Lâchez-moi !

— Certainement pas. Tanner, vous n'auriez pas de la corde dans ce pick-up ?

— Je suis sûr qu'on peut trouver de quoi le ficeler comme une dinde avant de le remettre au shérif Watkins.

— À en croire ses papiers d'identité, ce monsieur s'appelle Walt Cleaver. J'imagine qu'il a déjà un beau casier judiciaire à son actif.

— Je n'ai rien fait de mal ! grogna l'homme. J'ai autant le droit que n'importe qui de récupérer l'argent de Matthew Colton.

Il fusilla Josie du regard.

— Sale garce, tout ce que tu avais à faire, c'était de me donner cette montre !

Trevor le gifla.

— Surveille ton langage.

— Je vais chercher cette corde et voir si je peux trouver quelque chose pour le bâillonner par la même occasion, dit Tanner qui avait toutes les peines du monde à se retenir de frapper Cleaver.

Quelques minutes plus tard, celui-ci était fermement ligoté par les chevilles et les poignets. Ils l'installèrent à l'ombre dans le pick-up et retournèrent à l'endroit où ils avaient laissé la pelle fichée dans le sol.

Pendant l'heure qui suivit, Trevor et Tanner creusèrent à tour de rôle sous le soleil implacable. Petit à petit, ils élargirent la zone de leurs recherches, sans savoir précisément ce qu'ils allaient trouver. De temps à autre, les insultes et les cris de Walt Cleaver se faisaient entendre par-dessus les bruits de pelle.

Josie attendait en silence. Plus d'une fois, Tanner sentit le regard de la jeune femme peser sur lui. Quel que soit le résultat de leurs efforts, il savait qu'elle quitterait le ranch de Colton Valley avant la tombée de la nuit.

Il tenta d'endiguer le flot d'émotions qui déferlaient en lui. Des émotions qu'il refusait d'éprouver, qu'il refusait d'analyser. Sa décision était prise, et il n'y en avait pas d'autre possible.

Ils commençaient tous les trois à perdre espoir quand la pelle de Trevor cogna contre un objet métallique. Tanner et Josie se rapprochèrent du trou tandis que Trevor finissait de dégager ce qui ressemblait à une boîte en fer-blanc.

— C'est forcément ça, dit la jeune femme d'un ton fébrile. On est pile à l'endroit indiqué sur la carte.

Bien qu'il ne soit pas directement concerné par cette chasse au trésor, Tanner n'en partageait pas moins l'excitation de Josie et de son frère. Ce dernier jeta la pelle de côté et s'agenouilla pour extraire la boîte du sol.

— On y est, sœurette... Tanner, je ne pourrai jamais vous remercier assez d'avoir risqué votre vie pour nous aider.

— Je l'ai fait bien volontiers.

— Allez, ouvre-la ! s'écria Josie avec un rire impatient.

— Tu ne trouves pas qu'il faudrait un roulement de tambour ou quelque chose comme ça ? plaisanta Trevor.

L'ambiance joyeuse était bienvenue après le stress intense qu'ils venaient de vivre.

— Je suis d'accord avec Josie, intervint Tanner. Le suspense est insoutenable. Par pitié, ouvrez cette boîte !

Trevor dut batailler un moment pour réussir à décoincer le couvercle rouillé. Quelle ne fut pas leur déception lorsqu'ils trouvèrent à l'intérieur trois vieilles canettes de soda, quelques bâtonnets de bœuf séché, un couteau et une liasse de billets...

Sans rien dire, Trevor tendit l'argent à Josie. Le compte fut vite fait :

— 65 dollars, lâcha-t-elle. On a failli mourir pour 65 dollars et du soda périmé.

— On aurait dû s'y attendre, marmonna son frère d'un air écœuré.

Il reprit les billets, les replaça dans la boîte et referma le couvercle.

— Partons d'ici.

De toute évidence, leur père s'était encore moqué d'eux. Tanner aurait voulu les réconforter, mais il ne trouva pas les mots.

Il fut soulagé lorsque Trevor passa un bras autour des épaules de sa sœur. Lui n'en avait pas le droit. Et tandis qu'ils regagnaient le pick-up d'un pas lourd, il se demanda combien de temps il lui restait avant de devoir faire ses adieux à Josie Colton.

14

Les trois heures qui suivirent s'apparentèrent à un véritable supplice pour Josie. Ils avaient réussi à trouver du réseau et à prévenir le shérif qui arriva rapidement pour procéder à l'arrestation de Walt Cleaver et prendre leurs dépositions. Pendant que Trevor et Tanner relataient en détail ce qui s'était passé depuis le matin, les pensées de Josie tournaient autour d'une seule idée fixe : une fois de plus, Tanner et elle avaient frôlé la mort ensemble, et il ne lui avait toujours pas déclaré son amour...

Lorsque Troy Watkins fut reparti avec le prisonnier, ils rentrèrent à l'appartement où l'accueil enjoué des jumelles faillit la faire fondre en larmes. Tanner les coucha pour leur sieste de l'après-midi, après quoi Trevor et lui ressassèrent longuement les événements de la matinée.

Josie s'était-elle trompée au sujet du cow-boy ? Avait-elle fantasmé la douceur de son regard chaque fois que celui-ci s'était attardé sur elle ces deux dernières semaines ? Avait-elle imaginé la profonde affection qu'elle avait perçue dans sa voix lors de leurs rires partagés ? Avait-elle inventé le désir ardent qui avait semblé l'animer lorsqu'ils s'étaient embrassés ?

Et quand ils avaient couché ensemble, ne s'était-il agi que de sexe ?

Elle aurait voulu le croire – cela aurait été tellement plus simple ! –, mais son instinct de femme lui criait qu'il l'aimait.

Il était juste trop têtu pour le reconnaître. Il avait trop peur pour l'accepter.

Toute cette histoire lui laissait une impression d'immense gâchis. Non seulement Trevor et elle ne rapporteraient pas le trésor escompté à Granite Gulch mais, en plus, elle reviendrait le cœur brisé…

Elle n'avait plus rien à faire ici. Il était temps de dire au revoir à Tanner et à ses filles. Trevor dut deviner son impatience, car il tendit la main à leur hôte.

— Ça a été un plaisir de faire votre connaissance, Tanner. Tu es prête, Josie ?

— Accorde-moi juste quelques minutes, répondit-elle.

— Pas de problème. Je t'attends près des voitures.

Trevor sortit de l'appartement. Les jumelles dormaient encore. Lorsque Josie se tourna vers Tanner, elle vit sur son visage la même émotion qu'elle sentait brûler dans son cœur, mais celle-ci fut vite masquée par un sourire distant.

— Au moins, tu ne t'enfuis pas comme une voleuse sans me dire au revoir, fit-il remarquer.

— Je n'ai pas envie de te dire au revoir.

Le regard de Tanner s'assombrit.

— Je t'en prie, Josie, ne complique pas les choses.

— C'est toi qui les compliques en tournant le dos à l'amour !

Elle avança d'un pas vers lui.

— Tanner, je n'ai jamais été aussi sûre de moi. Je veux être avec toi. Je veux élever tes filles comme si c'étaient les miennes.

Elle se rapprocha encore, le cœur battant.

— Je veux te donner d'autres enfants et passer mes journées et mes nuits avec toi. Tu es l'homme auprès duquel j'ai envie de vieillir.

— Josie…, murmura-t-il.

Elle ne s'était pas rendu compte qu'elle pleurait jusqu'à ce qu'il lui essuie doucement ses larmes avec les pouces. Ce geste ralluma une lueur d'espoir en elle.

— Josie, répéta-t-il tandis qu'elle levait les yeux vers lui.

Pendant quelques secondes, il resta immobile, encadrant des mains le visage de Josie. Puis il recula d'un pas et laissa retomber les bras.

— Tu es tellement belle, à l'intérieur comme à l'extérieur... Rentre chez toi, Josie. La dernière chose dont tu as besoin, c'est d'un mec comme moi qui est déjà papa. Tu es bien trop jeune pour t'encombrer de couches sales et de caprices.

— M'encombrer ?

Elle le dévisagea, incrédule.

— Pour chaque couche que je change, j'ai droit à un câlin. Pour chaque larme que je sèche, je reçois une tonne d'amour. Lily et Leigh ne seront jamais un poids pour moi. Elles sont une bénédiction. Je *veux* être ta femme. Je *veux* être leur mère ! insista-t-elle.

Il enfonça les mains dans ses poches, comme insensible à ces paroles.

— Tu n'as pas encore eu le temps de découvrir ce pour quoi tu es douée, ce que tu veux vraiment faire de ta vie.

— Je sais ce pour quoi je suis douée ! répliqua-t-elle avec ferveur. Je suis douée pour vous aimer, toi, Lily et Leigh.

Les larmes jaillirent de ses yeux, et elle les chassa avec colère.

— J'ai survécu à un père tueur en série, à une enfance en famille d'accueil, à la haine d'un trafiquant de drogue. Tu ne crois pas que j'ai déjà assez d'expérience ?

— S'il te plaît, Josie. Rentre chez toi et construis-toi une belle vie. Tu trouveras vite un jeune homme parfait pour toi et tu oublieras les deux semaines que tu as passées ici. Tu m'oublieras, moi.

— Tu te trompes.

L'espoir qui s'était momentanément ranimé en elle se brisa contre le regard insondable de Tanner, contre son attitude froide et fermée.

— Tu diras au revoir aux filles de ma part ? lui demanda-t-elle.

La douleur lui serrait le cœur. Avant de craquer devant lui, elle tourna les talons et quitta l'appartement.

C'était fini. Peu importait ce qu'elle éprouvait au plus profond de son âme, elle ne pouvait pas forcer Tanner à croire à son amour pour lui, pas plus qu'elle ne pouvait l'obliger à reconnaître qu'il l'aimait.

Le soleil de fin de journée l'aveugla lorsqu'elle sortit de la maison pour rejoindre son frère.

— Tout va bien ? s'enquit-il.

— Très bien, répondit-elle en se forçant à sourire. Il est temps de rentrer. Dieu merci, je n'ai plus rien à craindre, maintenant que ce Walt Cleaver est en prison.

— À ce propos...

Trevor sortit la montre de sa poche et la lui tendit.

— C'est toi qui l'as retrouvée. Tu pourras l'apporter à Matthew quand tu te sentiras prête.

Josie réfléchit un instant. Elle avait fait le deuil de l'amour paternel. La petite fille en elle avait enfin grandi. Elle remettrait la montre à son père et ne le reverrait plus jamais.

— Je la lui donnerai demain, dit-elle.

Trevor l'étreignit brièvement.

— Je suis tellement fier de toi, Josie. Nous sommes tous fiers de toi.

Dans d'autres circonstances, ces paroles l'auraient réconfortée, mais le chagrin soufflait un vent glacé sur son cœur, et elle n'était pas certaine que celui-ci puisse se réchauffer un jour.

Quelques minutes plus tard, elle roulait en direction de Granite Gulch, suivie de près par Trevor. Elle parvint à tenir le coup le temps du trajet et même après que son frère l'eut laissée devant la porte de son petit appartement. Elle n'avait vécu ici qu'un mois avant de partir à Colton Valley et elle ne s'y sentait pas encore chez elle. C'était chez Tanner qu'elle avait eu l'impression de trouver sa place – la place d'une épouse et d'une mère.

Après avoir rangé ses affaires, elle chauffa un plat surgelé au micro-ondes, qu'elle mangea en pensant à tous les repas qu'elle avait partagés avec Tanner et ses filles. Plus tard, sous la douche, elle se souvint des caresses du cow-boy le soir où ils avaient fait l'amour. Toutes ces images, toutes ces sensations imprimées dans son esprit et dans son corps l'enveloppaient d'une sorte de brume qui l'empêchait de ressentir la douleur.

Ce ne fut que lorsqu'elle se glissa dans son lit qu'elle s'autorisa à revenir au présent. Les larmes lui piquèrent les paupières, les sanglots lui serrèrent la gorge ; elle ne chercha pas à les retenir.

Et le désespoir la submergea.

Quand elle s'endormit enfin, elle rêva d'une barrière peinte en bleu, d'une mère qui ne voulait pas se réveiller, et d'un homme qui refusait de l'aimer. En ouvrant les yeux, elle fut choquée de découvrir qu'il était plus de 9 heures. Pas de petites filles pour la sortir du lit ce matin avec des baisers baveux et des babillages adorables. Pas de fruits à couper en morceaux, de tartines à partager en deux. Pas de gloussements joyeux ni de voix grave et masculine pour l'accueillir.

Elle savait que le chagrin finirait par s'estomper, mais Tanner se fourvoyait s'il croyait qu'elle pourrait l'oublier. Il était gravé à jamais dans son cœur, dans son âme. Peut-être retomberait-elle amoureuse un jour, lorsque la blessure se serait refermée, mais la cicatrice ne s'effacerait jamais.

Josie s'arracha à son lit et se rendit d'un pas traînant dans la salle de bains où elle avait posé la montre à côté du lavabo. Aujourd'hui, elle verrait son père pour la dernière fois. Et, une bonne fois pour toutes, elle enterrerait son rêve d'enfant d'avoir un papa qui l'aimait – tout comme elle avait enterré celui de vivre avec Tanner, Lily et Leigh.

Une heure plus tard, elle se garait devant la prison de Blackthorn County, un bâtiment sinistre entouré de tours de garde et surmonté de barbelés. Une légère angoisse la saisit lorsqu'elle tenta d'imaginer l'entrevue avec son père. De quelle humeur serait-il ? Parfois, il se montrait tellement querelleur que les visites tournaient court…

Elle ignorait comment il réagirait s'il ouvrait la montre et découvrait que la « carte au trésor » n'y était plus. Trevor avait voulu la remettre à sa place, mais lorsqu'ils étaient rentrés à l'appartement après leur expédition, il ne l'avait pas retrouvée. Sans doute était-elle tombée de sa poche pendant la fusillade. De toute façon, Matthew n'aurait pas vraiment de raisons d'être en colère, étant donné la valeur du trésor en question…

Josie passa rapidement les contrôles de sécurité mais, au lieu de la conduire dans la pièce où elle avait rencontré son père lors de sa dernière visite, on l'escorta jusque dans le bureau du directeur.

Celui-ci se leva de son fauteuil.

— Mademoiselle Colton, la salua-t-il d'un air grave. Je viens d'avoir votre frère, Trevor, au téléphone. Votre père s'est éteint ce matin.

Josie le regarda sans rien dire, s'attendant à ressentir de la peine ou quelque émotion similaire. Mais elle n'éprouva qu'un sentiment de triste acceptation. Matthew Colton était mort tout seul en prison parce qu'il avait fait de mauvais choix toute son existence.

Elle remercia le directeur et rentra chez elle. À présent, ses deux parents étaient décédés, mais ils avaient laissé derrière eux des enfants qui étaient tous devenus de belles personnes et que Josie était fière d'avoir pour famille.

Le moment était venu pour elle de se construire une nouvelle vie. Une vie sans peur. Une vie sans Tanner.

C'était une journée magnifique. Depuis quelque temps, il faisait moins chaud, et le barnum blanc installé dans le petit cimetière de Granite Gulch procurait une ombre agréable. L'endroit, modeste et humble, était tout indiqué pour accueillir la dépouille de Matthew Colton. Trevor s'était assuré que celui-ci serait enterré avec la montre qu'il avait tant réclamée. Finalement, elle avait peut-être bien eu une valeur sentimentale pour lui...

La cérémonie fut brève, et seuls les enfants du défunt y assistèrent. Ils avaient tenu à ce que les obsèques se déroulent dans l'intimité pour ne pas risquer d'attirer les curieux et les éventuels admirateurs du tueur en série.

Une fois le pasteur reparti, les frères et sœurs s'attardèrent près de la tombe, comme réticents à se séparer. Annabel passa un bras autour des épaules de Josie.

— Ce n'est pas trop dur pour toi ? lui demanda-t-elle.

— Pas plus que pour vous, répondit Josie. Et toi, tu vas bien ?

Elle lança un regard appuyé vers Jesse Willard, le cow-boy qui avait capturé le cœur de sa sœur.

— Je vais très très bien, dit cette dernière, un sourire ravi aux lèvres.

En réalité, ils avaient tous trouvé l'amour. *La* personne avec qui ils voulaient passer le reste de leur vie. Josie était heureuse pour eux, bien sûr, mais elle ne pouvait s'empêcher de penser à Tanner, et au bonheur qu'ils auraient pu connaître ensemble.

Cinq longues journées s'étaient écoulées depuis qu'elle était repartie du ranch de Colton Valley. Elle n'avait reçu aucun appel de Tanner, aucun signe de sa part indiquant qu'il regrettait la façon dont les choses s'étaient terminées entre eux.

Il ne lui restait plus qu'à lui souhaiter le meilleur. Aussi douloureux que cela soit pour elle, elle espérait qu'il trouverait une bonne nourrice pour ses filles, et qu'il rencontrerait une femme qui répondrait à ses attentes. Tanner et les jumelles méritaient d'être aimés.

La voix d'Annabel la tira de ses pensées :

— Ethan invite tout le monde chez lui pour manger. Lizzie a commandé une tonne de nourriture chez le traiteur. Tu as bien prévu de venir ?

Josie acquiesça et jeta un coup d'œil vers Lizzie qui était maman depuis peu et rayonnait littéralement de bonheur. Ethan la couvait du même regard que Josie avait surpris plusieurs fois chez Tanner. Était-il vraiment possible qu'elle l'ait imaginé ? Qu'elle ait seulement vu ce qu'elle avait envie de voir ?

— Josie ?

— Oui, oui, je viens, répondit-elle. Pour rien au monde je ne raterais une occasion de passer du temps avec vous.

— On a attendu tellement longtemps, remarqua Annabel en souriant. On commençait à se demander si on te reverrait un jour.

Elle l'attira dans ses bras.

— C'est bon de t'avoir de nouveau parmi nous.

Josie ferma les yeux, émue par l'affection que lui témoignait sa sœur. Quand elle les rouvrit, elle crut apercevoir un homme derrière un arbre, à une dizaine de mètres de là.

Tous les muscles de son corps se crispèrent. *Quoi, encore ?* fit une petite voix fatiguée dans sa tête. Quelqu'un d'autre lui voulait-il du mal ? Un vieux complice de Desmond, peut-être, qui aurait échappé aux radars de la police et qui l'aurait retrouvée après toutes ces années...

Elle s'apprêtait à prévenir l'un de ses frères quand l'individu sortit de l'ombre. Un rayon de soleil tomba sur ses cheveux blonds, et Josie sentit son cœur bondir dans sa poitrine.

Tanner.

Que faisait-il ici ?

— Tout le monde est prêt ? demanda Trevor à la cantonade.

— Allez-y, répondit-elle. Je vous rejoins plus tard.

Elle resta immobile pendant que les autres regagnaient

leurs véhicules. Quand ils furent tous partis, elle se tourna vers Tanner qui attendait visiblement de pouvoir lui parler.

Pourquoi son pouls se mettait-il à battre si fort à la simple vue de cet homme ? Une bouffée d'amour incontrôlable l'envahit alors qu'elle s'approchait de lui. Son beau visage affichait une expression grave, presque solennelle.

— Salut, dit-elle, soulagée que sa voix ne trahisse pas les émotions qui faisaient rage en elle.

— J'ai appris que ton père était décédé. Je voulais te présenter mes condoléances.

— Merci, mais on s'y attendait. Et ce n'est pas une grosse perte pour la société.

Il passa d'un pied sur l'autre sans rien dire.

— Comment ça va, au ranch ? s'enquit-elle pour combler le silence.

— C'est tendu. Tu as dû voir aux informations qu'Eldridge n'avait toujours pas donné signe de vie. La famille n'a reçu aucune demande de rançon pour l'instant.

— Je n'ai pas regardé les informations, dit-elle.

Elle n'avait pas voulu revoir l'endroit où elle avait trouvé l'amour, où elle avait trouvé sa raison d'être. Les images du ranch lui auraient immanquablement fait penser à Tanner et aux jumelles.

— On dirait que ta blessure s'est bien refermée, observa-t-elle.

Il porta machinalement la main à son sourcil avant de la laisser retomber.

— Oui, ça va mieux.

Josie avait envie de hurler. De se jeter dans les bras de Tanner. Leur malaise était palpable, douloureux. Elle lui en voulait presque d'être venu la voir.

— Comment vont Lily et Leigh ? demanda-t-elle, la gorge nouée.

C'était de la torture d'évoquer les deux fillettes auxquelles elle s'était si rapidement attachée.

Tanner enfonça les mains dans ses poches.

— Peggy s'occupe bien d'elles, mais tu leur manques. Tu me manques, à moi aussi.

Josie le dévisagea. Alors, seulement, elle nota les cernes sous les yeux du cow-boy, la tension qui marquait son front de profondes rides. Elle resta silencieuse, n'osant pas espérer. C'était à lui de s'expliquer.

— Tu me manques, répéta-t-il. Je pensais qu'on s'en sortirait sans toi. Je voulais qu'on s'en sorte, mais tu hantes mes jours et mes nuits. Tu avais raison quand tu as dit que j'avais peur. J'avais peur de tourner la page, peur de croire en ton amour.

Il sortit une main de sa poche et se la passa dans les cheveux.

— Après de longues heures d'introspection, je me suis rendu compte que ce n'était pas tellement ta jeunesse qui me posait problème. C'était la peur de ne pas être à la hauteur.

Le cœur de Josie galopait follement dans sa poitrine, mais elle ne fit pas un geste, ne prononça pas un mot. Elle voulait l'entendre dire qu'il l'aimait et qu'il l'aimerait jusqu'à la fin de ses jours. Elle n'accepterait rien de moins.

— Attends-moi ici, lâcha-t-il soudain.

Il retourna rapidement vers l'arbre derrière lequel elle l'avait vu se cacher un peu plus tôt. Quand il reparut, il portait un énorme bouquet de roses rouges.

— Le jour où Marceline t'a offert des fleurs en signe d'amitié, tu m'as dit que c'étaient les premières que tu recevais. Je veux être le premier homme à t'offrir des roses rouges en signe d'amour. Et je veux aussi être le dernier à le faire.

Elle vit, à la passion qui consumait le regard de Tanner, qu'il était sincère.

— J'ai compris que tu avais raison, que l'âge n'avait aucune importance, poursuivit-il. J'ai compris aussi que je n'étais pas le seul responsable de l'échec de mon mariage avec Helen. Je suis capable de rendre une femme heureuse. Je suis plus que capable de *te* rendre heureuse chaque jour de ta vie. Tout ce qui compte, c'est l'amour, et je t'aime. Je veux que tu sois ma femme, Josie. Je veux que tu élèves mes filles avec moi, que tu me donnes d'autres enfants et que tu vieillisses à mes côtés.

— Pour l'amour du ciel, pose ce bouquet et prends-moi dans tes bras ! s'exclama-t-elle, les larmes aux yeux.

Il jeta les fleurs par terre et attira Josie contre lui. Plaquant la bouche sur la sienne, il l'embrassa avec une telle ardeur qu'elle sentit une onde brûlante se répandre dans tout son corps.

Au bout d'un long moment, il mit fin à leur baiser, tout en la gardant serrée dans ses bras. Pour la première fois de sa vie, Josie se sentait aimée et protégée.

— Tu es la femme la plus courageuse que j'ai jamais rencontrée, murmura-t-il. Tu me donnes envie d'être fort et courageux moi aussi, pour toi et pour mes filles. Je croyais que tu étais restée avec moi au ranch parce que tu appréhendais de commencer ta nouvelle vie en dehors du programme de protection des témoins. Maintenant, je sais que c'est moi qui me cachais. C'est moi qui avais peur d'aller de l'avant. Mais je suis prêt à faire le grand saut. Il est temps que je réalise mon rêve.

Elle leva les yeux vers Tanner et lui posa une main sur la joue.

— Quoi que tu fasses, je serai là avec toi, Tanner. Où que tu ailles, je te suivrai.

— Justement, j'ai trouvé un ranch, annonça-t-il, le regard brillant. Le terrain est assez grand pour y faire paître un troupeau, et la maison est magnifique – il y a quatre chambres, une pièce à vivre, une cuisine tout équipée… Je crois qu'elle te plaira. Elle est ici, à Granite Gulch.

Josie étouffa un cri de surprise.

— C'est vrai ? Tu es sûr que c'est ce que tu veux ?

— Je veux que ma femme puisse continuer à tisser des liens avec sa famille. Qu'est-ce que tu en penses, Josie-chérie ?

Es-tu d'accord pour qu'on se marie, qu'on vive dans un ranch et qu'on élève plein d'enfants ensemble ?

— Oh ! Tanner… Bien sûr que je suis d'accord !

Une fois de plus, il captura la bouche de Josie tandis qu'il resserrait les bras autour d'elle. Il l'avait appelée Josie-chérie ! Elle était impatiente de construire leur avenir ensemble, impatiente de vivre avec lui et Lily et Leigh, ces amours de petites filles qui deviendraient aussi les siennes.

Certains trouveraient étrange qu'il lui ait fait sa demande en mariage dans un cimetière, juste après les funérailles de son tueur en série de père. Mais Josie s'en fichait. Toute son existence avait été étrange et folle.

Ce dont elle était certaine, c'était que son destin s'écrirait avec cet homme. Auprès de lui, elle se sentait enfin entière.

Épilogue

Troy Watkins avait envie de renvoyer la moitié de son équipe, de coller son poing dans la figure de trois ou quatre journalistes et de se soûler jusqu'à oublier son propre nom. Il n'en ferait rien, bien sûr. Toutefois, le fait que des pensées aussi extrêmes lui viennent à l'esprit montrait à quel point l'affaire Colton l'affectait.

Il était près de minuit, heure à laquelle il devrait être en train de dormir paisiblement dans son lit. Mais il n'avait pas eu le luxe de passer une seule vraie nuit de sommeil depuis qu'on l'avait appelé au ranch de Colton Valley pour enquêter sur la disparition d'Eldridge.

Personne n'avait réussi à faire parler Marceline Colton. Celle-ci demeurait en bonne place sur la liste des suspects, aux côtés de Fowler et de Whitney. Néanmoins, aucune preuve n'avait jusque-là permis de les incriminer de manière définitive, ensemble ou séparément.

Et, comme si ces trois-là ne suffisaient pas, il fallait également mettre hors de cause tous les autres membres de la famille, les ouvriers et les domestiques, ainsi que l'entourage professionnel d'Eldridge.

Une ligne téléphonique dédiée avait été ouverte pour recevoir les éventuels tuyaux ou témoignages. Pour l'instant, elle n'avait servi à rien, sauf à rappeler à Troy qu'il y avait un certain nombre de cinglés en liberté. Et pourtant chacune de ces pistes, aussi insensée puisse-t-elle paraître, devait être soigneusement explorée au cas où.

Troy se leva de son fauteuil et attrapa son chapeau. Il était temps de rentrer dormir. Ou au moins d'essayer, car il savait que les pensées se bousculeraient dans sa tête sitôt qu'il s'allongerait.

Parmi elles, une question continuerait de le hanter tant qu'il n'aurait pas obtenu de réponse : où était Eldridge Colton ? Et, s'il avait été tué, où diable se trouvait son corps ?